Darja Donzowa

Bis dass dein Tod uns scheidet

Darja Donzowa (eigentlich Agrippina Donzowa) wurde 1952 in Moskau geboren. Sie studierte Journalistik an der Moskauer Lomonossow-Universität, arbeitete zunächst als Übersetzerin und unterrichtete später Französisch und Deutsch. Seit 1998 schreibt sie Kriminalromane, mittlerweile sind es vier Krimi-Reihen. Sie hat bisher 46 Bücher veröffentlicht, von denen insgesamt 71 Millionen Exemplare allein in Russland verkauft wurden. Darja Donzowa wurde in ihrer Heimat dreimal Schriftstellerin des Jahres. 2002 und 2003 wurde eines ihrer Bücher mit dem Preis »Bestseller des Jahres« ausgezeichnet. Darja Donzowa lebt mit ihrem Mann, ihren drei Kindern und ihren Hunden in Moskau.

Im Aufbau Taschenbuch Verlag sind bisher ihre Romane »Nichts wäscht weißer als der Tod«, »Spiele niemals mit dem Tod« und »Perfekt bis in den Tod« erschienen.

War es ein Versehen, dass Tanjas Ziehsohn Kira anstelle unerledigter Hausaufgaben einen Briefumschlag mit 2000 Dollar und drei Fotos überreicht bekam? Ein Killer-Honorar? Wenige Tage später spielt Tanja mit ihrer Band auf der Beerdigung des Mannes auf dem Foto: Professor Slawin. Die trauernden Hinterbliebenen besitzen unweit ihrer Datscha eine prächtige Villa. Dort leben Slawins junge Frau, mehrere seiner Ex-Frauen und deren Kinder offenbar einträchtig miteinander. Eine der Töchter des Professors bittet Tanja, nach dem Mörder ihres Vaters zu suchen.

Darja Donzowa

Bis dass dein Tod uns scheidet

Kriminalroman

Aus dem Russischen
von Helmut Ettinger

aufbau taschenbuch
AUFBAU VERLAGSGRUPPE

Die Originalausgabe unter dem Titel
»Созвездие жадных псов«
erschien 2001 bei EKSMO-Press, Moskau.

ISBN 978-3-7466-2426-6

Aufbau Taschenbuch ist eine Marke
der Aufbau Verlagsgruppe GmbH

1. Auflage 2008

Umschlaggestaltung Mediabureau Di Stefano, Berlin
unter Verwendung
einer Illustration von Martin Haake
Druck und Binden CPI – Clausen & Bosse, Leck
Printed in Germany

www.aufbau-taschenbuch.de

1. Kapitel

Sommersonne schien freundlich zu meinem Fenster herein. Ich musste niesen und streckte mich genussvoll. Wie gut, dass es an diesem Morgen nicht regnete und wir endlich auf der Datsche angekommen waren. Mit dem Aufstehen hatte es keine Eile. Für Kira und Lisa waren jetzt nur noch Ferien. Unsere Hunde jagten mit fröhlichem Gekläff über den Hof. Ihnen und den Kindern geht es hier draußen am besten – freie Natur, so weit das Auge reicht. Aber meine beiden hockten noch im Haus herum. Von unten drang Lisas schrille Stimme herauf: »Kira – Verlierer!«

»Selber Verlierer!«, gab der zurück.

»Kira – Radierer!«

Es polterte laut. Offenbar hatte sich der Junge auf das freche Ding gestürzt, aber Lisa war durchs Fenster nach draußen gesprungen und rief nun vom Hof: »Kiralein – Stachelschwein, Kiralein – Stinkerlein!«

Kira steckte den Kopf durchs Fenster und wollte es ihr ordentlich zurückgeben: »Lisa ... Lisa ... Lisamaus ...«

»Na, na, und ...?«, neckte ihn das freche Gör. »Wie weiter? Na, los!«

»Mist!«, brüllte Kira wütend. »Auf deinen blöden Namen reimt sich ja nichts!«

»Aber auf deinen!« Lisa hörte nicht auf. »Kira klein – macht sich ein! Kira groß – voll die Hos!«

Das war nun wirklich zu viel. »Na warte, wenn ich dich kriege!«

»Versuch's doch!«, kreischte Lisa fröhlich, sprang auf ihr Fahrrad und jagte zum Tor hinaus.

»Kira lang – Angst und Bang! Kira kurz – lässt 'nen Furz!«, klang es schon aus der Ferne.

Kira lief auf den Hof hinaus und schimpfte lästerlich. Das Mädchen war längst über alle Berge. Ihr Drahtesel hatte die Nacht vor der Tür verbracht, seiner dagegen stand, wie es sich gehörte, angeschlossen in der Garage.

Nun musste ich wohl eingreifen. Als ich aus dem Fenster meines Zimmers schaute, sah ich den Knaben hilflos mitten auf dem Hof stehen.

»Keine Bange, Kira, dir fällt schon noch was ein!«

Der hob den Kopf und stieß wütend hervor: »Daran bist nur du schuld, Tanja! Lisa darf alles! Und mir sagst du immer, man soll zu Mädchen höflich sein … Was kommt denn raus bei der guten Erziehung, he? Eins aufs Maul muss sie kriegen, dann ist sie stille!«

»Aber ein Mann schlägt doch keine Frau!«

»Blödsinn!«, gab Kira zurück. »Wir haben jetzt Gleichberechtigung! Und sie darf mich ärgern, wie sie will? Hör auf mit deinen Prinzipien! Die sind ja aus der Steinzeit! Nicht mal Computer habt ihr damals gehabt! Die Kinder sind heute eben anders. Wart's nur ab, Lisa, dir reiß ich die Ohren ab!«

»Erst mal musst du sie kriegen«, erwiderte ich und machte mich auf den Weg zur Küche. Zeit für ein gemütliches Frühstück.

Kira ist in dem Alter, das die gelehrten Psychologen mit dem Wort Pubertät beschreiben. Einfach gesagt, ist das die Zeit, da dem Vögelchen die ersten Federn wachsen. Plötzlich fordert es für sich die Rechte der Großen, klammert sich aber zugleich an die Privilegien der Kleinen. Über Kira kann ich eigentlich nicht klagen. Er raucht nicht, hat noch nicht nach der Flasche gegriffen oder aus der Plastiktüte geschnüffelt. Aber manchmal kann man sich jetzt mit ihm überhaupt nicht mehr einigen. Frech fordert er, dass ich alle meine Verbote begründe. Man darf nicht bis in den frühen Morgen Videos gucken? Wieso nicht? Es sind Ferien, bis zum Mittag habe ich ausgeschlafen. Man kann den Tag nicht mit Schokolade anfangen? Haferflocken sind gesünder? Was für ein Unsinn! Von zu viel Süßem kriege ich Bauchschmerzen? Es ist doch mein Bauch! Und das Bauchkniepen vergeht auch wieder. Ich soll nicht ohne Jacke im Regen herumlaufen? Das macht doch Spaß! Ja, wenn man alt und über dreißig ist …

Lisa hat sich andere Schrullen zugelegt. Mehrmals täglich wechseln bei ihr Lachen und Weinen. Stundenlang kann sie vor dem Spiegel sitzen und alle ihre Sachen durchprobieren. Wenn sie damit fertig ist, reißt sie sich das letzte Fähnchen vom Leib und stöhnt verzweifelt: »Da ist ja furchtbar! Ich bin eine scheußliche, fette Kuh mit Haaren wie Stroh und Äuglein wie ein Ferkel. Aufhängen müsste ich mich!«

Dabei ist Lisa ein nettes Mädchen, das sich in fünf Jahren ganz bestimmt zu einem strahlenden Schwan mausern wird. Aber dem jungen Entlein fehlt es einfach an Geduld und ein wenig Gelassenheit.

Lisa und Kira wachsen miteinander auf, könnten aber verschiedener nicht sein. Kein Wunder – sie sind nicht miteinander verwandt. Wir leben alle drei einträchtig zusammen, doch ich bin nicht ihre Mutter, besser gesagt, ich habe sie nicht zur Welt gebracht.

Kira ist der Sohn meiner besten Freundin Katja, einer Chirurgin. Sie hat noch einen Sohn – Serjosha. Der ist schon fünfundzwanzig und mit Julia verheiratet. Alle drei sind im Moment in Amerika, wo Katja in einer Klinik arbeitet. Kira ist bei mir in Moskau geblieben.

Ich will mich hier nicht lange darüber verbreiten, wie ich in Katjas Familie geraten bin. Ich bin geschieden, habe selber keine Kinder und kümmere mich gern um Kira und Lisa.

Das Mädchen hat uns der Zufall gebracht. Ihr Vater, der bekannte Schriftsteller Kondrat Rasumow, kam auf tragische Weise ums Leben. Ihre Mutter hatte ihm schon bei der Geburt des Mädchens alle ihre Rechte abgetreten. Ich war zu der Zeit Rasumows Haushaltshilfe und habe Lisa zu mir genommen. Obwohl es nicht leicht war, habe ich schließlich die Vormundschaft über sie erhalten. Unser großzügiger Staat zahlt mir dafür 180 Rubel im Monat. Davon soll ich sie doch tatsächlich ernähren, kleiden und ihr eine Ausbildung ermöglichen. Aber wir lassen den Kopf nicht hängen. Katja und Serjosha verdienen in Miami so viel, dass es auch für uns reicht. Außerdem will ich niemandem auf der Tasche liegen, nicht einmal der besten Freundin. Ich habe mir also eine Arbeit gesucht. Das war nicht einfach, denn ich habe einen seltenen Beruf, den in unserer Zeit keiner braucht. Ich bin Harfenistin. Zum großen Star hat mein Talent allerdings nicht gereicht. Ansonsten kann ich nicht viel. Eines doch: Ich vergöttere Kriminalromane und verschlinge Unmengen davon. Dabei habe ich festgestellt, dass mein Hirn irgendwie dafür geschaffen sein muss: Meist weiß ich schon nach den ersten vierzig Seiten, wer der Mörder ist.

In diesem Frühjahr hatte ich Glück. In der Metro bin ich Dima Kowaljow, einem Studienkollegen aus dem Konservatorium, über den Weg gelaufen. Auch er ist kein großer Musiker geworden. Er spielt Geige, aber leider nicht wie Wladimir Spiwakow. Wir freuten uns beide und ließen uns auf einer Bank nieder. Dima berichtete traurig: »Du wirst nicht glauben, was ich jetzt mache. Zusammen mit Wanja Lykow und Darja Medwedewa spiele ich bei Hochzeiten, Kindtaufen und ähnlichen Gelegenheiten – wo man uns gerade braucht. Kannst du dich noch an Wanja und Darja erinnern?«

Das konnte ich. Wir tauschten die Telefonnummern aus und gingen unserer Wege. Eine Woche später rief Dima unerwartet an.

»Tanja, du musst uns aus der Patsche helfen! Darja hat geheiratet und sich nach Deutschland abgesetzt.«

»Was soll ich denn machen?«

»Für sie einspringen! Nur eine Woche, bis wir jemand neues gefunden haben!«

»Was bringt euch denn meine Harfe?«

»Nein, die passt wirklich nicht«, seufzte Dima, »aber Keyboard kannst du doch auch spielen, oder?«

»Na ja, wenn wir ein bisschen proben ...«

»Du bist ein Schatz!« Dima war erleichtert. »Fünfhundert Dollar sind verdient wie nichts, die Leute reißen sich um uns!«

Ich habe mich also breitschlagen lassen und ziehe nun mit den Jungs durch die Gegend. Unsere »Band« besteht aus Gitarre, Saxophon und meinem Yamaha-Keyboard. Was wir fabrizieren, klingt einfach grauenhaft. Die Bremer Stadtmusikanten haben sich bestimmt harmonischer angehört als wir. Aber unsere Kunden verstehen nicht viel von Musik. Bei einer Hochzeit kommt es darauf an, am Anfang Mendelssohns Marsch möglichst laut zu spielen. In unserer Besetzung klingt er sehr originell. Dann haben es alle eilig, an Teller und Flaschen zu kommen. Bald ist Stimmung im Saal. Nun sind nur noch drei Hits der Volksmusik gefragt: »Katjuscha«, »Kalinka« und »Rjabinuschka«, das Lied von der Eberesche. Am besten, wir spielen sie mal langsam und mal schnell. Mehr wollen die Leute nicht. Solche bescheidenen Wünsche erfüllen wir bereitwillig und erfreuen uns daher wachsender Beliebtheit. Mundpropaganda ist die beste Werbung. Inzwischen macht mir die Sache sogar Spaß. Man schaut in fröhliche Gesichter und wird großzügig bewirtet. Ein Problem ist nur, dass Wanja und Dima selber gern einen heben. Ich muss höllisch auf sie aufpassen. Zu später Stunde bin ich manchmal schon solistisch aufgetreten, weil meine beiden Begleiter zusammen mit einem Teil der Gäste unter dem Tisch schnarchten. So ist die »Dienstverweigerung« kaum jemandem aufgefallen.

Die Datsche, wo wir jetzt wohnen, habe ich von meinen Eltern geerbt. Sie liegt in Aljabjewo, einem zauberhaften kleinen Ort kaum zwanzig Minuten von Moskau entfernt, wenn man den Vorortzug nimmt.

Das Haus hat mehrere Zimmer, fließend warmes und kaltes Wasser, Gas, ein Bad und sogar ein Telefon. Mein Vater war ein bekannter Wissenschaftler, der Raketen konstruierte. Als Akademiemitglied stand ihm eine staatliche Villa auf dem Lande zu. Meine Mutter, eine Opernsängerin, war davon begeistert. Aber Papa, der sonst jede Alltagsfrage ihr überließ, übertönte sie im entscheidenden Gespräch, was bei ihrer Stimmgewalt nicht einfach war.

»Red keinen Unsinn!«, rief er aufgebracht. »Wir haben eine Tochter! Wenn ich mal nicht mehr bin, fliegt ihr am nächsten Tag aus dem Haus! Wir werden selber eins bauen, dann hat die Kleine immer einen Ort, wo sie bleiben kann!«

Mama gab wütend zurück: »Wir werden beide hundert Jahre alt und sterben an einem Tag!«

Mein Vater behielt leider recht. Wie so mancher seiner Kollegen schied er schon früh aus dem Leben. Deren Witwen besuchten uns ab und zu in Aljabjewo. Wenn wir auf unserer schönen Veranda beim Tee saßen, bekamen wir so manchen Stoßseufzer zu hören: »Euer Vater war ein weiser Mann. Er hat an die Zukunft gedacht. So ein Refugium müsste man haben …«

Aljabjewo hat viele Vorteile. Die Luft ist rein, und ein klares Flüsschen plätschert vorbei. Dabei hat das Haus allen Komfort, als stünde es mitten in der Stadt … Mein Vater war Wissenschaftler im Generalsrang. Nikita Chruschtschow schätzte seine Militärs und sorgte dafür, dass es ihnen gut ging. Daher haben wir ein riesiges Grundstück, wo es für mich bis heute noch unentdeckte Winkel gibt. Auf den Nachbargrundstücken wohnen die Generale Rjabow und Sokolow, aber ihre Häuser sind so weit weg, dass wir nachts nicht einmal die Lichter sehen.

Aljabjewo ist wunderbar bis auf einen kleinen Mangel. Die Vorortbahn fährt nur bis Peredelkino. Von der Bahnstation kann man mit dem Bus oder dem Linientaxi in das berühmte Schriftstellerdorf gelangen. Von dort bis zu uns ist es noch ein gutes Stück Fußweg durch Feld und Wald. Es gibt auch eine Straße, aber Militärs bekommen selten Besuch, und die Chance ist gering, von einem freundlichen Autofahrer mitgenommen zu werden. Katja und Serjosha sind natürlich motorisiert, ich dagegen habe keinen Führerschein.

Als meine ziellosen Gedanken in der Sommersonne diesen Punkt erreicht hatten, fiel mir ein, dass heute ein besonderer Tag war. Um fünf Uhr nachmittags erwartete mich mein Fahrlehrer zur ersten Unterrichtsstunde. Das musste doch zu packen sein.

Gähnend kam ich in die Küche. Kira saß mit düsterer Miene vor dem Fernseher.

»Mach, dass du nach draußen kommst.«

»Keine Lust«, erwiderte er.

Da war auch Lisa schon wieder zur Stelle, in ihrem Schlepptau Kostja Rjabow, der Enkel des Generals von nebenan. Nun fingen beide an, Kira zu hänseln. Was für Namen sie ihm an den Kopf warfen! Ich musste eingreifen.

»Hört endlich auf mit diesen blödsinnigen Spitznamen!«

»Oh!«, jubelte Lisa. »Mir fällt was viel Besseres ein! Komm Kira, wir binden dir eine Schleife ins Haar!«

»Dann fehlt dir nur noch ein Röckchen«, johlte Kostja.

Kira lief dunkelrot an, sprang auf und hieb mit aller Kraft die Faust auf den Tisch. Kaffee und Tee schwappten auf die Wachstuchdecke.

»Jetzt ist Schluss! Ich hab aber auch einen blöden Namen! Daran ist nur Mama schuld! Serjosha hat einen Namen wie alle anderen! Was musste sie mir so einen idiotischen geben!«

»Kira – von Kyrill – klingt doch gut«, wandte ich ein. »Immerhin haben Kyrill und Method das kyrillische Alphabet erfunden …«

»Method«, wieherte Kostja los, »das ist ja noch besser!«

»Also, Tanja«, murmelte Kira vor sich hin, »manchmal ist kauen besser als reden.«

»Ich weiß, wovon ich spreche«, beharrte ich.

Heute lasse ich mich Tanja nennen. Das war nicht immer so. Meine Eltern haben mir den Namen Jefrossinja gegeben. Der war viel zu lang, deshalb nannten sie mich alle nur Frossja. Darunter habe ich als Kind mindestens so gelitten wie Kira. In meiner Klasse hießen fünf Mädchen Lena und mindestens ebenso viele Natascha. In der ganzen Schule war ich die einzige Frossja. Das blieb auch so, als ich ans Konservatorium kam, wo es von angehenden Künstlern mit verrückten Namen nur so wimmelte. Wie ich diese Frossja hasste! Schon im zweiten Semester wurden wir zum Arbeitseinsatz in einen Kolchos geschickt und auf die Bauernhöfe aufgeteilt. Am Morgen gegen sechs stand die Bauersfrau auf dem Hof und schrie, was das Zeug hielt: »Frossja, Frossja, Frossja!«

Beim ersten Mal stürzte ich im Nachthemd auf die Vortreppe und fragte erschrocken: »Was ist denn los?«

»Na, nichts«, antwortete die Bauersfrau.

»Aber Sie haben doch gerufen: Frossja, Frossja …«

»Na und? So heißt meine Ziege! Die muss aus dem Stall, der Hirt nimmt sie auf die Weide mit …«

Als ich mich dann entschloss, meinen widerwärtigen Ehemann zu verlassen und ein neues Leben anzufangen, erklärte ich Katja, Serjosha, Julia und Kira einfach, ich hieße – Tanja. Wie ich auf diesen Namen gekommen bin, weiß ich nicht mehr. Auf alle Fälle kann ich Kira sehr gut verstehen.

»Kira-Kater macht Theater!«, fing Lisa wieder an.

Das war dem Jungen nun endgültig zu viel. Er sprang auf und donnerte in einem Ton, der keinen Widerspruch duldete: »Mir reicht's! Ich ändere meinen Namen!«

»Wie willst du denn das machen?«, fragte ich verblüfft.

»Ganz einfach«, antwortete das Bürschchen. »Wenn ich meinen Ausweis bekomme, dann nenne ich mich …«

»Na, wie denn?«, riefen die Quälgeister. »Na, sag schon! Wie denn?«

»Richard!«, platzte Kira heraus. »Von jetzt an antworte ich nur noch, wenn man mich Richard nennt!«

»Richard Löwenherz«, murmelte ich vor mich hin.

»Genau!« Kira strahlte. »Richard Löwenherz!«

Da klingelte das Telefon. Ich nahm den Hörer ab.

»Hallo!«

»Tanja!«, ratterte meine Freundin Alina am anderen Ende der Leitung los, »wie gut, dass ich dich noch erwische! Du musst mir helfen!«

»Worum geht's denn?«

»Mascha, mein Sorgenkind, wird in ihrer Musikschule nur dann ins dritte Jahr übernommen, wenn sie über den Sommer eine lange Liste von Testfragen richtig beantwortet. Allein schafft sie das nie! Was die da alles wissen wollen! Wie definiert man die Harmonie? Was wissen denn unsere Kinder heute noch von der Harmonika?«

»Die Harmonie ist keine Harmonika«, gab ich trocken zurück.

»Da siehst du's! Sei lieb und hilf ihr. Wir treffen uns heute Nachmittag um fünf an der Metrostation Dynamo, beim Ausgang zum Markt.«

»Ich kann nicht, ich habe Fahrstunde, aber morgen ginge es.«

»Wir fliegen doch schon heute in die Türkei!«, kreischte Alina auf. »Ich wollte dir den Fragebogen auf dem Weg zum Flugplatz in die Hand drücken. Bis zu Dynamo hast du es doch nicht weit!«

»Weißt du nicht, dass ich auf der Datsche bin?«

»Sag deine Fahrstunde ab!«

»Nein, das mache ich nicht«, erwiderte ich wütend. »Ich denke nicht daran.«

»So eine bist du also!«, schimpfte Alina jetzt. »Wegen dir fliegt Mascha von der Musikschule!«

Mir lag eine scharfe Erwiderung auf der Zunge. Mascha, der kleine Faulpelz, hätte regelmäßig den Unterricht besuchen und den Lehrern zuhören sollen. Musik verlangt wie Mathematik oder russische Sprache, dass man sich ernsthaft damit beschäftigt. Aber ich hörte mich plötzlich etwas ganz anderes sagen: »Also gut, was können wir da machen? Ich könnte dir Kira zur Metro schicken. Kannst du dich an ihn erinnern?«

»Den habe ich ewig nicht gesehen. Was hat er denn an?«

»Blaue Jeans, ein T-Shirt von Adidas, Turnschuhe und ein Basecap. Er ist nicht groß, etwa so wie ich, blondes Haar und blaue Augen.«

»Okay!«, rief Alina erfreut. »Ich komme in so einem braunen indischen Rock, die sie jetzt überall verkaufen, und einem beigefarbenen Pulli.«

»Gut, ich sage ihm: Eine schlanke Brünette im …«

»Seit einer Woche bin ich blond!«, unterbrach mich Alina. »Sag ihm, ich habe einen großen weißen Umschlag mit dem Fragebogen in der Hand. Hauptsache, er kommt nicht zu spät!«

Ich warf den Hörer auf die Gabel und rief zum Fenster hinaus: »Kira!«

Der bastelte an seinem Fahrrad und hob nicht einmal den Kopf.

»Kira, hörst du nicht?«

Keine Antwort.

»He, Kyrill, bist du taub?«

Null Reaktion.

Ach, das hatte ich doch ganz vergessen.

»Richard!«

Nun hob der Bengel den Kopf und fragte: »Ich höre?«

»Komm bitte mal rein.«

Kira wischte sich in aller Ruhe die Hände ab und trat mit ernster Miene in die Küche.

2. Kapitel

Der Fahrlehrer war kaum fünfundzwanzig, ein langer dünner Kerl. Als ich zu ihm in den Lada stieg und mich hinters Lenkrad klemmte, fragte er mit einem Seufzer: »Den theoretischen Kurs haben Sie besucht?«

»Ja.«

»Und, wissen Sie noch was davon? Was haben wir denn unter der Kühlerhaube?«

»Den Motor.«

»Geht es vielleicht etwas genauer?«

»Den Motor, die Batterie, den Kühler, den Ventilator …«

Der Fahrlehrer maß mich mit einem erstaunten Blick und brummte dann: »Na gut. Da unten vor Ihren Füßen sehen Sie drei Pedale – Gas, Bremse und Kupplung. Zuerst treten wir vorsichtig …«

Ich hörte ihm aufmerksam zu.

»Na los«, kam es jetzt im Befehlston, »fang an.«

Ich bemühte mich, genau das zu tun, was er gesagt hatte. Ich trat die Kupplung bis zum Anschlag durch, legte den Gang ein und trat aufs Gas … Der Wagen tat einen Sprung, dann ging der Motor aus.

»Vorsichtiger«, mahnte der Fahrlehrer, »die Kupplung nicht so schnipsen lassen. Noch mal von vorn.«

Fünfzehn Mal versuchte ich anzufahren, immer vergeblich. Dann rollte mein Lada mit einem Mal wie von selbst los. Aber er fuhr nicht gerade, sondern in einer Schlangenlinie.

»Der Wagen gehorcht mir nicht«, flüsterte ich, »er macht, was er will!«

»Keine Angst!«, rief der Fahrlehrer. »Halt das Lenkrad still und sitz nicht da wie ein Ölgötze! Du musst dich zurücklehnen, dich entspannen und genießen.«

So ein Idiot! Was gab es da zu genießen, wenn die Karre bockte wie ein Esel?

Als ich nach der Fahrstunde wieder auf der Datsche ankam, war ich in Schweiß gebadet, hatte weiche Knie und eine Stinkwut. Das lerne ich nie!, schoss es mir durch den Kopf. Wie brachten es Katja, Serjosha und Julia nur fertig, so locker über die Chaussee zu rollen?

Kira saß in der Veranda und trank Tee.

»Kira, hast du das Kuvert? Zeig mal her!«

Der ließ ungerührt Konfitüre in seinen Tee tropfen.

»Richard, wo ist der Umschlag?«

Kira stand auf, nahm ein weißes Kuvert vom Fensterbrett und reichte es mir. »Bitteschön, meine Dame.«

Der Umschlag war ziemlich dick. Das musste ja ein Test mit tausend Fragen sein! Hoffentlich wusste ich alle Antworten. Sonst blieb mir nichts übrig, als in unsere Stadtwohnung zu fahren und im Musiklexikon nachzuschlagen.

Auf dem Hof wurde es plötzlich lebendig. Ich schaute aus dem Fenster. Von der Terrasse her stieg mir starker Jasminduft in die Nase. Lisa sauste auf ihrem klappernden Fahrrad von der Garage zum Hoftor. An einer langen Schnur, die am Gepäckträger befestigt war, zog sie eine dicke Möhre hinter sich her. Unsere ganze Hundemeute jagte ihr kläffend nach.

Es sind vier – die beiden Möpsinnen Mulja und Ada, die Staffordshire-Terrier-Dame Rachel und der Mastino-neapolitano-Mischling Ramik. Den haben Lisa und ich seinerzeit klein und winzig, in einer Plastiktüte verpackt, in einer Schneewehe gefunden. Das war direkt vor dem Supermarkt Ramstore, daher der Name. Unsere Hunde sind eine fröhliche Rasselbande und stehen auch mit unseren drei Katzen namens Klaus, Semiramis und Pingu auf gutem Fuß. Letzterer haben wir schon ganz klein wegen ihres schwarzweißen Fells diesen Namen gegeben. Damals glaubten wir, es sei ein Kater. Vom Gegenteil überzeugten wir uns erst relativ spät. Nun ist sie unser Pingu geblieben. Die Kröte Gertrud vervollständigt unseren Zoo, sie sitzt meist ruhig in ihrem Terrarium und verfolgt das Treiben in unserem Hause mit melancholischem Blick.

In der Stadtwohnung benehmen sich unsere Vierbeiner recht ordentlich. Aber auf der Datsche, in der berauschenden frischen Luft und wenn noch eine dicke Möhre vor der Nase herumtanzt …

Ich setzte mich in einen Sessel und riss den Umschlag auf. Mir fielen ein paar Fotos und … Geldscheine entgegen. Befremdet zählte ich die Banknoten durch. Es waren genau zweitausend Dollar. Von den Fotos blickte mir ein feiner Herr mittleren Alters entgegen. Er hatte ein volles, sorgfältig rasiertes Gesicht mit einer dicken Unterlippe. Da die Mundwinkel ein wenig nach unten gezogen waren, wirkte seine Miene leicht unzufrieden. Die großen graublauen Augen schauten streng, die Nase war kräftig und gerade. Mit den Haaren sah es nicht so gut aus. Ehrlich gesagt, fehlten sie fast völlig. Allerdings konnte man nicht genau erkennen, ob er eine Glatze hatte oder sich nur den Schädel rasierte.

Der Umschlag enthielt drei Fotos. Auf einem stand der Mann an einem Auto, einer riesigen, ausländischen schwarzen Limousine. Auf dem zweiten hatte man ihn offenbar in einem Restaurant fotografiert. Zumindest war außer seinem lächelnden, zufriedenen Gesicht auch noch ein Stück von dem reich gedeckten Tisch und ein Kellner mit schneeweißer Serviette über dem Arm zu sehen. Das dritte war sicher vor einem Landhaus aufgenommen. Zwischen grünen Bäumen stand der Mann in Shorts und T-Shirt. In der rechten Hand hielt er einen Tennisschläger. Wahrscheinlich war der nur Staffage, denn mit so einem Bauch bekam er wohl kaum einen Ball.

Entgeistert schaute ich mir das Ganze an. Und wo war nun der Test?

»He, Kira, Verzeihung, Richard, was hat Alina denn gesagt?«, rief ich zum Fenster hinaus.

Wie der Blitz war Kira auf der Veranda, nahm sich eine Birne, biss ein großes Stück ab und antwortete dann mit vollem Mund: »Wir haben gar nicht miteinander geredet.«

»Wieso nicht?«, fragte ich erstaunt. »Erzähl mal bitte etwas genauer.«

Kira atmete tief durch und berichtete Folgendes.

Er war zehn Minuten vor fünf an der Metrostation Dynamo angekommen. Die Frau im braunen Rock, in gelbem T-Shirt und mit einem Umschlag in der Hand lief schon aufgeregt zwischen den Säulen hin und her. Als sie ihn erblickte, kam sie rasch auf ihn zu und fragte nervös: »Richard?«

»Ja«, antwortete Kira.

»Hier, nimm!«, sagte sie nur und drückte ihm den Umschlag in die Hand. Das war alles.

»Wie – alles?«

»Na, eben alles.« Der Junge zuckte die Achseln. »Dann ist sie in den nächsten Zug gestiegen.«

»In den Zug?!«

»Wieso nicht? Ich bin dann auch gefahren. Nur, sie hat den Zug in Richtung Zentrum genommen.«

»Hast du Alina erkannt?«

Kira schüttelte den Kopf.

»Nee. Es ist ewig her, seit ich sie zum letzten Mal gesehen habe. Ich kann mich nur erinnern, dass sie irgendwie sehr mager war und dunkle Haare hatte. Aber du hast doch gesagt, jetzt ist sie blond!«

»Ja, sie hat sich das Haar gefärbt.«

»Stimmt«, sagte Kira nachdenklich, »so sah sie aus – blond, hatte einen braunen Rock an, so einen wie du hast, einen gelben Pulli und das Kuvert in der Hand. Außerdem hat sie mich als erste ›Richard‹ genannt.«

Ich ahnte Schlimmes. Gleich musste das Telefon klingeln. Und als hätte der Apparat meine Gedanken gelesen, fing er auch schon an zu schrillen. Am anderen Ende kreischte Alina und war gar nicht zu beruhigen.

»Dass ihr euch nicht schämt! Er war nicht da! Ich habe eine halbe Stunde gewartet, hätte beinahe meine Maschine verpasst! Wie konntest du nur?!«

»Wo hast du denn gestanden?«

»Was heißt hier, wo?«, rief Alina empört. »Am Ausgang zum Markt! Da liefen jede Menge Jungs in Jeans herum. Jeden habe ich gefragt, wie er heißt, aber nicht ein einziger Kira war darunter! Was soll ich denn jetzt machen? Wegen dir fliegt Mascha aus der Musikschule!«

»Auf dem Flugplatz gibt es doch bestimmt eine Post.«

»Na und?«

»Schick mir das Kuvert her, los, schreib die Adresse auf.«

»Zum Verrücktwerden ist das mit dir!«, fauchte Alina. »Also, mach schnell!«

Als meine wütende Freundin aufgelegt hatte, wandte ich mich noch einmal Kira zu.

»He, Löwenherz, an welchem Ausgang hast du Alina denn getroffen?«

»Wo du gesagt hast!«, rief Kira zurück. »Ich bin hinten ausgestiegen!«

»Aber zum Markt geht es doch vorn raus!«

»Zu welchem Markt?«, fragte Kira verwundert zurück. »Du hast gesagt, Alina wartet bei den Säulen, lauf ja nicht zum Markt.«

Ich schloss das Fenster und ließ mich verzweifelt auf die Couch sinken. Nun war alles klar. Wie immer hatte Kira nicht richtig hingehört und alles durcheinandergebracht. Aber auch die Unbekannte hatte sich geirrt. Wie viele Jungen wohl heute in blauen Jeans, mit einem T-Shirt von Adidas und einem Basecap auf der Metrostation herumgelaufen waren? Wie viele Frauen in Moskau wohl den braunen Rock aus indischer Baumwolle trugen? Katja und ich hatten uns so einen zugelegt. Dann fiel uns auf, dass auf der Straße jede Fünfte in diesem billigen Fähnchen herumlief. Zu dem Farbton von Milchschokolade passt eine ganze Skala von fahlem Beige bis zu sattem Orange. Kira kennt sich in diesen Schattierungen natürlich nicht aus. Ob nun blasse Eierschale oder reife Zitrone – für ihn ist das alles Gelb.

Ich konnte mir also vorstellen, wie das Ganze passiert war. Nur warum hatte die Dame Kira Richard genannt?

Das war schon sehr merkwürdig! Schließlich waren wir ja nicht in London, sondern in Moskau. Kennen Sie in unserer ganzen Hauptstadt einen einzigen Richard? Ich nicht. Aber einzelne Exemplare der Gattung Mann trugen offenbar diesen königlichen Namen.

Noch einmal steckte ich den Kopf zum Fenster hinaus und rief: »He, junger Mann!«

Kira hob den Kopf und fragte: »Meinst du mich, Tanja?«

»Ja, dich. Kam es dir nicht komisch vor, dass sie dich Richard genannt hat?«

»Überhaupt nicht«, gab der Junge seelenruhig zurück. »Ich habe gedacht, du wirst Alina erzählt haben, wie ich jetzt heiße!«

Wieder klingelte das Telefon. Sollte das noch einmal Alina sein? Entweder war das Postamt geschlossen, oder sie hatte die Adresse schon wieder verbummelt. Doch es war nicht sie, sondern Dima Kowaljow.

»Hallo, Tanja, morgen hast du frei.«

»Wieso?«

»Die Hochzeit fällt aus. Braut und Bräutigam haben sich zerstritten. Nichts mit Liebe!«

Ein bisschen leid tat es mir schon um das Honorar, aber etwas Ruhe konnte ich durchaus gebrauchen. Und das Wetter sollte auch halten. Da wollte ich es mir am nächsten Tag unter unseren alten Bäumen so richtig gemütlich machen.

Eine Woche lang war nun überhaupt nichts los. Der Sommer ist Saure-Gurken-Zeit. Präsentationen, Feiern oder Partys finden kaum statt. Die Leute fahren auf ihre Datsche oder, wenn sie können, in den Süden ans Meer. Geheiratet wurde zwar immer noch, aber in dieser Woche hatten offenbar andere Gruppen Glück. Uns wollte keiner.

Ich war's zufrieden. Der schönste Urlaub – das ist für mich ein Liegestuhl, ein Stapel frischer Krimis, eine Schachtel Konfekt und eine Tasse Tee, am liebsten ceylonesischer mit großen Blättern. Ich brachte es sogar fertig, in die heiße Stadt zu fahren, um mir die neuesten Taschenbücher zu kaufen. Den Rest der Woche lag ich dann im Schatten der großen Tanne in unserem Garten. Am Schluss hatte ich über ein Kilo Krokant verschlungen, dazu die neuesten Thriller der Marinina, der Poljakowa, der Serowa und der Kornilowa genossen. Ich war so dem Müßiggang verfallen, dass ich sogar aufhörte, den Kindern etwas zu essen zu machen oder die Waschmaschine anzuwerfen. Auch an den Staubsauger dachte ich nicht ein einziges Mal. Wegen der gnadenlosen Hitze hatten Lisa und Kira mittags keinen Appetit auf Warmes, und abends genügte uns ein Salat. Sie vertrugen sich wieder, und Kira reagierte auch dann, wenn man ihn nicht Richard rief.

Am Samstagabend gegen sechs, als der glühende Feuerball hinter dem Dach unseres Hauses verschwunden war, holte Lisa den Schlauch hervor und begann unseren Garten zu sprengen. Nun dürfen Sie nicht denken, dass dort duftende Erdbeeren und andere Köstlichkeiten in Mengen wachsen. Aus mir wird nie eine Gärtnerin. Nur neben der Garage habe ich zwei kleine Beete angelegt, wo Petersilie, Dill und Schnittlauch ein kümmerliches Dasein fristen.

Zuerst widmete sich Lisa hingebungsvoll den kargen Gewächsen, dann plötzlich richtete sie den Wasserstrahl auf Kira. Der, nicht faul, holte den zweiten Schlauch aus der Garage, und schon war die schönste Wasserschlacht im Gange.

Das war ein Spaß für die Hunde! Klatschnass sausten sie über Rasen und Beete. Als ich meinen Blick endlich vom jüngsten Werk der Marinina lösen konnte, sah ich gerade noch, wie mein Dill zertrampelt wurde. Ich steckte die Nase wieder ins Buch. Schließlich saßen vor jedem Lebensmittelgeschäft Leute aus der Gegend mit allerlei Grünzeug. Bei der Hitze war ich nicht in der Lage, auch nur einen Finger zu rühren, geschweige denn eine Schimpfkanonade loszulassen.

Als die Kräuter zertrampelt und die Hunde mit Schlamm bedeckt waren, hielten die Kinder das Gießen für beendet, ließen die Schläuche fallen und zogen sich ins Haus zurück. In der Küche zankten sie sich um den großen Krug Milch, den uns Nadja von ihrer Kuh gebracht hatte. Jeder wollte die Schicht Sahne schlecken, die darauf schwamm.

»Tanja, Telefon!«, rief Kira unerwartet.

Ich hatte es nicht einmal klingeln gehört.

»Hallo, Tanja, schnapp dir dein Keyboard«, hörte ich Wanja Lykow krächzen, »morgen um elf am Friedhof in Mitino.«

»Wo?«

»In Mitino, am Friedhof.«

»Wozu?«

»Dumme Frage! Wir sollen zu einem Begräbnis kommen!«

»Und was machen wir da?«

»Na, Ski laufen bestimmt nicht! Hat dir die Hitze so zugesetzt? Spielen natürlich.«

»Spielen? Was denn? ›Kalinka‹ vielleicht?«

»Red keinen Quatsch. Kannst du das Mozart-Requiem? Irgendwas daraus.«

»Irgendwie kriege ich das schon hin, aber wie klingt denn das?«

»Wieso? Mal was Neues. Also, um elf am Grab und danach noch beim Leichenschmaus. Das bringt 1000 Dollar.«

Am nächsten Tag zerlief ich an der Friedhofsmauer fast vor Hitze, bis endlich Dimas dunkelgrüner Mercedes um die Ecke bog. Der stammt aus den achtziger Jahren und klappert mit allen seinen Innereien. Ich steige nur mit größten Bedenken bei Dima ein. Er jagt seinen Methusalem wie ein Wilder durch die Straßen, und ständig fällt etwas ab. Schlimmer ist nur noch Wanjas Karre, ein dunkelroter schnaufender Lada. Die Türen schließen nicht richtig, die Scheibenwischer funktionieren nicht, und der rechte Kotflügel ist fast völlig durchgerostet. Aber Wanja fährt wenigstens wie ein normaler Mensch und hält sich an die Verkehrsregeln.

»Hallo, Tanja!«, rief mir Wanja schon von weitem entgegen. »Halt mal die Marfuta!«

Die Marfuta ist Wanjas Saxofon. Ich nahm ihm das schwarze Futteral ab und fragte: »Gibt's denn auf dem Friedhof eine Steckdose?«

»Na klar!« Dima wieherte los. »Du verblüffst mich immer wieder, Tanja, mit deinem scharfen Verstand. Aus jedem Grab guckt so ein kleines Plastikding mit Löchern raus. Stecker rein, und los geht's.«

»Tatsächlich?«, fragte ich verwundert zurück. »Wozu die die wohl brauchen?«

»Damit die Toten einen Player anschließen können«, erklärte Wanja todernst.

»Jetzt reicht's!«, blaffte Dima. »Und du, Tanja, lass den Quatsch! Der Friedhof hat keinen Strom.«

»Und wie soll ich dann spielen?«

»Das Grab liegt gleich hinter der Friedhofsverwaltung. Von dort ziehen wir ein Kabel.«

Eine halbe Stunde später waren die Instrumente angeschlossen und gestimmt. Jetzt fehlten nur noch die Auftraggeber. Nach einer Weile näherte sich ein langer Leichenzug.

»Da sind sie ja endlich«, brummte Dima. »Los, Kinder, Trauermiene aufsetzen!«

Wir begannen Mozart zu quälen. Ein Glück, dass er nie etwas von den drei Idioten erfahren wird, die Teile seines

Requiems mit E-Gitarre, Saxofon und Keyboard aufgeführt haben.

Der Sarg, der seltsamerweise verschlossen war, wurde neben der Grube in Stellung gebracht. Die Verwandten schluchzten, darunter viele Frauen, von Kopf bis Fuß in Schwarz gehüllt, und Kinder, die wohl kaum begriffen, was hier vorging.

Die Sonne brannte gnadenlos auf das düstere Geschehen nieder. Man sagte das Übliche: »Tragisch ums Leben gekommen«, »in der Blüte seiner Jahre«, »ein außergewöhnlicher Mensch«. Wenn die Redner Pause machten, waren wir an der Reihe. Unter den Trauergästen trillerte fortwährend irgendwo ein Handy. Schließlich wurde der prächtige Sarg aus Mahagoni mit einer Spezialvorrichtung langsam ins Grab hinabgelassen. Dabei heulten unsere Instrumente so schmerzvoll auf, dass eine Schar Krähen erschreckt aufflog. Vielleicht mochten sie Mozart nicht oder auch nur unsere originelle Besetzung.

Im Nu hatten zwei Totengräber, die für diese Tageszeit noch erstaunlich nüchtern waren, die Grube mit Erde zugeschaufelt und einen Hügel aufgehäuft, worauf ein Bild des Toten und ein Schild mit seinem Namen Platz fanden, umgeben von zahllosen Kränzen und Blumengebinden.

Zuerst las ich den Namen: Slawin, Wjatscheslaw Sergejewitsch, 1940–2000. Als ich dann einen Blick auf das Foto des Verstorbenen warf, wäre ich beinahe auf mein Keyboard gefallen. Ein rundes Gesicht mit grauen Augen und einer dicken Unterlippe blickte mich an. Die Mundwinkel waren leicht nach unten gezogen. Das gleiche Foto, nur viel kleiner, lag in dem Umschlag, den Kira mir gebracht hatte.

3. Kapitel

»Was ist mit dir, Tanja?«, flüsterte mir Wanja zu und versetzte mir einen Stoß. »Schlaf nicht ein, hau in die Tasten!«

Erschrocken ließ ich einen schrillen Akkord ertönen. Wie auf Kommando warf sich eine der Frauen über den Grabhügel und schrie mit so gellender Stimme, dass sie selbst das Saxofon übertönte: »Slawa, Slawa, warum?! Herr im Himmel, warum?!«

Zwei Männer wollten sie aufheben, aber sie wehrte sie ab. »Slawa, Slawa, ich geh hier nicht weg ...«

Aus der Menge löste sich eine schlanke, hochgewachsene junge Frau, die glatt ein Model hätte sein können. Rasch trat sie an das hysterische Frauenzimmer heran und sagte scharf: »Nora, lass das Theater!«

Die Frau heulte noch einmal auf und beruhigte sich dann. Sie zupfte die Schleife am größten Kranz zurecht und fragte spitz: »Warum liegen meine Blumen hier unten und Tamaras zerrupfter Strauß am Kopfende?«

»Hör auf damit!«, zischte das Mädchen. »Andrej, Nikolai, was steht ihr da herum? Wollt ihr einen Skandal? Den könnt ihr gleich haben.«

Zwei junge Männer traten heran. Der eine groß, blond und um die dreißig in elegantem schwarzem Anzug und blendend weißem Hemd, sagte mit leiser Stimme: »Mama, komm bitte.«

Der zweite, ebenfalls blond, aber untersetzt und etwas kleiner, mit einer kräftigen Nase und angewidert nach unten gezogenen Mundwinkeln, ging schweigend auf die Frau zu. Als er mein Yamaha-Keyboard passierte, stieg mir ein Gemisch von teurem Herrenparfüm, gutem Kognak und Zigaretten in die Nase. Genau so hat mein Ex-Mann Michail gerochen. Seitdem befällt mich bei Männern, die so duften, stets eine unüberwindliche Abneigung.

Der Kerl packte die Frau bei der Hand und knurrte: »Komm, Nora, es reicht.«

»Nein! Antworte mir, Nicolas«, erwiderte Nora, die offenbar nicht nachgeben wollte, in klagendem Ton. »Warum liegt mein Kranz hier ganz abseits und Tamaras zerrupfter Besen dort am Kopfende?«

Aus der Menge der schweigenden Trauergäste trat jetzt eine Frau hervor. Sie war klein und trug ein rundes Hütchen mit Schleier.

»Mama«, sagte der große Blonde tadelnd, »woher willst du denn wissen, dass dort das Kopfende ist?«

»Natürlich, André«, rief Nora aufgebracht, »er liegt mit den Füßen nach hier, und mit dem Kopf nach dort!«

Die Dame mit dem Hütchen war inzwischen an den Grabhügel herangetreten. Sie nahm einen bescheidenen Nelkenstrauß mit schwarzrotem Band unter dem Bild weg und schob unter Aufbietung aller ihrer Kräfte einen riesigen Kranz mit dunkelroten Rosen an seine Stelle. Dazu sagte sie leise: »Um Gottes willen, Nora, niemand hat sich dabei etwas gedacht. Ist es so besser?«

»So ist es richtig!« Nora nickte stolz. »Vor allem ist es gerecht. Jeder weiß, dass er mich am meisten geliebt hat! Und du, Tamara ...«

»Jetzt ist es aber genug!« Die hochgewachsene Schöne fiel Nora barsch ins Wort. »Hast du denn gar keine Scham? Andrej, bring sie endlich in den Wagen!«

Dann wandte sie sich uns zu. »Was steht ihr hier herum? Packt euren Kram zusammen und ab zu uns nach Haus! Wir wollen um Wjatscheslaw trauern und uns nicht an seinem frischen Grab angiften! Was für eine Schnapsidee aber auch von Nora, für das Begräbnis eine Band anzuheuern!«

Die Leute gingen langsam zum Ausgang. Ich baute mein Keyboard ab. So eine energische Person! »Kram« hatte sie gesagt! Das klang, als hätte sie ihre elegante Robe und vor allem die riesigen Klunkern selber bezahlt, die sie sich, wer weiß warum, zum Begräbnis an die Ohren gehängt hatte. Aber trotz der schicken Fassade redete sie ziemlich dumm und unlogisch daher. Sich angiften sollte man an einem Grab überhaupt nicht, ob nun frisch oder alt. Zu einem Friedhof gehört eine gewisse …

»Tanja!«, zischte es plötzlich hinter mir.

Ich drehte mich um und sagte vor Überraschung ziemlich laut:

»Du?!«

»Pst!«, flüsterte Wolodja Kostin. »Schrei nicht 'rum, du bist hier nicht auf dem Basar.«

»Was machst du denn hier? Hast du den Toten gekannt?«

»Ich bin im Dienst«, erwiderte er kurz.

Wolodja Kostin arbeitet bei der Kriminalpolizei und hat es inzwischen bis zum Major gebracht. Wir kennen uns seit langem, er ist ein guter, treuer Freund. Wir wohnen in einem Haus und sogar nebeneinander auf einer Etage. Wolodja hat nur eine Einzimmerwohnung. Ein zweites Zimmer hat er gewonnen, indem er einfach die Küche abschaffte. Was soll er als Junggeselle auch damit? Er braucht höchstens einen elektrischen Wasserkocher, denn zu essen bekommt er bei uns. Seine Küche wirkt jetzt eher wie ein Wohnzimmer, in das sich ein Kühlschrank und eine Spüle verirrt haben. Den Gasherd ersetzt ihm ein zweiflammiger Kocher – sehr bequem für jemanden, der nicht gerade Piroggen backen will. Und einen Major, der bäckt, kann ich mir sowieso nicht vorstellen.

»Das nennst du Dienst – auf Begräbnissen herumlungern?!«

Wolodja warf mir einen ärgerlichen Blick zu.

»Das erkläre ich dir später.«

»Bist du auch beim Leichenschmaus dabei?«

»Ja.«

»Also, Tanja!«, rief Wanja mir aufgebracht zu. »Du bist ja heute wie ein Klotz am Bein! Los, los, wir müssen vor den anderen dort sein!«

»Wir reden heute Abend weiter«, sagte ich zu Wolodja und begab mich im Laufschritt zu Wanjas Lada.

Dima schoss mit seinem Mercedes davon wie eine Rakete. Wir rollten in normalem Tempo vor uns hin. Ich entspannte mich etwas und sah gedankenlos aus dem Fenster. Häuser und Geschäfte flogen vorbei, bald fuhren wir auf einer freien Chaussee über Land.

»Wo geht's denn hin?«, fragte ich verwundert.

»Das Essen findet in der Villa des Verstorbenen statt«, gab Wanja ungerührt zurück. »In Aljabjewo.«

»Das ist ja 'n Ding! Und wo dort?«

»Nachtigallenallee.«

Das war am anderen Ende des Ortes, wo ich kaum jemanden kannte.

Wir bogen nach links ab und nahmen einen schmalen Weg. Vor uns kamen die ersten Datschen der Schriftstellersiedlung Peredelkino in Sicht.

»Hör mal, Tanja«, brummte Wanja, »heute spielen wir noch mal, und dann ist Schluss.«

»Wie – Schluss?«, fragte ich verständnislos.

»Wir legen eine Pause ein. Für den Sommer haben wir genug verdient. Wir gönnen uns einen Urlaub. Was sollen wir in Moskau schwitzen? Die Mucken sind jetzt sowieso dünn gesät. Wenn du willst, kannst du ja mit dem Keyboard weitermachen – als Einmannkapelle.«

»Dazu habe ich nun gar keine Lust«, meinte ich. »Ihr habt recht, warten wir den Herbst ab. Jetzt ist es viel zu heiß. Ich bleibe auf der Datsche, lese Krimis und seh mal richtig fern. Was kann es Schöneres geben?«

»Ich muss auch mit Lida auf die Datsche«, meinte Wanja seufzend. »Dabei habe ich überhaupt keine Lust, im Garten zu wühlen. Was wächst denn so bei dir?«

»Brennnesseln«, antwortete ich grinsend. »Eine gute Suppe kann man daraus machen. Ich hatte ein paar Kräuter, aber die haben mir die Hunde zerwühlt. Ich bin ihnen deshalb nicht böse. Was ich brauche, kaufe ich. Wenn ich Samen und Beete nur sehe, kriege ich gleich meine Migräne.«

»Ach, du hast's gut!«, rief Wanja. »Meine Lida ist, was das betrifft, nicht ganz normal. Kürbisse, Tomaten, Gurken, Zucchini, Erdbeeren – zum wahnsinnig werden! Um einmal alles zu gießen, brauchen wir drei Fass Wasser. Aber Wasserleitung ist nicht, alles muss mit Eimern vom Fluss herangeschleppt werden. Wenn es nach mir ginge, würde ich gar nichts anbauen!«

Nachdem wir alle Schlaglöcher genossen hatten, kamen wir auf eine Betonpiste und bogen gleich darauf in ein weit geöffnetes schmiedeeisernes Tor ein. Das Haus war so hoch wie unseres, hatte aber eine viel größere Grundfläche – ein Mittelteil und zwei Flügel, ein richtiges Anwesen. Über wie viele Räume die wohl verfügten?

Ein ausgesucht höfliches Zimmermädchen führte uns auf den Rasen hinter dem Haus. Dort war in einem riesigen Zelt eine lange Tafel gedeckt. Davor erblickten wir ein kleines Podium. Kaum hatten wir uns eingerichtet, da tauchten auch schon die ersten Gäste auf.

Gegen fünf Uhr nachmittags war der Anlass der Feier gründlich vergessen. Einige der Gäste, die den Getränken ordentlich zugesprochen hatten, zogen sich ins Haus zurück, um ein wenig zu ruhen. Eine Gruppe sang bereits aus vollem Halse, dabei so falsch, dass uns die Ohren dröhnten. Ein verschwitzter Mann im sündhaft teuren, aber völlig zerknitterten Seidenhemd stieg unsicher aufs Podium, zückte einen Hundert-Dollar-Schein, stopfte ihn mir in den Blusenausschnitt und tönte: »Könnt ihr auch die Kalinka?«

»Na klar«, gab ich forsch zurück und steckte den Schein ein. »Das ist unser Lieblingsstück!«

Wir verständigten uns kurz und spulten dann das gewohnte Programm ab: auf Kalinka folgte Katjuscha und Rjabinuschka. Bald wurde nur noch schnell und langsam gewünscht.

Gegen elf Uhr abends drückte die Dame, die ich bei mir nur das Model nannte, Dima ein Kuvert in die Hand und sagte: »Danke, das war's. Jetzt stärken Sie sich erst mal.«

Die Tische waren noch voller leckerer Sachen. Das Auge konnte sich kaum satt sehen.

»Nimm von den Piroggen«, flüsterte mir ein Kellner ins Ohr, ein Mann um die vierzig in roter Uniform mit goldenen Knöpfen. »Den Fisch lass stehen, der taugt nichts.«

Ich musste lächeln.

»Danke für den Tipp. Die Piroggen sehen wirklich gut aus. Die wären was für meine Kinder!«

»Wart einen Augenblick«, meinte der Garçon. »Das haben wir gleich!«

Er verschwand, und ich machte mich über die Piroggen her. Die zergingen förmlich im Mund. Wanja und Dima griffen gleich nach den Flaschen. Aber ich ließ sie gewähren. Das Programm war zu Ende, ich hatte meinen Anteil am Honorar in der Tasche, und fahren musste ich auch nicht mehr mit ihnen. Von hier konnte ich zu Fuß nach Hause gehen. Sollten sie sich vor dem Urlaub noch etwas gönnen. Beide hatten strenge Frauen, die ihnen im Urlaub bestimmt keinen Wodka erlaubten. Das Wetter war warm, und wenn sie zu tief in die Flasche guckten, konnten sie im Auto schlafen.

Als ich satt war, schaute ich mich etwas genauer um. Wolodja Kostin war nirgendwo zu sehen. Wahrscheinlich hatte er längst erfahren, was er wollte, und war gegangen. Nun wurde es auch für mich Zeit.

»He, Yamaha, warte mal!«, hörte ich es hinter mir rufen, als ich schon am Tor war. Der Kellner lief mit mehreren Plastiktüten und einer Schachtel herbei. Ich sah viele Päckchen und sogar die Umrisse einer Flasche.

»Was ist das?«

»Nimm nur, genier dich nicht, ich habe alles frisch von den Platten genommen«, erklärte mir der Mann eifrig.

»Vielen Dank, aber …«

»Komm, zier dich nicht!« Der Mann winkte ab. »Das ist für deine Kinder – ein paar Piroggen, etwas Salat und ein Fläschchen für den Mann.«

»Ich hab keinen.«

»Tatsächlich? Dann trinkst du es eben mit deinen Freundinnen. Das geht schon in Ordnung. Sieh doch, wie viel hier noch übrig ist. Die müssen nicht aufs Geld schauen.«

Ich wollte die Sachen eigentlich nicht nehmen und sagen, dass ich nichts brauche, aber der Ober strahlte so viel Freundlichkeit und Güte aus, dass ich nur murmelte: »Vielen Dank, mein Lieber, da brauche ich ja eine Woche lang nicht einkaufen zu gehen.«

»Na bitte, das ist doch wunderbar«, rief er und lief mit schnellen Schritten zum Haus zurück.

Ich schlug den schmalen Pfad durch den Wald ein. Ich hatte kaum fünf Minuten zu gehen. In unserer Datsche brannte noch Licht. Kira, Lisa und Wolodja saßen auf der Veranda einträchtig um den Tisch.

»Was bringst du denn da?«, fragten die Kinder neugierig.

»Die Reste vom herrschaftlichen Tisch«, antwortete ich und fragte meinerseits: »Willst du über Nacht bleiben, Wolodja?«

»Natürlich«, antwortete der Major und steckte Mulja ein Stück Käse ins Maul. Die klappte mit den Kiefern, und weg war der Happen. Sofort war Ada zur Stelle und wedelte mit ihrem ganzen dicken Hintern. Als sie sahen, dass es etwas zu holen gab, sprangen auch Rachel und Ramik herbei. Wolodja hatte für jeden etwas.

»Von wegen, Reste!«, rief jetzt Lisa begeistert. »Piroggen, Kuchen, Räucherwurst, Salat …« Man probierte von allem.

»Schade, kein Räucherlachs«, kam es von Kira, der mit vollem Munde kaute.

Nachdem alle nun doch ihr Abendbrot bekommen hatten, wechselten wir ins Wohnzimmer. Die Kinder schalteten das Videogerät ein. Wolodja und Kira machten es sich in den Sesseln bequem, Lisa streckte sich auf der Couch aus, und ich ließ mich zu ihren Füßen nieder. Sofort waren Mulja und Ada da und stritten um den besten Platz.

»Was für einen Film gibt's denn heute?«, fragte ich und gähnte.

»Einen Thriller, den habe ich von Kostja Rjabow«, antwortete Kira.

Schon krachten die ersten Schüsse. Ich schloss die Augen. Da fragte Lisa: »Warum bekommt die Frau das Kuvert mit Fotos und Geld?«

Ich starrte auf den Bildschirm. Eine schlanke Blondine, gespielt von einem bekannten Hollywoodstar, riss gerade ein Kuvert auf und drehte ein paar Fotos in den Händen. Auf dem Tisch lag ein Bündel Geldscheine.

»Das ist die Komplizin eines Berufskillers«, erläuterte Wolodja. »Ihn selbst bekommt der Auftraggeber nicht zu Gesicht. Sie wird vorgeschickt. Das Geld ist ein Vorschuss.«

»Und die Fotos?«, fragte Kira naiv.

»Na, Kinder, könnt ihr euch das nicht denken?« Der Major lächelte nachsichtig. »Wie soll denn der Mörder sein Opfer erkennen? Manchmal zeigt man es ihm direkt, aber meistens macht man es dort wie auch bei uns so: Geld und Fotos werden über einen Mittelsmann zugestellt.«

Ich spürte, wie in meinem Kopf kleine Hämmerchen zu pochen begannen. Wolodja fuhr indessen fort, als rede er von der normalsten Sache der Welt: »Erst heute hat bei uns ein Witz über so einen Killer die Runde gemacht. Also: Zwei Mörder stehen in einem Hauseingang. Sagt der eine zum anderen: ›Hör mal, unser Zielobjekt kommt doch jeden Tag um sieben von der Arbeit. Heute haben wir schon neun, und der Kerl ist immer noch nicht da. Langsam mache ich mir Sorgen. Es wird ihm doch nicht etwas zugestoßen sein?‹«

»Da weiß ich auch einen!«, rief Kira eifrig. »Ein Mann

heuert einen Auftragsmörder an und sagt: ›Adresse: Nowoslobodskaja uliza 129, Wohnung 3.‹ ›Und wie viel kriege ich?‹ ›200 000 Dollar.‹ ›Na für den Preis mache ich es glatt auch ohne Wohnungsnummer.‹«

Wolodja seufzte. »Zu wahr, um lustig zu sein.«

Ich fragte vorsichtig: »Woran ist eigentlich dieser Slawin gestorben? Der war doch kaum sechzig …«

Normalerweise lässt sich Wolodja nicht über Fälle aus, an denen er gerade arbeitet. Aber die Hitze setzte wohl auch ihm hart zu. Außerdem war er rechtschaffen müde, hatte ordentlich gegessen und mindestens drei doppelte Kognak getrunken.

»Lass uns eine rauchen gehen«, warf er mir zu.

Wir traten vor das Haus und ließen uns auf der Bank unter dem Jasminstrauch nieder, der einen intensiven Duft verströmte.

»Slawin ist ermordet worden«, sagte Wolodja. »Weißt du denn nicht, wer er war?«

Ich schüttelte den Kopf. »Keine Ahnung, aber nach Haus und Sarg zu urteilen, bestimmt kein armer Kerl.«

Wolodja streckte sich genussvoll, stieß eine Rauchwolke aus und blickte ihr nach, wie sie durch Blätter und Blüten nach oben stieg.

»Wjatscheslaw Sergejewitsch Slawin war ein außergewöhnlicher Mann. Jedenfalls bin ich so einem zum ersten Mal begegnet. Er war der Rektor und zugleich einziger Inhaber einer von ihm gegründeten Akademie. Als in unserem Lande private Hochschulen zugelassen wurden, hat Professor Slawin sofort eine eröffnet. Sie hat sechs Fakultäten – für Wirtschaft, Jura, Fremdsprachen, Psychologie, Soziologie und Werbung. Die Hochschule hat Hunderte Studenten, die besten Lehrer, denen sie hervorragende Bedingungen bieten kann. Da Slawin Oberbürgermeister Lushkow gut kannte, hat er sich hier ganz in der Nähe in Matwejewskoje ein Grundstück besorgt und darauf einen riesigen Komplex von Lehr- und Internatsgebäuden nach dem Vorbild eines Campus im Westen bauen lassen. Zwar verlangte er fette Studiengebühren, aber um einen Studienplatz dort stehen die Bewerber Schlange.«

»Was ist daran so außergewöhnlich?«, fragte ich verwundert. »Ein erfolgreicher Geschäftsmann, davon gibt's viele.«

»Er war selbst Doktor habil., Professor und Mitglied der Akademie der Wissenschaften.«

»Na und? Der berühmte Augenchirurg Swjatoslaw Fjodorow war auch ein genialer Wissenschaftler und als Geschäftsmann sehr tüchtig.«

»Weißt du«, sagte Wolodja beeindruckt, »wir haben einen Haufen Leute verhört – Lehrer, Bekannte und Freunde Slawins. Sie sind sich absolut einig: Bei allen seinen sonstigen Qualitäten war er auch noch ein ungewöhnlich gutmütiger und verständnisvoller Mensch. In all den Verhören ist kein einziges böses Wort über ihn gefallen.«

Dem einem hatte der Professor bei der Dissertation geholfen, einem anderen Arbeit beschafft, einen Dritten materiell unterstützt, einem Vierten eine Wohnung besorgt, einem Fünften ... Er musste eine Unmenge guter Taten vollbracht haben. Er war nicht streitsüchtig und hatte offenbar keine Feinde. Viele vergossen bittere Tränen, als sie von seinem Tode hörten.

»Du hast doch selber gesehen«, fuhr Wolodja fort, »was auf dem Friedhof los war. Das müssen glatt vierhundert Menschen gewesen sein, und kein böses Wort, nur tiefe Trauer.«

»Das soll es geben«, murmelte ich, »wenn auch nur selten.«

Unser Major war heute gar nicht zu bremsen. »Außerdem musst du bedenken«, fuhr er fort, »dass Slawin vier Frauen und zwei Geliebte hatte.«

»Na und? Andere haben noch mehr!«

Wolodja musste lachen. »Nein, so meine ich das nicht! Sie haben alle zusammengelebt.«

»Alle vier?«

»Na, beinahe. Auf jeden Fall waren Slawins Frauen miteinander befreundet. Das ist eine riesige Familie. Bei den vielen Verwandten verliert man leicht den Überblick. Und alle sind schockiert, heulen wie die Schlosshunde.«

»Wie ist er denn ums Leben gekommen?«

Wolodja drückte seine Kippe ordentlich aus, tat sie in eine leere Konservendose und sagte dann: »Das ist eine sehr merkwürdige Geschichte.«

»Und was ist daran so merkwürdig?«

»Einfach alles«, murmelte Wolodja. »Er ist in seinem Büro gestorben. Er wurde von einem Pistolenschuss direkt ins Herz getroffen. Dabei behauptet die Sekretärin steif und fest, niemand sei zu ihm hineingegangen. Sie hat die ganze Zeit im Vorzimmer gesessen. Slawin hat angerufen und gesagt: ›Lass niemanden zu mir herein, Lena, ich brauche etwas Ruhe.‹«

Er war allein in seinem Zimmer. Die Sekretärin hat mehrere Leute abgewiesen, die den Rektor unbedingt sprechen wollten. Sie hat keinerlei verdächtige Geräusche gehört. Es ist gegen vier Uhr nachmittags passiert. Als es sechs war, wurde Lena unruhig. Noch nie hatte sich ihr Chef so lange zurückgezogen. Die Zahl der Besucher wurde immer größer. Da entschloss sie sich schließlich doch, ihn zu stören.

Zuerst versuchte sie es über die Wechselsprechanlage. Doch Slawin reagierte nicht. Lena war etwas verwundert, aber nicht wirklich besorgt. Wjatscheslaw Slawin galt als kerngesund und ein Arbeitstier.

Vorsichtig schaute die Sekretärin ins Chefzimmer. Er lag auf der großen Sitzbank und hatte sich eine Decke über die Ohren gezogen. Nun war alles klar.

So etwas tat der Professor manchmal. Meist genügte ihm jedoch ein Nickerchen von einer halben Stunde. Danach konnte er bis Mitternacht am Schreibtisch sitzen. Heute war es halt etwas länger geworden, wer weiß, warum.

Lena erklärte denen, die im Sekretariat warteten: »Frühestens in einer Stunde wird er wieder da sein. Er ist in die Präsidialadministration gerufen worden.«

Aber Slawins Mercedes 600 stand auf dem Parkplatz, was einige der Wartenden nicht übersahen. Lena war es gleich, was die über sie dachten. Eine gute Sekretärin muss ihrem Chef den Rücken frei halten. Doch als es halb acht war, wagte sich Lena schließlich doch an die Couch heran und sagte: »Es wird Zeit, Wjatscheslaw Sergejewitsch.«

Keine Antwort. Das erstaunte sie nun wirklich. Vorsichtig fasste sie den Professor bei der Schulter …

Sie schrie so laut auf, dass beinahe das ganze Haus zusammenlief.

»Er ist tot, ermordet …«, konnte sie nur stammeln.

Allgemeine Betroffenheit. Die Miliz war rasch zur Stelle.

»Und weißt du, was das Seltsamste ist?«, schloss Wolodja.

»Was denn?«

»Man hat ihn genau ins Herz geschossen und ihm auch noch ein langes Messer in den Nacken gerammt.«

»Das ist ja der helle Wahnsinn!«

»Es kommt schon vor, dass ein Mörder seinem Opfer in der Rage mehrere tödliche Verletzungen beibringt. Merkwürdig ist etwas anderes.«

»Was denn?«

»Als Erstes wurde geschossen. Offenbar von einem Profi. Die Waffe hatte einen Schalldämpfer, und die Kugel traf genau ins Herz. Das muss aus kurzer Entfernung geschehen sein, als Slawin schlief. Dabei wusste der Killer genau, dass man zwei Finger breit unter das linke Schulterblatt zielen muss. Der Stich in den Nacken folgte aber nicht gleich, sondern etwa eine Stunde später. Wer macht denn so was?«

Das war nun wirklich bizarr. Schießen, eine Stunde herumsitzen und erst dann mit dem Messer zustoßen. Weshalb?

»Wann ist der Tod eingetreten?«

»Gleich nach dem Schuss, und der Killer wusste das. Fassen wir zusammen: Eine Pistole mit Schalldämpfer, ein Meisterschuss, der sofort zum Tode führte – das kann nur ein Profi gewesen sein. Aber er hat die Waffe zurückgelassen! Ein fabrikneuer Revolver, kein einziger Fingerabdruck. Wir tappen absolut im Dunkeln. Nur das Messer ist weg. Die Sekretärin behauptet, einen geeigneten Gegenstand hätte es in Slawins Büro nicht gegeben. Nur eine Schere und einen stumpfen Schmuckdolch aus Silber. So einen Fall hatte ich noch nicht.«

»Kann ich mir vorstellen. Was wolltest du denn auf der Beerdigung?«

»Einen Blick auf die Leute werfen«, meinte Wolodja seufzend, »die untröstlichen Verwandten und Freunde. Einer von denen muss doch Bescheid wissen, aber wer? Alle wollen Slawin heiß geliebt haben.«

Da war mein Freund wohl nicht zu beneiden. Immerhin interessant: Alle vergötterten Slawin, jemand musste ihn jedoch vorzeitig ins Jenseits befördert haben. Das heißt, einer in der Menge hegte einen heimlichen Hass auf ihn. Niemand kann sechzig Jahre alt werden, erfolgreich ein so gigantisches Projekt realisieren und keinen einzigen Feind haben. Er war doch kein Heiliger wie Thomas von Aquin! Wer weiß, was dem passiert wäre, hätte er eine Privatuniversität gegründet.

4. Kapitel

Am nächsten Morgen schaute ich den Berg bunter Taschenbücher durch und stellte missvergnügt fest, dass ich alle Krimis ausgelesen hatte. Ich musste in die Stadt und neue kaufen, so viele wie möglich.

Die Sonne brannte so heiß, als befänden wir uns nicht in

der Umgebung von Moskau, sondern mindestens in Tunesien. Es war noch nicht zehn, und ich schnappte schon nach Luft wie ein Fisch auf dem Trocknen. Dabei wohnten wir mitten im Wald. Wie sich dieser Sommer wohl in der Stadt anfühlte? Vielleicht sollte ich lieber hier draußen bleiben. Und den ganzen Tag vor der Glotze hocken? Das wollte ich nun auch wieder nicht.

Ich machte mich also startklar. Sowieso war ich allein zu Haus. Kira und Lisa waren baden gegangen und hatten die Hunde mitgenommen. Ihre Fahrräder haben Körbchen vor den Lenkstangen. Unsere dicken Möpsinnen Ada und Mulja mit ihren kurzen Beinen mögen keine langen Spaziergänge zu Fuß. So werden sie eben in den Körben verstaut. Rachel und Ramik, die viel Auslauf brauchen, jagen den Rädern, vor Begeisterung kläffend, mit hängender Zunge hinterher. Und Wasser lieben alle. Der Höhepunkt des Vergnügens ist erreicht, wenn Kira den Hunden was von seinem Sahneeis ablässt.

Während der Rest der Familie im See plätscherte, hatte ich genügend Zeit für die Fahrt nach Moskau und zurück. Schade, dass ich am Tag zuvor nicht Wolodja gebeten hatte, mich auf seiner Rückfahrt in die Stadt mitzunehmen. Doch das hätte bedeutet, vor Tau und Tag aufzustehen …

Während mir diese Gedanken durch den Kopf gingen, suchte ich meine Handtasche. Aber weder auf der Veranda noch im Schlafzimmer, im Wohnzimmer oder bei den Kindern konnte ich sie finden.

Ich war wütend auf mich selbst. Hatte ich sie etwa am Abend verloren, als ich, mit all den Leckerein beladen, durch den Wald lief? Das war nun wirklich zum Heulen. Mein Honorar war darin gewesen, außerdem ein bisschen Kosmetik, die ich verschmerzen konnte, und mein Telefonbüchlein. Letzteres zu verlieren wäre einfach tragisch. Auch um das Geld tat es mir leid, aber ich konnte neues verdienen. Das Büchlein mit all den Adressen und Telefonnummern war jedoch unersetzlich. Wie hatte ich nur so zerstreut sein können!

Während ich mit mir haderte, suchte ich das Haus bis auf den letzten Winkel ab. Das Täschchen war wie vom Erdboden verschluckt. Ob ich am Dorfladen einen Zettel aushängen sollte? Vielleicht bekam ich dann wenigstens das kleine Büchlein zurück.

Da klingelte das Telefon. Als ich abnahm, hörte ich eine unbekannte Stimme sagen: »Hallo, ich möchte gern Frau Romanowa sprechen.«

»Am Apparat.«

»Sie sind Tatjana Romanowa?«

»Ja, worum geht es denn?«, fragte ich verwundert.

»Haben Sie gestern bei der Beerdigung von Wjatscheslaw Slawin gespielt?«

Ich holte tief Luft. Offenbar hatte Dima vor seinem Verschwinden in den Urlaub meine Nummer an einen neuen Kunden weitergegeben.

»Das ist korrekt, aber Sie müssen entschuldigen, wir haben Urlaub und nehmen im Moment nichts an.«

»Hier ist Rebekka Slawina.«

»Wer?«

Die Stimme fuhr fort: »Sie haben gestern Abend Ihre Handtasche mit dem Honorar bei uns liegenlassen.«

»Tatsächlich? Und das Telefonbüchlein ist auch drin?«

»Alles da.«

»Ich komme sofort.«

»Wohin?«, fragte Rebekka erstaunt.

»Na, zu Ihnen.«

»Wir wohnen in Aljabjewo, ein ganzes Stück von Moskau entfernt.«

»Ich weiß. Ich habe hier eine Datsche. Gar nicht weit von Ihnen, in der Fruchtstraße.«

»Na, so was!«, gab Rebekka verwundert zurück. »Dann erwarte ich Sie.«

Ich schlüpfte rasch in meinen Trägerrock und lief durch den Wald. Es war schwül, offenbar braute sich ein Gewitter zusammen, wenn auch bislang kein Wölkchen am Himmel zu sehen war.

Am Tor der Villa Slawin gab es eine Wechselsprechanlage.

»Wer ist da?«, erklang es daraus.

Beinahe hätte ich geantwortet: Die Christel von der Post! Dann aber sagte ich: »Hier ist Tanja Romanowa. Ich möchte zu Rebekka.«

Es klickte leise. Ich trat in einen geräumigen Hof und blickte erstaunt um mich. Ringsum war alles pieksauber. Nichts erinnerte mehr daran, dass es hier am Abend zuvor eine große Party gegeben hatte. Ein tadellos gepflegter Rasen, kein einziger Korken, kein Stückchen Papier. Hier hatten fleißige Hände vom frühen Morgen an hart gearbeitet.

Rebekka schaute aus einem der Fenster und rief: »Kommen Sie doch bitte auf die Veranda!«

Ich ging gehorsam ein paar Stufen hinauf und trat in einen großen, rundum verglasten Raum. In der Mitte ein riesiger Tisch mit Spitzendecke, darum etwa zwölf Stühle mit hohen Lehnen. Der Tisch war fürs Frühstück gedeckt. In der Mitte thronte ein chromglänzender Wasserkocher. Rebekka erkannte ich sofort. Es war die junge Frau, die ich bei mir das Model genannt hatte. Auf dem Friedhof war sie mir finster und unnahbar erschienen. Jetzt lächelte sie freundlich und sagte: »Wie konnten Sie nur das Wichtigste vergessen – Ihr Täschchen mit dem Geld.«

»Ich war gestern Abend sehr müde«, erwiderte ich lächelnd. »Aber woher haben Sie meine Telefonnummer?«

»Das war überhaupt kein Problem, Mr. Watson.« Rebekka musste lachen. Sie zog aus der Tasche mein kleines Büchlein und wedelte damit in der Luft herum.

»Hier auf dem Einband steht es Schwarz auf Weiß: ›Der ehrliche Finder wird gebeten, dieses Buch Tatjana Romanowa zurückzugeben, Adresse und Telefon …‹ Bei der ersten Nummer hat niemand geantwortet, bei der zweiten waren Sie am Apparat. Die 593 am Anfang hatte ich schon bemerkt. Ich dachte, Sie wohnen in einem der Nachbardörfer, in Solnzewo oder Nowoperedelkino. Dass wir praktisch Nachbarn sind, habe ich nicht vermutet.«

Ich lächelte in mich hinein. Natürlich konnte ein Frauenzimmer, das für Geld auf einem Keyboard klimperte, höchstens in einer Bretterbude hundert Kilometer von der Hauptstadt entfernt leben, nicht aber auf einer Datsche in diesem feinen Ort. Der kleinen Snobistin musste ich wohl eine Lehre erteilen.

»Mein Vater, Akademiemitglied Romanow, hat vor ewigen Zeiten hier ein Haus gebaut. Wir wohnen in der alten Siedlung.«

»Wie schön!« Rebekka schlug die Hände zusammen. Und da sie nun offenbar zu dem Schluss gekommen war, die Tochter eines Akademiemitglieds sei ein würdiger Umgang für sie, fragte sie freundlich: »Darf ich Ihnen Kaffee und Piroggen anbieten?«

»Wenn die Piroggen so gut sind wie gestern Abend.«

Rebekka lachte. »Unsere Antonina ist dafür berühmt. Probieren Sie die mit Aprikosen.«

Sie schenkte Kaffee ein.

»Sie sind also Tanja. Ich bin Rebekka. Aber Mama ruft mich nur Becky. Ich wäre lieber Mascha oder Dascha gewesen. Sie verbringen den Urlaub auf Ihrer Datsche?«

»Ja, ich bin den ganzen Sommer mit den Kindern hier draußen.«

»Arbeiten Sie nicht?«

»Sie haben ja gesehen, ich spiele Keyboard. Aber im Moment gibt es kaum was zu tun, und so haben wir beschlossen, uns ein wenig Ruhe zu gönnen.«

»Sie gehen sehr professionell mit dem Instrument um«, meinte Rebekka. Das sollte wohl ein Kompliment sein. »Haben Sie eine Musikschule besucht?«

»Ja«, antwortete ich seelenruhig. »Ich habe am Moskauer Konservatorium Harfe studiert und auch längere Zeit Konzerte gegeben.«

»Ja, dann …« Rebekka brauchte ein Weilchen, um diese Nachricht zu verdauen. »Aber wieso …« Sie biss sich auf die Lippen. Ich musste lachen und griff mir eine von den Piroggen, diesmal mit Apfelfüllung.

»Wieso eine, die das Konservatorium absolviert hat, bei Begräbnissen in die Tasten haut?«

Rebekka war peinlich berührt. »Nun …«

»Das ist schnell erklärt. Ich habe keine große Karriere gemacht und ziemlich jung geheiratet. Dann kam die Scheidung, und ich war auf mich allein gestellt. Musik zu machen ist noch eine recht angenehme Art, sein Geld zu verdienen. Zuvor habe ich vieles andere ausprobiert. Ich war Haushaltshilfe bei dem Schriftsteller Kondrat Rasumow und habe auch schon in einer Detektei gearbeitet.«

»Wo?«

»In einer Detektei.«

»Als was?«, fragte Rebekka und setzte ihre Tasse ab.

»Als Privatdetektiv«, sagte ich mit einem Lächeln.

»Und warum sind Sie das nicht mehr?«

»Mein Arbeitgeber, mit dem ich befreundet war, ist leider verstorben. Und der neue Chef hat alle Angestellten seines Vorgängers hinausgeworfen. Das passiert gar nicht so selten. Ich hatte Glück. Frühere Studienkollegen haben mir angeboten, zusammen mit ihnen Musik zu machen.«

»Und das gefällt Ihnen?«

»Nicht wirklich. Ich bin froh, dass meine Mutter, die auf den größten Bühnen Russlands gesungen hat, nicht sieht, was ich jetzt treibe. Ich war sehr gern Detektivin, offenbar bin ich dafür begabt. Aber in dem Gewerbe hat man Vorbehalte gegen Frauen. Außerdem muss man dafür eigentlich schießen, gut Auto fahren und sich auch mal prügeln können … Das kann ich alles nicht. Im Moment habe ich gerade mit der Fahrschule angefangen. Meine Waffen sind eher gute Beobachtungs- und Kombinationsgabe, die ›grauen Zellen‹, wie Hercule Poirot zu sagen pflegte. Sie haben doch Agatha Christie gelesen?«

»Das heißt, Sie sind den ganzen Sommer hier?«, stellte Rebekka fest, wobei sie meine Frage geschickt überging. »Habe ich das richtig verstanden?«

»Ja.«

»Dann hätte ich einen Auftrag für Sie. Können Sie nicht ein gutes Honorar gebrauchen?«

Ich blickte sie verständnislos an. Ihre blassen Wangen hatten sich gerötet, und aus der perfekten Frisur hatte sich eine Strähne gelöst. Rebekka steckte sie wieder hinters Ohr und sagte rasch: »Also, wie wär's mit 10000 Dollar?«

»Was muss ich für so eine Summe tun?«

»Den Mörder meines Vaters finden.«

»Hören Sie mal, das ist für mich eine Nummer zu groß! Außerdem ist, so viel ich weiß, die Miliz bereits an dem Fall dran.«

»Die Miliz!«, prustete Rebekka, »Gott im Himmel! Sehen Sie denn nie fern? Haben unsere glänzenden Spürnasen, die besten Köpfe des Innenministeriums, auch nur einen Prominentenmord der letzten Jahre aufklären können? Den an Galina Starowoitowa? Oder an Anna Politkowskaja?« Von den vielen ermordeten Bankern gar nicht zu reden … Nein, zu denen habe ich kein Fünkchen Vertrauen. Da muss man sich schon selber etwas einfallen lassen.«

»Dann wenden Sie sich doch an eine offizielle Detektei!«

Rebekka zog eine lange braune Zigarette aus einem Päckchen, zündete sie an, bemerkte dann ihre Unhöflichkeit und fragte: »Möchten Sie auch?«

»So eine habe ich noch nie probiert.«

Blauer Rauch stieg auf. Rebekka seufzte. »Eine Freundin, die ihren Mann verdächtigte, ein Verhältnis zu haben, hat für eine ziemlich große Summe einen Detektiv geheuert. Der schickte ihr nach einiger Zeit einen Bericht, in dem er das Beobachtungsobjekt als unschuldigen Engel und reinen Workaholic darstellte. Ein paar Monate später kam dann die Wahrheit ans Licht. Stellen Sie sich vor: Statt sein Geld ehrlich zu verdienen, hatte der Kerl mit ihrem Mann gemeinsame Sache gemacht und bei dem für sein Schweigen und den falschen Bericht noch einmal abkassiert.«

»Schwarze Schafe gibt es überall. Kürzlich hat die Agentur ›Pinkerton‹ ein Büro in Russland eröffnet. Die haben einen tadellosen Ruf und fast hundert Jahre Erfahrung.«

Rebekka schüttelte den Kopf. »Nein, das ist mir alles nichts. Sagen Sie doch zu. Es passt alles so gut. Sie wohnen hier draußen, ich kann allen sagen, Sie sind eine alte Bekannte, die Tochter von Akademiemitglied Romanow. Keiner von meinen Leuten wird Verdacht schöpfen. Und im Moment haben Sie doch sowieso nichts zu tun. Außerdem …«

»Was ist außerdem?«, fragte ich.

Rebekka drehte den Kaffeelöffel in den Händen.

»Mein Vater hat sein Leben lang niemandem etwas zuleide getan. Wenn man aufzählen will, wer ihm zu Dank verpflichtet ist, dann findet man kein Ende. Er hatte Hunderte Freunde, und das nicht nur in Russland. Schauen Sie nur.«

Rebekka stand auf, trat zu einem Serviertisch und wies auf einen Berg von Telegrammen, der sich dort häufte.

»Das ist nur die Post von heute Morgen. Sie wird uns säckeweise gebracht. Und das ist Papas Telefonbuch.«

Sie wies auf einen dicken Wälzer, der eher an ein Lexikon erinnerte. Wirklich beeindruckend.

»Meinem Vater wollte niemand etwas Böses. Seine Mitarbeiter standen für ihn ein, die Studenten vergötterten ihn, und mir scheint …« Sie verstummte, als müsse sie sich überwinden, dann aber kam es, wie aus der Pistole geschossen:

»Mir scheint, der Mörder ist in unserer Familie zu suchen. Unter den Menschen, die ihm am nächsten standen.«

»Wieso das denn?! Es heißt doch, er hätte ein hervorragendes Verhältnis zu allen seinen Ex-Frauen und deren Kindern gehabt ...«

Rebekka seufzte. »Das stimmt.«

Sie schaute auf die Uhr und sagte leise: »Uns bleibt noch etwas Zeit. Nora und Nikolai kommen erst gegen Mittag zurück ... Bis dahin habe ich Ihnen erzählt, was Sie wissen müssen.

5. Kapitel

Wjatscheslaw Slawins ganzes Leben war eine einzige Folge von Eheschließungen und Scheidungen. Er war ein emotionaler Charakter, der sich rasch verliebte und dann lichterloh brannte wie ein Holzscheit im Ofen. Aber was schnell entflammt und gut brennt, erkaltet in der Regel auch bald wieder. Ein Platzregen, der wie eine Wand vor dem Haus steht, schreckt mich nicht. Der rauscht in fünf Minuten herab, und dann ist alles vorbei. Aber so ein dünner, grauer Landregen kann den ganzen Tag anhalten. So ist es auch mit den Gefühlen der Menschen. Eine amour fou mit afrikanischer Leidenschaft und brasilianischer Eifersucht dauert meist nicht länger als ein Jahr. Dann wird aus ihr entweder Freundschaft, Gleichgültigkeit oder sogar Hass. Wenn die Hochzeit fünf Jahre her ist, klettert kein Ehemann mehr mit einer roten Rose zwischen den Zähnen über den Balkon zu seiner Frau. So sind die Männer: Der Stempel auf der Heiratsurkunde, der den Frauen Sicherheit gibt, wirkt ernüchternd auf das starke Geschlecht. Die Frau, die der Mann nun besitzt, braucht er kein zweites Mal zu erobern. Hier beginnen andere Regeln zu wirken. Es kommen Kinder, man führt einen gemeinsamen Haushalt. Mit über vierzig fängt man nicht gern noch einmal von vorn an. Mag die Frau auch nörgeln und keine Schönheit mehr sein, so ist sie doch bequem wie ein alter Pantoffel. Zumindest weiß man, was man hat. Eine aufgedonnerte Schöne mit langen Beinen und üppigem Busen kann sogar abschreckend wirken. Am Ende versagen dem Mann über vierzig im entscheidenden Moment die Nerven und er blamiert sich vor der Dame bis auf die Knochen? Solche oder ähnliche Gedanken lassen gestandene Ehemänner in der Regel vor dem letzten Schritt zurückschrecken, nicht aber vor dem Versuch. Kluge Ehefrauen wissen, dass man auch den Treuesten manchmal an der langen Leine laufenlassen muss. Er stößt sich die Hörner ab und kommt zu seiner Frau zurück. Wie man nach durchtanzter Nacht mit Genuss die schönen, aber viel zu engen Schuhe abstreift.

Slawin war da anders. Bereits mit fünfundzwanzig heiratete er zum ersten Mal. Mit Olga Winogradowa lebte er drei Jahre lang zusammen. Dann tauchte Nora auf, und Wjatscheslaw verliebte sich sofort in sie. Er überließ Olga die Wohnung, die er gerade erst für hart verdientes Geld gekauft hatte. Zur Sowjetzeit gab es eine Einrichtung, die sich Studentische Baubrigaden nannte. In den Sommerferien fuhren die jungen Leute als Bauarbeiter aufs Land. Die meisten brachten von dort eine Menge schöner Erinnerungen an Abende beim Lagerfeuer mit Gitarre und kreisender Wodkaflasche mit. Aber Slawin war schon damals hinter dem Geld her. Er gründete eine Brigade, die Dächer mit Bitumen deckte. Eine furchtbar schmutzige und schwere Arbeit, die sehr gut bezahlt wurde. Die Mitglieder der Brigade saßen abends nicht am Lagerfeuer bei Wodka und Gesang. Dafür hatten sie nach der Maloche einfach keine Kraft mehr. Aber in den drei Monaten hatten sie die erste Rate für eine Eigentumswohnung zusammen, und im Jahr darauf schufteten sie schon für die Einrichtung.

Wjatscheslaw überließ Olga sein so schwer erarbeitetes

Domizil. Doch er legte nicht die Hände in den Schoß. Er schrieb seine Dissertation und ließ sich von der Gesellschaft »Snanije« (Wissen) als Referent durch das ganze weite Sowjetland schicken. Wem er nicht alles die Überlegenheit der sozialistischen Wirtschaft gegenüber der kapitalistischen pries: Lehrern, Arbeitern, Parteifunktionären, Lehrlingen, Friseuren und sogar Knastbrüdern. Als frisch gebackener Doktor erhielt er für einen Vortrag ganze fünfundzwanzig Rubel. Gern übernahm er daher zwei am Tag. Bei vollem Programm konnte er im Monat glatt 1500 Rubel verdienen. Das Durchschnittsgehalt im Land lag in jenen fernen siebziger Jahren bei 120 Rubeln. Kleine Chefs kamen vielleicht auf 160.

Mit Nora lebte Slawin am längsten zusammen – ganze zehn Jahre. Mit Olga hatte er keine Kinder, dafür schenkte ihm Nora gleich vier – Andrej, Nikolai, Sergej und Rebekka.

Aber auch die vier Sprösslinge konnten die Ehe nicht retten. 1978 ließ sich Slawin ohne Vorwarnung von Nora scheiden und stürzte sich in eine Affäre mit seiner Aspirantin Jewgenia. Die währte zwei Jahre. Jewgenia wusste genau, was sie wollte, auf jeden Fall nicht als Mutter und Hausfrau enden. Die Kariere war ihr wichtiger. Wjatscheslaw half ihr bei der Dissertation und brachte sie in einem Forschungsinstitut unter. Dann wünschte sich Jewgenia ein Praktikum in Frankreich. Das war 1980. Reisen ins Ausland, noch dazu ins westliche, waren eine schwierige Angelegenheit. Wjatscheslaw bot seiner Geliebten Polen oder die Tschechoslowakei an. Aber die Dame seines Herzens bestand auf Paris.

Slawin ließ alle seine Beziehungen spielen, und schließlich flog Jewgenia für acht Monate ins Land der Musketiere. Wjatscheslaw sah sie nie wieder. Nur einmal gab sie jemandem ein kurzes Briefchen des Inhalts mit, dass sie nichts zu verlieren habe und in Moskau ohnehin niemand auf sie warte. In Paris habe sie einen gewissen Charles kennengelernt, einen nicht ganz mittellosen Mann.

Slawin war's zufrieden. Er hatte sowieso gerade ein Verhältnis mit Tamara angefangen, einer stillen Frau, die auf den stürmischen Feiern, wohin er sie schleppte, kaum zu hören war. Sie gab ihre Arbeit als Fremdenführerin sofort auf und widmete sich nur noch dem kommenden Familienglück. Als sie nach Jahren wieder geschieden waren, sagte Wjatscheslaw manchmal mit einem Seufzer: »Tamara war die ideale Ehefrau, aber ohne Pep, ohne Feuer, einfach zu positiv.«

Als Erstes entließ sie das gesamte Personal. Es machte ihr Freude, um sechs Uhr morgens aus dem Bett zu springen, damit zum Frühstück selbstgebackene Plinsen auf dem Tisch standen. Vier Gänge zu Mittag und drei zu Abend wurden von nun an im Hause Slawin zur Regel. Außerdem kochte sie Konfitüre, füllte die Vorratskammern mit Eingewecktem, nähte neue Gardinen und putzte die Wohnung selbst. Waschen und bügeln gehörten zu ihren selbstverständlichen Pflichten. Sie konnte doch Wjatscheslaws Hemden und Unterwäsche nicht irgendeiner hergelaufenen Angestellten überlassen.

1981 brachte Tamara die kleine Swetlana zur Welt, ein stilles Mädchen, das man kaum bemerkte. Während der Ehejahre mit Tamara erklomm Wjatscheslaw die Höhen der Wissenschaft. Zuerst kam die Habilitation, dann wurde er Professor und schließlich Mitglied der Akademie der Wissenschaften. Eine imposante Erscheinung, stets elegant gekleidet und trotz zunehmender Glatze immer noch sehr gut aussehend, tauchte er nun bei allen Feiern ohne Gattin auf. Im Unterschied zu Nora machte sich Tamara überhaupt nichts aus Empfängen und Parties. Sie blieb lieber zu Hause und strickte ihrem Mann den nächsten Pullover. Wahrscheinlich glaubte sie, dieses Familienglück werde nie ein Ende nehmen. Schließlich hatte sie so viel für Wjatscheslaw getan. Aber 1988 – Swetlana kam gerade in die erste Klasse – begegnete Wjatscheslaw die flotte Anja aus der Redaktion der Zeitschrift »Grenzen der Wissenschaft«. Die Studentin der Politökonomie, die nebenbei als Journalistin jobbte, sollte das berühmte Akademiemitglied interviewen.

Eine stürmische Affäre begann. Ein halbes Jahr später ließ sich Slawin scheiden. Tamara nahm ihr Schicksal still und ergeben hin, machte ihm keine Szenen und schaute schweigend zu, wie der geliebte Mann seine Koffer packte.

Aber Anja hatte keineswegs die Absicht zu heiraten. Drei Jahre lang dauerte das Verhältnis. Es brachte Wjatscheslaw das volle Programm: wilden Sex, aber auch Hysterieanfälle, Skandale und sogar Handgreiflichkeiten. Anja kriegte es fertig, bei Schnee und Eis im Nachthemd mit dem gellenden Schrei auf die Straße zu laufen: »Ich häng mich auf!«

Anfangs war Wjatscheslaw von derart heißen Gefühlen hingerissen. Nach den Jahren mit der stillen, stets ausgeglichenen Tamara stand ihm der Sinn nach heftigen Emotionen. Auch im Alltag greift man nach zu viel süßer Torte mit Schlagsahne gern nach scharfen Pfeffergürkchen. Aber den Tanz auf dem Vulkan hatte Slawin bald satt. Anja war schon ein tolles Weib, doch der Charakter …

1991 tauchte in Wjatscheslaws Vorlesung im ersten Semester die Studentin Angelika Wolgina auf. Er las damals in drei Instituten gleichzeitig und brachte gelegentlich durcheinander, wie weit er vor welchem Auditorium bereits gekommen war. Deshalb hatte er sich angewöhnt, beim Betreten des Hörsaals gut gelaunt die Hände zu reiben und zu fragen: »Wer sagt mir, wo wir das letzte Mal stehengeblieben sind?«

Die naiven Studenten glaubten, der Professor wolle kontrollieren, was sie von der vergangenen Vorlesung behalten hatten. Sie konnten sich nicht vorstellen, dass Slawin einfach nicht mehr wusste, worüber er das letzte Mal gesprochen hatte. Raunen im Saal. Da stand Angelika auf und gab eine klare, präzise Antwort. Sie saß immer in der ersten Reihe, hörte konzentriert zu und schrieb eifrig in ein dickes Heft. Nach der Vorlesung stellte sie dem Professor häufig Fragen, stets sachlich und immer auf den Punkt. Man spürte sofort, dass dieses Mädchen sich für die Wissenschaft interessierte, nicht für ihre männlichen Mitstudenten wie die meisten anderen.

Als Angelika den Professor bat, ihre Jahresarbeit zu betreuen, sagte er daher sofort zu. Aus dem Mädchen konnte etwas werden.

Eines Tages hatte sie wieder einmal eine Frage, war damit aber nicht die Einzige. Wjatscheslaw bat sie, ein wenig zu warten. Der Teufel wollte es, dass er bis zehn Uhr abends mit hängender Zunge durch die Fakultät jagte und keinen Augenblick der Muße fand. Als er endlich in sein Büro zurückkam, saß dort Angelika immer noch bescheiden in der Ecke und wartete.

Dem Professor war es peinlich, dass er sie völlig vergessen hatte. Draußen wehte ein eisiger Wind, die Pfützen bedeckte das erste dünne Eis, und es war stockfinstere Nacht.

»Also«, sagte Slawin, »ich fahre dich jetzt nach Hause. Wo soll es hingehen?«

»Das ist nicht nötig.« Angelika wehrte ab. »Ich wohne sehr weit draußen.«

»Sag mir die Adresse!«, beharrte Slawin und hob leicht die Stimme.

»Es ist in Ljuberzy«, antwortete Angelika.

Sie fuhren los. Das Haus, das sie schließlich erreichten, war eher eine Baracke – eine langgezogene ebenerdige Bretterbude. Da nirgendwo Licht brannte, begleitete Slawin die Studentin galant ins Haus. Als sie dann in einem muffigen Korridor standen, bat er unvermittelt: »Kann ich einen Tee bekommen? Dabei reden wir gleich noch über die Jahresarbeit.« Angelika fuhr zusammen und murmelte: »Na, gut.«

Sie führte den Professor in ein kleines Zimmerchen, knipste das Licht an und sagte leise: »Entschuldigen Sie, wir haben nur eine Gemeinschaftsküche, den Tee bringe ich gleich.«

Wjatscheslaw ließ seinen Blick über die durchgesessene Couch, die schäbigen Möbel aus dem befreundeten Bulgarien, den billigen Fernsehapparat und den winzigen Kühlschrank gleiten. Dann ließ er sich in einem altersschwachen Sessel nieder. Ergriffen stellte er fest, dass Angelika in tiefer Armut lebte.

Da vernahm er ihre Stimme hinter einer Trennwand, die höchstens aus Pappe bestehen konnte: »Tante Katja, verzeihen Sie, ich habe einen Gast und gar nichts im Haus. Könnten Sie mir Tee, Zucker und eine Kleinigkeit zum Knabbern leihen?«

»Nimm, was da ist, Kindchen«, antwortete eine alte Frau, »im Schrank sind noch ein paar Schokoladenplätzchen.«

»Ich kann es Ihnen aber erst nach dem Dritten zurückgeben«, murmelte Angelika, »wenn ich Stipendium bekomme.«

»Na, nimm schon, du armes Ding«, sagte die Alte hüstelnd, »musst auch selber mal was zwischen die Zähne bekommen, Haut und Knochen, wie du bist.«

Slawin öffnete rasch die Tür des Kühlschranks und pfiff leise vor sich hin. Drinnen stand eine einzige Tüte Kefir.

Als Angelika mit Tee und Plätzchen zurückkam, sprachen sie über die Jahresarbeit. Erst jetzt fiel Wjatscheslaw auf, wie abgehärmt ihr Gesicht mit den großen Augen und wie dünn ihre Ärmchen waren.

»Wo sind denn deine Eltern?«

»Die sind schon lange tot«, antwortete Angelika leise. »Ich bin bei meiner Großmuter aufgewachsen. Aber die ist auch gestorben. Jetzt lebe ich allein.«

Slawins Herz krampfte sich vor Mitleid zusammen. Das Mädchen kam ihm vor wie ein winziges Kätzchen, das man bei strengem Frost auf die Straße gejagt, ein hilfloses Kind, das in einem riesigen Supermarkt seine Mutter verloren hatte. Für das Kind gab es immerhin die Chance, seine Mutter in der Menge wiederzufinden, und selbst das Kätzchen fand meist eine mitleidige Seele ... Aber Angelika hatte wohl kaum fremde Hilfe zu erwarten, wenn sie sich aus ihrer Armut und dieser Baracke herausarbeiten wollte. Plötzlich hörte Slawin sich sagen: »Los, pack deinen Koffer.«

»Wozu?«, fragte das Mädchen erschrocken.

»Ich nehme dich mit zu mir.«

»Das geht nicht!« Angelika schüttelte heftig den Kopf. »Was wird man im Institut dazu sagen?«

»Man wird gar nichts sagen.« Slawin winkte ab. »Weil wir morgen heiraten.«

Damit mussten sie aber bis 1992 warten, denn Angelika war noch keine achtzehn. Sie bekam alles auf einmal. Slawin, der offenbar spürte, dass sie die letzte große Liebe seines Lebens war, überhäufte die junge Ehefrau mit Geschenken – Pelze, Schmuck und Urlaub in Nizza. Während der Ehe mit Angelika erreichte er den Höhepunkt seines finanziellen Wohlstandes. Sie brachte ihr Studium zu Ende, promovierte anschließend und blieb als Mitarbeiterin an seinem Lehrstuhl. Aus dem schüchternen jungen Ding, das sich nur von Kefir ernährt hatte, war eine strahlende, selbstbewusste und sehr elegante junge Dame geworden. Ihren Mann vergötterte sie, sprach ihn stets mit Vor- und Vatersnamen an, zumindest in der Öffentlichkeit, und machte ihm keinerlei Ärger. Es war, als vereinigte Angelika in sich Tamaras Ruhe und Häuslichkeit und Jewgenias beruflichen Ehrgeiz mit Noras Schönheit, Olgas Geist und Anjas Fröhlichkeit ...

Die junge Angelika erwies sich als lebenskluge Frau. Sie

pflegte ein gutes Verhältnis zu allen ihren Vorgängerinnen und deren Kindern. Rebekka und sie wurden die besten Freundinnen.

»Und was hat das nun alles zu bedeuten?«, fragte ich, als Rebekka geendet hatte.

Die seufzte tief auf. »Ich mag Angelika sehr. Sie ist, ehrlich gesagt, meine engste Vertraute. Wir sind ja auch fast im selben Alter. Sie meint, der Mörder müsse jemand aus der Familie sein.«

»Warum glaubt sie das?«

Rebekka nahm sich eine neue Zigarette. »Wissen Sie, mein Vater ist bei seinem Alter in seinem Inneren ein Kind geblieben. Stets hatte er irgendwelche Scherze und Tricks auf Lager, liebte Abenteuer und Geheimnisse. Dieses Haus hat zum Beispiel drei Geheimgänge.«

»Was Sie nicht sagen!«

»Wenn man in der Bibliothek in den Schrank steigt, kommt man unten im Wohnzimmer wieder heraus. Von der Küche führt ein unterirdischer Geheimgang, der mit einer Luke verschlossen ist, ins Freie. Und wenn man im Wintergarten einen der Blumenkübel wegschiebt, gelangt man über eine Wendeltreppe in die Diele, wo man plötzlich aus dem Kleiderschrank steigt.«

»Und wozu das alles?«

Rebekka lächelte traurig. »Ich sage doch, mein Vater konnte wie ein großes Kind sein. Als das Haus neu war, hat Papa uns mit diesen Dingen gern zum Narren gehalten.«

»Und was hat das mit dem Mord zu tun?«

»Nichts. Aber 1998 hat die Akademie ebenfalls ein neues Gebäude bezogen. Und jetzt kommt's: Auch zu seinem Büro dort gibt es einen geheimen Zugang.«

Bei diesen Worten fuhr ich hoch, wie von der Tarantel gestochen.

»Das kann nicht sein!«

Rebekka lächelte wieder. »Doch, doch. Vom Keller aus

gelangt man in den kleinen Ruheraum hinter seinem Arbeitszimmer. Papa hat oft bis nach Mitternacht gearbeitet, seine Sekretärin Lena war dann schon lange fort …«

»Und wer hat den Geheimgang benutzt?«

»Angelika.«

»Wozu?«

Jetzt wirkte Rebekka peinlich berührt. »Sehen Sie, bis zu Papas Tod habe ich nichts von diesem Geheimnis gewusst. Niemand wusste etwas davon außer Angelika. Zu den Schlössern der Türen zum Keller und zu Papas Büro am Ende des Geheimgangs existierten zwei Sätze Schlüssel. Das eine Bund gab mein Vater Angelika, das andere lag immer zu Hause in seiner Schreibtischschublade.«

»Das verstehe ich nicht. Hatte Angelika es nötig, sich heimlich zu ihrem Mann zu schleichen?«

Rebekka kicherte. »Das war das Spiel, das sie trieben. Papa schickte seine Sekretärin Lena nach Hause, und dann schlich sich Angelika unbemerkt in sein Büro. Dort gaben sie sich auf der schmalen Couch einander hin wie heimlich Verliebte. Angelika hat mir erzählt, das hätte Papa immer mächtig angemacht, als nähme er sie zum ersten Mal. Manchmal klopfte jemand an der Tür, dann hielten sie den Atem an und freuten sich diebisch. Papa wollte offenbar verhindern, dass der Sex in der Ehe zur Gewohnheit wurde. Manch einer braucht dafür Lederhalsband und Peitsche, ein anderer Kerzen und musikalische Untermalung. Bei ihnen war es halt das Geheimnis und die Gefahr, erwischt zu werden. Verstehen Sie?«

»Durchaus.«

»Angelika hat erzählt, Papa hätte manchmal im Scherz zu ihr gesagt: ›Angelika, pass auf mein Schlüsselbund auf! Wenn es weg ist, dann komm her und kratz deiner Rivalin die Augen aus!‹«

Scherz hin oder her, Angelika schaute tatsächlich ab und zu nach, ob die Schlüssel noch an ihrem Platz lagen.

Eine Woche vor Slawins Tod verschwand Angelikas Handtasche und mit ihr die bewussten Schlüssel. Sie wollte eine Kopie anfertigen lassen, zog die Schreibtischschublade auf und erstarrte vor Schreck. Das Schlüsselbund war weg.

Einen Tag lang rang Angelika mit sich. Aber am Abend rief Slawin an und flüsterte in den Hörer: »Wo bleibst du denn?«

Angelika murmelte: »Ich habe meine Schlüssel verloren.«

»Dann nimm meine.«

Nun hätte Angelika es ihm sagen müssen. Doch ganz mechanisch zog sie noch einmal die Schublade auf und siehe … Die Schlüssel waren wieder da.

Völlig verwirrt fuhr sie zu Papa. Am nächsten Tag legte sie sein Schlüsselbund für alle Fälle in den Safe.

»So ist also der Mörder in das Büro gelangt!«, rief ich erregt.

»Genau«, bestätigte Rebekka. »Er hat die Schlüssel genommen und sich eine Kopie machen lassen. Die Miliz zerbricht sich derweil den Kopf, wie der Mörder zu seinem Opfer kam.«

»Das heißt aber, dass noch jemand von dem Geheimgang gewusst haben muss!«

»Richtig.« Rebekka nickte. »Und das kann nur jemand aus der Familie sein.«

»Wenn nun ein Mitarbeiter der Akademie …«

»Nein, in unser Haus kamen immer nur Leute, die Papa sehr nahestehen. Und dann … Sein Schlafzimmer, wo sich der Schreibtisch befindet, hat garantiert kein Fremder betreten. Es liegt im ersten Stock ganz am Ende des Korridors. Gäste halten sich nur hier unten auf. Da ist alles, was sie brauchen – der Salon, das Esszimmer, Gästetoilette und sogar ein Bad. Wer über Nacht bleibt, schläft im Anbau. Den erreicht man über einen Korridor aus dem Salon.«

Slawin war ein überaus gastfreundlicher und zugänglicher Mann, aber auf seine und Angelikas Privatsphäre achtete er sehr. Ihre Zimmer lagen im ersten Stock des linken Flügels, ebenso sein häusliches Arbeitszimmer und die Bibliothek. Die Treppe, die dort hinaufführte, hatte unten eine Tür. Wenn sie geschlossen war, wusste jeder, dass der Professor nicht gestört werden wollte, weil er entweder ruhte oder arbeitete. Er hatte einen merkwürdigen Tagesablauf, der manchem absurd vorkommen mag. Erst früh um vier ging er schlafen, stand um acht wieder auf, legte sich am Tage hin und wieder ein Stündchen aufs Ohr und setzte sich um Mitternacht noch einmal an den Schreibtisch …

»Das heißt, ein Fremder kann die Schlüssel nicht an sich gebracht haben?«

»Nein, nur jemand, der genau wusste, dass Papa nicht zu Hause war und die Schlüssel nicht bei sich hatte.«

»Und wer aus der Familie hält sich im Hause auf?«

Rebekka klopfte nachdenklich mit dem Finger auf die Tischplatte. »Eigentlich alle außer seiner ersten Frau Olga. Die lebt seit langem in Amerika. Und natürlich Jewgenia, die sich nach Frankreich abgesetzt hat. Die anderen wohnen alle hier: Nora, Andrej, Nikolai, Sergej, Tamara, Swetlana und sogar Anja. Die mag keiner, weil sie ständig Streit sucht. Jeder hat sein eigenes Zimmer. Nora wohnt im ersten Stock des linken Flügels, ebenso Andrej, Nikolai und Sergej. Tamara, Swetlana und Anja haben drei hübsche Zimmer in der Mansarde des Mittelteils.«

»Und alle sind immer hier?«

»Manchmal fährt jemand in die Stadtwohnung, aber meistens halten wir uns hier auf. Papa unterstützt sie alle – mit Geld oder mit einem Ratschlag.«

»Wo arbeiten denn Ihre Brüder?!«

»Nikolai, der Älteste, hat sich bereits habilitiert und ist Papas Stellvertreter. Andrej hat seine Dissertation verteidigt und ist ebenfalls in der Akademie angestellt. Sergej ist Journalist, er arbeitet bei einer Zeitung.«

»Und Ihre Mutter?«

»Nora? Die hat seit der Heirat nie wieder gearbeitet. Sie hatte es nicht nötig, war immer versorgt.«

»Was ist mit Tamara und Swetlana?«

»Swetlana studiert noch in Papas Akademie, im sechsten Semester. Sie will Psychologin werden. Tamara schreibt schon seit zehn Jahren an einem Buch über die Geschichte von Moskau.«

»Und was machen Sie, Rebekka?«

»Ich bin Schauspielerin, gehöre zum Ensemble des Theaters ›Goldene Rampe‹ und drehe ab und zu einen Film. Kennen Sie die Serie ›Schuss in den Rücken‹? Da spiele ich die Täterin.«

»Das gibt's doch nicht!« Ich war baff. »Nadja Krotowa, die raffinierte Diebin! Diese dunkle Schöne, die aussieht wie eine Zigeunerin?«

»Das macht die Maske«, meinte Rebekka achselzuckend.

»Und wo wohnen Sie?«

»Auch hier im Haus«, antwortete mein Gegenüber.

»Aber niemand aus der Familie hat doch einen Nutzen davon, ihren Vater zu beseitigen!«

»Das scheint so zu sein.« Rebekka seufzte. »Wirklich niemand.«

Und trotzdem musste jemand einen brutalen Killer angeheuert haben, der den Wissenschaftler auf so grausame Weise ums Leben brachte. Jemand musste ihm eine Kopie der Schlüssel, Fotos und Geld zugespielt haben. Letzteres hatte ihn allerdings nicht erreicht. Die Bilder und die Dollars waren jetzt in meiner Hand. Der Auftraggeber hatte sich davon nicht beirren lassen und offenbar einen zweiten Versuch unternommen. Nur: Wer aus dieser feinen Familie hatte sich Wjatscheslaw Slawin vom Halse schaffen wollen? Eine seiner Ex-Frauen oder eines seiner Kinder! Aber warum?

6. Kapitel

Gegen vier Uhr nachmittags rollte ich im Vorortzug in Richtung Hauptstadt. Nach deren Dunst und Abgasen stand mir gar nicht der Sinn, aber der Fahrlehrer erwartete mich um sechs. Außerdem wollte ich noch einmal nachschauen, ob meine geliebten Krimi-Ladys nicht etwas Neues auf den Markt geworfen hatten. Alle sind verrückt nach ihren Geschichten, nur schade, dass sie so langsam schreiben.

»Kein Halt auf der Station Solnetschnaja«, erklang es aus dem Lautsprecher. Draußen näherte sich der Bahnsteig. Aus der Ferne grüßten neu gebaute Villen herüber, vielleicht sollte man eher Schlösser sagen. Die Neureichen hatten die Gegend für sich entdeckt.

Plötzlich schrillte die Sirene des Triebwagens. Der Zug bremste scharf und kam nach einer Weile mit kreischenden Rädern zum Stehen. Aus dem Gepäcknetz fiel eine schwere Tasche mit grünen Gurken auf mich herab.

»Verdammt!«, murmelte die Frau, die mir gegenüber saß. »Entschuldigen Sie bitte.«

»Nicht so schlimm«, brummte ich und sah zu, wie sie die dicken Gurken wieder einsammelte, die an riesige Raupen erinnerten. »Das passiert.«

»Der bremst, als hätte er nicht Menschen sondern Kartoffelsäcke geladen«, schimpfte ein alter Mann im Strohhut. »Dort drüben ist sogar eine Frau vom Sitz gefallen!«

Die Mitreisende von der Bank gegenüber sammelte immer noch ihre Gurken ein, andere Leute suchten nach ihrem Gepäck oder beruhigten weinende Kinder. Dann knackte es im Lautsprecher.

»Verehrte Fahrgäste! Aus technischen Gründen müssen wir hier einen Zwischenstopp einlegen. Bitte bewahren Sie Ruhe und bleiben Sie auf Ihren Plätzen.«

»Auch das noch!«, knurrte die Frau mit den Gurken böse. »Bei denen klappt aber auch gar nichts mehr! Mal wechseln sie den Triebwagen, dann machen sie die Kasse zu, und jetzt können wir hier hocken und in der Hitze braten!«

Geschimpft wurde von allen Seiten, Babys plärrten und aus einer Tasche, die ein Mann zwei Plätze neben mir auf dem Schoß hatte, gab eine Katze herzzerreißende Töne von sich.

Ich presste meine Stirn gegen die Fensterscheibe und blickte gedankenverloren nach draußen. Ich steige immer in den ersten Wagen ein, um auf dem Kiewer Bahnhof schnell an der Metro zu sein.

Draußen liefen Eisenbahner in ihren blauen Hemden aufgeregt hin und her. Dann erklang ein Martinshorn. Ich hob den Blick und sah, dass hoch oben am Rande der Böschung, die steil zum Gleis abfällt, ein Rettungswagen mit Blaulicht hielt. Leute in weißen Kitteln stiegen mit einer Trage vorsichtig die Böschung herab. Fünf Minuten später nahmen sie den gleichen Weg zurück. Sie trugen jetzt etwas, das mit einer grauen Plane zugedeckt war. Das Steigen machte ihnen beträchtliche Mühe.

»Bestimmt wieder so ein Idiot!«, keifte die Gurkenfrau. »Hat sich besoffen und ist unter den Zug geraten! Und wir können hier rumsitzen und warten!«

»So ist es doch immer mit den Männern!« Eine Frau im roten Kostüm, die bisher geschwiegen hatte, pflichtete ihr bei. »Kaum riechen sie an der Schnapsflasche, werden sie übermütig. Schade, dass meiner hier nicht langgeht, dann wäre ich den Suffkopp endlich los!«

»Oh, es gibt schon schlimme Weiber auf der Welt«, warf der Großvater mit dem Strohhut ein. »Deshalb saufen eure Männer auch so! Außerdem ist hier kein Mann unter den Zug geraten, sondern eine Frau.«

»Woher willst du denn das wissen?«, fragte die Gurkenfrau scharf.

»Musst nur die Augen aufmachen, dort tragen sie ihre Sachen.«

Und tatsächlich sah ich, dass einer der Blauhemden eine elegante hellgrüne Handtasche und Riemchensandalen von gleicher Farbe hinter den Weißkitteln hertrug.

»Das war bestimmt unglückliche Liebe!«, meinte ein junger Bursche.

»Die muss schön blöd gewesen sein«, gab die Frau zurück, die nun endlich alle Gurken wieder beisammen hatte. »Wenn du schon das Leben satt hast, dann spring aus dem Fenster oder häng dich auf! Was haben wir damit zu tun? Mein Enkel wartet auf mich, der muss sich wegen der blöden Gans nun die Beine in den Bauch stehen!«

»Also, du hast entweder Gallensteine oder ein Magengeschwür!«, platzte der Großvater heraus.

»Wieso denn das?«

»Sonst könntest du nicht so viel Gift speien!«

»Halt die Klappe, du alter Knochen!«, kreischte das Weib.

Ich schloss die Augen. Das Gekeife ging mir auf die Nerven. Zum Glück ruckte der Zug wieder an. Den Besuch bei den Bücherständen musste ich wohl auf den Abend verschieben.

Der Fahrlehrer wartete schon ungeduldig auf mich. Diesmal fuhr ich ohne Schwierigkeiten an und rollte flott vom Parkplatz.

»Na bitte, es geht doch.« Der Fahrlehrer schien zufrieden. »Jetzt raus auf die Straße.«

»Um Gottes willen! In den dichten Verkehr?«

Der junge Mann warf mir einen abschätzigen Blick zu. Dann knurrte er: »Meinst du, jemand hält dir die Straße frei? Wenn du das willst, fahr auf dem Hof! Hier wird es nicht mal nachts ruhig!«

»Ich habe Angst!«

»Na, mach schon«, brummte der Fahrlehrer.

Die Hände um das Lenkrad gekrampft, rollte ich auf die Straße hinaus und war augenblicklich schweißbedeckt. Links und rechts flogen Ladas, Moskwitschs und alle möglichen ausländischen Wagen vorbei. Ich hatte den Eindruck, dass uns nur Zentimeter voneinander trennten. Meine Beine begannen verräterisch zu zittern.

»Keine Angst, ich habe auch Kupplung und Bremse. Auf geht's, mit Musik!«

Gerade wollte ich, über das Lenkrad gebeugt, einen dahinkriechenden Trolleybus überholen, da schaltete die Ampel auf Rot.

»Und was jetzt?«

»Na, anhalten, ist doch klar.«

Ich starrte gespannt auf die Ampel. Als es wieder grün wurde, lief alles automatisch ab. Ich trat die Kupplung, legte den Gang ein, gab Gas und … Der Lada tat einen Sprung und blieb stehen.

»Versuch's noch mal, bleib ruhig, es ist gar nichts passiert.«

Ich versuchte es ein zweites Mal. Wieder ging der Motor aus. Hinter uns wurde gehupt. Der Fahrlehrer steckte den Kopf aus dem Fenster und brüllte: »Bist du blind? Das ist ein Lehrfahrzeug! Fahr vorbei!«

Nun floss der Verkehr um unser unglückseliges Wägelchen herum, das sich einfach nicht von der Stelle rühren wollte. Mein Minderwertigkeitskomplex erwachte. Die Autos, die stolz an mir vorbeizogen, steuerten Männer, Frauen, Großväter und Großmütter, halbe Kinder, die mir kaum älter als Kira und Lisa vorkamen. Sie rollten vorüber, als ob das gar nichts wäre. Nur ich mühte mich mit schweißnasser Hand, um den Schalthebel an die richtige Stelle zu kriegen. Und der wollte absolut nicht. Meine Augen füllten sich mit Tränen. Da plötzlich galoppierte mein widerborstiger Gaul leichtfüßig davon.

»Heulen hilft nicht«, sagte der Fahrlehrer tröstend. »Jetzt runter auf die Uferstraße, aber vergiss den Blinker nicht.«

Zwei Stunden später wollte ich das Folterinstrument endlich verlassen. Aber es ging nicht. Die Beine knickten ein, und meine Arme waren wie aus Holz.

Als der Fahrlehrer sah, wie ich mich quälte, sagte er beruhigend: »Nimm's nicht so schwer. Keiner fährt gleich los wie Schumacher. Alle kriegen einen Schreck, wenn sie das erste Mal auf die Straße kommen.«

»Auch Sie?«

»Und ob!« Der Junge musste lachen. »Ich habe mir fast in die Hosen gemacht. Keine Angst, du fährst mal flotter als alle anderen.«

Ein wenig erleichtert kroch ich aus dem Wagen, schleppte mich bis zur Metro und brachte es sogar noch fertig, einen Blick auf die Bücherstände zu werfen, wo die Händler schon ihre Schätze einpackten.

Erst gegen zehn Uhr abends war ich wieder in Aljabjewo. Als ich durch den Wald ging, war ich froh, dass wir im Juni so lange helle Nächte haben.

»Tanja! Hier glühen die Drähte! Eine Frau will dich sprechen!«

»Wer denn?«, fragte ich noch ganz atemlos und stellte meine schwere Einkaufstasche ab.

»Die hat so einen merkwürdigen Namen«, warf Lisa ein, »Rebekka. – Mindestens zehnmal hat sie schon nach dir gefragt.«

»Pack die Sachen aus«, wies ich sie an, »aber vorsichtig, da ist Obst dabei.«

Während die Kinder meine Einkäufe auf den Tisch legten, wählte ich die Nummer der Villa Slawin.

»Sie müssen sofort kommen«, sagte Rebekka bedrückt. »Wir sind alle hier.«

»Ist etwas passiert?«

Aber Rebekka hatte schon wieder aufgelegt.

»Tanja, was soll ich mit den Erdbeeren machen?«, erklang es aus der Küche.

»Na, essen«, antwortete ich und zog mir ein frisches T-Shirt über.

»Die sind ja so zerdrückt!«

»Dann gib sie den Möpsen.«

»Aber es sind so viele!«

»Dann lasst euch etwas einfallen!«

»Nein, schau dir das an!«

Ich zögerte einen Augenblick und kletterte dann durch das Fenster ins Freie. Ich hatte keine Lust auf lange Diskussionen. Und ich wollte jetzt auch keine Erdbeeren putzen. Kurz entschlossen schwang ich mich auf Lisas Fahrrad und rollte den Waldweg entlang. Nach so einem Tag waren zwei Räder schneller als zwei Beine.

Die Villa der Slawins wirkte im Abendlicht wie ein gigantisches Schiff, ein Luxusdampfer mit blinkenden Lichtern. Die Tür war offen. Ich ging durch die Diele und trat in den großen Raum, wo der Tisch gedeckt war. Rebekka, die bei der Anrichte stand, begrüßte mich freudestrahlend.

»Ach, meine Liebe, wie schön, dass du kommen konntest!«

Sie war offenbar eine gute Schauspielerin, denn wie sie mich den Anwesenden vorstellte, klang so überzeugend, dass ich ihr die Geschichte fast selber geglaubt hätte.

»Denk doch nur mal, Nora …«, hub Rebekka an und wandte sich dabei der Frau zu, die in einem Sessel saß.

Ich erkannte sie sofort. Sie hatte beim Begräbnis den Ärger um den Kranz verursacht. Nur trug sie jetzt statt des strengen schwarzen Kostüms ein strahlend gelbes Sommerkleid mit tiefem Ausschnitt, der eine wohlgeformte Brust mit einem kleinen Leberfleck sehen ließ. Ihre vier Kinder sah man Nora nicht an. Sie hatte sich eine fast mädchenhafte Figur mit Taille und schlankem Hals bewahrt. Ihr Gesicht, das für eine Frau über fünfzig noch verdächtig glatt wirkte, war sorgfältig geschminkt, die grauen, weit geöffneten Augen blickten freundlich. Das Haar von lichtem, kastanienbraunem Ton trug sie nach der neuesten Mode – im Nacken etwas länger und an den Seiten abgestuft geschnitten.

»Denk doch nur mal, Nora!«, hörte ich Rebekka sagen, »komme ich doch vor einigen Tagen in unseren Dorfladen, und wen sehe ich? Tanja! Darf ich vorstellen – die Tochter von Akademiemitglied Romanow! Sie gibt Harfen-Konzerte.«

»Seien Sie uns willkommen«, zwitscherte Nora freundlich und reichte mir ihre schmale Hand. »Sehr angenehm! Ihr Gesicht kommt mir bekannt vor, sicher vom Fernsehen.«

»Denk doch nur mal, wie interessant!«, fuhr Rebekka fort. »Wir haben uns seit unserer Studienzeit nicht mehr gesehen. Ich wusste gar nicht, dass Tanja hier in Aljabjewo eine Datsche hat.«

»Wo ist die denn?«, fragte Nora.

»Fruchtstraße, in der alten Siedlung.«

»Die mit den riesigen Grundstücken«, meinte Nora und seufzte.

»Ja, sie sind gigantisch«, erwiderte ich.

»Grund und Boden ist jetzt das beste Kapital«, ertönte es aus der Ecke.

»Darf ich vorstellen«, sagte Rebekka nun, »Anja, eine gute Freundin.«

»Wohl eher Verwandte«, behauptete die Frau, »und eine sehr nahe.«

Ich schaute mir Slawins Ex-Geliebte aufmerksam an. Sie war schlank, groß und blond, hatte aber dunkle Augen. Wahrscheinlich war die Mähne gefärbt. Unser Wissenschaftler hatte offenbar für schlanke Damen geschwärmt, ausladende Hüften oder Hinterteile hatten ihm offenbar nichts bedeutet.

Draußen hupte es.

»Das ist Nicolas!«, rief Nora freudig.

»Mein Bruder«, erläuterte Rebekka. »Kannst du dich an ihn erinnern?«

Nun musste ich das Spiel wohl mitspielen.

»Ich habe ihn nur ein paar Mal gesehen, das ist ewig her. Hattest du nicht drei Brüder?«

»Stimmt«, gab Rebekka lächelnd zurück.

Kurz darauf trat ein fülliger Mann ein. Zwar kannte ich Professor Slawin nur vom Foto, aber ich sah sofort, dass der älteste Sohn ganz der Vater war: das gleiche runde Gesicht, die etwas nach unten gezogenen Mundwinkel, die kräftige Nase und der schon spärliche Haarwuchs. Mit sechzig würde Nikolai, oder Nicolas, wie ihn Nora vornehm auf französisch nannte, sicher gänzlich kahl sein.

»Seid alle gegrüßt! Was gibt's zum Abendbrot?«, fragte er schon an der Tür.

»Wer denkt denn bei dieser Hitze ans Essen?«, parierte Anja.

»Ihr schlanken Damen vielleicht nicht«, gab Nikolai mit einem Grinsen zurück. »Ich hätte nichts gegen ein ordentliches Stück Fleisch und Bratkartoffeln.«

»Pfui Teufel!«, rief Anja, »allein bei dem Gedanken wird mir schlecht!«

»Du musst ja nicht«, meinte Nikolai aufgeräumt.

»Nikolai, ich möchte dich einer meiner ältesten Freundinnen vorstellen«, säuselte Rebekka, »Tanja.«

»Angenehm, Nikolai«, sagte der Mann und gab mir die Hand.

Nun war erst einmal von der Hitze die Rede, dann kam die Gesundheit an die Reihe …

»Wo ist eigentlich Angelika?«, fragte Nora plötzlich. »Die könnte sich ja auch mal sehen lassen! Das ist einfach unhöflich.«

»Ihr geht es schon seit heute Morgen nicht gut«, warf Rebekka leise ein, »sie hat sich nach dem Frühstück wieder hingelegt. Ich bin ein paar Stunden fort gewesen und weiß gar nicht, was mit ihr ist. Sie leidet sehr.«

»Ach, unser Sensibelchen«, fauchte Anja. »Mal sehen, wie lange es dauert, bis sie einen Neuen hat. Kein Jahr, darauf möchte ich wetten. Aus der wird keine trauernde Witwe, ganz bestimmt nicht!«

»Dass du dich nicht schämst, Anja«, ertönte jetzt eine leise, aber feste Stimme aus dem hintersten Winkel des Zimmers, wo ich nur mit Mühe die Umrisse eines großen Sessels erkennen konnte.

Der Raum war schwach beleuchtet, und das Gesicht der Frau, die Anja getadelt hatte, lag im Dunkeln.

»Also, Tamara, spiel jetzt nicht die Heilige«, warf Anja ihr hin. »Ich wusste von Anfang an, dass unsere Angelika es faustdick hinter den Ohren hat. Immer gesenkter Blick und vornehm gespitzes Mündchen! Aber Wjatscheslaw hatte sie im Griff wie keine von uns. Das war mir schon lange klar.«

»Nun hör aber auf!«, herrschte Tamara sie an. »Da kann einem ja übel werden.«

»Das macht gar nichts, vielleicht sind wir ja zum letzten Mal in dieser Runde zusammen!« Anja ließ sich nicht beirren.

»Warum denn das?«, fragte Nora verwundert.

»Weil die lustige Witwe spätestens in einem halben Jahr das Erbe antritt und dann das Haus verkaufen wird«, ratterte sie weiter. »Die kann keine von uns leiden! Nur wegen Wjatscheslaw ist sie immer so freundlich gewesen. Ihr seht doch, schon heute kommt sie nicht mehr zu uns herunter. Wahrscheinlich denkt sie, sie hat genug Komödie gespielt.«

»Angelika geht es schlecht!«, warf jetzt Rebekka in scharfem Ton ein. »Sie hat die ganze Nacht geweint, und heute Morgen war ihr Blutdruck auf hundertsechzig.«

»Na und?«, meinte Nora erstaunt. »Wir leiden doch alle, aber keine macht so ein Theater. Wahre Trauer ist still und bescheiden.«

Mit einer heftigen Bewegung ordnete sie ihr Haar und prüfte das Ergebnis in dem großen Spiegel, der zwischen der Anrichte und dem Schrank mit dem Geschirr hing.

»Außerdem hat Angelika durchaus Grund zum Heulen«,

legte Anja nach. »Jetzt gibt es nicht mehr jeden Winter zwei neue Pelzmäntel! Sie wird die alten auftragen müssen. Aber auch damit hat sie bis zum Ende ihres Lebens zu tun.«

»Wohl wahr«, pflichtete Nora ihr bei. Dann fügte sie rasch hinzu: »Aber das Haus gehört mir. So hat es Wjatscheslaw versprochen.«

»Wir haben das Testament noch nicht gesehen«, meinte Anja. »Unser lieber Wjatscheslaw wird schon niemanden vergessen haben ...«

Rebekka versuchte das Gespräch auf ein anderes Thema zu lenken.

»Wollen wir auftragen lassen?«

»Wann wird denn die Testamentseröffnung sein?«, fragte Nora unbeirrt.

»He, seht mal«, warf Nikolai laut ein, »der Anrufbeantworter ist voll, das rote Lämpchen blinkt! Und ihr redet hier über ungelegte Eier. Hättet lieber mal das Band abhören sollen, es könnte ja was Wichtiges dabei sein.«

Er trat zum Telefon und drückte auf einen Knopf. Es rauschte kurz, dann war wie aus weiter Ferne eine hohe, fast kindliche Stimme zu hören: »Verzeiht mir, meine Lieben, aber mit der Last, eine Mörderin zu sein, kann ich nicht weiterleben ...«

»Wer ist denn das?«, murmelte Anja entsetzt.

»Das ist Angelika«, flüsterte Rebekka.

»Seid doch mal still«, rief Nikolai.

Die Stimme hatte inzwischen weitergesprochen. Sie klang fast atemlos, ging am Ende des Satzes nach oben und sprach das L so merkwürdig aus, dass es fast wie ein W klang.

»Ihr wisst, wie sehr ich Wjatscheslaw geliebt habe. Er war mein Leben, mein Glück. Aber ich habe immer gewusst, dass die schöne Zeit mit diesem wunderbaren Mann einmal zu Ende geht. Eine einzelne Frau hält diesem Orkan nicht stand, das wisst ihr alle. Doch ich hatte nicht erwartet, dass das Ende so schnell kommt. Vor zwei Wochen hat mir Wjatscheslaw eröffnet, dass er sich scheiden lassen will. Er hat eine neue Liebe gefunden, eine gewisse Larissa Jakowlewa von der Künstleragentur Russian Star. Als Abfindung hat er mir das Haus und lebenslangen Unterhalt angeboten. Ehrlich gesagt, ich habe nie verstanden, wie ihr, Nora, Anja, Tamara, Nikolai, Andrej, Sergej, Rebekka und Swetlana untereinander und mit mir befreundet sein konntet. Eine abgelegte Ehefrau wollte ich nicht sein. Deshalb habe ich vor fünf Tagen, am 4. Juni, einen Mörder gedungen. Der hat Wjatscheslaw am 7. Juni umgebracht. Ich habe mir gedacht, wenn er nicht mit mir leben will, dann soll ihn auch keine andere haben! Als Wjatscheslaw tot war, ist mir jedoch klar geworden, dass ich damit auch mein eigenes Urteil gesprochen habe. Ich will und kann so nicht weiterexistieren. Lebt wohl. Betet für meine Seele, wenn man auch sagt, dass Selbstmörder das nicht verdienen. Verzeiht mir, wenn ich euch Böses angetan haben sollte. Ich hoffe, dass Gott sich meiner erbarmt und ich Wjatscheslaw in jener Welt wiederbegegne. Lebt wohl für immer.«

Schweigen breitete sich aus. Nur der Anrufbeantworter rauschte noch.

»Angelika!«, schrie Rebekka plötzlich auf und stürzte zur Tür.

»Angelika, warte!«

»Mein Gott!«, flüsterte Anja, »soll das ein Witz sein? Macht sie sich über uns lustig? Oder ist sie vielleicht verrückt geworden? Hat sie eine Psychose?«

»Wie entsetzlich!«, rief Nora und rang die Hände. »Wir müssen sie suchen!«

»Im Hause ist sie nicht!«, erklärte Rebekka, die wieder ins Zimmer trat. »Ich habe überall nachgesehen!«

»Was machen wir denn jetzt?«, fragte Tamara erschrocken.

»Wir müssen nachdenken«, antwortete Nikolai. Er zückte sein Handy. Kaum hatte er es aus der Jackentasche genommen, da klingelte es auch schon.

»Hallo«, knurrte er aufgebracht, »Slawin am Apparat.«

Schon nach wenigen Sekunden lief er rot an und konnte seine wachsende Aufregung kaum verbergen.

»Ja, ja, gut, ja, ja, …«

Wir schauten ihn alle erwartungsvoll an. Schließlich legte Nikolai das Handy beiseite.

»Was ist?«, riefen Nora und Anja wie aus einem Munde. »Sag schon! Was?«

Nikolai kratzte sich am Kopf.

»Nun red doch endlich!«, herrschte ihn Rebekka an.

»Angelika hat sich heute Nachmittag an der Station Solnetschnaja vor den Zug geworfen«, stammelte er.

»Ach du meine Güte!«, schrie ich auf. »Die grüne Handtasche und die Sandalen!«

»Vor den Zug?«, zeterte Anja. »Wie kann man nur so dumm sein!«

»Sie hat Wjatscheslaw umgebracht!«, schrie Nora. »Dieses Miststück! Diese Schlange!«

Beide Frauen schluchzten laut auf. Tamara und Rebekka liefen nach Valokordin und Kognak. Nikolai hockte stumpfsinnig in einem Sessel. In der allgemeinen Verwirrung schlich ich mich in den Garten hinaus, nahm das Fahrrad und fuhr nach Hause. Das war wohl das Ende dieser düsteren Geschichte: Wie so oft standen dahinter ein Killer und eine verschmähte Frau.

7. Kapitel

Trotz der Aufregung schlief ich in dieser Nacht fest und tief. Ich wachte nicht ein einziges Mal auf. Am Morgen teilten mir Lisa, Kira und Kostja Rjabow mit, sie richteten jetzt auf unserem Dachboden einen Stab ein.

»Wir haben ein paar Klappbetten und einen alten Sessel hinaufgeschafft. Jetzt wird zwischen unserem und Kostjas

Haus eine Telefonverbindung hergestellt«, plapperte Kira aufgeregt.

»Eine Telefonverbindung?«, fragte ich verwundert. »Wie soll denn das gehen?«

»Mein Großvater hat uns zwei Apparate und eine Rolle Draht gegeben«, erklärte mir Kostja. Das nennt sich ›operative Feldtelefonverbindung‹. Mein Opa hat noch ganz andere Sachen.«

Voller Zweifel sah ich zu, wie sie begeistert ihre Strippen zogen. General Rjabow ist uralt. Er kam mir schon vor dreißig Jahren wie ein Großvater vor, der gemütlich auf seiner Couch liegen, die Zeitung lesen oder fernsehen möchte. Aber sein Sohn hat spät geheiratet, und so hat der General erst im hohen Alter einen Enkel bekommen – den zappeligen, umtriebigen Kostja, der ständig zu Streichen aufgelegt ist. Vater und Mutter arbeiten den ganzen Tag, weshalb der Junge viel Zeit bei seinem Großvater verbringt. Der hat eigens eine Haushaltshilfe eingestellt, die kocht, wäscht und putzt. Der General liebt seinen Enkel heiß, kann ihn aber nicht den ganzen Tag um sich haben. Von dem Lärm, den der verbreitet, bekommt der alte Mann Kopfschmerzen. Deshalb gibt er Kostja alles, was er will, damit er vor ihm Ruhe hat. Vorgestern war das eine vollkommen intakte Pistole, allerdings ohne Munition, gestern sein Generalsmantel, und heute nun das Feldtelefon …

»Bewegt euch aber vorsichtig«, sagte ich warnend. »Die Dielen da oben sind morsch. Schleppt keine schweren Sachen hinauf.«

»Okay«, kam es von Kira, »wir legen doch nur Draht.«

Ich nahm mir einen Liegestuhl, machte es mir unter einer großen Tanne bequem, breitete meine neuen Krimis um mich aus und öffnete gerade die erste Schachtel Pralinen, da hörte ich eine melodische Sopranstimme sagen: »Haben Sie aber schöne alte Bäume!«

Rebekka kam mit schnellem Schritt vom Tor auf mich zu.

»Wie haben Sie mich gefunden?«

»Das war überhaupt kein Problem«, sagte sie lachend. »Ich bin bis zur Fruchtstraße gegangen und habe ein paar alte Frauen gefragt, wo Akademiemitglied Romanow wohnt …«

Ich setzte mich auf und sagte, wieder ganz Hausfrau: »Möchten Sie einen Tee?«

»Kaffee wäre mir lieber.«

Wir setzten uns auf der Veranda ans offene Fenster. Rebekka fragte mich auf den Kopf zu: »Etwas verstehe ich nicht: Wollen Sie nun Papas Mörder suchen oder nicht? Wenn Ihnen 10000 Dollar zu wenig sind, dann sagen Sie es. Am Geld soll es nicht liegen. Die Spesen gehen natürlich auch auf meine Rechnung.«

Ich war so verblüfft, dass meine Hand mit der Kaffeetasse zitterte. Auf der weißen Decke breitete sich sofort ein großer brauner Fleck aus. Wie schade, den kriegte ich bestimmt nicht wieder heraus …

»Na, was ist?«, fragte Rebekka.

»Die Mörderin ist Angelika. Sie haben ihr Geständnis doch selber gehört.«

»Unsinn!«

»Wie meinen Sie das? Glauben Sie, dass nicht sie auf den Anrufbeantworter gesprochen hat?«

»Das Problem ist ja gerade, dass sie darauf gesprochen hat«, sagte Rebekka ärgerlich.

»War es nicht ihre Stimme?«

»Doch, doch, sie war es. Ihre Intonation und auch das L, das sie so merkwürdig ausspricht.«

»Was wollen Sie dann noch? Sie hat schließlich zugegeben, dass sie es aus Eifersucht getan hat.«

»Das ist kompletter Unsinn!«, gab Rebekka erbittert zurück. »Daran stimmt kein einziges Wort. Hören Sie es sich noch einmal an, ich habe das Band überspielt.«

Sie nahm ein kleines Diktiergerät aus ihrer Tasche.

»Verzeiht mir, meine Lieben …«, vernahm ich wieder.

Gespannt lauschten wir der Stimme.

»Sie halten also nichts von dem Geständnis?«, fragte ich.

»Gar nichts.«

»Und warum?«

Rebekka nahm eine flache Blechschachtel aus ihrem Täschchen, angelte eine Zigarette heraus und zündete sie an.

»Angelika kann meinen Vater nicht umgebracht haben. Sie hat ihn vergöttert, sie hat ihm blind gehorcht, sie hat ihn geliebt bis zur Selbstaufgabe.«

»Aber sie hat es doch selber gestanden ...«

»Jemand muss sie gezwungen haben, diesen Text zu sprechen.«

»Wie soll das gehen?«

»Was weiß ich? Vielleicht hat ihr einer die Pistole an die Schläfe gedrückt oder sie geschlagen. Warum hat sie zum Beispiel keinen Abschiedsbrief geschrieben, sondern auf dieses Gerät gesprochen? Nein, hier stimmt etwas nicht! Der Mörder will seine Schuld auf Angelika abwälzen. Ich wollte von Anfang an den Menschen finden, der es fertig gebracht hat, unseren Vater umzubringen. Jetzt bin ich doppelt entschlossen, denn ich muss meine beste Freundin von diesem Makel befreien. 15 000?«

»Wie bitte?«

»Sie kriegen 15 000 Dollar, wenn Sie dieses Knäuel entwirren.«

Ich stand schweigend auf und ging in mein Zimmer. Als ich zurückkam, reichte ich ihr den bewussten Umschlag.

»Schauen Sie sich das an.«

»Was ist das?«, fragte Rebekka verwundert, als sie die Dollars und die Fotos in der Hand hielt. »Wo haben Sie diese Aufnahmen von Papa her?«

»Jetzt glaube ich auch, dass an Angelikas Geständnis etwas nicht stimmt«, murmelte ich. »Hören Sie, wie dieses Kuvert in meine Hände gelangt ist.«

»Das gibt's doch nicht«, flüsterte Rebekka, als ich ihr von Kiras Abenteuer berichtet hatte. »Das ist einfach nicht zu fassen.«

»Genau«, sagte ich. »Aber hier ist noch etwas anderes faul. Auf dem Band erklärt Angelika, dass sie den Mörder am 4. Juni angeheuert hat. Das trifft nicht zu. Die Unbekannte hat Kira diesen Umschlag bereits am 30. Mai übergeben. Wir sind am 29. hier angekommen, und am nächsten Tag ist das passiert.«

»Hören Sie!«, rief Rebekka aus. »Wir sind der Lösung schon ganz nahe! Ich laufe jetzt nach Hause und hole Fotos von allen Familienangehörigen. Kira wird die Frau erkennen!«

»Eine gute Idee«, sagte ich erfreut. »Kira hat ein sehr gutes Gedächtnis. Probieren wir es.«

»Und noch etwas«, sagte Rebekka eifrig. »Da Sie bei uns als meine alte Freundin gelten, sollten wir zum du übergehen. Einverstanden?«

Gern, wollte ich gerade sagen, da ertönte ein ohrenbetäubendes Krachen, dann schrie jemand, und die Hunde bellten wie wild.

Ich stürzte ins Wohnzimmer und Rebekka mir nach. Das Erste, was wir sahen, waren zwei Beine in Sandalen, die von der Decke baumelten.

»Habe ich es nicht gesagt?«, rief ich wütend. »Ihr solltet doch vorsichtig sein bei den morschen Dielen! Wer bist du denn?«

»Kira«, erklang es dumpf von oben. »Hilf mir, Tanja!«

»Sieh zu, wie du da selber wieder rauskommst!«

»Ich will ja, aber es geht nicht!«

»Versuch dich hochzustemmen, nur vorsichtig!«

»Ich kann nicht!«

»Wieso nicht?«

»Ich sitze fest! Vielleicht kannst du mich an den Beinen runterziehen.«

Ich packte Kira bei den Knöcheln und zerrte an seinen Beinen.

»Au, au!«, schrie der. »Vorsichtig! Es sticht im Bauch! Hier sind überall Spitzen und Kanten!«

Nun wollte ich das Loch behutsam etwas erweitern, doch von unten ging es nicht.

»Lisa und Kostja, probiert mal, ob ihr ihn nach oben ziehen könnt!«

»Au, lasst das sein!«, schrie Kira wieder. »Das tut so weh!«

»Wir kriegen ihn nicht raus!«, rief Lisa. »Er sitzt fest. Was machen wir denn jetzt?«

Rebekka musste lachen.

»Also, so etwas habe ich noch nicht erlebt! Versuch doch mal an den Brettern zu rütteln! Wenn sie morsch sind, bricht vielleicht noch was weg, und das Loch wird größer.«

Man hörte ein klopfendes Geräusch und dann Kostjas Stimme: »Warte, ich helfe dir!«

In diesem Augenblick krachte es gewaltig, und Kira fiel in einer Wolke morscher Holzteile nach unten. Direkt unter dem Loch in der Decke stand der große Esstisch, auf dem eine große Schale eingezuckerter Erdbeeren thronte. Dorthinein plumpste Kira. Wenn er es gewollt hätte, wäre ihm das sicher nicht gelungen. Mit meinen Tischtüchern hatte ich heute kein Glück. Erst der Kaffe auf der Veranda und jetzt das ... Ein Regen roter Fruchtstücke ergoss sich über den ganzen Raum, Kira schüttelte wie betäubt den Kopf, mir stand der Mund offen, und Rebekka entfuhren die Worte: »Oh, das ist ja eine ...«

Nie hätte ich gedacht, dass diese Dame solche Wörter kennt! Jetzt steckten Lisa und Kostja die Köpfe durch das Loch in der Decke.

»Alles okay?!«, brüllte Kostja.

Die blöde Frage musste er aus amerikanischen Filmen kennen. Wenn dort der Held aus einem brennenden Zug springt, fragt der erste Helfer, der an Ort und Stelle eintrifft, immer: »He, Kumpel, bist du okay?«

Dümmer geht es nicht. Der Kerl ist immer okay. Nur muss man ihm ein paar Kugeln aus dem Kopf klauben, seine Verbrennungen behandeln und ihm das verrenkte Genick richten.

Natürlich antwortete auch Kira: »Es geht schon, nur …«

Aber er konnte nicht ausreden, da quiekte es plötzlich, und von oben plumpste noch etwas herunter wie ein Sack.

»Sch …«, entfuhr es Rebekka.

»Mulja!«, kreischte jetzt Lisa. »Wie kann man nur so blöd sein! Kostja, halt Ada fest, jag sie alle runter!«

Als mein Blick wieder auf den Tisch fiel, drehte die Möpsin unsicher ihren Kopf in Kiras Armen. Vielleicht wollte sie ihr Herrchen retten.

Nun fand ich die Sprache wieder. »Ich habe euch doch gesagt«, keifte ich, jetzt ernsthaft böse, »dass der Fußboden dort oben morsch ist und ihr nichts hinaufschleppen sollt. Und ihr habt auch noch die Hunde mitgenommen. Rachel wiegt allein schon achtzig Kilo! Da können wir ja froh sein, dass nicht die ganze Decke eingestürzt ist!«

»Komm endlich aus den Erdbeeren raus«, kommandierte Rebekka. »Geh dich waschen, siehst aus wie frisch gepresster Fruchtsaft.«

»Ist ja gut«, murmelte Kira und sagte höflich: »Guten Tag, Tante Alina.«

»Meinst du mich?«, fragte Rebekka verwundert. »Entschuldige, ich habe mich noch nicht vorgestellt: Rebekka, aber meine Freunde nennen mich Becky. Und die Tante lässt du bitte gleich weg.«

Kira kletterte stöhnend vom Tisch herab.

»Moment mal«, sagte ich nachdenklich, »wo hast du denn Rebekka schon mal gesehen?«

»So ein Mist«, sagte Kira traurig, »mein Lieblings-T-Shirt ist hin! Wo ich sie gesehen habe? Na, an der Metrostation

Dynamo. Du hast mich doch selber hingeschickt, um von Tante Alina das blöde Kuvert zu holen!«

»Und das ist sie?«

»Klar! Wenn sie will, kann ich sie natürlich auch Becky nennen, das ist mir völlig egal«, sagte Kira und zog dabei das verdorbene T-Shirt aus.

Ich schaute Rebekka verblüfft an. Auch sie riss erstaunt die Augen auf.

»Jetzt verstehe ich überhaupt nichts mehr«, murmelte sie. »Was für eine Alina, und was für eine Metrostation? Ich war seit ewiger Zeit nicht mehr in der Metro! Ich fahre nur Auto.«

»Hast du einen braunen Rock aus indischer Baumwolle?«

Becky fragte zurück: »Was soll ich haben?«

Ich ging in mein Zimmer und holte das Corpus delicti.

»So einen.«

»Na klar«, sagte Rebekka achselzuckend. »Ein ganz billiger Fetzen, aber bei dieser Hitze ein Labsal.«

»Und einen gelben Pulli?«

Becky runzelte die Brauen. »Davon habe ich bestimmt sechs oder sieben, ich mag diese Farbe. Gelb ist aber sehr allgemein gesagt. Geht es nicht etwas genauer?«

Ich öffnete meinen Kleiderschrank und sagte: »Also Kira, jetzt zeige uns, was für einen Pulli Alina anhatte.«

Der Junge schob unentschlossen die Kleiderbügel hin und her. »So einer ist nicht dabei.«

»Ich meine nicht den Schnitt, sondern die Farbe!«

Kira schaute noch einmal hin. »So sah er aus, aber Alinas hatte keine Knöpfe und einen englischen Aufdruck auf der Brust.«

Rebekka seufzte auf. »Das soll Gelb sein? Das ist eindeutig Orange.«

»Na und?«, gab Kira beleidigt zurück. »Auf alle Fälle nicht Grün! Und überhaupt – was ist da für ein Unterschied: Gelb oder Orange …«

»Zieh das mal an!« Ich hielt Rebekka Rock und Pulli hin.

»Wozu?«

»Na, mach schon.«

Im Nu war Rebekka aus ihrer hellen Hose und dem rosafarbenen Top geschlüpft. Sie trug sehr teure, luxuriöse Unterwäsche und hatte eine hervorragende Figur ohne Falten, Rettungsringe oder Hängebusen. Damit würde ich mich auch in jeder Gesellschaft gedankenlos entblößen. Aber als Schauspielerin war Rebekka wohl gewohnt, sich vor Fremden auszuziehen.

»Na?«, fragte sie, als sie die Sachen übergestreift hatte, »war ich es nun?«

Kira trat ein paar Schritte zurück. »Die Frau hatte ein anderes T-Shirt an!«

»Das ist uns schon klar«, antwortete ich, »aber wie ist der Gesamteindruck?«

Kira kaute auf der Unterlippe und sagte dann: »Die trug eine Sonnenbrille.«

Ich hielt Rebekka eine hin.

»Nein, nicht so eine!«, protestierte Kira.

Becky blickte ihn einen Moment an, dann zog sie aus der Tasche ihrer Hose ein riesiges Nasenfahrrad mit einem weißen Plastikgestell.

»Klasse!«, rief Kira. »Genau so eine war es! Das Haar war hinten zusammengebunden …«

Rebekka drehte sich einen Pferdeschwanz.

»So hat sie ausgesehen«, erklärte Kira bestimmt. »Ich bin auf sie zugegangen und wollte gerade sagen ›Guten Tag, Tante Alina‹, da rief sie schon: ›Bist du Richard?‹«

»Wer ist denn nun Richard?«, fragte Rebekka verständnislos. »War noch jemand dabei?«

»Das erkläre ich dir später.« Ich winkte ab. »Los, wir stellen jetzt die Szene nach. Becky, nimm den Umschlag, halte ihn Kira hin und frage: ›Bist du Richard?‹«

Rebekka war plötzlich ganz Schauspielerin. Sie streckte

ihre Hand mit dem Umschlag aus und fragte von oben herab: »Bist du Richard?«

Kira nahm das Kuvert und stellte fest: »Die Frau war kleiner.«

»Zieh die Absatzschuhe aus«, befahl ich.

»Ich hab doch nur Jesuslatschen an«, erwiderte Rebekka.

Ich schaute auf ihre wohlgeformten Beine, die in etwas steckten, das an die Sandalen römischer Legionäre erinnerte: eine flache Sohle, die nur von gekreuzten Riemchen gehalten wird.

»Im Alltag laufe ich nie mit hohen Absätzen herum«, erklärte mir Becky. »Bei meiner Größe! Damit schrecke ich jeden Kavalier ab. Ich bin sowieso größer als die meisten! Mit hohen Absätzen komme ich mir vor wie der Fernsehturm von Ostankino.«

»Tante Alina ist nur ein bisschen größer als Tanja«, stellte Kira fest. »Aber auch nicht gerade klein«, fuhr er fort. »Ich denke, irgendwo zwischen Tanja und Becky. Außerdem hat sie ganz hohe Absätze getragen!«

»Tatsächlich?«, rief ich verwundert. »Wieso erinnerst du dich gerade daran?«

»Sie hat mir den Umschlag in die Hand gedrückt und ist in die Metrostation zurückgerannt. Ich musste auch dorthin. Als ich auf der Rolltreppe war, ist sie schon über den Bahnsteig zum Zug gelaufen. Dabei ist sie umgeknickt. Beinahe wäre sie hingefallen. Eine Frau hinter mir hat zu ihrer Tochter gesagt: ›Solche Dinger willst du anziehen? Siehst du, beinahe hätte sich das Weib den Fuß gebrochen! Welcher vernünftige Mensch läuft denn auf solchen Stelzen rum?‹«

»Geh dich waschen«, murmelte ich.

»Ich war nicht in der Metro!«, erklärte Rebekka mit Nachdruck. »Das musst du mir glauben.«

»Das weiß ich ja«, antwortete ich.

»Wer kann es dann gewesen sein? Vielleicht sollte ich doch die Fotos holen?«

»Nicht nötig. Die Dame hat es offenbar darauf angelegt, dass man sie für dich hält. Klamotten, Brille, Frisur – alles passte. Nur mit der Größe klappte es nicht ganz. Wie groß bist du?«

»Einsachtzig«, antwortete Becky. »Ich sollte Model werden, aber dazu hatte ich keine Lust. In der Schauspielschule wollten sie mich nicht nehmen. ›Mit wem soll die denn spielen?‹ hieß es immer. ›Sollen die Männer vielleicht Plateauschuhe tragen?‹«

Sie verstummte. In der Stille war zu hören, wie Lisa und Kostja auf dem Boden miteinander stritten. Im Bad sang Kira aus voller Kehle.

»Und was machen wir jetzt?«, fragte Becky niedergeschlagen.

»Den Mörder suchen«, antwortete ich.

8. Kapitel

In die Künstleragentur Russian Star kam ich um vier Uhr nachmittags. Ich hatte gedacht, die befasse sich mit Models. Ein Schild an der Tür mit der Aufschrift »Casting Agentur« belehrte mich eines Besseren.

Ich öffnete sie und trat in einen großen Raum, wo fünf weibliche Geschöpfe in sehr herausfordernder Aufmachung auf Ledersofas und -sesseln herumsaßen. Alle hatten extrem kurze und enge Stretch-Kleidchen an. Falls man die Stoffstückchen, mit denen ihre Körper bedeckt waren, überhaupt als Kleider bezeichnen konnte. Bei dreien reichte das Dekolletee fast bis zum Bauchnabel, und die beiden anderen waren oben herum eigentlich unbekleidet, wenn man von ein paar Spaghetti-Trägerchen absah. In meiner sandfarbenen Hose und dem beigen T-Shirt nahm ich mich aus wie eine Nonne, die zufällig unter eine Horde Prostituierter geraten ist.

In der Tiefe des Raumes stand ein riesiger Schreibtisch. Dahinter thronte eine etwa vierzigjährige Dame mit drohend bemaltem Gesicht.

»Entschuldigen Sie«, sprach ich sie an, »wer vergibt hier die Engagements?«

Ohne den Blick von ihrem Computer zu wenden, auf dem kleine Männlein hin und her sprangen, stieß die Sekretärin durch die Zähne: »Name?«

»Wessen?«

»Ihren natürlich.«

»Romanowa.«

Die Dame drückte den Knopf der Wechselsprechanlage. Dabei fiel mir auf, dass sie unwahrscheinlich lange, abscheulich dunkelblau gefärbte Nägel hatte.

»Wenjamin Michailowitsch?«

»Was gibt's?«, ertönte es aus dem Lautsprecher.

»Noch eine Romanowa«, schnarrte die Sekretärin und fragte mich: »Von welchem Theater?«

»Ich bin von keinem Theater, ich ...«

»Von der freien Wildbahn«, sprach die Dame in den Hörer.

»Soll warten!«, kam es von dort.

»Setzen Sie sich«, befahl die Sekretärin.

»Aber ...«

»Setzen Sie sich hin und warten Sie!«, blaffte sie und schaute mich zum ersten Mal an.

Ihr Blick ging mir durch und durch. Ich gehorchte mechanisch und ließ mich neben einem dieser Girls auf die Sitzbank fallen, was ich augenblicklich bereute. Die Kleine war von einer dicken Wolke französischen Parfüms umgeben. Trotz der Hitze hatte sie wahrscheinlich einen ganzen Flakon über sich ausgegossen.

Da sprang eine der Türen auf und ein Mädchen in der hier offenbar üblichen spärlichen Bekleidung flatterte heraus. Krampfhaft ihr Taschentuch vors Gesicht haltend, stöckelte sie den Korridor entlang und verschwand hinter der Tür mit der Aufschrift WC.

Die Dämchen um mich herum gerieten in Bewegung und starrten die Sekretärin fragend an. Die drückte mit einem ihrer dunkelblauen Fingernägel wieder auf den Knopf.

»Wen als nächstes?«

»Die Romanowa!«

»Rein mit dir!«, sagte die Dame in meine Richtung.

»Die ist doch gerade erst gekommen«, piepste eine der Wartenden. »Ich sitze schon seit heute Morgen hier!«

»Und wirst vielleicht auch noch hier übernachten!«, gab die Sekretärin scharf zurück. »Herr Selesnjow entscheidet selbst, mit wem er sprechen will!«

Ich betrat ein großes Büro, dessen Wände von oben bis unten mit Plakaten und Starfotos behängt waren.

»Sie wollen die Nutte spielen?«, fragte mich ein etwa fünfunddreißigjähriger Mann, der in völlig zerknautschtem Hemd an einem Schreibtisch saß.

»Ich …«

»Na, endlich!« sagte der Bursche erleichtert und kam hinter seinem Schreibtisch hervor. Er trat an mich heran und erklärte zufrieden: »Endlich eine normale Frau! Diese Weiber sind reineweg verrückt – kommen hier halbnackt angeflattert und denken, so klappt's … Zum Haare raufen! Name!«

»Wessen?«

»Na, Ihrer!«

»Tanja.«

»So normal? Mach mal'n Gang durchs Zimmer!«

»Wozu?«

»Los, mach schon, vom Fenster bis zur Tür.«

Ich wunderte mich, tat aber, was er von mir wollte.

»Prima!« Wenjamin Selesnjow rieb sich die Hände. »Genau das, was ich brauche! Wo spielst du?«

»Nirgendwo.«

»Soso. Welche Schule abgeschlossen?«

»Das Moskauer Konservatorium.«

»Moment mal!« Der Kerl musste lachen. »Weshalb das Konservatorium?«

Ich zuckte die Achseln. »Meine Mama wollte, dass ihre Tochter Harfe spielen lernt.«

»Meinetwegen, soll mir egal sein«, warf Wenjamin erfreut hin. »Also: Du passt genau in die Serie, allerdings nicht als die Nutte. Stattdessen haben wir da eine sehr sympathische Person, die Schwester der Hauptfigur, eine ziemlich umfangreiche Rolle. Das ist deine Chance. Morgen früh um acht bist du wieder hier!«

»Danke, kein Bedarf.«

Wenjamin ging der Mund auf, er starrte mich eine Sekunde lang entgeistert an und sagte dann: »Du hast mich nicht verstanden. Du kriegst die Rolle der Alewtina.«

»Ich will sie nicht.«

»Was ist mit dir? Bist du nicht ganz bei Trost?«, fragte der Agent, jetzt schon beinahe böse. »Das ist eine Rolle in einer Fernsehserie, der sichere Weg zum Ruhm, ein Mord nach dem anderen, piff, paff ... Na, jetzt gecheckt? Oder ist in deinem Köpfchen vor Glück was ausgerastet?«

»Ich brauche diese Rolle nicht.«

»Sie braucht sie nicht ...«, wiederholte Wenjamin mechanisch und ließ sich in seinen Sessel fallen. »Was willst du dann hier?«

»Gibt es bei Ihnen eine Schauspielerin namens Larissa Jakowlewa?«

Jetzt drückte Wenjamin seinen schwarzen Knopf.

»Vera, schau mal nach, haben wir in der Kartei eine Larissa Jakowlewa?«

»Vatersname Andrejewna oder Michailowna?«

»Um welche geht es dir?«, fragte er mich.

»Ich muss wissen, wie alt sie ist.«

»Vera, wie viel Jährchen haben die auf dem Buckel?«

»Die Andrejewna sagt, sie sei 1938 geboren. Aber sie lügt«, antwortete Vera. »Auf dem Foto sieht sie aus wie eine Mumie. Die Michailowna ist vor einem Monat zweiundzwanzig geworden.«

»Das ist sie«, sagte ich erfreut. »Ich brauche Adresse und Telefonnummer.«

»Kriegst du von Vera«, versprach Wenjamin. »Aber wozu eigentlich?«

In seine verständnislose Miene hinein sagte ich, was mir gerade einfiel: »Ich suche eine Kinderfrau für meinen Sohn. Er möchte eine Schauspielerin, möglichst eine hübsche!«

»Ahaaa …«, machte der Kerl und kriegte den Mund gar nicht wieder zu.

Ich nutzte seine Verwirrung und schlüpfte aus dem Büro. Als Vera mir Larissas Adresse auf einen Zettel kritzelte, sprang die Tür zum Büro des Chefs auf, und der stürzte heraus wie der Teufel aus der Kiste.

»He, Tanja!, rief er. »Lass wenigstens deine Koordinaten da!«

»Wozu?«, fragte ich verwundert.

»Vielleicht überlegst du dir das mit der Alewtina ja noch mal …«

»Ich will die Rolle nicht.«

»Gib mir trotzdem deine Telefonnummer!« Der Agent ließ nicht locker. »So eine klasse Rolle, in einer Fernsehserie …«

»Danke, kein Bedarf.«

»Her mit der Telefonnummer!«, blaffte Wenjamin, jetzt ernsthaft wütend.

»Na meinetwegen!«

»Und die Adresse!«

Ich verdrehte die Augen. »Gib dir keine Mühe, ich kann Fernsehen nicht leiden! Einen Krimi lesen ist viel spannender. Und was willst du überhaupt mit mir? So jung und knackig bin ich nicht mehr! Sitzen hier nicht genug junge, hübsche Mädchen herum?«

»Wo siehst du denn hier Mädchen?« Wenjamin lief vor Wut rot an.

Ich wies auf die Damen ringsum.

»Hör mir mit denen auf! Die sind so blöd, dass sie sich nicht mal richtig anziehen können! Eine wie die andere! Das wollen Schauspielerinnen sein! Verschwindet, alle! Und wenn ihr morgen wieder in diesem Aufzug hier antanzt …«

Wie auf Kommando sprangen sämtliche Kandidatinnen auf und stürzten zur Tür hinaus. Im Büro des Agenten klingelte das Telefon.

»Du bleibst!«, befahl Wenjamin. »Wir gehen essen – ins Intourist!«

Als die Tür hinter ihm zufiel, lief ich, so schnell ich konnte, zum Ausgang. Essen gehen – mit dem Typen?!

»Hallo, junge Frau!«, rief mir die Sekretärin nach.

Ich hielt inne. »Was ist denn noch?«

»Wenjamin Michailowitsch ist selten so hartnäckig«, teilte sie mir im Vertrauen mit. »Sie haben ihm offenbar sehr gefallen.«

»Aber er mir nicht!«, gab ich wütend zurück und war auch schon draußen.

Was sollte ich als Nächstes tun?

»Verzeihung«, ertönte da hinter mir eine schüchterne Stimme. Ich drehte mich um. Eines der Mädchen mit den Spaghetti-Trägern fragte leise: »Entschuldigung, wo haben Sie die Hose und das T-Shirt gekauft?«

»Auf dem Tscherkisow-Markt, dort werfen sie dir so was hinterher.«

»Vielen Dank!«, sagte das Sternchen in spe erfreut.

Ich sah ihr nach, wie sie auf bedrohlich hohen Absätzen unbeholfen in Richtung Metro stöckelte. Ich hätte meinen Kopf wetten können, dass am nächsten Tag bei Wenjamin nur noch Kandidatinnen in billigen Hosen und T-Shirts auftauchten.

Zu meinem Glück gab es in der Metrostation ein funktionierendes Telefon.

Larissa Jakowlewa nahm sofort ab.

»Hallo!«

»Ich möchte Larissa sprechen.«

»Am Apparat.«

»Ich glaube, wir kennen uns noch nicht …«

»Wer sind Sie denn?«

Ich zögerte einen Moment, dann aber wagte ich das Risiko. »Rebekka Slawina.«

»Ach du meine Güte!«, murmelte Larissa erschrocken.

»Ich muss mit Ihnen reden.«

»Na gut, kommen Sie vorbei.«

Larissa wohnte in einer schicken Gegend, einer Querstraße des Arbat, gleich hinter der Post. Aber kaum war ich im Haus, da wurde mir klar: Die Wohnung war riesengroß, nur wohnten viele Leute darin – ein Gemeinschaftsquartier. Larissa führte mich einen gewundenen Korridor entlang, dann öffnete sie eine der vielen Türen und sagte leise: »Treten Sie ein.«

Das Zimmer hatte höchstens fünfzehn Quadratmeter. Es war ziemlich dürftig eingerichtet. Eine Couch, die schon bessere Zeiten gesehen hatte, ein Tisch, ein paar Bücherregale und zwei abgewetzte Sessel. Dazu ein alter Fernseher aus sowjetischer Produktion und ein Kühlschrank, Marke »Minsk«.

»Was wollen Sie?«, fragte Larissa leise.

Ich musterte Slawins letzte Geliebte von oben bis unten. Auf den ersten Blick nichts Besonderes. Ziemlich mager und etwas größer als ich. Fast schwarzes, kurz geschnittenes Haar, kleine graue Augen, ein hübscher Mund … Solche Mädchen gab es in Moskau wie Sand am Meer. Ich nahm unaufgefordert in einem der speckigen Sessel Platz und sagte in bedauerndem Ton: »Wir haben gar nichts von Ihnen gewusst! Deshalb haben wir Sie auch nicht zum Begräbnis eingeladen.«

Larissa zuckte zusammen, gab dann aber rasch zurück: »Ich wäre sowieso nicht hingegangen!«

»Warum denn nicht? Hat mein Vater Ihnen nicht gesagt, dass alle seine Frauen gut miteinander auskommen?«

»Das hat er, aber so eine bin ich nicht!«, antwortete das Mädchen spitz.

»Also, mit mir müssen Sie sich nicht anlegen, ich bin seine Tochter, keine Ex-Frau.«

»Weiß ich!«, brummte Larissa. »Was wollen Sie denn nun?«

Ich seufzte tief auf. So eine ungezogene Person! Offenbar hatte Wjatscheslaw Slawin die Abwechslung geliebt. Erst die unverfrorene Nora, dann die zurückhaltende Tamara, die dreiste Anja, nach ihr die intelligente Angelika und am Ende die ungezogene Larissa!

»Ich wollte nur einen Blick auf die Frau werfen, die unser Vater als letzte geliebt hat.«

»Zu Ihren Diensten!«, fauchte Larissa. »Übrigens hat er mir einen Heiratsantrag gemacht.«

»Tatsächlich? Und Sie?«

»Ich habe ja gesagt. Wäre er nicht gestorben, dann hätten wir jetzt wohl Hochzeit gefeiert. Seine Frau wusste übrigens Bescheid. Er hatte ihr bereits gesagt, dass er sich scheiden lassen will. So ist das!«

»Verzeihen Sie«, fragte ich leise, »wie lange waren Sie ... äh ... befreundet?«

»Fast ein Jahr.«

»Verstehe.«

»Nichts verstehen Sie!«, kreischte Larissa. »Er hat mich geliebt wie ein Wahnsinniger! Er hat mir körbeweise Rosen angeschleppt!«

»Sie hatten erst kürzlich Geburtstag ...?«

»Ja.«

»Was hat mein Vater Ihnen geschenkt?«

Larissas Blick irrte durchs Zimmer. »Was geht Sie das an?«

»Wissen Sie, Angelika vermisst einen sehr teuren Ring, Platin mit einem Brillanten. Ehrlich gesagt, haben wir das Personal im Verdacht und wollten schon bei der Miliz Anzeige erstatten. Wenn aber ...«

Larissa lachte laut los. »Ach deshalb sind Sie hier! Bestimmt war es jemand vom Personal! Mir hat Slawa keinen Ring geschenkt.«

»Tatsächlich? Was war es dann?«

Larissa überlegte angestrengt. Plötzlich sprang sie auf, trat zum Schrank und nahm ein Kästchen heraus.

»Eine Uhr.«

»Schon gut«, murmelte ich. »Sehr angenehm, Sie kennengelernt zu haben.«

»Ganz meinerseits.« Larissa nickte. »Mich freut es auch. Ständig war bei ihm von Becky die Rede. Ich wollte schon lange einmal wissen, wie Sie aussehen.«

Ich verabschiedete mich und ging. Die Sonne brannte erbarmungslos. Moskau fühlte sich an wie Afrika. Bis zur Fahrstunde hatte ich noch etwas Zeit, um meine Gedanken zu ordnen. Als ich auf den Kalininprospekt kam, blieb mir von den Auspuffgasen fast die Luft weg. Nein, bloß schnell zurück in die enge Gasse, wo ich an einem Cafe mit einladenden Sonnenschirmen vorbeigekommen war. Die Kellnerin, die schrecklich unter der Hitze litt, brachte mir leicht zerlaufenes Eis und sagte entschuldigend: »Eine Sauna ist nichts gegen dieses Wetter. Ich habe es gerade erst aus dem Kühlschrank genommen.«

»Macht nichts, im Mund schmilzt es sowieso«, sagte ich tröstend und stocherte mit dem Löffel in dem weißlichen Brei.

Wer mochte wohl Larissa dafür geheuert haben, Slawins Geliebte zu spielen? Wer war der Regisseur dieser Schmierenkomödie? Urteilen Sie selbst. Nach Larissas Worten war Wjatscheslaw ein Jahr lang mit ihr befreundet. Da hätte er sie in dieser Umgebung leben lassen? Wenn dieses Weib tatsächlich sein Herz erobert hätte, dann säße sie jetzt nicht in diesem Loch. Außerdem: Hätte der großzügige Professor, Genussmensch und Casanova seiner Geliebten zum Geburtstag eine billige Uhr von Casio geschenkt? Die gab es in jedem Kiosk für höchstens tausend Rubel! Nein, Larissa hatte mir die Hucke vollgelogen! Das freche Ding musste ich noch einmal richtig in die Zange nehmen!

Als ich mich gerade erhob, sah ich meine Zielperson plötzlich mit schnellem Schritt aus dem Haus kommen. Ohne sich umzuschauen, lief sie auf den Prospekt hinaus. Ich hinterher. Warum sie es wohl so eilig hatte?

Wahrscheinlich wollte sie ihrem Auftraggeber berichten, dass »Rebekka« bei ihr aufgetaucht war. Ich achtete darauf, dass sie mich nicht bemerkte. Larissa lief bis zur Post und winkte einem Wagen. Ehe ich begriff, was geschah, saß sie schon drin, und die weiße Limousine schoss von dannen. Ich fuchtelte wie wild mit beiden Händen, aber niemand reagierte. Schnell war klar: Auch mit einem Schwarztaxi konnte ich sie jetzt nicht mehr einholen. Ich hatte Larissa verloren.

Macht nichts, sagte ich mir, als ich zur Metro trottete. Ich habe ja Adresse und Telefonnummer. Die entkommt mir nicht!

9. Kapitel

Bei meinem Anblick streckte sich der Fahrlehrer, dass es knackte.

»Sie sind zu spät, Madame.«

»Ganze fünf Minuten, entschuldigen Sie bitte.«

»Na gut, Schwamm drüber«, gab der Bursche lächelnd zurück. »Also, die Tour für heute: zur Uferstraße, am Parlament vorbei, dann rechts zur Krasnaja Presnja hinauf. Dort ist unser erster Halt.«

Mit fester Hand packte ich das Lenkrad, fuhr flott an und rollte in Richtung Moskwafluss. Auto fahren war doch gar nicht schwer, die reine Sahne!

»Ausgezeichnet«, lobte der Fahrlehrer, als das internationale Handelszentrum hinter uns lag. »Heute lernen wir etwas Neues. Bei der Ampel an dem Anstieg dort hältst du an.«

Ich hielt und zog die Handbremse an. Da schaltete die Ampel auf Grün.

»Na los, vorwärts«, befahl der Fahrlehrer.

Ich löste die Handbremse und ließ die Kupplung kommen, aber es passierte nichts. Mein Lada rollte rückwärts, und hinter mir heulte gefährlich eine Hupe auf. Da stand ein riesiger silberfarbener Mercedes.

»Gleich noch einmal!«

Mein Lada rollte noch weiter zurück. Jetzt nahm der Fahrer hinter mir die Hand gar nicht mehr von der Hupe.

»Es klappt wohl nicht?«, stellte mein Lehrer in aller Ruhe fest. »Warum nicht?

»Vielleicht fährst du den Wagen rechts ran und erklärst es mir?«

»Das kannst du doch selber!«

»Aber der Kerl hinter uns hupt doch so!«

»Der Esel soll vorbeifahren, er sieht schließlich unser Schild!«

»Er kann nicht, bei dem Verkehr!«

»Das sind mir die Richtigen! Im Mercedes 600 herumkutschieren und nicht richtig fahren können!«, schimpfte mein Lehrer. »Der überholt uns schon noch. Hör jetzt mir zu! Du fasst die Handbremse, lässt die Kupplung langsam kommen, gibst vorsichtig Gas und löst dabei die Bremse. Verstanden?«

»Ich denke schon.«

»Na dann los!«

Der Fahrer des Mercedes hatte inzwischen offenbar begriffen, wer da vor ihm stand, und sich in sein Schicksal gefügt. Ich quälte weiter meinen Lada. Die Ampel wechselte sechs- oder siebenmal, als mein Wägelchen endlich einen Satz nach vorn machte. Nach hundert Metern spürte ich unter mir Straßenbahnschienen. Sogleich ertönte ein ohrenbetäubendes Bimmeln.

»Rückwärtsgang einlegen«, befahl mein Fahrlehrer ganz ruhig.

Ich sah mit Entsetzen, wie eine riesige rote Straßenbahn von links auf mich zuraste, und gehorchte ihm sofort.

»Stopp!«, brüllte da der Fahrlehrer.

Und schon stand mein Wagen, obwohl ich noch gar nicht gebremst hatte. Hinter uns knirschte es grässlich. Es gab einen Stoß, und mein Brustbein prallte schmerzhaft gegen das Lenkrad.

»Komm raus, du Idiot!«, brüllte der Fahrer des Mercedes.

»Du bleibst hier sitzen«, sagte der Fahrlehrer und stieg aus.

»Du hast sie wohl nicht alle! Guck dir den Scheinwerfer an!«, wetterte ein etwa vierzigjähriger Mann in teurem Sommeranzug.

»Wo hast du denn den Scheinwerfer, auf den Augen?«, gab der Fahrlehrer ruhig zurück. »Hättest ihn mal eher einschalten sollen! Das Schild ist doch groß genug: Fahrschule! Da hält man Abstand. Wenn du willst, können wir die Verkehrspolizei rufen. Dann werden wir ja sehen, wer recht hat!«

»Ich werd dich lehren, du Mistkerl«, zischte der Mercedes-Fahrer.

»He, Jungs!«

Nun entwickelten sich die Dinge wie in einem schlechten Film. Von den Rücksitzen wälzten sich zwei Kerle, deren Statur an ihrem Job keinen Zweifel aufkommen ließ. Trotz der Hitze hatten sie sich in schwarze Hemden und Hosen gezwängt. And den Füßen trugen sie Springerstiefel. Ich mochte mir nicht vorstellen, wie ihre Füße darin rochen.

»Keine Sorge, Igor Serafimowitsch«, sagte der Größere von beiden, »dem Esel zeigen wir gleich, was Sache ist.«

Mein Fahrlehrer wurde leicht blass, blieb aber standhaft. »Selber Esel.«

»Sieh mal an«, ließ sich jetzt der zweite hören, »der hat auch noch die große Klappe.«

Mit gefährlichem Grinsen näherten sich die beiden meinem Begleiter. Der, nicht faul, hatte im Nu einen Schraubenschlüssel in der Hand. Zu Tode erschrocken, stürzte ich zu dem Besitzer des Mercedes, der sich in aller Ruhe eine Zigarette angezündet hatte.

»Hören Sie auf, er kann nichts dafür!«

Igor Serafimowitsch zog leicht die linke Braue hoch, maß mich von oben mit einem abschätzigen Blick und fragte: »Wer bist du?«

»Ich saß am Steuer und hab nicht nach hinten geschaut, weil die Straßenbahn kam!«

»Soso«, knurrte Igor Serafimowitsch. »Fährst du schon lange? Seit wann hast du denn den Führerschein?«

»Ich lerne erst.«

»Wenn ein Schüler am Steuer sitzt, ist der Fahrlehrer verantwortlich«, gab der Mercedes-Fahrer zu bedenken.

»Deswegen muss man ihn doch nicht schlagen«, sagte ich in flehendem Ton. »Ich bezahle Ihnen den Scheinwerfer, und die Sache ist erledigt.«

Igor Serafimowitsch schob die Unterlippe vor und fragte zurück: »Du willst also bezahlen? Wie viel denn?«

Ich dachte einen Moment nach und sagte dann: »Ich weiß nicht, was so ein Scheinwerfer kostet. Reichen zweihundert?«

Igor Serafimowitsch seufzte tief auf.

»Dreihundert«, legte ich rasch nach, »mehr habe ich nicht dabei, entschuldigen Sie schon.«

Die Burschen in Schwarz lauschten unserem Dialog mit großem Interesse.

»Her damit!«, sagte ihr Chef.

Ich öffnete mein Portemonnaie, zog rosafarbene Scheinchen heraus und hielt sie Igor Serafomowitsch hin.

»Was ist das?«

»Na, Geld. Wir haben uns doch gerade geeinigt: 300 Rubel.«

Da fing der Besitzer des Mercedes 600 so laut an zu lachen, dass mir die Ohren dröhnten. Die schwarzgekleideten Kerle stimmten ein. Selbst mein Fahrlehrer musste grinsen. Ich stand da und begriff überhaupt nichts.

»Also, jetzt nehmen Sie schon das Geld! Es ist zwar schade drum, aber schließlich bin ich schuld. Leben Sie wohl!«

Igor Serafimowitsch lag inzwischen in voller Länge über dem Kühler seines Luxuswagens und lachte, dass ihm die Tränen kamen.

»Dreihundert Rubel! Und das findest du auch noch schade! Was wolltest du denn mit den paar Kopeken anfangen, du Pechmarie?«

»Na, Obst für die Kinder kaufen, oder ein paar Krimis für mich! Was gibt's denn da zu lachen? Nimm sie, und gut!«, knurrte ich böse.

»Dein Alter muss noch geiziger sein als Rockefeller!«, johlte der unverschämte Igor Serafimowitsch fröhlich, »gibt seiner Frau ganze 300 Rubel!«

Das war mir nun endgültig zu viel. Woher nahm dieser Krösus das Recht, sich über mich lustig zu machen? Mit festem Schritt trat ich dicht an ihn heran und zischte: »Was bläst du dich so auf, du unverschämter Kerl! Da gibt es noch ganz andere! Gegen Bill Gates bist du ein Bettler, verstanden? Dreihundert Rubel sind die Hälfte der Rente, die so manche Oma kriegt. Vielleicht hat deine Mutter für achtzig Rubel im Monat anderen Leuten den Fußboden gewischt, als du klein warst! Nimm das Geld und zieh Leine, du Großmaul!«

Den Kerlen in Schwarz blieb der Mund offen stehen. Mein Fahrlehrer hatte die Gelegenheit genutzt und saß längst wieder in unserem Lada.

Igor Serafimowitsch wurde plötzlich ernst und fragte: »Und als was arbeitest du?«

»Ich bin Musikerin, spiele Keyboard in einer Band, aber eigentlich habe ich am Konservatorium Harfe studiert.«

»Was geht hier vor?«, fragte plötzlich jemand hinter uns in scharfem Ton.

Als ich mich umwandte, war da ein Milizionär mit einem Kopf wie ein satter Eber. Sein Wagen stand mit blinkendem Blaulicht hinter ihm.

»Soso«, machte er und war augenblicklich im Bilde. Er herrschte mich an: »Nicht nach hinten geschaut? Wozu haben Sie denn einen Rückspiegel? Na? Um die Lage hinter sich zu überblicken. Wenn man nicht reinschaut, passiert so was hier. Also – die Papiere!«

»Moment mal«, unterbrach ihn Igor Serafimowitsch. »Die Sache ist erledigt, sie hat mir 300 Rubel bezahlt!«

»Wie viel?«, fragte der Milizionär mit einem breiten Grinsen.

»Was gibt es daran auszusetzen?«, erkundigte sich der Besitzer des Mercedes plötzlich mit eiskalter Stimme.

»Wenn Sie sich einig sind, dann fahren Sie«, gab der Beamte eilfertig zurück. »Machen Sie die Spur frei, Sie haben schon einen ganzen Stau verursacht …«

Als ich wieder im Lada saß, steckte Igor Serafimowitsch den Kopf zum Fenster hinein. »He, Harfenistin!«

»Was ist denn noch?«, fragte ich. »Mehr Geld gibt's nicht.«

»Wie heißt du?«

»Tanja.«

Er zögerte einen Augenblick, dann aber sprang er in seinen Wagen und rief, schon im Wegfahren: »Bis bald!«

Der Fahrlehrer bat mich nun auf den Beifahrersitz. Geschickt steuerte er unser Auto in den rollenden Verkehr. Erst jetzt spürte ich, dass mein Herz wie wild schlug und mir die Knie zitterten.

»Du bist mir aber auch eine!«, murmelte der Bursche. »So einem Typen dreihundert Rubel zuzumuten!«

»War das etwa nicht genug?«

»Beim Mercedes 600 kostet ein Scheinwerfer mindestens fünfhundert!«

»Dann legt er eben noch zweihundert drauf! Über die Hälfte hat er doch schon!«

Der Fahrlehrer schaute mich an, als sei ich nicht ganz bei Trost. Dann sagte er mit einem Seufzer: »Dollar! Das Ding kostet einen halben Tausender grüner Scheine!«

Mir wurde fast schwarz vor Augen.

Am nächsten Tag gegen zehn Uhr morgens stand ich vor Larissa Jakowlewas Wohnungstür mit der festen Absicht, die Wahrheit aus ihr herauszuholen. Dass sie gelogen hatte, war jetzt sonnenklar. Am Abend hatte ich Rebekka von meinem Besuch erzählt und dabei sehr interessante Dinge erfahren. Ihr Vater hatte sie nie Becky genannt, weil er meinte, so rufe man nur ein Schoßhündchen. Außerdem verteilte er an seine Geliebten teure Geschenke, und einen Geburtstag vergaß er nie. Rosen schenkte er aber nicht, weil er eine Allergie gegen sie hatte.

»In unserem Garten blüht und grünt es, erklärte mir Rebekka, doch die Königin der Blumen wirst du dort nicht finden. Wenn unser Vater in ihre Nähe kam, musste er sofort husten oder niesen … Seine Sekretärin Lena hatte einmal aus dem Urlaub in Bulgarien Rosenöl mitgebracht. Am ersten Arbeitstag besprühte sie sich damit und erschien so in ihrem Büro. Das war eine Aufregung. Mein armer Vater bekam fast einen Herzinfarkt, und Lena wurde nach Hause geschickt, um sich zu duschen und umzuziehen.«

Slawin hatte Larissa also keine Rosen »körbeweise« angeschleppt und auch nie von seiner Tochter »Becky« gesprochen.

Ich drückte mehrmals auf den Klingelknopf. Endlich bewegte sich etwas hinter der Tür. Ein Mädchen von etwa zwanzig Jahren steckte seinen Kopf heraus. Darauf hatte es ein rosafarbenes Frottehandtuch wie einen Turban aufgesteckt.

»Was ist los?«, erkundigte sie sich ziemlich brummig. Was machst du hier für einen Lärm?«

»Ich möchte zu Larissa.«

»Dann klingle auch bei ihr.«

»Verzeihung, sie hat gesagt, dreimal ...«

»Du hast fünfmal geklingelt«, gab das Mädchen böse zurück.

Ich drängte mich durch den Türspalt und ging den Korridor entlang. Mehrmals klopfte ich an Larissas Tür, aber es tat sich nichts. Als ich vorsichtig die Klinke herabdrückte, ging die Tür auf.

»Larissa, darf ich?«

Keine Antwort.

»Larissa, gestatten Sie?«

Wieder keine Reaktion. Ich schaute ins Zimmer. Niemand da. Vielleicht war Larissa sich waschen gegangen?

Aber in dem riesigen Gemeinschaftsbad, wo ein Gasboiler drohend zischte, traf ich nur ein kleines Mädchen an, das sich gerade eifrig die Zähne putzte. Um das hohe Waschbecken zu erreichen, war es auf eine Fußbank geklettert.

Auf meiner Suche kam ich in die geräumige Küche, die mit Tischen vollgestellt war. An langen Leinen hatte man Wäsche zum Trocknen aufgehängt – »Familienschlüpfer« mit blauen Pünktchen, Büstenhalter aus rosa Atlas von riesigen Ausmaßen und jede Menge Kinderstrumpfhosen in allen möglichen Farben.

Einen Moment schien mir, ich sei in einen Film der fünfziger Jahre geraten. Diese armselige Ausstattung – der Spültisch mit den Emailleschüsseln, zwei gusseiserne Gasherde und, dazu passend, ein dickes Frauenzimmer in roter Kittelschürze, das bereits am frühen Morgen Buletten briet. Schon vom Geruch des fetten Fleisches wurde mir übel.

»Zu wem willst du?«, fragte die Frau und warf ein großes Stück Butterschmalz in die Pfanne, dass es nur so spritzte.

Ich hielt die Luft an, musste aber antworten: »Zu Larissa Jakowlewa.«

»Letztes Zimmer rechts.«

»Da ist sie nicht.«

»Hierher kommt sie auch nicht«, brummte die Nachbarin. »Die kocht nie etwas. Trinkt nur Tee und hockt in den Kneipen rum. Eine Schauspielerin!«

»Wissen Sie vielleicht, in welchem Theater sie spielt?«

»In einem abgebrannten«, knurrte das Weib und wendete ihre Buletten.

Hier war wohl nicht mehr zu erfahren.

»Hör mal«, fügte die Frau unerwartet hinzu, »Gulja musst du fragen, die ist mit ihr befreundet, dritte Tür nach dem Bad.«

Gulja war das mürrische Ding mit dem Handtuch auf dem Kopf.

»Entschuldigen Sie schon«, sagte sie jetzt mit einem verlegenen Lächeln. »Ich war sauer, weil ich es nicht leiden kann, wenn ich aus dem Bad halbnackt zur Tür laufen muss. Aber Sie hatten bei Larissa geklingelt. Von den anderen macht da keiner auf.«

»Wissen Sie nicht, wo Larissa ist?«

»Vielleicht schläft sie noch.«

»Das Zimmer ist leer.«

»Dann ist sie über Nacht bei ihrem Kerl geblieben und geht von dort gleich zur Arbeit.«

»Und wer ist ihr Liebhaber?«

»Den jetzigen kenne ich nicht. Früher war es Petja von ihrem Theater.«

»Wo spielt sie denn?«

Gulja blies sich eine herabgefallene Strähne aus der Stirn und murmelte: »Es hat so einen langen Namen … Moment mal, hier muss irgendwo ein Programmheft sein. Sie hatte mich zu einem Stück eingeladen. Es hat mir aber gar nicht gefallen. Furchtbar langweilig.«

Sie ging zum Fenster und wühlte in einem Stapel Zeitungen. Dann fand sie das Gesuchte und hielt es mir mit einem Lächeln hin. »Das können Sie haben.«

Es war ein Blatt aus grauem, billigem Papier.

»Neues Experimentiertheater von Alexander Simin« stand darauf. Das Stück hieß »Der König der Menge«. Larissas Name fand sich ganz am Ende der langen Liste der handelnden Personen. Also, eine Hauptrolle spielte sie dort gerade nicht. Plötzlich hatte ich einen Einfall.

»Ich möchte Larissa eine Nachricht hinterlassen. Was meinen Sie, kann ich ihr einen Zettel ins Zimmer legen?«

»Warum nicht? Hier schließt keiner seine Tür ab. Vor Dieben haben wir keine Angst. Bei uns gibt es eh nichts zu holen.«

Mit dem Programmzettel ging ich in Larissas Zimmer zurück. Ich wollte einen Blick in ihren Kleiderschrank werfen. Das hatte ich mir doch gedacht! Unter den wenigen Sachen, die da hingen, fanden sich natürlich ein brauner indischer Rock und ein T-Shirt in hellem Orange mit dem Aufdruck »Nice day«.

Nachdenklich betastete ich das T-Shirt. Die Sachen allein bewiesen noch gar nichts. In diesem Sommer lief wohl jede dritte Moskauerin damit herum. Gerade hatte ich am Ausgang der Metrostation eine ältere Frau mit einem ganzen Arm voll solcher Röcke gesehen, die in der Farbe an Schokolade erinnerten … Aber wenn ich es mir genauer überlegte … Ich spürte förmlich, dass ich »Rebekka« gefunden hatte. Larissa hatte zwar kurz geschnittenes dunkles Haar, aber das war kein Problem. Sie hatte halt eine Perücke getragen. Kira war einfach nicht darauf gekommen, dass die Mähne nicht echt sein könnte. Und dann war sie in Sandaletten mit gefährlich hohen Absätzen geschlüpft. Wahrscheinlich die weißen, die da im Schrank lagen …

Na warte, Larissa! Noch einmal klopfte ich bei Gulja an.

»Haben Sie hier ein Telefon?«

»Dort im Korridor, auf der Konsole. Aber reden Sie nicht zu lange, sonst gibt es Ärger.«

Im Theater wurde sofort abgenommen.

»Was spielen Sie heute?«

»Frikadellen à la milanese«, kam die höfliche Antwort.

Ich wunderte mich. Hatte ich mich etwa verwählt und war in ein Restaurant geraten?

»Ist dort das Simin-Theater?«

»Ja.«

»Und was steht heute auf dem Spielplan?«

»›Frikadellen à la milanese‹ von Igor Nefedow.«

»Gibt es noch Karten?«

»Ja.«

»Wann beginnt die Vorstellung?«

»Um 19.00 Uhr.«

»Können Sie mir sagen, ob Larissa Jakowlewa in dem Stück mitspielt?«

»Einen Moment«, sagte die Frau und knisterte mit Papier. Dann antwortete sie genauso höflich wie vorher: »Larissa Jakowlewa spielt das Dienstmädchen.«

»Vielen Dank!«, rief ich erfreut.

Das passte ja wunderbar! Nun rasch zur Fahrschule und die Prüfung abgelegt. Dann wollte ich mir das Theater vornehmen.

Vor Freude hüpfend, lief ich zur Metro. Ich hatte genügend Zeit, um eine Stunde vor Beginn im Theater zu sein. Dann wollte ich mir das verlogene Ding vorknöpfen und aus ihr herausholen, wer sie geheuert hatte, die »Rebekka« zu spielen. Nur noch diese kleine Mühe, dann kannte ich den Mörder und hatte ein schönes Honorar verdient.

In der Fahrschule lief ich meinem Fahrlehrer in den Weg.

»Du willst die Prüfung ablegen?«, fragte er. »Komm mit.«

»Wohin?«

»Frag nicht so viel.«

Ich war schon so daran gewöhnt, seinen Kommandos zu folgen, dass ich gehorsam mit ihm durch das ganze Haus tappte. Wir kamen an Tafeln vorbei, die die sehr eingängige Aufschrift trugen: »Kraftfahrer, wenn du die Regeln verletzt, fügst du deiner Gesundheit und dem Straßenverkehr nicht wiedergutzumachenden Schaden zu!« Dann traten wir in einen großen Raum, und mein Lehrer rief aufräumt: »Nadja, sei lieb und setze Tanja Romanowa an Computer Nr. 7.«

Die hübsche Nadja schenkte uns einen Blick aus Augen, die blau waren wie der italienische Sommerhimmel.

»Meinetwegen, aber erst im dritten Durchgang. In den ersten beiden ist er schon besetzt.«

»Wunderbar«, sagte der Fahrlehrer erfreut.

Schon standen wir wieder im Korridor.

»Und jetzt hör aufmerksam zu«, erklärte er wichtig. »Auf dem Bildschirm werden alle möglichen Szenen und Fragen auftauchen. Antworte immer mit ja, auch wenn es dir blöd vorkommt. Zum Beispiel: Bei welcher Ampelfarbe wird gefahren? Dann kommt: bei Rot – ja, bei Grün – nein. Du wählst: ja.«

»Und dann?«, fragte ich verwundert zurück. »Dann falle ich durch.«

»Im Gegenteil, dann wird alles gut«, beharrte der Fahrlehrer. »Hauptsache, du drückst immer: ja.«

Die nächste Stunde verbrachte ich im Korridor und schaute mir die Plakate genauer an, die den Schülern die Regeln des Straßenverkehrs erläutern sollten. Nachdem ich diese Produkte aktueller Sichtwerbung zur Kenntnis genommen hatte, war mir etwas wirr im Kopf. Da stand: »Der Kraftfahrer, der sich im Verkehrsstrom befindet, hat daran zu denken, dass er aktiver Teilnehmer des Straßenverkehrs ist und ein Transportmittel steuert, das im Falle der Nichtbefolgung der Regeln des Straßenverkehrs, überhöhter Geschwindigkeit oder Fahrens in nicht nüchternem Zustand anderen Teilnehmern des Straßenverkehrs nicht wiedergutzumachenden gesundheitlichen Schaden zufügen kann.«

Herr im Himmel, wer verfasste wohl solche Texte? Ging es nicht einfacher? Zum Beispiel: »Sauf nicht, Idiot, wenn du am Steuer sitzt!« Oder: »Fahr nicht zu schnell, Blödmann!«

»Romanowa, Computer Nr. 7!«, schnarrte ein Mann, der seinen Kopf aus der Tür des Prüfungsraumes steckte.

Auf dem Monitor erschien eine Kreuzung, mehrere Autos und dazu die Frage: »In welche Richtung ist dem Fahrer des Wolgas das Abbiegen erlaubt? Nach links – ja, nach rechts – nein.«

Da ich die Antwort sowieso nicht wusste, drückte ich, wie befohlen, auf ja.

Auf dem Bildschirm erschien ein dickes Plus, also richtig geantwortet.

»Was ist beim Einbiegen in eine Hauptstraße zu tun? Anhalten – nein, mit unverminderter Geschwindigkeit weiterfahren – ja.« Natürlich anhalten, das wusste ich genau. Mein Finger drückte von ganz allein: nein. Der Rechner gab Laut und zeigte ein fettes Minus. Diese Konservendose kümmerte sich offenbar nicht darum, ob die Antwort richtig oder falsch war. Daher verbot ich mir weitere Experimente und drückte stur immer nur die Taste ja.

Dann das Endergebnis: Ich hatte 45 mal richtig und nur einmal falsch geantwortet. Die Prüfung war bestanden. Als ich ziemlich verunsichert den Raum verließ, stieß ich draußen auf meinen Fahrlehrer, der in aller Ruhe eine Zigarette rauchte. Den fragte ich: »Was passiert in dieser Prüfung mit denen, die sich an die Regeln halten?«

Der Bursche musste lachen.

»Der Rechner Nr. 7 hat eine Macke. Für den ist nur das Ja richtig. So können Computer auch sein: Dumm und unbelehrbar! Da rede mir einer von künstlicher Intelligenz!«

»Warum wird er nicht repariert?«

»Kein Geld!« Der Fahrlehrer grinste hintergründig. »An den lässt man ja auch nicht jeden ran, sondern nur manche …«

»Ach so!« Endlich begriff ich. »Was schulde ich Ihnen?«

»Nichts, natürlich«, gab der Bursche zurück. »Hier, dein Abschlussprotokoll. Fürs praktische Fahren hast du eine Eins bekommen.«

»Also, jetzt hab dich nicht so, nimm wenigstens was für eine Flasche.«

»Ich trinke nicht!« Der Lehrer wehrte ab. »Sieh es als Dankeschön.«

»Wofür denn?«

»Dafür, dass du mir gestern bei den Schlägern aus der Patsche geholfen hast. Ich war ja wirklich schuld, hatte einen Moment nicht aufgepasst.«

In Hochstimmung – immerhin hatte ich einen brandneuen Führerschein in der Tasche – begab ich mich zum Theater. Das war nicht gerade günstig gelegen. An der Straße der sechsundzwanzig Kommissare von Baku. Ein merkwürdiger Name für eine Magistrale! Schließlich hatten die unglücklichen jungen Männer, die ihr Leben, wie sie meinten, für das Glück der einfachen Werktätigen hingegeben hatten, Namen und Vornamen. Einer – Fioletow – hatte sich seit der Schulzeit in meinem Kopf festgesetzt. Man konnte sie doch nicht wie in einem Massengrab … Plötzlich war die Straße zu Ende. Wo sollte hier ein Theater sein? Ich brauchte die Hilfe eines Ortskundigen. Aber niemand konnte mir sagen, wo ich diesen Musentempel finden würde. Weder die junge Mutter mit dem Kinderwagen, noch die Frau mit den schweren Einkaufstaschen, oder die Großmutter auf der Bank ... Den Mann, der einen Kasten Bier schleppte, fragte ich gar nicht erst. Solche Typen gehen nicht ins Theater.

Endlich versuchten zwei Mädchen in Lisas Alter mir umständlich und einander ins Wort fallend den Weg zu erklären. Nachdem ich ewig zwischen Plattenbauten umhergeirrt war, die alle gleich aussahen, stieß ich schließlich auf einen kleinen Backsteinbau mit dem bescheidenen Schild: Simin-Theater. Diensteingang.

10. Kapitel

Ein Pförtner war weit und breit nicht zu sehen. Vielleicht hatte man ihn gerade weggerufen. Auf dem Schreibtisch neben der Tür lagen eine Zeitung und eine Brille. Froh, mein Eindringen nicht erklären zu müssen, lief ich den Korridor entlang.

Im ersten Raum, auf den ich stieß, wechselte gerade eine Frau meines Alters die Kleider.

»Verzeihen Sie«, fragte ich schüchtern, »können Sie mir sagen, wo ich Larissa Jakowlewa finde?«

»Wer soll denn das sein?«, warf mir die Dame schnippisch hin und steckte sich große Messingringe an die Finger.

»Sie spielt in dem Stück, das heute läuft, das Dienstmädchen ...«

»Aber, meine Teure«, sagte die Dame geziert, »soll ich vielleicht alle Statisten kennen? So etwas von der Hauptdarstellerin zu erwarten ... Fragen Sie in Zimmer 24, mein Engel, dort sitzt der Regieassistent Wanja, der weiß das vielleicht.«

Mir war, als sei ich in Hundekacke getreten. In dem genannten Zimmer gab es keinen Wanja. Ich wandte mich an einen Mann im Frack.

»Wo finde ich den Regieassistenten?«

»Wanja? Dort in den Kulissen steht er doch.«

Ich sah einen ziemlich zerzausten Mann in abgewetzten Jeans, der heftig auf zwei junge Burschen in blauen Arbeitsanzügen einredete: »Wenn noch einmal statt des grünen Scheinwerfers der ... Was willst du denn?«

Ich begriff, dass er mich meinte. Ich packte meine Chance beim Schopf. »Larissa Jakowlewa ...«

»Nein!!!«, kam es da empört von Wanja. »Sag bloß nicht, die blöde Kuh schickt schon wieder einen Ersatz! Ich schmeiß sie raus! Mein Gott, wie ich das alles satt habe!«

»Sie haben mich falsch verstanden, ich bin auf der Suche nach ihr.«

»Ich auch!«, schimpfte Wanja. »Die Vorstellung geht gleich los, und Larissa ist immer noch nicht da. Ich bring sie um, wenn sie hier aufkreuzt.«

Sehr unlogisch, dachte ich bei mir, wer dann wohl spielen soll?

»Und wo finde ich Petja?«

»Ihren Verflossenen? In Nummer 12.«

Also wieder zurück in den Korridor. Nummer 12 erwies sich als stickiges, nach Schweiß riechendes Gelass.

»Ist Petja hier?«

»Petruccio, du wirst gewünscht«, rief ein großer Blonder in zerknautschter Jacke.

»Von wem?« Hinter einem Vorhang schaute ein weiterer Blondschopf hervor. »Was wollen Sie?«

»Wissen Sie vielleicht, wo Larissa Jakowlewa ist?«

»Nein. Und überhaupt: Wir sind schon lange auseinander. Ich muss doch nicht das ganze Leben lang auf sie aufpassen. Wanja rauft sich schon die Haare. Vielleicht hat sie einen gesoffen!«

»Sie trinkt?«

»Eigentlich nicht, aber sie kann doch damit angefangen haben.«

»Mal langsam, Petruccio«, brummte ein anderer Bursche, der gerade beim Umziehen war. »Larissa ist doch erst im zweiten Akt dran. In einer halben Stunde wird sie schon hier sein.«

»Was ist das für eine Rolle, die sie spielt?«, fragte ich interessiert. »Eine wichtige?«

»Eine klassische«, verkündete der Kerl lachend. »Sie hat drei Worte zu sprechen: ›Es ist serviert!‹ Ein großer Star kann daraus allerdings richtig was machen.«

Draußen klingelte es, dann krächzte der Lautsprecher an der Wand. »Erstes Bild, alle auf die Bühne!«

Die Burschen liefen zur Tür. Im Weggehen gab mir Petja den Rat: »Warten Sie auf der Sitzbank an der Eingangstür, dann können Sie Larissa eigentlich nicht verfehlen.«

Ich ließ mich auf einem abgewetzten Ledersofa nieder. Der Pförtner, ein älterer Mann, der wie eine fette Ratte wirkte, warf mir über seine Brille einen misstrauischen Blick zu, sagte aber nichts. Da ich für ihn nicht von draußen gekommen war, hielt er mich offenbar für berechtigt, da zu sitzen.

Die Zeit wollte nicht vergehen. Ich zählte die Risse in den Wänden und die Löcher im Linoleum. Gegen zehn Uhr war klar, dass ich umsonst hier herumsaß. Ich ging zu Fuß zur Metrostation Jugosapadnaja, stieg in ein Linientaxi und stand vierzig Minuten später auf dem Bahnsteig von Peredelkino.

Am nächsten Morgen, mein Wecker zeigte kaum neun, rief ich bei Larissa an.

»Hallo!«, sagte eine heisere Männerstimme.

»Ich möchte Larissa Jakowlewa sprechen.«

»Larissa!«, brüllte der Mann, »He, Larissa, für dich!« Und nach einer Weile: »Sie ist nicht da!«

»Dann geben Sie mir bitte Gulja.«

»He, Gulja, du wirst verlangt!«

»Ja?«, klang es leise aus dem Hörer.

»Gulja? Wir haben gestern miteinander gesprochen, ich suche immer noch Larissa ... Ist sie inzwischen gekommen?«

»Sie kommt nie mehr«, murmelte Gulja kaum hörbar.

»Wieso?«

»Sie ist von einem Auto überfahren worden«, stammelte Gulja schluchzend. »Gestern Abend hat die Miliz hier angerufen.«

»Gehen Sie nicht weg, ich komme zu Ihnen!«, rief ich aufgeregt und war auch schon auf dem Weg zum Vorortzug.

Als Gulja öffnete, weinte sie bitterlich.

»Na, na«, murmelte ich, »eine schlimme Geschichte! Aber mit Tränen machen wir Larissa auch nicht wieder lebendig. Sie kann einem leid tun. War doch noch so jung.«

»Sie ist noch am Leben«, teilte mir Gulja schniefend mit.

»Tatsächlich?«, rief ich erfreut. »Wo liegt sie denn?«

»In der Sklifossowski-Klinik.«

»Los, zieh dich an, wir fahren hin ...«

»Ich kann nicht«, jammerte Gulja. »Ich muss zur Arbeit. Aber wenn Sie ...«

»Hat sie Verwandte?«

»Eine Mutter und eine Schwester. Die leben in Kolomna. Wollten heute Abend hier sein.«

An der Metrostation Prospekt Mira kaufte ich ein Kilo Kirschen und ein paar Bananen. Aber ich konnte Larissa das Obst nicht bringen. Eine junge Schwester in riesiger gestärkter Haube beäugte die Plastiktüte misstrauisch und sagte dann: »Sie ist bewusstlos und wird künstlich beatmet.«

»Kommt sie durch?«

»Ihr Zustand ist kritisch.«

»Wie ist es denn passiert?«

Die Schwester zuckte die Achseln. »Ein Verkehrsunfall,

mehr weiß ich nicht. Wir haben die Patienten zu behandeln und nicht lange nachzufragen, wie es passiert ist.«

»Kann sie sprechen?«

»Im Moment nicht.«

»Wann wird sie es wieder können?«

Die Schwester verlor allmählich die Geduld. »Wissen Sie denn nicht, was künstliche Beatmung heißt?«

»Nein.«

»Grob gesagt, sie hat einen Schlauch im Hals. Rufen Sie morgen an.«

Deprimiert verließ ich das Krankenhaus und schlich den Prospekt entlang zur Metro zurück. Über dem Asphalt schwebte blauer Dunst, wohl von der Hitze oder den Auspuffgasen. Die Passanten waren so entkleidet, dass es schon an Schamlosigkeit grenzte. Die Männer in Shorts und mit Sandalen an den nackten Füßen, die jungen Frauen in Tops und Miniröcken.

In der kühlen Metrostation ließ ich mich erschöpft auf eine Bank fallen. Was sollte ich jetzt nur machen? Verdammt, ich hätte die Schwester fragen sollen, welche Stelle der Miliz sich mit dem Unfall befasste oder wenigstens, wo er geschehen war.

Was man nicht im Kopf hat, muss man in den Beinen haben. Aber erst einmal kaufte ich mir an einem Kiosk ein Eis und trank eine Flasche Mineralwasser, von dem mir die Kohlensäure widerwärtig in die Nase stieg. Dann schleppte ich mich über den heißen Prospekt zur Klinik zurück. Diesmal saß vor der Tür mit dem Schild »Intensivstation« eine ältere Schwester.

»Ich möchte zu Larissa Jakowlewa. Ist gestern eingeliefert worden ....«

»Einen Moment«, sagte sie und rief nach hinten: »Leonid Sergejewitsch, hier fragt jemand nach Larissa Jakowlewa!«

Ein junger Mann im blauen Kittel steckte den Kopf

durch die Tür. Er musterte mich finster und sagte dann: »Kommen Sie.«

Er bat mich ins Ärztezimmer.

»In welchem Verhältnis stehen Sie zu der Patientin?«

»Ich bin ihre Freundin. Was ist passiert?«

»Sie ist verstorben.«

»Wie denn das?«, schrie ich auf. »Warum? Vor einer Stunde war sie doch noch am Leben!«

»Bei diesen Verletzungen war nichts zu machen«, sagte der Arzt in mildem Ton, »Schädelbruch, Bruch der Wirbelsäule, Leberriss und Lungenperforation. Es grenzt an ein Wunder, dass sie die Nacht überstanden hat. In diesem Zustand hilft auch die beste Operation nicht mehr.«

Ich nickte stumpfsinnig zu jedem seiner Worte.

»Ist Ihnen nicht gut?«, fragte der Arzt mitfühlend und rief sofort: »Katja, etwas Baldrian bitte!«

»Nicht nötig«, murmelte ich. »Wer hat sie nur so zugerichtet?«

»Sie wurde mit dem Rettungswagen gebracht«, erklärte mir der Arzt, »und kam sofort auf den Operationstisch. Sie ist jung, ihr Organismus hat sich gewehrt, so lange er konnte, aber leider ...«

»Haben Sie es der Miliz schon mitgeteilt?«

»Die Verkehrspolizei ist an dem Fall dran«, sprach der Arzt ruhig weiter, »doch meistens finden sie keinen Schuldigen.«

»Wie das?«

»Wir haben hier dauernd Opfer von Verkehrsunfällen.« Der Äskulap schien froh zu sein, jemandem seine Sorgen mitteilen zu können. »Wenn die Ermittler sie befragen, ist es immer das Gleiche: Das Opfer kann sich an nichts erinnern, weder an die Farbe noch an die Nummer des Wagens ... Und die Zeugen erzählen jeder etwas anderes. Wenn der Fahrer nicht aus eigenem Antrieb am Ort des Geschehens bleibt, besteht kaum eine Chance, ihn zu finden. Und was Larissa Jakowlewa betrifft, da kann man nicht einmal jemanden befragen. Sie hat im Straßengraben gelegen. Ein Fernfahrer hat sie entdeckt …«

Als ich wieder in der Metrostation war, ließ ich mich auf dieselbe Bank fallen. Der einzige Faden, der mich zu dem Mörder hätte führen können, war abgerissen. Was sollte ich jetzt tun? Ich musste wohl noch einmal in Slawins Familie anfangen. Alle überprüfen – Nora, Tamara, Anja und seine lieben Kinder Nikolai, Andrej, Sergej, die stille Swetlana und selbst Rebekka. Nein, die schied wohl aus. Hätte sie mich sonst um Hilfe gebeten? Sie war die Einzige, die mir weiterhelfen konnte. Mit ihr musste ich als Nächstes sprechen.

Zunächst aber hatte ich Schwierigkeiten, nach Aljabjewo zurückzukommen. Aus irgendeinem Grund waren alle Züge in Richtung Kaluga gestrichen. Genauer gesagt, den um 14.10 Uhr verpasste ich, und der nächste war erst für 17.20 Uhr angekündigt. Dazwischen fuhr der Zug nur bis zur Station Solnetschnaja. Nachdem ich einige Minuten unschlüssig herumgestanden hatte, fasste ich einen salomonischen Entschluss: Ich wollte mit dem Zug bis Solnetschnaja fahren und dann versuchen, mit einem Linientaxi weiterzukommen. Als der Zug schon rollte, fiel mir ein, dass ich keine neuen Krimis gekauft hatte. Darüber ärgerte ich mich sehr. In Solnetschnaja gab es wohl kaum einen Bücherstand. Aber vielleicht doch?

Und dann waren es sogar zwei. Der eine interessierte mich kaum. Die magere, etwas gequält dreinblickende Frau mit düster glühenden Augen, die bei der Hitze ein dunkles hochgeschlossenes Kleid trug, bot Bücher zu religiösen Themen an. Doch kaum zwei Schritt von ihr entfernt war auf Klapptischen alles ausgebreitet, was mein Herz begehrte.

Ich stürzte mich auf die bunten Taschenbücher. Der Verkäufer, ein junger Mann, der pausenlos Sonnenblumenkerne knackte, rechnete rasch alles zusammen. Als ich in meine Handtasche fasste, fand ich dort meine Geldbörse nicht. Verzweifelt kippte ich den ganzen Inhalt aus. Heraus kamen ein Kamm, ein Spiegel, eine Puderdose, ein Taschentuch, ein paar Mentholbonbons, meine Schlüssel, der Führerschein, ein Päckchen Kaugummis Marke »Orbit«, irgendwelche Zettelchen, ein Kugelschreiber ... Aber mein Portemonnaie, ziemlich groß, aus Kunstleder und mit dem Aufdruck »Versace« war spurlos verschwunden. Kira hatte es mir zum Geburtstag geschenkt.

Mir stiegen die Tränen in die Augen. Das war nun wirklich zu viel! Gestern zweihundert Rubel, heute dreihundert ...

»Das kommt daher, dass du dieses Teufelszeug kaufen wolltest«, sagte das Weib vom Stand nebenan schadenfroh. »Gott sieht alles. Wärst du zu mir gekommen, hättest du dein Geld noch. Das war dein Schutzengel! Der hat dich vor dieser Sünde bewahrt!«

»Halt die Klappe, Nastja, ich sag's dir im Guten!«, knurrte der Verkäufer und spuckte die Schale eines Sonnenblumenkerns in ihre Richtung. »Wenn du nicht aufhörst, rutscht mir noch mal die Hand aus. Bigottes Weib! Und Sie, meine Dame, seien Sie nicht traurig. Wie sagt doch das Sprichwort? Kleiner Verlust – großer Gewinn. Ich sitze hier noch bis neun Uhr abends. Die Bücher laufen Ihnen nicht weg. Gehen Sie nach Hause, dort liegt vielleicht Ihr Portemonnaie, und kommen Sie wieder. Sie können die Bücher auch gleich mitnehmen und mir das Geld morgen auf dem Weg zur Arbeit vorbeibringen.«

»So viel Vertrauen haben Sie zu mir?«, fragte ich verwundert.

»Einen guten Menschen erkennt man meilenweit«, gab der Bursche lachend zurück.

»Vielleicht nehme ich eins, dieses hier? Und das Geld bringe ich heute Abend oder morgen.«

»Oh, der Teufel ist stark!«, hub die Fromme wieder an.

»Der Engel warnt, aber der Teufel lockt. Nimm das Zeug nicht, beim Jüngsten Gericht musst du dafür geradestehen! Denk nach, warum der Herr dir das Geld genommen hat! Bereue!«

»Nastja, mach die Klappe zu!«, rief mein Händler, jetzt ernsthaft böse.

»Ich sage nur die Wahrheit«, sprach die Konkurrenz ungerührt weiter, während ich meine Sachen wieder einpackte. »Wer bei dir was kauft, muss bitter dafür bezahlen.«

»Was soll der Quatsch denn jetzt?«

»Das weißt du ganz genau!«, rief die Frau schadenfroh. »Vor drei Tagen hat ein Mann von deinem Zeug was gekauft. Kaum war er ein paar Schritte weg, ist er auf ebener Straße gestolpert und hat sich das Bein gebrochen! Stimmt das etwa nicht?«

»Das kann doch jedem passieren! Der war besoffen!«

»Und die alte Frau? Hier vor deinem Stand hat sie einen Herzanfall gekriegt! Der Rettungswagen musste kommen ...«

»Na und? Die war schon alt, und bei dieser Hitze ...«

»Nein, nein!«, plärrte die Fanatikerin weiter. »Nein, das war Gottes Strafe für das Laster! Und das aufgedonnerte junge Ding? Kaum hatte sie nach deiner Schmutzliteratur gegriffen, da lag sie auch schon unterm Zug!«

Ich war so verdattert, dass ich meine noch offene Handtasche fallen ließ und der ganze Inhalt wieder auf den Bahnsteig kollerte.

»Sie standen hier, als Angelika gestorben ist?«

»Furchtbar war das!«, sagte der Junge und verzog das Gesicht. »Ich habe zwei Tage lang gar nicht herkommen können.«

»Hat dich wohl das Gewissen gepackt?«, kam Nastjas Kommentar. Ich blickte dem Verkäufer voll ins Gesicht.

»Wie heißt du?«

»Mischa.«

»Weißt du, Mischa, das unglückliche Mädchen, das unter den Zug geraten ist, ist eine Verwandte von mir. Kannst du mir nicht genauer sagen, wie es passiert ist?«

Mischa war über diese Bitte offenbar gar nicht erfreut. Dann aber kratzte er sich am Hinterkopf und begann zu erzählen.

An jenem Tag verkaufte er an der Bahnstation wie immer seine Kriminal- und Liebesromane. Das Geschäft läuft gut. Die Leute reißen ihm die Bändchen aus den Händen. Er hat sogar Stammkunden, die sehnsüchtig auf jede Neuerscheinung warten. Die junge Frau, die ein Taschenbuch von Jackie Collins bei ihm kaufte, kannte er nicht. Sie kam zum ersten Mal an seinen Stand. Und, ehrlich gesagt, sah sie auch nicht so aus, als ob sie oft die Bahn benutzte. Sie hob sich von den Passagieren ab, die sich auf dem Bahnsteig drängten. Erstens war sie sehr elegant gekleidet. Mischa fielen besonders die leuchtend grüne Handtasche und die Sandaletten in passender Farbe auf. Zweitens war da ihre Frisur. Und sie verbreitete einen betäubenden Duft. Während sie in den Büchern blätterte, genoss Mischa das ihm unbekannte Aroma. Seine Frau hatte sich vor kurzem ein Fläschchen »Russische Schönheit« gekauft, ein Parfüm, das Mischa sehr mochte. Aber diese Dame duftete ganz außergewöhnlich. So musste Reichtum riechen.

Als sie in einem Bändchen blätterte, klingelte das Telefon in ihrer Handtasche. Sie zog das kleine Ding heraus und sagte mit melodischer Stimme: »Ich warte auf dich, gut, danke.«

Dann verstaute sie das Handy wieder, schenkte Mischa einen Blick aus ihren unergründlichen Augen und sagte leise: »Wahrscheinlich nehme ich dieses hier.«

Mischa, völlig durcheinander, murmelte: »12 Rubel, bitte.«

Er hatte den Großhandelspreis genannt, warum, wusste er selber nicht. Die Unbekannte hielt ihm mit ihrer schmalen, gepflegten Hand einen Fünfzigrubelschein hin. Da trat von hinten ein Mann an sie heran und sagte: »Los, gehen wir!«

»Nicolas«, sagte das Mädchen erfreut, »bist du's?«

»Na klar«, antwortete der. »Wer sonst?«

»Irgendwie siehst du heute anders aus«, murmelte die elegante Käuferin.

»An meiner Fresse sind Papa und Mama schuld«, gab der Mann lachend zurück, nahm sie beim Arm, und sie gingen den Bahnsteig entlang ganz bis zum Ende, wo gewöhnlich der erste Wagen hält.

Mischa schaute ihnen nach, weil ihm auffiel, wie elegant sich die Dame mit den schlanken Beinen auf den hohen Absätzen bewegte. Er seufzte sehnsüchtig.

Das Pärchen verschwand in der Menge. Erst da wurde Mischa bewusst, dass er immer noch den Fünfzigrubelschein in der Hand hielt und vergessen hatte, der Dame das Restgeld zu geben. Um das zu tun, sprang er hinter seinem Tisch hervor und lief den Bahnsteig entlang. Da rollte auch schon mit schrecklichem Getöse der Zug ein. Plötzlich quietschten die Bremsen, dass es in den Ohren schmerzte, die Wagen stießen gegeneinander und von vorn war ein wilder, fast tierischer Schrei zu hören. Die Menge stürzte zum Ort des Geschehens. Mischa wurde förmlich mitgerissen. Er wusste nicht, warum sein Herz so heftig schlug. Das erste, was er erblickte, waren die leuchtend grüne Handtasche und die Sandaletten.

»Vielleicht wollten die beiden zur Siedlung hinüber und haben den Zug nicht bemerkt. Doch das ist kaum denkbar, denn die Sirene hat laut aufgeheult. Aber die Stelle ist gefährlich. An der steilen Böschung gibt es nur einen einzigen schmalen Pfad. Bestimmt hat sie mit ihren hohen Absätzen den Halt verloren und ist hinuntergerollt.«

»Und wo ist der Mann geblieben?«

Mischa zuckt die Schultern.

»Das weiß ich nicht. Der ist sicher vor Schreck in Ohnmacht gefallen. Ich konnte ja nicht dort stehenbleiben. Ich musste zu meinen Büchern zurück. Die Weiber hier haben erzählt, die Unglückliche sei noch am Leben gewesen, als sie sie unter dem Zug hervorgezogen haben. Sie soll erst im Rettungswagen gestorben sein. Da fragen Sie am besten Katja.«

»Wen?«

»Die an der Kasse, die weiß immer alles, die Tratschbase.«

»Gott soll dich strafen für dein loses Mundwerk!«, kam es von Nastja.

Ich lief zur Kasse und klopfte an das kleine Fenster. Eine finstere, ziemlich betagte Frau mit einer Dauerwellenfrisur blaffte böse: »Im Moment fährt nichts! Steht doch alles draußen dran!«

»Sind Sie Katja?«

»Ja, und?«

»Mischa, der dort vorn Bücher verkauft, sagt, Sie hätten gesehen, wie das Mädchen sich neulich vor den Zug geworfen hat. Sie heißt Angelika Slawina und ist eine Verwandte von mir …«

»Ach, du meine Güte!« Die Kassenfrau wurde sofort freundlicher. »Geh mal um die Bude rum, hinten ist eine Tür.«

Ich zwängte mich in den winzigen Raum, wo es mir vor Hitze fast die Luft nahm. Es roch stark nach Schweiß und billigem Parfüm. Auch der Ventilator an der Decke half da nicht.

»O je, o je«, jammerte Katja und schaute mich begierig an. »Warum hat sie denn das gemacht? War es unglückliche Liebe?«

Ich betrachtete ihre plumpe Figur und die viel zu stark geschminkten Lippen. Die Kassiererin musste mindestens sechzig Jahre alt sein, und noch immer interessierte sie sich brennend für Herzensangelegenheiten.

»Haben Sie selber gesehen, wie sie es getan hat?«

»Nein.« Katja schüttelte enttäuscht den Kopf. »Ich war erst dort, als sie sie herausgezogen haben. War das furchtbar! Sie lebte noch! Ach wäre sie doch gleich tot gewesen … Blutüberströmt lag sie auf der Trage und murmelte: ›Meine Tasche, wo ist meine Tasche …‹ Ich sage zu ihr: ›Keine Angst, alles da, die Tasche und die Schuhe.‹ Sie schluchzte so merkwürdig auf und fragte: ›Wofür, Nicolas, wofür?‹ Dann ist sie ohnmächtig geworden.«

Nach dem stickigen Kassenhäuschen war die Luft auf dem Bahnsteig das reine Labsal. Ich sog sie tief ein und lief dann zu den Linientaxis. Nicolas! Ich kannte nur einen Mann mit diesem hochgestochenen Rufnamen – Nikolai Slawin.

Und noch eins. Hätte eine Frau, die ihrem Leben ein Ende setzen wollte, nur Minuten, bevor sie sich vor den Zug warf, den neuesten Roman von Jackie Collins gekauft?

11. Kapitel

Als ich das Tor zu unserer Datsche öffnete, sprang mir als erstes der riesige silberfarbene Mercedes ins Auge. Auf der Bank vor dem Haus saßen die beiden Kerle in Schwarz. Mein Herz krampfte sich zusammen. Irgendwie hatte Igor Serafimowitsch offenbar meine Adresse herausbekommen und wollte mir nun den wahren Preis für den angerichteten Schaden abknöpfen. Gleich würden die beiden Muskelprotze mich packen und mir ein glühendes Bügeleisen auf den Bauch setzen.

Aber bei meinem Anblick erhoben sich die Typen und sagten im Chor: »Guten Tag, Frau Tanja.«

»Guten Tag, Jungs«, gab ich vorsichtig zurück und betrat die Veranda.

Dort bot sich mir ein wundersamer Anblick. Der große

runde Tisch, auf den ich vor dem Weggehen eine weiße, frisch gestärkte Decke aufgelegt hatte, bog sich unter der Last der verschiedensten Delikatessen. Was es da nicht alles gab: Kaviar, Forelle, Stör, Ananas, Kiwis, eine riesige Schüssel Erdbeeren, zwei Melonen, Pfirsiche, Nektarinen und einen ganzen Berg Wurst verschiedener Sorten. In der Ecke türmten sich drei Kartons mit Torten.

Am Tisch saß Igor, auf dem rechten Knie Mulja und auf dem linken Ada, die beide ihr Glück kaum fassen konnten. Ihre grinsenden Schnauzen und die Brust waren weiß beschmiert. Unter dem Tisch kauten Ramik und Rachel an etwas Undefinierbarem. Klaus, Semiramis und Pingu schnurrten so laut, als liefe irgendwo ein kleiner Motor. Dabei schlangen sie rosafarbene Stückchen hinunter. Beim näheren Hinsehen erkannte ich frisch geschnittenen Lachs.

»Tanja!«, rief mir Kira entgegen und hielt mir ein Stück Brot mit einer zentimeterdicken Schicht Kaviar unter die Nase. »Schau mal, was Onkel Igor mitgebracht hat! Wir haben so viel gegessen, dass gar nichts mehr reingeht!«

»Ja«, bestätigte Lisa, »mir ist schon ganz schlecht.«

»Mir überhaupt nicht!«, piepste Kostja.

Mulja gab Laut. Igor griff sofort nach einem Stück Kuchen und stopfte es in ihr weit aufgerissenes Maul. Jetzt erst sah ich, dass die Möpse mit Sahne bekleckert waren. Heißer Zorn stieg in mir auf.

»Hunde dürfen nicht so viel Süßes fressen!«

»Entschuldigung, das wusste ich nicht.«

»Was willst du hier? Wie viel fehlt noch, um deinen Scheinwerfer zu bezahlen? Lass die Rechnung der Werkstatt da und verschwinde!«

Lisa, Kira und Kostja gingen die vollgestopften Münder auf.

»Und ihr!«, brüllte ich sie an, »schluckt jetzt jeder eine Festal, und dann marsch, in eure Zimmer, ihr Fresssäcke!«

»Wir haben doch gar nichts …«, wollte Kira widersprechen.

Aber Lisa packte ihn bei der Hand. Die Kinder sprangen auf und liefen auf den Hof hinaus.

»Onkel Igor, darf ich mich ein bisschen in den Mercedes setzen?«, kam Kiras Stimme von draußen.

»Na klar!«, rief der zurück. Dann wandte er sich mir zu. »So ein kleines Persönchen und so energisch! Was regst du dich auf? Ich habe den Kindern ein bisschen Obst gebracht und dir ein paar Kriminalromane – dort im Wohnzimmer liegen sie.«

Ich riss die Tür auf und warf einen Blick hinein. Auf der Couch türmten sich die Schmöker – keine Taschenbücher, sondern teure Hardcover in feinster Ausstattung. Igor musste eine ganze Buchhandlung leer gekauft haben, ohne hinzusehen.

»Und was wird das jetzt?«

Er musste lachen.

»Ich habe dir gestern 300 Rubel abgenommen, das war wirklich nicht in Ordnung! Und was meine Mutter betrifft, da hast du ins Schwarze getroffen. Sie hat tatsächlich den Fußboden gewischt – in einer Zahnklinik. Einen Vater hatte ich auch nicht, so wie deine Kinder. Meine Mutter musste allein ihren Rücken krumm machen. Schade, dass sie nicht mehr erlebt hat, wie gut es mir jetzt geht.«

»Sehr rührend die Geschichte von deiner Kindheit in Not und Elend«, gab ich bissig zurück. »Aber entschuldige, ich habe zu tun, und Geschenke brauche ich nicht. Unseren Lebensunterhalt kann ich selber verdienen. Wir haben sogar eine Datsche!«

»Mit einem Loch in der Decke«, ergänzte Igor mit einem Grinsen.

»Na und? Da ist Kira vom Dachboden gefallen!«

»Lustige Kinder hast du. Die haben es faustdick hinter den Ohren. Vor allem der Junge ist einfach Spitze! Das Mädel muss ihn dauernd zur Ordnung rufen. Und über den anderen, Kostja, könnte ich mich totlachen!«

»Onkel Igor, sollen wir den Mercedes waschen? Er ist ganz staubig«, erklang es vom Hof.

»Meinetwegen«, erklärte der Besitzer großzügig.

Mit roten Wangen kamen die Kinder hereingelaufen.

»Tanja«, rief Kira, »wir brauchen das ›Pril‹ und den neuen Schwamm, den du gestern gekauft hast!«

»Wozu denn das?«

»Damit das gute Stück keine Kratzer kriegt!«, erläuterte Kostja.

Die Kinder liefen hin und her und suchten alles Nötige zusammen.

»Gib mir mal den Garagenschlüssel!«, rief Lisa. »Dort steht noch eine Flasche Polirol.«

»Fleißig, fleißig«, lobte Igor. »Reg dich ab und mach uns lieber einen Kaffee.«

Mechanisch schaltete ich den Wasserkocher ein.

»Und tolle Hunde hast du«, fuhr Igor fort, als sei nichts gewesen. »Besonders die Dicke hier gefällt mir.« Er kraulte Mulja hinter dem Ohr. Die Möpsin schnaufte und fing plötzlich an zu würgen.

»Mulja«, rief ich erschrocken, »runter mit dir!«

»Musst du ständig an allen rumerziehen?«, brummte Igor. »Trinken wir lieber Kaffee und reden ein bisschen.«

Er hatte noch nicht zu Ende gesprochen, da riss Mulja das Maul auf, und auf Igors elegante Hose ergoss sich ein halb verdautes Eclair.

»Was ist denn das?« Igor starrte das unappetitliche Häuflein verblüfft an.

»Das passiert, wenn man einen Hund mit Süßem vollstopft«, rief ich schadenfroh.

Jetzt würde ihm bestimmt gleich die Geduld platzen und er würde verschwinden. Aber es kam anders.

»Du kleiner Racker!«, rief er lachend und wischte sich mit einer Serviette die Kuchenreste von der Hose. »Jetzt ist dein Bauch wieder leer, und du kannst von vorn anfangen!«

Nun musste sogar ich lachen. So ein Ekel war er eigentlich gar nicht.

Igors helle Hose bot einen erbarmungswürdigen Anblick. Die fette Sahne war auf dem ganzen Hosenbein breitgeschmiert. Und auf dem andern hatte bereits Ada Schokoladenspuren hinterlassen.

»Hör mal, Eva«, kam es jetzt von Igor.

Ich fuhr zusammen. Nein, nicht diesen Namen! Vor langer Zeit hatte es in meinem Leben einmal einen Mann gegeben, in den ich mich beinahe verliebt hätte. Er wollte mich Eva nennen. Der Einzige, dem so etwas eingefallen war, ein begabter Schriftsteller, ein gebildeter Literat, und doch ein Bandit und Mörder.

»Lass diesen Namen aus dem Spiel!«

»Ist ja gut«, stammelte Igor verwundert. »Wie hättest du es denn gern?«

»Ich heiße Tanja!«

»Na gut, wenn dir das besser gefällt, aber Eva …«

»Schluss mit der Diskussion!«

Jetzt musste Igor grinsen. »Kein Wunder, dass du mit den Kindern allein geblieben bist. Glaubst du eigentlich an Seelenwanderung?«

»Nicht besonders.«

»Ich glaube, ich weiß, wer du in einem früheren Leben warst. Du musst ein Tatarenheer angeführt haben! Gib mir 'ne andere Hose, die hier ist nass und klebt!«

»Woher soll ich denn eine Männerhose nehmen? Meine Jeans kannst du haben.«

Igor lachte laut auf und rief dann nach draußen: »Roman, schau mal im Kofferraum nach, da muss eine Trainingshose rumliegen!«

»Die hier?«, rief einer der Burschen zurück und wedelte mit einer Jogginghose in Hellblau mit weißen Biesen.

»Her damit!«

Nun stand Igor in einer Adidas-Hose vor mir und sagte

zu Roman im Befehlston: »Die andere muss gewaschen werden!«

Der Kerl trollte sich gehorsam ins Bad.

Da erschienen die Kinder wieder auf der Schwelle.

»Das ist ein Wagen!«, rief Kira.

»Magst du Autos?«

»Na klar!«

»Was für eins habt ihr denn?«

»Wir haben zwei«, erklärte Kira stolz. »Einen Lada, den kleinen, und einen weißen Ford, Baujahr 1968.«

»Gute Fahrzeuge«, meinte Igor höflich. »Und welchen fährt Tanja?«

»Keinen, sie hat doch gerade erst den Führerschein gemacht.«

»Hör mal« – Igor belebte sich sichtlich –, »fahr die Kiste raus, und wir tanken sie erst mal auf. Am besten fährst du zuerst den Lada, da ist die Versicherung nicht so teuer. Und ihr Knirpse, wollt ihr in meinem Mercedes mitfahren?«

Ich versuchte Widerstand zu leisten, aber die Lage war nicht mehr zu kontrollieren. Als das Wort Mercedes fiel, zerrte Kira an meinem Pullover und flüsterte mir mit heißem Atem ins Ohr: »Tanja, ich flehe dich an, sag ja!«

Als ich sein glühendes Gesicht sah, schmolz mein Widerstand dahin, und ich nickte.

»Klasse!«, brüllte Kira. »Los, Lisa, mach die Garage auf!«

»Aber Katjas Lada steht schon ein halbes Jahr da drin«, stammelte ich.

»Den schaut sich Roman gleich an«, reagierte Igor sofort.

Eine halbe Stunde später tuckerte das Wägelchen auf unserem Hof neben dem blinkenden Mercedes. Größer konnte der Kontrast nicht sein: Die riesige, chromglänzende Limousine, die Kinderhände spiegelblank poliert hatten, und daneben das verrostete Wägelchen, von dem die Farbe abblätterte.

»Wollen wir einfach so losfahren?«, fragte ich entsetzt.

»Was denn sonst?«, erwiderte Igor lachend und setzte sich ans Steuer.

»Igor!«, rief ich.

Er steckte den Kopf durchs Fenster und bat: »Sei so nett und nenne mich Garik.«

»Garik, Sie sind noch in der Jogginghose ...«

»Worin soll ich denn sonst sein? Die Anzughose ist nass. Schämst du dich mit mir? Okay, ich steige nicht aus. Von oben ist doch alles in Ordnung – Jackett, sauberes Hemd ...«

»Ich schäme mich nicht!«, gab ich empört zurück. »Ich dachte, Sie hätten es vielleicht vergessen ...«

»Ich vergesse nie etwas«, antwortete Garik in vollem Ernst und befahl dann: »Vorwärts!«

»Ob Roman den Wagen durch das Tor auf die Straße fährt?«

»Nein!«

»Was ist, kann er nicht fahren?«

Roman, breit wie ein Schrank, musste grinsen.

»Doch, doch«, sagte Garik ungerührt, »und Lonja auch. Aber du fährst selber. Der Rest steigt bei mir ein. Los geht's!«

Ich bin als Einzelkind aufgewachsen, und meine Mutter hatte mich stets unter ihrer Fuchtel. Wenn jemand im Kommandoton mit mir spricht, gehorche ich sofort. Eifrig kramte ich aus meinem Gedächtnis, in welcher Reihenfolge die Handgriffe zu vollziehen waren, ließ den Motor an und rollte, starr vor Entsetzen, langsam auf die Straße hinaus. Vor der Chaussee hielt ich erst einmal an. Garik betätigte die Lichthupe. Dann steckte er den Kopf durchs Fenster und rief: »Weiter! Nur Mut!«

»Die Straße ist doch voller Autos!«

»Keine Angst, wir sind bei dir und schirmen dich von hinten ab.«

Ich bog vorsichtig nach rechts ein und rollte bald mit vierzig Stundenkilometern über die Chaussee. Mein Lada drängte vorwärts wie ein ungeduldiges Pferd. Am Straßenrand tauchte das Häuschen eines Verkehrspostens auf. Als ich schon fast vorbei war, hob der Mann seinen Stab und wies zur Seite. Ich musste rechts heranfahren und halten. Ein älterer Milizionär kam mit wiegendem Schritt heran und sagte: »Ihre Papiere, bitte.«

Ich reichte ihm Führerschein und Zulassung hinaus.

»Hab ich was falsch gemacht?«

»Hmm«, brummte der Kerl unbestimmt und beschaute sich den Lada.

Dann fiel sein Blick auf den Mercedes.

»Was stehen Sie hier herum?«, rief er dem Fahrer unfreundlich zu. »Fahren Sie weiter!«

Garik öffnete die Tür.

»Ich warte auf meine Frau.«

»Auf wen?«, fragte der Milizionär verwundert.

»Die da im Lada gehört zu mir.«

»Das ist Ihre Gattin?«, fragte der Posten ungläubig und ließ seinen Blick über das Luxusgefährt und Garik im Cardin-Jackett gleiten.

»Was dagegen?«, brummte der unwirsch. »Sie hat erst gestern den Führerschein bekommen. Jetzt übt sie ein bisschen auf der Klapperkiste, und wir geben ihr von hinten Deckung.«

»Na, dann ist ja alles klar!« Der Hüter des Straßenverkehrs nickte freundlich. »Fahren Sie!«

»Hör mal, Kommandeur«, fragte Garik mit einem Lächeln, »stehst du immer hier?«

»Ja, warum?«

»Schreib dir ihre Nummer auf und gib sie auch an deine Ablösung weiter. Sie wird jetzt öfter hier vorbeikommen. Sie ist doch noch Anfängerin. Wenn was sein sollte, ... Roman, mach mal.«

Der steckte dem Posten ein paar grüne Scheine zu.

»Natürlich, natürlich«, sagte der eilfertig, »das geht in Ordnung!«

»Und wo ist hier die nächste Tankstelle?«, fragte ich schüchtern.

»Immer geradeaus«, erwiderte der Milizionär mit einem breiten Lächeln, »bleiben Sie auf der Straße, bis zum Friedhof.«

»Warum denn das?«, fragte ich erschrocken. »Dorthin will ich nicht so schnell.«

»Da ist die Tankstelle.«

»Soso«, machte ich ungläubig.

Dann ließ ich mein Gefährt an, und die »Kolonne« setzte sich wieder in Bewegung.

Ich hatte das Gefühl, wir seien schon eine halbe Stunde unterwegs, als vor uns ein Eisentor, ein Häuschen aus rotem Backstein und ein Schild »Tankstelle, Café und Shop« auftauchten.

Hier war die Straße zu Ende. Am strahlend blauen Himmel zwitscherten Vögel, es herrschte Totenstille wie auf einem Friedhof. Und es war tatsächlich einer. Nur wenige Meter hinter den Zapfsäulen sah ich Grabsteine.

Ein junger Mann in grünem Overall erhob sich von einem Klappstuhl.

»Fahren Sie hier heran. Sie wollen 92er?«

Ich schaute auf die schmale Durchfahrt zwischen Zapfsäule und Haus.

»In diesen Spalt?«

»Da ist Platz genug!«

»Das schaffe ich nie!«, stammelte ich. »Helfen Sie mir?«

»Ich bin hier nur der Tankwart«, sagte der Bursche abweisend.

»Aber ich kann das nicht, ich bin Anfängerin.«

»Dann gibt es keinen Sprit«, erklärte der Kerl unerschütterlich. Mit einem Blick auf den blinkenden Mercedes fügte er hinzu: »Mach Platz! Siehst doch, was für ein Kunde hinter dir steht!«

»Garik!«, rief ich. »Hilf mir!«

Die Türen des Mercedes sprangen auf, und heraus kullerten Kira, Lisa, Kostja, Mulja, Ada, Ramik und Rachel. Ihnen folgten in würdigem Tempo Roman und Lonja. Die beiden Kraftprotze, von Kopf bis Fuß in Schwarz gehüllt, waren hier genau richtig. Dann öffnete sich die Fahrertür, und Garik, in ein Gespräch am Handy vertieft, erschien auf der Bildfläche.

Angesichts dieser Kunden fiel dem Tankwart die Kinnlade herunter. Wir boten in der Tat einen exotischen Anblick: eine Horde Kinder und Hunde, ein verschwitztes Weib mit bezerzauster Moppfrisur, zwei Kerle, die eindeutig einem bestimmten Milieu entstammten, und als Krönung des Ganzen Igor, von oben gekleidet wie ein eleganter Geschäftsmann in leichtem Sommerjackett und frischem Hemd, von unten aber mit einer ausgebeulten Jogginghose angetan. Dazu sündhaft teure Schuhe aus Antilopenleder.

»Was ist los?«, fragte Garik. Da klingelte schon wieder sein Handy.

»Ja!«, blaffte er hinein, »nun hast du mich ja gekriegt! Kauf gefälligst, was sind denn hunderttausend Dollar? Und lass mich endlich in Ruhe, ich habe Freizeit!«

»Geben Sie mir Ihre Schlüssel«, murmelte der Tankwart eingeschüchtert. »Ich fahre Ihren Wagen heran.«

Während er den Tank öffnete, schnauzte ich Kira an: »Warum habt ihr die Kröte Gertrud nicht auch noch mitgenommen!«

»Wieso, sollten wir?«, fragte der verwundert zurück.

»Die Hunde hättest du zu Hause lassen sollen, du Schlingel!«

»Wann haben die schon mal die Chance, im Mercedes fahren zu dürfen?« Lisa stellte sich vor den Kleinen.

Ja, wirklich, wann hatten sie die schon? Ich ließ die Kinder stehen, setzte mich auf einen großen Stein am Straßenrand und versuchte mich zu entspannen. Es ging schon auf den Abend zu, aber die Schwüle war kaum zu ertragen.

Roman und Lonja standen wie stumme Schatten neben dem Mercedes. Lisa, Kira und Kostja waren zu dem Stand am Eingang zum Friedhof gelaufen, wo es Kaugummi gab. Die Hunde, nach der Fahrt im engen Auto bei der Hitze wie von Sinnen, jagten bellend umher. Ich stützte die Ellenbogen auf die Knie und senkte den Kopf. Die blauen Stoffschuhe, die ich für fünfundzwanzig Rubel an der Metro gekauft hatte, waren dahin, durch die Löcher lugten die großen Zehen. Garik brüllte schon wieder in sein Handy. Wortfetzen wie »Million« und »Saldo« schwirrten durch die Luft. Der junge Mann an der Zapfsäule schraubte gerade meinen Tankdeckel fest zu. Ich seufzte auf. Warum passierten mir immer so merkwürdige Dinge? Da tankte ich zum ersten Mal, und dann gleich auf dem Friedhof!

12. Kapitel

Am nächsten Vormittag lief ich zunächst zu Rebekka, beredete einiges mit ihr und war gegen Mittag bereits an der Station Solnetschnaja.

Mischa stand mit seinen Büchern am alten Fleck. Zuerst bezahlte ich meine Schulden. Dann zog ich aus meiner Handtasche das Foto von Nikolai, das mir Rebekka gerade gegeben hatte, und fragte: »Ist das der Mann, der mit der Frau gesprochen hat, bevor sie unter den Zug geriet?«

»Aha«, sagte Mischa langsam, »Sie sind also von der Miliz.«

»Pfui Spinne!« Nastja, die mit ihren frommen Schriften wieder neben ihm stand, spuckte verächtlich aus. »Die Visage hat mir gleich nicht gefallen! Und nun ist sie auch noch von den Bullen!«

Ich warf ihr einen abschätzigen Blick zu. Was für Ausdrücke für eine so fromme Frau!

»Kümmern Sie sich nicht um die«, meinte Mischa grinsend. »Sie hat wegen Diebstahl gesessen, dann hat sie Gott entdeckt und denkt, jetzt kann sie anderen Lehren erteilen. Einfach lächerlich! Sie ist nicht das, was sie sein will. Aber versuchen wir nicht alle etwas aus uns zu machen, das wir gar nicht sind?«

Er nahm mir das Foto aus der Hand und betrachtete es eingehend.

»Hebe dich hinweg, Satan!«, brummte Nastja und drehte uns demonstrativ den Rücken zu.

»Ja«, rief jetzt Mischa, »das ist er. Diese dicke Fresse! So war der ganze Kerl! Und was für eine goldene Uhr der hatte! Bestimmt kriegt der jedes Weib, das er will ...«

Der Junge hat recht, dachte ich bei mir, als ich im Vorortzug nach Moskau rollte. Wir alle versuchen anders zu scheinen, als wir sind, damit ja niemand erkennt, welche Dämonen in unserer Seele lauern. Meine beste Freundin Katja, die Chirurgin, hat einmal in einer dunklen Minute zu mir gesagt: »Weißt du, Tanja, was der Mensch am meisten in sich hat? Scheiße. Und zwar nicht im übertragenen, sondern im direkten Sinne des Wortes. Das sage ich dir als Arzt.«

Ja, auch Nikolai wollte alle glauben machen, er sei nur Liebe und Güte ... Warum er sich wohl mit Angelika auf dem Bahnsteig getroffen hatte? Diese Frage musste ich dem Kerl unbedingt stellen. Aber zunächst wollte ich mit einer Dame namens Irina Leonidowna Samochwalowa sprechen. Rebekka meinte, die kenne die Mitarbeiter der Akademie am besten. Sie hatte einst Wjatscheslaw Slawins Dissertation betreut, wofür der dankbare Professor sie sein Leben lang unterstützte und ihr schließlich auch ein Plätzchen in seiner Akademie anbot.

Als ich die Tür mit dem Schild »Abteilung Wirtschaftswissenschaften« öffnete, erblickte ich eine Dame von etwa sechzig Jahren mit supermoderner Frisur und untadeligem Make-up.

»Entschuldigen Sie, wo finde ich Irina Leonidowna?«

»Kommen Sie, kommen Sie«, antwortete sie mit tiefer Altstimme. »Sie sind die Journalistin, die über Wjatscheslaw schreiben will? Rebekka hat mir Bescheid gesagt. Ich warte schon auf Sie!«

Ich wagte meinen Augen nicht zu trauen. Nach meinen bescheidenen Berechnungen musste sie ungefähr achtzig Jahre alt sein, aber mehr als sechzig konnte man ihr beim besten Willen nicht geben! Mein Gegenüber war es offenbar gewohnt, die Leute zu beeindrucken, und fragte mit einem kleinen Lächeln: »Nun, was möchten Sie wissen?«

»Erzählen Sie mir von Wjatscheslaw Slawin ...«

»Oh, meine Teure, das wird aber ein langes Gespräch«, erklärte Irina Leonidowna und begann ihren Bericht.

Eineinhalb Stunden lang sang sie nun ein Loblied auf den Verstorbenen. Damit enttäuschte sie mich. Nicht ein einziges kritisches Wort entschlüpfte ihren elegant in hellbraunem Ton geschminkten Lippen. In dieser Version war Slawin einfach ein Engel, dessen Wohltaten man gar nicht alle aufzählen konnte. Als erfahrene Lehrerin formulierte Irina Leonidowna sehr präzise und erkundigte sich hin und wieder: »Können Sie mir folgen?«

Ich nickte ergeben, und in mir wuchs die Ungeduld. Als die Dame einmal Luft holen musste, warf ich ein: »Und seine Kinder? Sind die auch so begabt?«

Irina Leonidowna verzog das Gesicht.

»Ach, meine Liebe, die Natur gönnt sich bei den Sprösslingen genialer Menschen zuweilen eine Pause. In Wjatscheslaws Fall scheint sie aber in einen Dauerschlaf versunken zu sein.«

»Wie meinen Sie das?«, fragte ich verschlagen.

»Warten Sie, ich erkläre es Ihnen gleich«, sagte die Dame erfreut.

Mag eine Frau auch alle Gipfel der Wissenschaft erklommen, alle Grade, Diplome, Orden und Ehrenzeichen erhalten haben, so bleibt sie doch immer eine Frau, der es hochgradiges Vergnügen bereitet, über andere herzuziehen.

»Kennen Sie Nora und Tamara?«

Ich nickte.

»Und was halten Sie von ihnen?«

»Ganz normale Frauen, durchaus intelligent und gebildet.«

Irina Leonidowna klickte zornig mit ihrem Feuerzeug.

»Unsinn, die sind dumm wie Bohnenstroh! Wie übrigens alle seine Liebschaften. Es ist nicht zu fassen, mit welcher Beharrlichkeit Wjatscheslaw sich Ehefrauen und Geliebte erwählt hat, die überhaupt nicht zu ihm passten. Dabei hatte er so viele wunderbare Frauen um sich. Meine Tochter, zum Beispiel.«

Sie seufzte und fügte bitter hinzu: »Karina war so verliebt in Wjatscheslaw. Ein besseres Paar konnte man sich gar nicht denken! Beide brannten für die Wissenschaft! So eine Gemeinsamkeit musste sie doch einander nahebringen. Deshalb ist Wjatscheslaw ja von Bett zu Bett gehüpft, weil er einfach keine verwandte Seele finden konnte. Zuerst diese blödsinnige Ehe mit Olga. Da konnte doch nichts Gutes herauskommen! Dann Nora! Ein echtes Früchtchen – böse und geldgierig, ein richtiges Marktweib! Aber sie hat ihm vier Kinder geboren. Aus denen ist zwar nicht viel geworden, doch ihretwegen ist Wjatscheslaw bei ihr geblieben.«

»Wieso ist aus denen nichts geworden? Nikolai hat promoviert und sogar habilitiert.«

Irina Leonidowna lachte laut auf. »Kennen Sie das Epigramm von Puschkin?

In der Wissenschaftsakademie
Sitzt Fürst Dunduk spät und früh.
Warum, weswegen sitzt er dort
An diesem ehrenvollen Ort?

Weil er, wie jeder frei bekennt,
Einen Arsch sein eigen nennt.

Nikolai oder Nicolas, wie seine Mama ihn nennt, hat auf Kosten seines Vaters gelebt wie die Made im Speck. Seine beiden Dissertationen hat Wjatscheslaw geschrieben. Ich habe ihm gleich gesagt: ›Lass den Jungen einen Beruf lernen, dann kann er wenigstens mit den Händen etwas tun, denn mit dem Kopf wird es sowieso nichts!‹ Aber Wjatscheslaw wollte aus seinem Söhnchen mit aller Gewalt einen Wissenschaftler machen. Erst brachte er ihn in einem Institut unter, dann in der Aspirantur, und schließlich machte er ihn zum Professor. Sie haben sogar gemeinsame Arbeiten publiziert – W. und N. Slawin. Wjatscheslaw wurde heimlich belächelt, denn alle wussten, wer die dicken Wälzer verfasste. Als er dann seine Privathochschule gründete, ernannte Wjatscheslaw den Sohn zu seinem ersten Stellvertreter.«

»Das heißt, jetzt leitet Nikolai die Akademie?«

»Er versucht es zumindest«, zischte Irina Leonidowna. »Aber er bringt nichts zuwege. Er wird die ganze Einrichtung gegen die Wand fahren. Die Leute sind zu uns geströmt, weil sie Wjatscheslaw und einige weitere Professoren hören wollten – Repnin, Saweljew oder Kawalerow. Aber Sergej Repnin hat schon verkündet, dass er an eine amerikanische Universität geht. Saweljew hat einen Job in Kanada gefunden. Die Ratten verlassen das sinkende Schiff! Auch Kawalerow wird nicht mehr lange bei uns bleiben. Damit löst sich die Akademie wohl bald in Wohlgefallen auf, wenn nicht ein Wunder geschieht! Wjatscheslaw – die Erde möge ihm leicht werden – hat keine ebenbürtigen Wissenschaftler neben sich geduldet und nur für seine Kinder gesorgt.«

Sie verstummte.

»Das bedeutet, Nikolai hat mit dem Tod seines Vaters nichts gewonnen?«

»Natürlich nicht! Ohne seinen Papa ist er eine Null! Eine Akademie wie unsere kann er nicht leiten! Ach, was sage ich, nicht mal eine Grundschule auf der Tschuktschen-Halbinsel kann er leiten! Er hat so gar nichts von seinem Vater mitbekommen – weder Verstand, noch Fleiß oder Initiative! Er ist die ganze Nora.«

Sie brach abrupt ab, drückte den Rest ihrer Zigarette aus und fügte dann schon ruhiger hinzu: »Vielleicht bin ich nicht ganz gerecht ihm gegenüber. Eine Gabe seines Vaters hat er allerdings geerbt.«

»Welche?«

»Seine sexuelle Potenz. Unser Nikolai rennt jedem Weiberrock hinterher, und der kinderliebe Wjatscheslaw hat alle Geliebten seines Söhnchens unterbringen müssen. Das war nicht ganz einfach, denn Nikolai fliegt auf Damen niederer Herkunft, aus dem Underground, sozusagen. Eine seiner Eroberungen ist Lena, Wjatscheslaws Sekretärin. Sie werden es nicht glauben, die hat doch anfangs zu Wjatscheslaws Besuchern gesagt: ›Häng se de Klamotten dort uff!‹ Das war einfach peinlich! Inzwischen hat sie einen gewissen Schliff bekommen.«

Irina Samochwalowa nahm eine neue Zigarette und giftete weiter: »Dabei ist Nikolai im Vergleich zu seinen Brüdern der reine Konfuzius. Er kann zumindest den Intellektuellen mimen und, wenn es darauf ankommt, in vielsagendes Schweigen verfallen. Andrej dagegen! Den hätten Sie bei der Verteidigung seiner Dissertation erleben sollen! Wjatscheslaw war puterrot und litt schrecklich. Der Junge konnte nicht einmal auf Fragen antworten, die sie zuvor abgesprochen hatten. Es war einfach eine Schande, was für einen Unsinn er daherredete. Jeden anderen hätte man zum Teufel gejagt. Aber als nach der geheimen Abstimmung die Urne geöffnet wurde, waren alle Stimmzettel positiv, nur einer ungültig. Bestimmt hatte der alte Kowaljow sich nicht so verbiegen können.

Bei Sergej wurde eine wissenschaftliche Kariere gar nicht erst ins Auge gefasst, denn der Junge schaffte mit Mühe die Zehnklassenschule. Wjatscheslaw brachte ihn an der Fakultät für Journalistik und später bei verschiedenen pseudowissenschaftlichen Zeitschriften unter wie ›Neue Forschungen‹ oder ›Horizonte der Wirtschaft‹. Und auch dort behielt man ihn nur seinem Vater zuliebe.«

»Aber Rebekka ist doch eine sehr gute Schauspielerin!«

Irina Leonidowna verdrehte die Augen. »Sie ist ein nettes Mädchen, freundlich und gut erzogen, aber auch nicht gerade eine Sarah Bernhard oder eine Jane Fonda!«

»Vor kurzem hat sie immerhin in einer beliebten Fernsehserie mitgespielt!«

Jetzt fragte Irina Samochwalowa: »Sind Sie schon lange Journalistin, meine Liebe?«

»Noch nicht allzu lange ...«

»Das merkt man! Rollen kriegt man doch nicht nur, weil man Talent hat! Der Regisseur dieser Serie hat zwei Söhne, rechte Hohlköpfe, und beide studieren an unserer Akademie. Und das auch noch kostenlos, weil sie angeblich aus einer kinderreichen Familie kommen. Alles klar?«

Ich nickte.

»Jetzt, da ihr Vater tot ist, braucht sich Becky keine großen Hoffnungen mehr zu machen! Die kriegt höchstens noch Statistenrollen!«

»Und Swetlana?«

»Ein blasses Nichts«, ließ Irina Leonidowna indigniert fallen, »weder Geist noch Charme oder Eleganz. In der ganzen Kinderschar ist Becky noch die attraktivste. Aber meine Karina ...«

Sie verstummte.

»Wo arbeitet Ihre Tochter?«

Irina Leonidowna sammelte die über den Schreibtisch verstreuten Stifte sorgfältig in einen Becher.

»Karina ist verstorben. Jahrelang hat sie gewartet, dass

Wjatscheslaw von ihr Notiz nimmt. Dann ist sie in einem einzigen Sommer einfach erloschen. Krebs.«

Ich horchte auf. Das makellose Porträt des idealen Wissenschaftlers hatte also doch einen dunklen Fleck. Da war ein Mädchen, das Slawin unglücklich liebte … Ob gar Irina Leonidowna den Killer bestellt hatte?

»Verzeihung, wann war diese Tragödie?«

»1985«, antwortete die alte Dame.

Ich unterdrückte einen Seufzer der Erleichterung. Fünfzehn Jahre waren eine zu lange Zeit für brennenden Hass.

Da ich von Irina Leonidowna alles erfahren hatte, was ich wissen wollte, ging ich wieder ins Parterre hinunter und schaute ins Sekretariat des Rektors. Eine sympathische junge Frau von etwa dreißig Jahren rief mir streng entgegen: »Der Chef ist nicht da!«

»Sind Sie Lena?«

»Bin ich. Was wollen sie?«

Ich zwängte mich in das kleine Vorzimmer, setzte meine süßeste Miene auf und säuselte: »Sie brauche ich. Ich komme von der Zeitschrift ›Nachrichten der Akademie der Wissenschaften‹. Wir möchten einen Artikel über den neuen Rektor Nikolai Slawin bringen, und ich hätte gern ein paar biografische Daten von ihm.

»Hier, nehmen Sie«, entgegnete die Sekretärin unfreundlich und hielt mir ein Blatt hin. Da sprang die Tür auf und Nikoalai, beladen mit einer großen Tasche, trat ein. Hinter ihm lugte ein junges Ding in hautenger Hose und einem durchsichtigen rosa Top hervor.

»Du bist immer noch hier, Lena?«, fragte Nikolai verwundert. »Noch nicht gepackt? Ich habe Ljuba schon mitgebracht.«

Geräuschvoll stellte er die Tasche ab.

»Also, Ljuba, richten Sie sich ein!«

Die schob verächtlich die Unterlippe vor und sagte in unzufriedenem Ton: »Wie das hier aussieht! Das muss alles ganz anders werden! Die Gardinen – wie in einer Bauernkate! Und der Schreibtisch ist für mich viel zu klein!«

»Dann komm gleich mit«, sagte Nikolai seufzend. »Zeig mir, was für einen du brauchst.«

Lena, die puterrot angelaufen war, hatte sich in eisernes Schweigen gehüllt. Auch ich sagte keinen Pieps und wäre am liebsten unsichtbar gewesen.

Als die Tür zugefallen war, wandte sich Lena jäh um und blaffte mich böse an: »Was glotzen Sie so? Wenn Sie noch Fragen haben, dann bin ich die falsche Adresse! Hier ist jetzt eine neue Sekretärin, das sehen Sie doch!«

»Haben Sie lange hier gearbeitet?«

»Lange genug!«, brummte Lena und fing an, Stifte, Kalender und Büroklammern in einen Karton zu werfen. Dabei zitterten ihre Hände. Auf Gesicht, Hals und Brust erschienen roten Flecke, als ob sie plötzlich die Masern befallen hätten.

»Regen Sie sich nicht auf«, sagte ich in tröstendem Ton. »Die können Sie doch nicht einfach so auf die Straße setzen, das dürfen die gar nicht!«

Lena blickte mich verzweifelt an und flüsterte: »Sie werfen mich ja nicht raus. Sie haben mich einfach versetzt, ich kriege sogar dasselbe Gehalt.«

»Na sehen Sie«, gab ich erfreut zurück, »dann wird doch alles gut! Dieses Vorzimmer war bestimmt nicht immer das reine Zuckerschlecken, oder?«

Als ob sie meine Worte nicht gehört hätte, fuhr Lena fort: »Auf eine wunderbare Stelle haben sie mich versetzt. Ich werde jetzt Pförtnerin im Studentenwohnheim.«

Da konnte auch ich nichts mehr sagen. Lena tat noch ein paar sinnlose Handgriffe, ließ dann plötzlich ihren Kopf auf einen Stapel Papier sinken und schluchzte todunglücklich auf.

»Na, na«, murmelte ich, »ist doch alles halb so schlimm, das wird schon wieder …«

Auf dem Korridor waren Geräusche zu hören. Lena sprang auf und lief zur Tür des Chefzimmers. Dabei rief sie mir verzweifelt zu: »Ich bitte Sie, halten Sie mir dieses Weibsbild vom Leib, die darf mich nicht so sehen!«

Kaum war sie weg, da fegte auch schon die aufgetakelte Person herein. Ihr folgten zwei Männer, die einen Schreibtisch schleppten.

»Stellen Sie ihn hierhin«, befahl die Neue. »Und den da nehmen Sie gleich mit!«

»Moment mal«, warf ich ein, »ich glaube, Lena hat ihn noch gar nicht leer geräumt ...«

»Dazu hatte sie genug Zeit!«, gab Ljuba scharf zurück. »Sie weiß schon seit heute Morgen, dass sie bis zum Mittag ausgezogen sein muss. Nicolas, das heißt, Professor Slawin, will, dass hier alles erstklassig aussieht. Also los, Jungs, bewegt euch!«

Die Arbeiter machten sich schnaufend daran, die Möbel zu rücken. Da fiel mir ein Fläschchen mit Tinte ins Auge, das noch auf dem Schreibtisch stand. Während die Neue die etwas unbeweglichen Proletarier herumkommandierte, schraubte ich mit flinken Händen das Fläschchen auf und stellte es auf den Schreibtischstuhl. Die Neue rannte hektisch hin und her und wollte dauernd etwas anderes. Schließlich kam es, wie es kommen musste. Mit den Worten »Was seid ihr bloß für Idioten!« ließ sich das süße Ding in den Schreibtischsessel fallen. Sofort fuhr sie kreischend wieder hoch. Über die prall sitzende beigefarbene Hose liefen dicke Streifen in Violett.

»Welcher ... hat denn das Tintenfass hierher gestellt?«, heulte sie auf.

Ich zuckte die Schultern.

»Keine Ahnung. Hätten Sie mal gewartet, bis Lena fertig ist, dann wäre das sicher nicht passiert.«

Lästerlich schimpfend rannte das Weib hinaus. Die Arbeiter, die fast platzten, um nicht laut loszulachen, hinter ihr her. Ich öffnete die Tür zum Chefzimmer und rief: »Kommen Sie raus, Lena, die Luft ist rein!«

Offenbar gehörte zu Slawins Büro ein Badezimmer, denn Lena erschien auf der Schwelle mit frisch gewaschenem Gesicht.

»Jetzt können wir gehen«, sagte ich triumphierend.

Lena schaute verdutzt auf den dunklen Fleck, der nun den Schreibtischsessel zierte.

»Was ist denn das?«

Ich grinste hämisch. »So was Dummes aber auch! Ganz zufällig stand ein Tintenfass auf dem Stuhl, und aufgeschraubt war es auch noch. Ich weiß gar nicht, wie das passieren konnte! Die schöne Hose! Sehr bedauerlich. Sie passte so gut zu ihrem Gesicht, pardon, zu ihrem Popo!«

Lena musste lachen, nahm ihren Karton und meinte: »Kommen Sie, um die Ecke ist ein hübsches Café, dort leisten wir uns jetzt ein Eis!«

13. Kapitel

Als wir es uns am Fenster gemütlich gemacht hatten, sagte Lena: »Ich muss mich bei dir bedanken! Den ganzen Tag war ich wie am Boden zerstört, und jetzt dieses Ding mit der Tinte!«

»Sei nicht traurig«, antwortete ich. »Du findest bestimmt bald etwas Neues. Gute Sekretärinnen sind rar.«

»Natürlich finde ich etwas!« Sie winkte ab. »Darum geht es nicht. Ich bin einfach tief beleidigt.«

»Weshalb?«

Lena stocherte gedankenverloren in ihrem Eis.

»Nikolai und ich waren ein Paar.«

»Sie und Professor Slawins Sohn?«, fragte ich so einfältig, als käme ich aus dem tiefsten Sibirien.

Lena nickte. »Ein ganzes Jahr ist das gegangen. Und ich dumme Gans habe geglaubt, er wird mich heiraten! Was bin ich nur für eine Idiotin gewesen! Er hat überhaupt nicht daran gedacht. Aber es war auch so eine schöne Zeit. Ich bin sogar bei ihm eingezogen, er hat mich auf die Datsche mitgenommen und seiner Familie vorgestellt …«

Sie hielt einen Moment inne. Dann nahm sie eine Serviette und knüllte sie in den Händen.

»Als er das getan hat, dachte ich, jetzt ist es geschafft. Alle waren so nett zu mir. Auch Professor Slawin. Es war nicht ein bisschen peinlich.«

Die Zeit verging, und Lena fühlte sich als Nikolais Braut. Sogar Nora ließ sich mit ihr auf freundschaftliche Gespräche darüber ein, ob man im Sommer besser enge Röcke oder weite Hosen trägt.

Von einem Tag zum anderen war das Glück dann zu Ende. Nikolai rief an und sagte ohne Vorrede: »Entschuldige, Lena, aber mit unserer Beziehung ist es vorbei.«

»Wieso?«, fragte sie entsetzt zurück. »Was ist passiert?«

Ihr letztes sorgenfreies Wochenende in Aljabjewo lag erst wenige Tage zurück.

»Nichts ist passiert«, antwortete Nikolai ungerührt. »Ich liebe dich nicht mehr.«

Darauf konnte Lena nichts erwidern, denn ihr Verflossener legte sofort auf. Sie versuchte zurückzurufen, aber in seiner Wohnung und auf der Datsche nahm niemand ab. Das Handy leierte immer den gleichen Spruch: Der Teilnehmer sei zeitweilig nicht erreichbar.

Als sie Nikolai stundenlang nicht zu sprechen bekam, machte sich Lena nach Aljabjewo auf. An dem Tisch in der Veranda, wo sie so oft als Nikolais anerkannte Braut mit der Familie Tee getrunken hatte, saßen Nora, Nikolai und ein unbekanntes Mädchen in knallrotem Kleid. Lena gab es einen Stich ins Herz, als sie sah, dass Nikolai, der froh gelaunt etwas erzählte, ihr dabei den Arm um die Schultern legte.

»Guten Tag«, sagte Lena leise.

Nikolai wandte sich um, runzelte die Brauen und sagte: »Ach, du bist's, komm rein ...«

»Darf ich dir vorstellen«, zwitscherte Nora der Frau in dem feuerroten Outfit zu. »Dieses wunderbare Mädchen ist unsere alte Freundin Lena.«

»Sehr angenehm, Regina«, sagte die Unbekannte mit einem Lächeln.

»Regina ist Nikolais Braut«, teilte Nora freundlich mit. »Setz dich, meine Liebe, und nimm etwas von deinem geliebten Apfelkuchen mit Rosinen und Zimt! Als ob wir gewusst hätten, dass du heute kommst!«

Vor Lenas Augen begann sich alles zu drehen. Laut aufheulend, rannte sie in den Garten. Das Letzte, was sie noch hörte, waren Nikolais Worte: »Wundere dich nicht, meine Liebe, Lena ist manchmal etwas merkwürdig.«

Schluchzend wankte Lena in Richtung Tor. Dabei stieß sie auf Professor Slawin, der mit einer Tortenschachtel friedlich von seinem Wagen kam.

»Lena, was ist passiert?«, fragte er erstaunt. Aber die gab keine Antwort, sondern war schon auf der Straße und lief in Richtung Bahnstation.

Am nächsten Abend gegen neun tauchte der Professor bei ihr auf.

»Sei nicht traurig«, sagte er. »Nikolai taugt nicht fürs Familienleben. Er kann nicht nur eine Frau lieben. Du warst nicht seine erste und wirst auch nicht seine letzte gewesen sein. Sag mir lieber, wie es bei dir mit der Arbeit steht.«

Lena trommelte mit den Fingern nervös auf das Umschlagtuch, in das sie sich gehüllt hatte. Als sie Nikolai kennenlernte, überschüttete der sie mit Geschenken, kaufte ihr Kleider und Kosmetik. Mittags und abends speisten sie in teuren Restaurants. Morgens hatte Lena ohnehin nie mehr als einen Kaffee getrunken. Durch die Stadt bewegten sie sich ausschließlich in Nikolais Luxuskarosse. In diesem ganzen Jahr, das ihr jetzt wie ein Märchen vorkam, hatte Lena keinen Gedanken an Geld verschwendet. Ihre Lehrbücher verstaubten in der Ecke. Vor der stürmischen Affäre mit Nikolai war sie mitten in einer Ausbildung für Sekretärinnen gewesen. Dann aber glaubte sie, Arbeit werde sie ohnehin nie mehr nötig haben. Ihr Geliebter war vollkommen in der Lage, eine Familie zu ernähren, und sie würde seine Kinder großziehen – zwei, am besten drei …

Nun hatte es sie aus der Spur geworfen, und sie saß da ohne Beruf und ohne Arbeit. Eigentlich konnte sie sich nur noch aus dem Fenster stürzen.

Vater Slawin nahm Lenas Schicksal in die Hand und hatte es im Nu geregelt. Er gab ihr die Stelle in seinem Vorzimmer. Geduldig ertrug er alle Fehler der unerfahrenen Mitarbeiterin, führte ein paar Telefongespräche und organisierte ihr eine Ausbildung. Die absolvierte sie abends nach Dienst.

Nikolai zuckte mit keiner Wimper und nahm alles hin, als ob es so sein musste. Wenn er fünf-, sechsmal am Tag durch das Vorzimmer zu seinem Vater ging, nickte er Lena nur flüchtig zu. Zum 8. März und zu Neujahr gab es die übliche Bonbonniere, die alle Sekretärinnen von ihm erhielten. Von Liebe war selbstverständlich keine Rede. Nikolai hatte Lena aus seinem Leben gestrichen, als hätte es das Jahr voll heftiger Leidenschaft nie gegeben.

Dass dieser Schürzenjäger die Frauen wechselte wie die Hemden, war für Lena ein schwacher Trost. Auf Regina folgte Olga, dann Nastja, dann Vera … Schließlich verlor Lena den Überblick und hörte auf, das Register dieses Don Juan zu führen. Am Ende wurde ihr gleichgültig, mit wem ihr Ex-Bräutigam seine Zeit verbrachte, denn ein Dozent der Akademie, der nette und anständige Igor Werijew, machte ihr den Hof. Eigentlich war zwischen ihnen alles klar, und Lena wollte schon selbst kündigen. Aber wie man jetzt mit ihr umsprang, traf sie tief.

An diesem Morgen – sie hatte gerade ihren Computer eingeschaltet – tauchte der Leiter der Personalabteilung bei ihr auf und teilte mit: »Im Zusammenhang mit einer Umstrukturierung wird Ihre Stelle gestrichen. Im Vorzimmer des Rektors wird künftig keine Sekretärin, sondern eine persönliche Referentin sitzen. Professor Nikolai Slawin hat bereits eine passende Kandidatin gefunden. Ihnen kann ich die Stelle einer Pförtnerin im Studentenwohnheim anbieten. An Ihrem Gehalt ändert sich nichts.«

Lena, die sich tief gedemütigt fühlte, weigerte sich rundweg, ihren Arbeitsplatz zu räumen. Sie drohte, vor Gericht zu gehen. Der Personalchef grinste nur und hielt ihr in aller Ruhe entgegen: »Da gebe ich Ihnen keine Chance. Wir versetzen eine Mitarbeiterin an einen anderen Platz und ändern nichts am Gehalt. Im Übrigen gilt die Arbeitsdisziplin auch für Sie. Wir beginnen hier um zehn. Am Dienstag sind Sie um 10.15 Uhr erschienen, am Mittwoch kamen Sie eine halbe Stunde zu spät, und heute sind Sie sogar erst gegen halb zwölf hier aufgetaucht. Wenn Sie keine gütliche Einigung wollen, kann ich Sie auch entlassen. Mit einem entsprechenden Vermerk in der Personalakte, versteht sich.«

Lena blieb der Mund offen stehen. In der Akademie ging man mit der Arbeitszeit sehr leger um, die war einfach kein Thema. Lena hatte sich nach dem Tagesablauf ihres Chefs zu richten, was bedeutete, dass sie oft bis elf Uhr abends in ihrem Sekretariat anzutreffen war.

»Wer hätte geglaubt, dass Nikolai so etwas fertigbringt?«, sagte Lena seufzend und rührte in dem Brei herum, zu dem ihr Eis inzwischen geschmolzen war.

»Na, wenn du bedenkst, wie er früher mit dir umgesprungen ist, dann war nichts Gutes zu erwarten. Außerdem – ein neuer Chef sucht sich seine Mannschaft selber aus.«

»Das verstehe ich ja«, meinte Lena. »Ich hatte mich schon darauf eingestellt, dass ich vielleicht in einem halben

Jahr eine andere Stelle bekomme. Aber diese Art und Weise! Gleich am ersten Tag! Und Pförtnerin im Wohnheim soll ich werden! Nikolai hat befürchtet, dass ich in der Akademie bleibe. Da hat er sich diese Schweinerei ausgedacht, weil er wusste, dass ich diese Ehre natürlich weit von mir weise!«

»Warum soll er Angst vor dir haben? Er weiß doch, dass du eine neue Beziehung hast und ihn deshalb in Ruhe lassen wirst.«

»Also, nach dem, was heute passiert ist, kann er sicher sein, dass ich an jeder Straßenecke herausposaunen werde: Nikolai hatte ein Verhältnis mit Angelika, der letzten Frau seines Vaters! Erst neulich habe ich ihm angedeutet, dass ich es weiß. Er hat zwar alles abgestritten, war aber tüchtig erschrocken.«

Auch ich fuhr bei dieser Nachricht so zusammen, dass mir etwas von dem Schokoladeneis auf meine helle Hose tropfte.

»Was redest du da für einen Unsinn! Angelika hat ihren Mann vergöttert!«

Lena lachte laut auf. »Ach, unsere liebe, schüchterne Angelika! Immer die Höflichkeit in Person: ›Lena, meine Liebe, können Sie mir nicht sagen, wo Wjatscheslaw Sergejewitsch ist? Danke, und entschuldigen Sie die Störung.‹ Immer elegant wie die britische Königin, mit einem Lächeln in der geschminkten Visage. Wenn sie da war, hätte ich am liebsten laut gepupst, damit es etwas natürlicher zugeht. Dieses Geziere und Getue! Zuerst habe ich auch gedacht, dass Professor Slawin ihr Ein und Alles ist. Aber ich weiß genau, dass sie und Nikolai miteinander geschlafen haben. Betrogen haben sie den Alten, der sie ernährt, ihnen hinten und vorne alles reingesteckt hat. Und das war der Dank!«

»Bringst du da nicht etwas durcheinander?«

»Von wegen!«, rief Lena. »Die waren so unverfroren, dass sie es sogar in seinem eigenen Haus getrieben haben!«

Einen Tag vor seinem Tod, so erzählte Lena nun, hatte Wjatscheslaw Slawin ein paar Papiere, die er dringend brauchte, auf der Datsche vergessen. Er schickte Lena los, sie zu holen. Nach der peinlichen Begegnung mit Regina war sie nicht mehr in Aljabjewo gewesen. Und eigentlich hatte sie sich geschworen, diesen Ort nie wieder aufzusuchen. Aber Dienst ist Dienst, und so ließ sie sich im Wagen des Professors zu der bekannten Adresse fahren.

Sie fand das Tor verschlossen, auch der Wächter war weit und breit nicht zu sehen. Lena schloss also auf und ging zur Veranda. Aber die Tür, die sonst immer offen stand, gab diesmal nicht nach. Verwundert lief Lena um das Haus herum und sah im Wohnzimmer ein geöffnetes Fenster. Sie schaute hinein, um zu rufen, ob jemand da sei, und erstarrte. Im hintersten Winkel neben dem Fernseher standen Nikolai und Angelika. Daran war eigentlich nichts Besonderes, aber ihr fielen sofort zwei Dinge auf. Auf dem Hof hatte sie den Jeep ihres Ex-Geliebten nicht gesehen. Das konnte man noch erklären. Wahrscheinlich war er in der Garage. Schockierend war etwas anderes. Nikolai war halb nackt, Angelika hatte eine Hand auf seine Schulter gelegt und strich ihm mit der anderen über den Bauch.

»Was ist«, brummte Nikolai, »glaubst du es jetzt?«

Angelika nickte stumm. Da ertönte Motorengeräusch. Wahrscheinlich war der Wächter wieder da, und ein Wagen rollte auf den Hof.

»Zieh dir rasch etwas über und versteck dich«, sagte Angelika. »Das wird die Sekretärin sein, die irgendwelche Papiere holen soll.«

Lena lief erschrocken wieder zur Tür der Veranda, wo sie heftig klopfte. Angelika öffnete ihr, seelenruhig wie immer und mit einem freundlichen Lächeln. Lena, deren Herz wie wild klopfte, konnte kaum fassen, wie selbstbeherrscht Angelika auftrat. Aber die Sache ging noch weiter. Sie fanden die Dokumente nicht sofort. Also riefen sie Professor Slawin an, doch der war auf einer Sitzung des Wissenschaftlichen Rates und hatte sein Handy abgeschaltet.

»Ob vielleicht Nikolai weiß, wo die Sachen liegen?«, fragte Lena.

»Er ist nicht hier«, antwortete Angelika seelenruhig. »Aber wir können ihn anrufen und fragen.«

Sie drückte ein paar Tasten und sprach ungerührt ins Telefon: »Nicolas? Weißt du vielleicht, wo die Dokumente liegen, die dein Vater sucht?«

»So eine Schauspielerin!«, sagte Lena jetzt kopfschüttelnd, die Szene vor Augen. »Wenn ich ihn nicht selber halb nackt gesehen hätte, wäre ich glatt auf die Komödie hereingefallen!«

Angelika »plauderte« noch ein wenig mit Nikolai und meinte dann: »Leider weiß er es auch nicht.«

Lena musste unverrichteter Dinge wieder abfahren. Später fand Professor Slawin die Papiere in seiner Aktentasche.

»Die haben es miteinander getrieben, als niemand zu Hause war, diese Heuchler!«, fasste Lena zusammen.

»Aber im Wohnzimmer?«, gab ich verwundert zu bedenken. »Warum sind sie nicht ins Schlafzimmer gegangen? Wo alle hinkommen, da ist es doch viel zu riskant!«

»Die hatten nichts zu befürchten!«, widersprach Lena. »Das Haus war leer, die Haushaltshilfe hatten sie wahrscheinlich einkaufen geschickt. Und Nikolai liebt riskante Situationen! Was glaubst du, wo wir es getrieben haben!«

»Na, wo denn?«

»Vor einem Bahnübergang, solange die Schranke unten war, allerdings im Wagen mit getönten Scheiben ... Das Wohnzimmer verwundert mich also gar nicht. Aber Professor Slawin tut mir leid. Er war völlig ahnungslos. Übrigens ist Nikolai der letzte gewesen, der mit ihm gesprochen hat.«

»Tatsächlich?«

Lena leckte ihren Eislöffel ab und berichtete: »Er ist in

sein Büro gegangen, sie haben zehn, fünfzehn Minuten miteinander geredet. Dann kam er wieder heraus und schloss die Tür. Von drinnen wurde gerufen: ›Moment noch, Nikolai!‹«

Der Sohn steckte den Kopf durch die Tür. »Was gibt's denn?«

Der Vater antwortete: »Ich bin müde und will mich ein Stündchen aufs Ohr legen. Sag Lena, sie soll niemand hereinlassen.«

»Mach ich«, sagte Nikolai und schloss die Tür wieder. Dann wandte er sich der Sekretärin zu. »Wjatscheslaw Sergejewitsch ...«

»Ich habe es gehört«, unterbrach ihn Lena.

»Na, wunderbar«, antwortete Nikolai und ging.

»Hat er seinen Vater immer mit Vor- und Vatersnamen angesprochen?«

»Ja, zumindest im Dienst. Das haben übrigens auch Angelika und Andrej getan. Immerhin war er der Rektor. Da verbot sich jede Vertraulichkeit von selbst.«

»Das heißt, es war nichts Besonderes, dass Nikolai an diesem Tag bei ihm war?«

»Eigentlich nicht.« Lena zuckte die Achseln. »Nur ...«

»Was?«

»Nikolai war vielleicht fünf Minuten weg, da rief der Professor an und sagte: ›Lass niemanden zu mir herein, Lena!‹«

»Und was ist daran Besonderes?«

»Er hat nicht über den direkten Draht, sondern über die Amtsleitung angerufen.«

»Meine Güte, vielleicht hat er die Knöpfe verwechselt.«

»Das hat er nie gemacht, wenn er im Büro war«, sagte Lena nachdenklich.

Wir tauschten unsere Telefonnummern aus, und ich fuhr zum Kiewer Bahnhof. Bevor ich in den Zug stieg, lief ich noch schnell zum nahe gelegenen Markt und kaufte preiswertes Obst. Um Krimis brauchte ich mich in der nächsten

Zeit nicht zu sorgen. Garik hatte alle möglichen und unmöglichen Neuerscheinungen angeschleppt. Er wusste nicht, dass ich nur Kriminalromane von Frauen lese, und jetzt türmten sich bei mir Bände von Dyschew, Leonow und Abdullajew …

Als ich endlich auf der harten Sitzbank des Vorortzuges saß, schloss ich die Augen und versuchte nachzudenken. Eigentlich war die Situation klar. Wjatscheslaw Slawin hatte Angelika aus Armut und Elend geholt, ihr Wohlstand, Bildung und eine soziale Stellung gegeben. Das dankbare Mädchen, das ihren Professor verehrte und seine Klugheit vergötterte, konnte in der ersten Zeit alle diese Veränderungen gar nicht fassen. Aber die Ehe ist eine hinterhältige Sache. Dort sieht man seinen Partner nicht nur in Schlips und Kragen mitten unter hingerissenen Studentinnen, sondern im Bad, im Schlafzimmer, in der Küche und sogar auf dem Klo. Mit der Zeit wird dir klar, dass dein so kluger, ordentlicher und zärtlicher Gatte in Wirklichkeit genauso ist wie alle Menschen. Er will essen und trinken, liebt seinen Fisch zum Bier … Wahrscheinlich fiel es Angelika zunächst schwer, diese Wahrheit zu akzeptieren. Heißt es doch bei den Franzosen, dass der Kaiser für alle der Kaiser ist außer für seinen Friseur. Vielleicht schnarchte Slawin oder bohrte in der Nase … Ganz sicher lief er zu Hause nicht ständig im Anzug herum und gab druckreife Weisheiten von sich. Angelika aber hatte sich in diese Seite des Professors verliebt.

Und dann gibt es in jeder Ehe wohl den Moment, da die Gefühle abkühlen. Nun kommt es darauf an, einen klaren Kopf zu bewahren und beim Partner neue Qualitäten zu entdecken, das Verhältnis auf Freundschaft oder der Liebe zu den gemeinsamen Kindern neu aufzubauen. Auch gemeinsame Interessen helfen da weiter …

Bestimmt wäre Angelika diesen Weg gegangen, aber zu ihrem Unglück hatte sie ständig Nikolai vor Augen, der seinem Vater zum Verwechseln ähnlich sah. Eigentlich war

Angelika ihrem Mann nicht untreu geworden, sondern hatte sich nur in den jungen Wjatscheslaw Sergejewitsch verliebt ... Wie lange das wohl schon ging und wann es angefangen hatte?

»Vorsicht am Bahnsteig, der Zug fährt ab, nächste Station Solnetschnaja«, erklang es aus dem Lautsprecher.

Ich raffte meine Obsttüten zusammen und ging zur Tür. Es war noch nicht spät, gerade die richtige Zeit, um den Ort genauer in Augenschein zu nehmen, wo Angelika umgekommen war.

Am Ende des Bahnsteigs führte ein Pfad über die Böschung steil nach oben. Der Buchhändler Mischa hatte recht, dies war wirklich eine gefährliche Stelle. Man brauchte nur ein wenig das Gleichgewicht zu verlieren und konnte direkt vor den Zug rollen, vor allem, wenn man Schuhe mit Pfennigabsätzen trug. Auch für einen Selbstmord war der Platz ideal geeignet. Der Führer eines Zuges, der in Solnetschnaja nicht hielt, drosselte zwar beim Durchfahren der Station leicht die Geschwindigkeit, konnte aber, wenn etwas passierte, nicht sofort anhalten. Ich hatte noch im Ohr, wie die Räder gequietscht hatten, als die Notbremsung einsetzte. Wahrscheinlich sah der unglückliche Zugführer Angelika auf die Schienen fallen und konnte nichts tun. Was der wohl gefühlt haben mochte, als er die unglückliche Frau überfuhr! So etwas wünscht man seinem ärgsten Feind nicht!

Die Sonne brannte gnadenlos. Ich nahm mein Basecap aus der Tasche und setzte es auf. Das fehlte gerade noch, an diesem Steilhang in Ohnmacht zu fallen. Offenbar wurde der Pfad wenig benutzt. Unter einer ausladenden Tanne sah ich einen Baumstamm liegen. Da mir von der Hitze langsam schwindlig wurde, schleppte ich mich dorthin und ließ mich auf dem Stamm nieder. Der Herr hatte mich für ein Leben in der gemäßigten Zone gemacht, nicht für ein Leben in den Tropen ...

Wo ich nun saß, war es totenstill und roch stark nach Tannennadeln. Die Zweige hingen bis zum Boden, so dass ich mir wie in einer Reisighütte vorkam.

Plötzlich hörte ich ganz in der Nähe etwas merkwürdig rascheln. Vorsichtig lugte ich durch die Tannenzweige. Mit dem Rücken zu mir stand da ein Mann in weißer Hose und cremefarbenem Hemd. Er hielt einen Stock in der Hand, mit dem er in dem hohen Gras herumstocherte. Offenbar suchte er etwas. Zehn Minuten lang tappte er auf dem kleinen Fleck vor dem Baum hin und her, ließ dann einen unterdrückten Fluch hören und drehte sich um. Ich fuhr zurück. Direkt vor mir hatte ich das zu einer Grimasse verzogene Gesicht von Nikolai. Bisher war ich ihm nur einmal begegnet, aber ein Irrtum war ausgeschlossen. Der Mann, der da im Gras herumstocherte, war Professor Slawins Sohn.

Ich kann nicht sagen, dass ich über diese Begegnung erfreut war. Unter dem Baum hervorzukriechen und zu sagen »Hallo, Nikolai«, hatte ich keine Lust.

Der Doktor der Wissenschaften bückte sich noch ein paar Mal, wandte sich dann um und ging den Pfad hinunter. Ich kroch vorsichtig aus meiner Deckung hervor, hockte mich ins hohe Gras und sah, wie er zum Bahnsteig lief, so schnell er konnte, um den Zug nach Moskau noch zu erreichen. Merkwürdig, dass Nikolai nicht seinen tollen Jeep benutzte. Aber vielleicht kam er mit diesem Gefährt nicht bis an die Böschung heran.

Ein Blick auf die Uhr sagte mir: Es war Punkt sechs. Die nächste Bahn nach Peredelkino ging erst in vierzig Minuten. Was Nikolai wohl an diesem Ort verloren hatte?

Nun nahm ich den Stock, den er achtlos fallen gelassen hatte, und stocherte meinerseits im Gras herum. Aber ich fand nur eine zerrissene Plastiktüte, eine leere Bierflasche, ein paar Zigarettenkippen – nichts von Belang.

»Tante«, piepste es plötzlich dicht hinter mir. Vor Schreck wäre ich beinahe den Abhang hinuntergefallen.

»Tante«, sagte das dünne Stimmchen noch einmal.

Ich fuhr herum. Vor mir stand ein winziges Mädchen in einem schmutzstarrenden Kleid, das einmal weiß gewesen sein musste. Die dünnen Zöpfe waren mit Stofffetzen zusammengebunden.

»Was willst du denn, mein Kind?«

»Ich weiß, was Sie suchen!«, antwortete die Kleine und blinzelte listig.

Ich schätzte sie auf höchstens sieben Jahre, nicht mehr.

»Was denn?«

»Eine goldene Uhr, eine wunderschöne ... Was kriege ich, wenn ich Ihnen sage, wo sie ist?«

Ich ließ den Stock fallen.

»Reichen zweihundert Rubel?«

»Dreihundert!« Die Kleine wollte handeln.

»Gut, du bekommst dreihundert, aber erst wenn ich die Uhr mit eigenen Augen sehe.«

»Gehen wir!«, kommandierte das Kind geschäftsmäßig. »Pawel Krotow hat sie. Er hat sie gefunden und damit angegeben. Er sagt, die ist so teuer wie ein Auto. Stimmt das?«

»Glaub nicht solchen Unsinn. Der lügt«, sagte ich schnell. »Überleg doch selber, kann eine Uhr so teuer sein?«

»Klar spinnt der«, stimmte mir meine Führerin zu. »Er ist ein schreckliches Lügenmaul. Erzählt allen, sein Vater wäre ein Kosmonaut! Dass ich nicht lache. Das kann er denen in der Stadt erzählen, aber uns! Hier weiß doch jeder, dass sein Papa ertrunken ist, als er besoffen war. Und seine Mutter schluckt den Wodka nicht schlechter als er.«

Die Kleine führte mich zu einer dunkelgrün gestrichenen Baracke. Dort klopfte sie an ein Fenster.

»He, Pawel, mach mal auf!«

Ein schmächtiger Teenie steckte seinen Kopf heraus.

»Was willst du?«

»Die Tante hier kommt wegen der Uhr!«

Der Junge lief sofort rot an.

»Welche Uhr?«

»Du weißt schon, welche!«

Nun zischte er böse: »Red keinen Scheiß! Mach, dass du weg kommst!«

Er wollte das Fenster zuklappen, aber ich hielt den Flügel fest und sagte mit Nachdruck: »Was willst du denn mit der Uhr anfangen, Pawel? Es ist ein auffälliges Stück! Wir haben den Verlust schon bei der Miliz gemeldet. Du kannst sie nicht mehr verkaufen. Sicher weißt du, dass so teure Uhren nummeriert sind.«

Pawel nickte.

»Also, was nützt sie dir dann? Jemand haut dir eins über den Schädel und nimmt sie dir weg. Aber wenn du sie mir jetzt zurückgibst, kriegst du eine Belohnung.«

»Tausend Rubel!« Der Bursche hatte sofort begriffen.

»Dann zeig sie mir.«

Pawel verschwand für einen Moment, war sofort wieder da und zeigte mir ein ziemlich vulgäres Stück aus massivem Gold. Auf der Rückseite waren die Buchstaben W. S. eingraviert. Wahrscheinlich war dieser geschmacklose Chronometer ein Geschenk an Professor Slawin, der es an den Sohn weitergereicht hatte.

Pawel nahm mir die Uhr sofort wieder aus der Hand.

»Erst das Geld!«

»So viel habe ich im Moment nicht bei mir. Du kriegst es morgen.«

Der Junge lachte hämisch auf. »Du bist mir ja eine ganz Schlaue! Wenn ich den Tausender habe, bekommst du die Uhr!«

»Also, hör mal«, sagte ich empört, »die gehört dir doch gar nicht!«

»Und wo steht, dass sie dir gehört?«

»Siehst du hier die Initialen W. S.? Die stehen für Wjatscheslaw Slawin.«

»Und warum nicht für Wladimir Semjonow?«, spottete

Pawel. »So nicht, meine Liebe! Willst du sie für einen Tausender haben? Dann her mit dem Geld. Nicht? Dann tschüss!«

»Moment, ich fahre sofort nach Hause und komme wieder. Du rührst dich nicht vom Fleck!«

»Meinetwegen«, murmelte das Bürschchen und klappte das Fenster zu.

»Und meine dreihundert Rubel?«, meldete sich jetzt das Mädchen. Ich drückte ihr die Scheine in die Hand und lief in Richtung Bahnstation.

14. Kapitel

Diesmal stand kein silberner Mercedes auf unserem Hof, sondern ein riesiger schwarzer BMW. Anscheinend wählte Garik die Wagen nach der Farbe seiner Anzüge aus.

In der Veranda stieß ich auf eine riesige Torte und ein Bukett aus mindestens vierzig Rosen, bestimmt nicht weniger. Aber weder Kinder noch Haustiere oder Igor waren zu sehen. Auch von Roman und Lonja keine Spur. Dafür saß ein unbekannter Bursche mit freundlichem Gesicht auf unserer Bank und rauchte.

Ich stieß die Tür zum Wohnzimmer auf. Auf dem Tisch lag ein Berg Videokassetten, in dem Lisa, Kostja und Kira eifrig wühlten. Als sie meine Schritte hörten, wandten sie sich zu mir um.

»Da bist du ja endlich!«, rief Kira.

Der Mann, der sich die Bücher in den Regalen beschaute, drehte sich um, und vor mir stand … Wenjamin Selesnjow, der aufdringliche Agent, der mich unbedingt für seine Fernsehserie haben wollte.

»Nun, meine Liebe«, sagte er lächelnd, »du hast wohl gedacht, du kannst mich los werden? Das war ein Irrtum.«

»Wie haben Sie mich gefunden?«

»Ich habe da so meine Verbindungen. Die haben schon ganz andere Adressen ermittelt.«

»Aber wer hat Ihnen verraten, dass ich in Aljabjewo bin?«, brummte ich mürrisch und überlegte krampfhaft, wie ich ihn wieder wegschicken könnte.

»Tja, deine Wohnung war leer und verschlossen. Aber eine nette ältere Dame, die unter dir wohnt, hat mir Adresse und Telefonnummer in Aljabjewo gegeben. Und dann haben deine jüngeren Geschwister mir gesagt, dass du nach sechs nach Hause kommst.«

»Wer hat das gesagt?«

»Na, wir!«, erklärte Lisa stolz. »Wenjamin Michailowitsch hat gesagt, er will, dass du in einer Fernsehserie mitspielst. Und dann hat er gefragt, wo unsere Mama ist.«

»Da habe ich geantwortet«, unterbrach sie Kira eifrig, »unsere Mama ist in Amerika, Tanja ist unsere ältere Schwester, die ist jung, noch nicht mal dreißig.«

Ich machte große Augen. Kira war nicht zu bremsen. »Im Fernsehen nehmen sie doch nur junge! Alte Schachteln wollen sie da nicht.«

Wenjamin Michailowitsch lachte laut auf und gab Kira eine sanfte Kopfnuss.

»Da irrst du dich, diesmal suche ich gerade eine Dame in reiferem Alter.«

»In welchem?«, fragte Lisa verständnislos.

Wieder musste der Agent lachen. Er schien in Hochstimmung.

»Die Kassetten hier«, fuhr er aufgeräumt fort, »sind sozusagen unsere Produktion. Schau sie dir mit deinen ›Geschwistern‹ in Ruhe an.«

»Bruce Willis vermitteln Sie auch?«, sagte ich giftig und zog eine Kassette mit dem Titel »Harte Nuss« aus dem Haufen hervor.

»Ach, die hat hier nichts zu suchen, ich nehme sie gleich wieder mit ...«

»Bitte nicht!«, rief Kira aufgeregt, »ich will Bruce Willis sehen!«

»Der taugt doch nichts!«, gab Wenjamin stirnrunzelnd zurück, »kein Talent und kein Charakter. Bei uns würde der nie eine Hauptrolle kriegen.«

Ich musste seufzen. Bruce Willis ging es auch in Hollywood sicher nicht schlecht.

»Hier ist das Drehbuch!« Wenjamin knallte einen ziemlich dicken Hefter auf den Tisch. »Du musst aber nicht alles lesen, obendrauf liegt eine kurze Zusammenfassung des Inhalts. Nur dass du's weißt, ich habe es schon der Presse gesteckt: Eine Hauptrolle wird eine Anfängerin spielen, die bald ein großer Star sein wird: Tatjana Romanowa!« Dabei holte er wie ein Zauberkünstler das Magazin »Film und Fernsehen« hinter seinem Rücken hervor.

Entgeistert las ich:

Die Produktionsfirma »Kadr« startet gemeinsam mit der Agentur »Russian Star« Aufnahmen zu einer neuen Serie nach den Büchern des bekannten Kriminalschriftstellers Honoré Wolkow. Die Hauptrolle spielt die allseits beliebte Vera Glagoljewa. Eine Überraschung haben wir für Sie: Die Rolle von Veras Rivalin Alewtina hat die bisher völlig unbekannte, aber hochtalentierte Tatjana Romanowa übernommen. Der Chef von »Russian Star«, Wenjamin Selesnjow, hat es abgelehnt, unseren Lesern die Neue vorzustellen.

»Sie wissen doch«, hat er mit einem Augenzwinkern erklärt, »dass ich Geheimnisse für mich behalten kann. Unsere Neuentdeckung wird das Publikum bei der Premiere kennenlernen.«

Wir haben leider nicht mehr herausbekommen können, als dass Tatjana eigentlich Musikerin ist. Sie hat als Harfenistin erfolgreich im Ausland Konzerte gegeben. Leider ist die Lage in unserem Musikleben gegenwärtig so kritisch, dass sogar führende Interpreten im Ausland spielen müssen, um nicht am Hungertuch zu nagen. Tatjana hat in den bekanntesten Konzertsälen Europas gespielt, nur den Moskauern ist sie leider unbekannt. Die Sekretärin des sehr verschwiegenen Herrn Selesnjow hat mich wissen lassen, dass er die Darstellerin der Alewtina in Paris kennengelernt hat. Wir bleiben dran.

Jepifan Kinoschny

Ich starrte den Agenten fassungslos an.

»Na, wie findest du das?«, fragte der und grinste selbstzufrieden.

»Wer hat sich denn diesen Quatsch ausgedacht? In den bekanntesten Konzertsälen Europas, in Paris! Mich haben sie immer nur für bunte Abende genommen! Und mein letzter Auftritt ist Jahre her!«

Wenjamin lächelte nachsichtig. »Das ist doch alles nur Werbung, meine Liebe.«

»Was?«

Herablassend erklärte er: »Werbung, Reklame. Jede Ware muss für den Verbraucher appetitlich hergerichtet werden. Eine völlig Unbekannte, eine Harfenistin, der ich in Paris begegnet bin – das ist doch was! Sofort erwartet der Zuschauer etwas Ungewöhnliches. Werbung darf man nicht unterschätzen. Kennst du nicht den alten Witz? Die Ratte fragt den Hamster: ›Sag mal, wenn ich mir das richtig überlege, sind wir doch beide Nager. Aber du hast ein hübsches Häuschen, bekommst zu fressen und zu trinken, wirst geküsst und geherzt, mich dagegen jagen die Menschen, wenn sie mich sehen. Wie kommt das?‹ Der Hamster denkt nach und meint dann: ›Wechsle doch mal die Werbeagentur!‹«

Er lachte, zufrieden mit sich selbst. »Lustig, oder?«

»Sehr«, fauchte ich zurück, »zum Totlachen! Das ist doch alles gelogen, und die Leute lesen das auch noch!«

»Ohne Tricks kann man nichts verkaufen!«, erklärte

Wenjamin. »Außerdem: Wer glaubt heute noch, was in der Zeitung steht?«

»Ich habe immer Respekt vor dem gedruckten Wort gehabt.«

»Das gibt's doch nicht!«, rief Wenjamin und wollte sich ausschütten vor Lachen. »Stell dich mal an einen Kiosk und lies die Schlagzeilen! Außerirdische haben eine Frau geraubt! Eine Hündin hat Kätzchen geworfen! Ein Mann hat einen Zauberstab gefunden ...«

»Du zitierst die Skandalpresse, die keiner ernst nimmt ...«

»Schluss mit der Debatte!«, sagte Wenjamin nun mit Nachdruck. »Wir müssen Fotos von dir anfertigen, und zwar so, als kämst du wirklich gerade aus dem Ausland. Ich dachte, das geht hier, aber in diesem Ambiente ... Was machen wir denn jetzt? Ich brauche die Bilder bis morgen früh acht Uhr!«

»Gibt es in Paris McDonald's?«, fragte Lisa schüchtern.

»Die gibt's überall auf der Welt«, murmelte Wenjamin. »Warum fragst du?«

»Hier in der Nähe an der Chaussee ist eins«, erklärte ihm Kira. »Wenn wir die Fotos dort schießen, sieht es aus wie in Frankreich.«

»Das ist es!«, schrie Wenjamin begeistert. »Ihr solltet in die Werbung gehen! Nichts wie hin! Ihr seid alle meine Gäste!«

»Ich auch?«, fragte Kostja.

»Na klar!«

Die Kinder rannten auf den Hof.

»Cool!«, rief Lisa. « Ich kriege einen Big Mac!«

Ich konnte nur entgeistert die Schultern zucken. Ich habe nie begriffen, wie Kinder wegen einer gewöhnlichen Bulette mit Brötchen so in Verzückung geraten können.

»Ich gehe nirgendwohin! An solchem Blödsinn beteilige ich mich nicht!«

Tanjaaa!«, rief jetzt Kira verzweifelt. »Ist dir denn gar

nicht zu helfen? Eine Fernsehserie! Du wirst berühmt! Und reich!«

»Ich will das nicht!«

»Tu es für uns!«, flehten alle drei im Chor.

»Tanja«, bettelte jetzt Lisa, »ich habe in der Schule noch nie mit etwas angeben können! Maschas Mutter schreibt Krimis! Wenn die ihre Bücher verteilt, weißt du, was da in der Klasse los ist?«

»Genau!«, stimmte jetzt Kira ein. »Daschas Vater leitet eine Eisfabrik! Zu jedem Feiertag schleppt sie das Zeug eimerweise an!«

»Und wir?«, stöhnte Lisa, »was haben wir?«

»Ich kann doch überhaupt nicht spielen!«

»Brauchst du nicht«, warf jetzt Wenjamin eifrig ein. »Dafür ist der Regisseur da. Der bringt es dir bei.«

»Aber …«

»Also, Tanja«, kam es jetzt von Wenjamin im Befehlston, »du hast keine Wahl! Die Dreharbeiten beginnen im Juli. Und wir fahren jetzt zu McDonald's. Dort schießen wir Fotos von Paris, wie sie noch keiner gesehen hat!«

»Super!«, rief Kira begeistert. »Gestern sind wir Mercedes gefahren und heute BMW!«

Mir blieb vor Empörung fast die Luft weg.

»Ich steige in keinen BMW!«

»Also, meine Teure, du hast ja schon Launen wie ein Hollywood-Star!«, brummte Wenjamin. »Was passt dir denn an meinem Auto nicht?«

»Ich nehme meins. Kann selber fahren.«

»Was für eins fährst du denn?«, fragte Wenjamin erfreut. »Bestimmt ein tolles Cabrio, wenn dir mein BMW nicht gut genug ist. Oder einen handgeschmiedeten Rolls Royce?«

»Einen Lada haben wir!«, erklärte Kira wichtig, »den kleinsten, den es gibt!«

Wenjamin wieherte los wie ein Schlachtross beim Klang der Posaunen.

Blass vor Wut schritt ich zur Garage. Bei meinem Wagen angekommen, kühlte ich ziemlich rasch ab. Erst einmal musste das Ding auf die Straße hinaus, aber wie sollte ich das bewerkstelligen? Die Einfahrt kam mir schmaler vor als der Kofferraum meines Wägelchens. Sollte ich am Ende Wenjamin bitten? Niemals!

Mit sicherer Hand schaltete ich den Motor an, legte den Gang ein, gab Gas, ließ die Kupplung kommen und rollte flott nach draußen. Na bitte! Ich brauche keinen! Das kriege ich selber hin!

Es gab einen kurzen, harten Schlag, und schon flogen die Rückspiegel, die Katja so vorausschauend an beiden Seiten ihres Autos angebracht hatte, durch die Luft. Mein Lada schoss aus der Garage heraus und kam erst in einem Jasminstrauch zum Stehen.

»Du bist ja ein Ass, mein Täubchen!«, jubelte Wenjamin, »ein richtiger Schumacher! Wie lange fährst du schon die Rallye von Monte Carlo?«

Ich konnte gar nichts sagen, denn mein Atem ging heftig. Ich hatte das Eingangstor noch nicht bewältigt. Was konnte ich dort noch verlieren?

»Sie hat den Führerschein doch erst seit gestern!« Lisa wollte mir beistehen.

»Na, dann ist ja alles klar«, grunzte Wenjamin zufrieden und schnarrte dann im Befehlston: »Auf die Pferde! Unsere Rennfahrerin vorneweg, und wir hinterher. Denk aber dran, dass hinter dir nur ein klappriger BMW fährt! Mehr als zweihundertvierzig Sachen sind nicht drin, klar?«

Ich presste hartnäckig die Lippen zusammen. Was sollte ich mit dem Blödmann reden!

»He, Tanja!«, rief Wenjamin, als er bereits in seiner Luxuskarosse saß.

»Was denn noch?«

»Den Helm nicht vergessen!«

Vor Zorn außer mir trat ich aufs Gaspedal. Und gegen

alle Erwartung rollte ich, ohne weitere Zerstörungen anzurichten, auf unsere holprige Straße hinaus.

Entweder hatte ich nun begriffen, wie es ging, oder die Wut gab mir Flügel, aber ich erreichte auch die Chaussee ohne größere Probleme, den BMW wie eine riesige, satte schwarze Katze immer dicht hinter mir.

Ich ordnete mich rechts ein und fuhr vorsichtig in mittlerem Tempo. Am Straßenrand tauchte der Verkehrsposten auf. Plötzlich hob der Kerl in der Milizuniform die Hand. Ich bremste gehorsam und erblickte ein bekanntes Gesicht. Es war der Sergeant, der meine Papiere verlangt hatte, als ich mit Garik hier vorbeigekommen war.

»Hab ich was falsch gemacht?«

»Alles in Ordnung!«, gab der Mann lächelnd zurück. »Ich habe Ihnen nur zugewinkt, ihr Mann hat doch gestern ...«

»Ist was, Chef?«, rief Wenjamin von hinten.

Der Sergeant schaute verdutzt auf den BMW.

»Fahren Sie schon wieder miteinander ...?«

Wenjamin stieg aus.

»Hör mal, lass sie laufen, sie lernt doch noch! Hier, nimm ...«

Der Posten schaute verdutzt auf den grünen Schein, dann auf Wenjamin, dann wieder auf den Dollar.

»Was haben Sie mit der Dame zu tun?«

»Das ist meine Frau!«, erklärte der Agent, ohne mit der Wimper zu zucken. »Sie fährt im Moment die Klapperkiste, und ich sichere Sie von hinten ab.«

Der Milizionär steckte den Schein ein und meinte: »Fahren Sie schon, ich will nichts von ihr.«

»Na, wunderbar«, sagte Wenjamin aufgeräumt. »Wir sind eine etwas merkwürdige Kolonne. Sei so nett und gib an deine Kollegen weiter, dass sie uns nicht aufhalten sollen.«

Er steckte dem verblüfften Ordnungshüter noch einen Schein zu und ging zu seinem Wagen zurück.

Jetzt runzelte der Mann die Brauen.

»Hatten Sie nicht gestern einen anderen Mann mit einem Mercedes 600? Oder bringe ich da etwas durcheinander?«

Ich seufzte auf. »Es ist alles richtig, gestern war es ein Mercedes, und heute ist es ein BMW. Ich bin eine Kalahari, musst du wissen.«

»Eine was?«

»Wir sind ein kleines Volk, die Kalahari, nur ganze zwanzig Personen, darunter nicht mehr als drei Frauen. Da hat Präsident Putin angewiesen ...«

»Was hat er angewiesen?«

»Jede Kalahari-Frau muss fünf Männer haben. Ich habe außer den beiden noch einen Jeep, einen Volkswagen und einen Ford ...«

»Ach, so ist das«, stammelte der Milizionär und schaute mich entgeistert an. Dann lief er stracks zu seinem Glashäuschen zurück, um dem nächsten Posten das verrückte Weib anzukündigen, das in einem verrosteten Lada herumfuhr, eskortiert von dicken Luxuslimousinen.

Bei McDonald's war sich Wenjamin sofort mit den Kellnern einig. Er verstand es meisterhaft, andere tun zu lassen, was er wollte. Auf dem Hinterhof wurde ein hübscher Sonnenschirm aufgestellt, darunter ein Tischchen mit den Gläsern, Schachteln und Tüten der Firma.

Rachel und Ramik bekamen einen Hamburger, Mulja und Ada Backkartoffeln, und die Kinder stopften Chicken Nuggets in sich hinein. Schließlich wurden Ada und Mulja, die satt und zufrieden schnauften, mir auf den Schoß gesetzt, und die restlichen Vierbeiner um meine Füße gruppiert.

»Was sollen die Hunde dabei?« Ich leistete nur noch schwachen Widerstand.

Der junge Mann mit dem freundlichen Gesicht holte mehrere Kameras aus einem schwarzen Koffer hervor. Er hatte noch kein einziges Wort gesprochen.

»So«, krächzte Wenjamin zufrieden. »Das wird ganz toll. Nur noch ein paar kleine Korrekturen.«

Ehe ich mich's versah, fuhr er mit den Händen in meine Haare und strubbelte sie zu einer echten Bürstenfrisur auf.

»Was soll das?« Ich versuchte ihn abzuwehren.

»Du bist jetzt still!«, schnarrte mich Wenjamin an. »Den Kopf etwas nach links, und lächeln! Nein, nicht den Rachen so aufreißen, das gibt auf dem Foto nur ein großes Loch! Lächeln sollst du, halt die Lippen zusammen. Lass die Augen blitzen! Drück die Hunde an die Brust! Mulja, Ada, Cheese!«

Sie werden es nicht glauben, aber die Möpsinnen zerrten die breiten Mäuler auseinander und schauten so freundlich drein, wie sie nur konnten.

»Super!« Wenjamin war begeistert. »Los, Aljoscha, gleich noch mal!«

Der Fotograf ließ den Verschluss ein paarmal klicken.

»Große Klasse! Genauso wollte ich es haben! Morgen wird ganz Moskau die Augen aufreißen! Das ist ein Ding!«

Als ich mit großer Mühe eine halbwegs freundliche Miene aufgesetzt hatte, versuchte ich die Lage von höherer Warte aus zu betrachten. Am Diensteingang des McDonald's drängten sich die Angestellten und hatten offenbar die anderen Gäste völlig vergessen. Kira, Lisa und Kostja würgten gerade an den nächsten Chicken Nuggets. Mulja und Ada fühlten sich in meinen Armen mopswohl. Ramik, einen Big Mac im Maul, hatte seinen Kopf auf mein Knie gelegt, und ein dünner Strahl Ketchup lief über meine beigefarbene Hose. Die konnte ich wohl endgültig vergessen. Rachel war auf der anderen Seite in gleicher Pose erstarrt, nur hing ihr ein Filet-O-Fish aus dem Maul. Wenn unser größtes Haustier die Wahl hat, dann greift es stets nach Fisch. Vielleicht hat es ein Krokodil in seiner Ahnengalerie.

»Besser geht's nicht!«, jubelte der Agent. »Männer, Geliebte und Kinder haben sich alle längst übergesehen. Schauspielerinnen wechseln ihre Partner wie die Hemden, das ist nicht mehr originell. Aber jetzt! Eine Harfenistin mit Hunden: Da muss erst mal einer drauf kommen!«

Ich seufzte tief auf. Wie recht er doch hatte. Eine Dame, die in Paris lebte und in den besten Sälen Europas konzertierte, ging abends ganz bestimmt mit ihrer Hundemeute zu McDonald's essen! Der Titel »Die Verrückte aus der City« war mir damit wohl sicher.

»He, noch einmal lächeln!«, rief Wenjamin. »Das rechte Bein etwas nach vorn, und dreh dich ein bisschen, los, los!«

Ich tat gehorsam, wie mir geheißen. Dabei rutschte mir die Frage heraus, die mich schon lange quälte: »Hör mal, Wenjamin, was findest du eigentlich an mir? Es laufen doch genug richtige Schauspielerinnen rum!«

Der Agent nahm sich einen Cheeseburger, biss hinein und verzog das Gesicht.

»Pfui Teufel, das reine Cholesterin! Weißt du, die anderen rennen mir ständig die Bude ein. Aber du wolltest nichts von mir und hast mich beim ersten Angebot zum Teufel geschickt. Stimmt's?«

»Stimmt.«

»Wenn ich Widerstand spüre, laufe ich zu Hochform auf. Ich will dich haben, und du bist dagegen. Widerstand turnt mich an, so ist nun mal meine Psychophysiologie.«

»Pass auf, dass du deine Serie nicht gegen den Baum fährst mit deiner Psychophysiologie!«, zischte ich wütend zurück.

»Unser Volk schluckt alles und muckst sich nicht«, erklärte Wenjamin selbstsicher. »Nach solchen Telenovelas wie ›Maria‹ bin ich davon fest überzeugt. Weißt du, was zu einer guten Serie gehört? Ein Pfund Schießerei, dreihundert Gramm Sex, zweihundert Gramm rosa Tränen und ein paar Schauspieler, über deren Privatleben sich wunderbar tratschen lässt. Je wilder, desto besser. Spitzeneinschaltquoten garantiert. Eines Morgens wachst du auf und bist berühmt, meine Liebe. Glaube mir, ich kenne das Geschäft.«

»Geht's nicht eine Nummer kleiner?«, brummte ich.

»Ein Kumpel, der bei ORT arbeitet, hat einen genialen Ausspruch getan«, erklärte Wenjamin wichtig. »Wenn das Fernsehen zur besten Sendezeit jeden Tag zehn Minuten lang denselben Affen zeigt, dann wollen die Leute auf der Straße nach einer Woche ein Autogramm von ihm! Verstanden? Jetzt aber genug gequatscht! Der frühe Vogel fängt den Wurm! Los, zeig noch mal dein schönstes Lächeln!«

Ich seufzte ergeben und bleckte meine Zähne in die Kamera.

15. Kapitel

Am nächsten Morgen stand ich mit tausend Rubeln in der Tasche vor der Baracke und klopfte ans Fenster.

»He, Pawel!«

Keine Antwort.

»Pawel, schau doch mal raus!«

Das Fenster ging auf, und ein zerknittertes Weib mit zerzausten, fettigen Haaren steckte den Kopf heraus.

»Was willst du?«

»Pawel.«

»Ist nicht da.«

»Wo ist er denn?«

»Weiß der Teufel«, krächzte die Person, offenbar Pawels Mutter. »Vielleicht zur Bahnstation, schleppt dort manchmal Kisten. Aber vielleicht auch nach Moskau.«

»Wozu?«

»Was geht dich das an?«, blaffte das Weib.

»Und wann kommt er wieder?«

»Weiß ich doch nicht, nachmittags, abends, in einer Woche? Kann auch ganz weg bleiben, der Bastard!«, keifte die Frau und knallte das Fenster zu.

»Tante!« Hinter mir ertönte das bekannte Piepsen. »Tante, hundert Rubel, dann sag ich Ihnen, wo Pawel ist!«

»Du hast doch gestern schon dreihundert gekriegt!«

»Dann suchen Sie ihn doch selber! Den finden Sie nie!«

Da musste ich wohl nachgeben. Seufzend hielt ich ihr den rosa Schein hin.

»Also, raus mit der Sprache.«

»Er hat Ihre Uhr einem Onkel verkauft«, plapperte das Mädchen und steckte dabei den Schein wie eine Prostituierte in den Bund ihres Schlüpfers.

»Was für einem Onkel?«

»Der ist heute früh hier aufgekreuzt, so ein Dicker im hellen Anzug. Ist zu Pawels Haus gegangen und hat am Fenster geklopft. Pawel hat rausgeguckt. Der Mann hat gesagt: ›Hör mal, du, ich hab neulich mit meinen Kumpels hier gesessen und dabei meine Uhr verloren. Hat sie vielleicht jemand gefunden?‹ Darauf Pawel: ›Zweitausend!‹ ›Kein Problem‹, hat der gesagt und ihm gleich das Geld gegeben.«

»Soso«, murmelte ich. »Und woher weißt du das alles?«

»In unserem Plumpsklo«, das Mädchen wies auf eine blaue Holzbude, »ist das Brett zerbrochen! Da kann man jetzt glatt in der Scheiße ersaufen. Ich trau mich da nicht mehr hin.«

»Was hat euer Plumpsklo mit der Uhr zu tun?«

»Ich hab da hinter dem Busch Pipi gemacht. Da kam der Onkel angelaufen und hat nach Pawel gerufen. Er hat so laut geredet, dass ich alles hören konnte. Und ich wollte Pawel noch ein paar Rubel für Bonbons abknöpfen. Aber er ist aus dem Fenster geklettert und mit dem Mann losgegangen.«

»Wohin denn?«

»Pawel wollte zu dem Laden hinter der Bahnstation, sich einen Player und ein paar DVDs kaufen. Der hat's geschafft! Aber ich krieg das Geld für 'ne Barbie nie zusammen.«

Ich ließ sie plappern, rannte auf den Bahnsteig und fragte den Buchhändler Mischa: »Wo ist hier der Laden mit den DVD-Playern?«

»Dort drüben«, antwortete der. »Ich habe eine neue Marinina, kein Interesse?«

Aber ich rannte schon über die Gleise zu dem kleinen Platz hinter der Station. Den ausrangierten Waggon, der da mit allem möglichen Trödel vollgestopft war, konnte man wohl kaum ein Geschäft nennen. Auf den Regalen lagen die unwahrscheinlichsten Dinge wild durcheinander – Kochtöpfe und Batterien, Kaugummi und türkische T-Shirts, dazu Fischkonserven. Das Ganze wirkte wie eine Kreuzung aus Dorfkonsum und Supermarkt.

Hinter dem Ladentisch hockte ein junges Ding, das träge ein buntes Magazin durchblätterte und dabei brummte, ohne den Blick zu heben: »Suchen Sie was Bestimmtes? Oder wollen Sie nur mal gucken?«

»Entschuldigung, hat heute morgen ein Junge bei Ihnen einen DVD-Player gekauft?«

Das Mädchen warf mir einen finsteren Blick zu und stöhnte: »Hab ich's doch gewusst! Aber von mir kriegen Sie nichts, wenn er Ihnen das Geld geklaut hat. Ich hab ihn noch gefragt: ›Wo hast du die Mäuse her, Pawel? Wem hast du sie aus der Tasche gezogen?‹ Ich weiß doch, dass er sich auf dem Kiewer Bahnhof rumtreibt und alles mitgehen lässt, was nicht niet- und nagelfest ist. Aber er sagt mir frech ins Gesicht: ›Was geht dich das an, Manja? Sind meine Scheine etwa markiert?‹ Da hab ich ihm den Player und zwei DVDs eben für sechshundert verkauft.«

»Wo ist er damit hin?«

Manja zuckte die mageren Schultern.

»Woher soll ich das wissen? Er hat was von McDonald's geredet.«

»Aber das ist doch ein ganzes Stück weg, an der Chaussee!«, gab ich verwundert zurück.

»Ja, mit dem Auto«, meinte die Verkäuferin grinsend. »Auf den eigenen zwei Beinen quer durchs Gelände sind es kaum zehn Minuten.«

Als ich hinter den Wagen trat, lag vor mir ein ödes Feld voller Gräben und Schluchten. Aber meine Beine trugen mich ganz von selbst voran. Kaum war ich zweihundert Meter gelaufen, da drang plötzlich leise Musik an mein Ohr. Sekunden später wusste ich: Das waren die Töne, die der Fernsehknirps Decl von sich gibt, wenn er mit schriller Stimme für Pepsi, Handys und den Fernsehsender MTV wirbt. Wenn ich nicht irre, nennt man die Geräusche, die er ausstößt, Hip-Hop. Ich bin mit klassischer Musik aufgewachsen und habe mich später für Jazz und die Beatles begeistert. Immer wieder frage ich mich, wie man das, was dieses talentlose Kerlchen von sich gibt, Musik nennen kann! Mozart, Tschaikowski und Verdi würden sich im Grabe umdrehen! Aber die junge Generation hat sich halt für Pepsi und Hip-Hop entschieden. Pawel ist bestimmt ein Decl-Fan.

Also, Tanja, sagte ich mir, fällt dir am Rande dieser Grube nichts Besseres ein, als über Musik zu rechten? Vielleicht willst du einfach nicht hinunterschauen?

Mit einem schweren Seufzer, denn ich wusste genau, welcher Anblick mich erwartete, beugte ich mich über den Rand des Abhangs. Unten sah ich eine kleine Gestalt in schmutzigen Jeans liegen, zusammengekrümmt wie ein ungeborenes Kind im Mutterleib. Pawels Kopf war merkwürdig verdreht, und seine Arme wirkten länger als die Beine. Neben ihm lag ein winziger CD-Player, nicht größer als eine Seifendose, und aus den herabgefallenen Kopfhörern nudelte ein törichter Refrain: »Mir geht's heut schlecht, hab keine Freunde mehr …«

Ja, schlechter konnte es Pawel heute wirklich nicht mehr gehen.

»Tante!«, hörte ich es plötzlich hinter mir sagen. Das schmuddlige Mädchen starrte erschrocken in die Grube.

»Wer hat ihn so …? Und warum?«

Ich suchte vergeblich meine wirren Gedanken zu sammeln. Ich müsste, ich sollte …

Das Mädchen versuchte den Abhang hinunterzuklettern.

»Wo willst du denn hin?«, rief ich erschrocken und packte sie beim Arm.

»Den Player holen, den braucht Pawel doch jetzt nicht mehr.«

»Komm!«, sagte ich energisch. »Wir gehen.«

»Wohin?«, fragte das Mädchen misstrauisch.

»Ich – zur Miliz, und du – nach Hause. Hier hast du nichts zu suchen.«

Zuerst ging sie ein Stück mit, dann aber suchte sie sich aus meinem Griff zu befreien.

»Lass mich los!«

»Nein, du gehst jetzt nach Hause.«

Plötzlich fing die Kleine laut an zu heulen. Dicke Tränen liefen ihr über die schmutzigen Wangen.

»Gleich kommen die Bullen«, schluchzte sie, »und nehmen sich den Player oder geben ihn Pawels Mutter! Und die versäuft ihn dann!«

»Wozu brauchst du den Player?«, fragte ich müde, ließ das Mädchen aber nicht los. »Magst du etwa auch diesen Decl?«

»Die blöde Musik kann mir gestohlen bleiben«, jammerte die Kleine. »Ich will den Player für eine Barbie eintauschen. Ein halbes Jahr will ich schon das Geld zusammenkriegen, aber es klappt einfach nicht. Und Mama gibt mir keine Kopeke. Die sagt, für das Geld, das die blöde Puppe kostet, kann sie einen Monat lang was zu futtern kaufen und Milch für Borja dazu! Er kriegt alles, und ich nichts!«

»Wer ist denn Borja?«

»Mein kleiner Bruder, ein Jahr ist er alt.«

»Und du?«

»Sieben.«

»Wie viel kostet denn die Barbie?«

»Vierhundertfünfzig mit Kleid«, sagte die Kleine. Sie hörte sofort auf zu weinen und zog die Nase hoch.

»Du hast doch gestern schon dreihundert Rubel von mir gekriegt und heute noch mal hundert. Da fehlt doch gar nicht mehr viel!«

Die Kleine zog mit ihrem zerschlissenen Schuh Striche in den Sand und murmelte: »Das Geld habe ich Lenka gegeben.«

»Wem?«

»Lenka, meiner Freundin.«

»Wofür?«

»Sie hat nur noch ihre Großmutter. Die schimpft und haut sie die ganze Zeit. Sie schickt sie zum Klauen nach Moskau auf den Kiewer Bahnhof. Lenka hat Angst, anderen Leuten was wegzunehmen, und bettelt nur ein bisschen. Wenn sie zu wenig nach Hause bringt, haut die Alte sie mit dem Stock. Ihre Arme und Beine sind voller blauer Flecke. Gestern hat sie wieder nur zehn Rubel zusammengekriegt und sich nicht getraut, nach Hause zu gehen. Im Gebüsch hat sie gesessen und geheult. Da habe ich mir gedacht …« Die Kleine stockte, dann fuhr sie fort: »Eigentlich bin ich schon zu groß, um mit Puppen zu spielen. Wenn ich mal 'n Reichen heirate, dann kriege ich viele Kinder. Denen kauf ich alles, was sie wollen, und spiel mit ihnen. Lenka hat mir leid getan. Die ist doch noch so klein, kaum sechs Jahre.«

Das war entschieden zu viel für mein weiches Herz.

»Na los, zeig mir mal, wo es deine Barbie zu kaufen gibt!«

»Dort drüben in dem Kiosk!«

Wir liefen rasch über den Platz und stießen auf eine Bude voller Spielzeug.

»Was willst du schon wieder hier?«, herrschte der Verkäufer die Kleine an.

Ich fragte das Mädchen rasch: »Welche gefällt dir am besten?«

»Die blonde da im roten Kleid«, flüsterte die Kleine.

»Also«, sagte ich zu dem Verkäufer, »ich habe hier tausend Rubel. Ich möchte diese Barbie-Puppe und alles, was dazu gehört – Möbel für eine Diele, dann für ein Schlafzimmer und ein Bad mit Toilette ...«

»Wollen Sie nicht gleich das fertig eingerichtete Puppenhaus nehmen?«, fragte der Bursche lächelnd. »Das hat zwei Stockwerke mit Küche, Schlafzimmer, Wohnzimmer, Bad, Toilette, Möbeln, Geschirr und sogar Haustieren. Einheimische Produktion! Bei ›Ogonjok‹ machen sie die, von den amerikanischen nicht zu unterscheiden.«

»Und was soll das alles kosten?«

»Siebenhundert Rubel.«

Rasch zählte ich 700 und 450 zusammen.

»Würde ich mit Vergnügen kaufen, aber mir fehlen hundertfünfzig Rubel!«

»Dann kriegen sie es eben dafür«, sagte der Bursche und lächelte immer noch. »Die Kleine schnürt schon ein halbes Jahr um meinen Kiosk herum. Es zerreißt einem das Herz, aber ich kann meine Sachen doch nicht verschenken!«

Er nahm zwei Schachteln vom Regal, die eine geformt wie ein Koffer, die andere etwas kleiner, und hielt sie dem Mädchen hin.

»Nimm und werde glücklich damit!«

Das Kind drückte die Geschenke fest an sich. Ich holte einen Zettel aus meiner Tasche und schrieb meine Telefonnummer darauf.

»Hier, steck das gut weg. Ich heiße Tanja. Wenn dich deine Mama fragt, woher du die Sachen hast, dann sagst du, ich hätte sie gekauft. Wenn sie dir nicht glaubt, dann soll sie mich anrufen.«

Das Mädchen nickte, und ich lief eilig zur Bahnstation.

»Tante!«, rief es hinter mir.

Ich drehte mich um. Das Mädchen hielt mir ihr kleines Händchen hin. »Ich heiße Frossja!«

»Wie heißt du?«, fragte ich zurück und spürte, wie es mir die Kehle zuschnürte. »Wie?«

»Frossja, Jefrossinja«, wiederholte das Mädchen. »So heiße nur ich auf unserem Hof. Sie sind jetzt meine Freundin. Wenn mal was ist, rufen Sie einfach: ›Frossja!‹ Ich komm dann raus und mach alles für Sie. Einverstanden?«

Ich brachte kein Wort heraus und nickte nur. Frossja lief die Böschung hinauf. Die große Schachtel schlug ihr gegen die dünnen zerkratzten Beinchen.

Krampfhaft bemüht, nicht laut loszuheulen, ging ich über den Platz zu einer Stelle, wo ich zuvor eine Telefonzelle gesehen hatte. Ich musste die Miliz anrufen.

Als ich wieder nach Hause kam, fühlte ich mich so zerschlagen, dass ich, so wie ich war, erst einmal auf mein Bett fiel. Lisa und Kira waren irgendwo unterwegs. Die Möpsinnen schliefen friedlich in einem Sessel. Rachel schaute zum Fenster hinaus. Das tat unsere Staffordshire-Dame am liebsten. Das Treiben draußen zu beobachten, musste für sie so sein wie für manche Leute Fernsehen. Ein ähnliches Hobby hat übrigens auch unsere Katze Pingu. Sobald ich die Waschmaschine einschalte, ist sie zur Stelle und beobachtet, was hinter der runden Glasscheibe passiert. Stundenlang kann sie dort sitzen und zuschauen, wie sich die Wäsche dahinter bewegt. Vielleicht wirkt das ständige Kreisen der bunten Muster auf sie wie eine Hypnose.

»Wau«, machte Rachel.

»Lass mich in Ruhe!«

»Wau«, blaffte sie noch einmal.

»Hör auf damit!«

»Wau!« Unsere wachsame Terrierhündin war nicht zu beruhigen und lief zur Tür. Ich erhob mich mit einem Seufzer. Offenbar war da jemand im Anmarsch.

Es raschelte, und ins Wohnzimmer schwebte ein riesiger Sack mit Hundefutter. Beim Anblick des vertrauten Gegenstandes fuhr unsere ganze Meute hoch und bellte fröhlich.

»Hallo, nicht so stürmisch«, hörte ich Wolodja Kostins Stimme. Hinter dem Sack kam sein von der Anstrengung puterrotes Gesicht hervor.

»Wohin damit?«

»In die Abstellkammer«, sagte ich.

Der Major tat, wie ihm geheißen. Dann kam er zurück und wischte sich die Stirn.

»So eine Hitze! Wie Afrika und Australien auf einmal.«

»Ich danke dir«, sagte ich, so freundlich ich konnte. »Mir ist gestern auch schon aufgefallen, dass das Hundefutter zu Ende geht, aber zu so viel hätte ich mich nie durchgerungen.«

»Fünfzig Kilo sind viel billiger«, antwortete unser Nachbar.

»Die kriege ich aber nicht weggeschleppt!«

»Deswegen habe ich sie ja gebracht. Seit Tagen fahre ich den Sack spazieren. Jetzt hat mich der Zufall hierhergeführt.«

»Welcher Zufall?«

»Ach, nichts weiter«, sagte der Major abweisend. »Meine Kollegen bringen gerade einen Festgenommenen weg, da habe ich schnell mal bei dir vorbeigeschaut.«

»Du hast in Aljabjewo jemanden verhaftet?«

»Nicht ich, aber ...«

»Moment mal«, unterbrach ich ihn. »Wer ist es?«

»Kann dir doch egal sein!«

Ich musste lachen. »Du brauchst gar kein Geheimnis draus zu machen. Wenn ich heute Abend in unseren Dorfladen gehe, erfahre ich von der Verkäuferin Sonja sowieso alles. Ihr Mann ist unser Ortsmilizionär.«

Wolodja seufzte auf. »Erinnerst du dich noch, wie wir uns neulich auf der Beerdigung begegnet sind?«

»Bei Professor Slawin?«

»Genau. Sein ältester Sohn Nikolai ist festgenommen worden.«

Vor Überraschung ließ ich den Teelöffel fallen. »Um Gottes willen, weswegen denn?«

Wolodja suchte umständlich in den Jackentaschen nach seinen Zigaretten.

»Komm, spiel nicht den Dummen!« Rebekka Slawina ist meine gute Freundin und erzählt mir sowieso alles!«

Wolodja steckte sich eine Zigarette an und blies den Rauch Mulja direkt ins runde Mopsgesicht. Die musste heftig niesen.

»Es sieht nicht gut aus«, hob der Major an. »Slawin senior hatte eine Sekretärin ...«

»Lena, kenne ich.«

»Sie ...«

» ...wurde Knall und Fall entlassen, weil Nikolai die Stelle für seine neue Geliebte haben wollte.«

Major Kostin runzelte die Brauen. »Du weißt doch, was denen passiert, die zu viel wissen?«

»Das ist schon längst kein Geheimnis mehr! Das ganze Institut zerreißt sich darüber das Maul!«

»Lena ist gestern Abend auf der Bank vor ihrem Haus tot aufgefunden worden.«

»Um Gottes willen! Hatte sie einen Herzinfarkt?«

»Nein, ein kleines Loch im Kopf«, antwortete Wolodja leise.

»Und was hat Nikolai damit zu tun?«

»Es sieht so aus, als ob es von ihm stammt.«

»Wann ist Lena gestorben?«

»Zwischen 18.00 und 19.00 Uhr.«

»Und wo wohnt sie?«

»In Tuschino, Uliza Aerodromnaja.«

Ich begann fieberhaft zu rechnen. Um viertel sieben hatte ich Nikolai auf der Station Solnetschnaja in den Zug nach Moskau steigen sehen. Bis zum Kiewer Bahnhof brauchte er mindestens eine Viertelstunde. Dann noch einmal etwa fünfundvierzig, fünfzig Minuten bis Tuschino. Das passte nicht zusammen.

»Er kann es nicht gewesen sein.«

»Wieso?«

»Weil ich ihn gestern Abend nach sechs auf der Station Solnetschnaja gesehen habe. Und heute Morgen gegen neun war er wieder dort.«

»Ach, meine Liebe«, sagte Wolodja nachsichtig und ließ seinen Blick über die langen bunten Reihen meiner Kriminalromane schweifen. »Die Hitze und die große Zahl konsumierter Literatur sind wohl nicht ohne Einfluss auf deine Augen und dein Köpfchen geblieben. Heute Morgen um 9.15 Uhr haben wir Nikolai Slawin verschlafen aus seinem Bett geholt. Er trug einen seidenen Pyjama wie in der Serie ›Santa Barbara‹ …«

Das musste ich erst einmal verdauen.

»Und wohin habt ihr ihn gebracht?«

»Er sitzt in Untersuchungshaft.«

»Lass mich mit ihm reden«, platzte ich heraus, ohne nachzudenken. Im nächsten Augenblick bereute ich es schon wieder.

Aber das Wort ist kein Spatz. Es lässt sich nicht wieder einfangen. Wolodjas Miene verfinsterte sich. Er schob die Teetasse zur Seite.

»Hör mal, Tanja, ich verstehe ja, dass du hier herumsitzt und dich zu Tode langweilst. Aber lass sofort diese idiotischen Spielchen. Ich weiß, dass du deine lange, sommersprossige Nase gern in alles hineinsteckst und die Leute bei der Arbeit störst. Wenn ich herauskriege, dass du deine Finger im Fall Slawin hast, dann kannst du was erleben! Und jetzt Schluss mit diesem Thema. Gib mir lieber was zu essen, am besten ein Kotelett oder ein Hühnchen.«

»Wir essen heute Würstchen!«, entgegnete ich mit zornbebender Stimme.

»Da haben wir's!«, sagte Wolodja seufzend. »Nichts zu essen im Haus, Staub in den Ecken, die Kinder schwirren sonst wo herum, die Hunde fallen vom Fleisch, aber du spielst wieder mal Kommissar Maigret! Und es geht aus wie immer …«

»Wie geht es denn aus?«, fuhr ich ihn an. »Wer hat euch schließlich geholfen, den heimtückischen Mörder von Lisas Vater zu finden, he?«

»Jetzt hör mir damit auf!« Der Major schlug ärgerlich mit der flachen Hand auf den Tisch. »Wer Kondrats Mörder ermittelt und festgenommen hat, ist doch wohl klar! Das waren Samonenko und ich. Dein Verdienst daran ist gleich Null! Und es geht aus wie immer! Am Ende sitzt du in der Patsche, und wir dürfen dich da wieder herausholen! Gib mir lieber was zu essen, sonst fall ich noch um vor Hunger! Du bist eine Hausfrau und kein Ermittler für besonders schwere Fälle! Außerdem hast du ein Weiberhirn, kapier das endlich!«

Vor Empörung steif wie ein Brett stakste ich zum Kühlschrank und warf ein paar Würstchen in einen Topf mit Wasser. So war das also! Eine sommersprossige Nase! Das war gelogen, ich hatte kein einziges von diesen Pünktchen im Gesicht. Und mein Riechkolben war auch nicht zu lang. Schmutzig war es bei uns bestimmt nicht. Die Datsche ist einfach schwer sauber zu halten. Die Kinder ziehen die Schuhe nicht aus, wenn sie hereingelaufen kommen, und dann die Hunde ... Hier kann ich ihnen nicht wie in der Stadt nach jedem Spaziergang die Pfoten waschen. Alle vier sind kerngesund! Und was den Mord an Kondrat betraf ... Wenn ich nicht gewesen wäre! Aus der Patsche hätten sie mich geholt! Na warte, Kostin!

Ich knallte den Teller vor ihm auf den Tisch. Die Nudeln flogen hoch und landeten auf den Würstchen.

»Kein Senf da?«, fragte der Major beiläufig und biss das erste Würstchen an.

»Nein!«, knurrte ich. Dabei wusste ich genau, dass in der Küche zwei volle Gläser standen, russischer mit dem furchteinflößenden Namen »Maljuta Skuratow« und polnischer ohne solch klingenden Markennamen.

»Wenn nicht, dann nicht«, bemerkte Wolodja trocken.

»Einen furchtbaren Stil haben unsere Mitarbeiter«, redete er friedlich weiter. »Gestern lese ich ein Protokoll und stoße auf folgenden Satz: ›Neben der Leiche standen ihre Frau und ihre Kinder.‹ Oder noch besser: … ›Die Leiche liegt auf dem Rücken, das rechte Bein im Knie angewinkelt, das linke zur Seite geworfen, und zwei weitere befinden sich am Sofa.‹ War das nun ein Vierbeiner? Haben das Hirnamputierte geschrieben?!«

Ich ließ ihn reden und ging in die Küche. In mir kochte es. Die Kinder der Leiche! Bullen, die so was schreiben, hatten kein Problem mit der Literatursprache, sondern mit ihrem Oberstübchen. Die Witwe der Leiche! Wie die schrieben, so dachten sie auch. Nein, mein lieber Wolodja, den Fall Slawin wirst du nicht entwirren! Und diesmal brauchst du von mir auch keine Hilfe zu erwarten. Ich finde den Mörder selber und kriege die fünfzehntausend Dollar. Dann werden wir ja sehen, wer in der Patsche sitzt!

16. Kapitel

Wolodja loszuwerden war diesmal gar nicht so einfach. In der Regel hatte er es eilig, schlang sein Essen, ohne zu kauen, hinunter und machte sich davon. Da ihm offenbar aufgegangen war, dass er mich beleidigt hatte, fing er nun an, meine Kochkünste zu loben: »Niemand kann Würstchen so heiß machen wie du. Bei den meisten kommen sie entweder zerkocht oder halb kalt auf den Teller. Und die Nudeln sind Klasse! Wo sind die denn her? Aus Italien?«

»Aus Russland!«, brummte ich. »›Makfa‹ heißt die Firma.«

»Habe ich nicht immer gesagt, dass unsere eigenen Produkte viel besser sind?«, kommentierte Wolodja lächelnd und streckte sich wohlig. »Ach, war das gut! Und jetzt noch einen Tee!«

»Heirate doch!«, knurrte ich. »Dann hast du jemanden, der dich von vorn und hinten bedient!«

»Da ist eine Haushaltshilfe besser«, meinte der Major friedlich. »Wenn ich zu Geld komme, lege ich mir Personal zu. Mit der eigenen Frau muss man dauernd Konversation treiben, ihr alle Wünsche von den Augen ablesen. Nein, nein, da koche und wasche ich lieber selber!«

»Ich wusste gar nicht, dass du ein Frauenhasser bist!«

»Na, da gibt's ja auch Exemplare! Medusenhäupter! Krokodile! Erst gestern hat mein Kollege Slawa folgende Geschichte erzählt: Kommt so eine und will eine Vermisstenanzeige aufgeben. Ihr Mann ist mit dem Pudel Gassi gegangen und nicht zurückgekehrt. Sie macht die üblichen Angaben. Dann wird sie gefragt: ›Hat Ihr Mann irgendwelche besonderen Kennzeichen?‹

Sie überlegt eine Weile und meint: ›Graue Augen, glaub ich.‹

›Was hatte er denn an?‹

›Kann mich nicht erinnern.‹

›Irgendwas Besonderes? Stiftzähne, Kronen, Narben, Muttermale?‹

Sie zuckt die Achseln. ›Ich glaube, den Blinddarm haben sie ihm rausgeschnitten, aber vielleicht auch nicht?‹

Ohne jede Hoffnung baten die Kollegen nun: ›Beschreiben Sie bitte den Hund.‹

Und erhielten folgende Antwort: ›Weiblich, viereinhalb Jahre alt, Zwergpudel, silbergraues Fell, das rechte Ohr etwas dunkler als das linke, an einer Vorderpfote Narbe von einem Schnitt, ein Augenzahn leicht schief, Schwanz auf sieben Zentimeter kupiert, auf dem Bauch ein Muttermal von der Größe eines Zehnkopekenstücks. Bekleidet mit einem grünen Regenanzug, weil es am Tag zuvor in Moskau geregnet hatte. Daran eine Tasche, verschlossen mit einem schwarzen Knopf, darin eine Karte mit Telefon, Adresse und Name – Dolly.‹«

Ich musste lachen. »Und was haben deine Kollegen darauf gesagt?«

»Die haben völlig entgeistert gefragt: ›Ja, wen sollen wir denn nun suchen, Ihren Mann oder den Pudel?‹«

»Und sie?«

»Hat tief aufgeseufzt und erklärt: ›Was habe ich denn von dem Kerl? Dolly ernährt die Familie. Sie wirft uns jedes Jahr zweimal sechs Junge. Die werden verkauft, und davon leben wir.‹«

»Na, das muss aber auch ein toller Kerl sein!«

Zufrieden stellte Wolodja fest, dass er mich zum Lachen gebracht hatte. »Ich muss los«, meinte er aufgeräumt.

Ich konnte es kaum erwarten, dass sein Wagen von unserem Grundstück rollte. Dann verschloss ich das Tor und trabte, so schnell ich konnte, zu Rebekka. Etwas hinderte mich am Laufen. Erst an Slawins Villa angekommen, stellte ich fest, dass ich Kiras ausgetretene Badelatschen an den Füßen hatte.

Der größte Raum der Villa war voller Leute. Ich ließ einen erstaunten Blick über sie gleiten. Da waren die verweinte Nora, eine kreidebleiche Rebekka, zwei junge Männer, die einander sehr ähnelten, und Tamara.

»Was ist passiert?«, fragte ich ohne Einleitung.

»Das hat uns noch gefehlt!«, rief Nora händeringend. »Jetzt weiß es schon das ganze Dorf!«

»Nikolai ist verhaftet worden«, erklärte Becky. »So ein Blödsinn aber auch! Er soll Papas Sekretärin Lena umgebracht haben!«

»Gütiger Gott!«, jammerte Nora, »seit Wjatscheslaw tot ist, kommt ein Unglück nach dem anderen über uns! Zuerst hat es Andrej getroffen …«

»Mama«!, sagte einer der Männer vorwurfsvoll. Erst jetzt erkannte ich ihn. Es war der hochgewachsene, breitschultrige Blonde, der Nora beim Begräbnis zu beruhigen versucht hatte.

»Mama«, sagte Andrej noch einmal, »das interessiert hier keinen!«

»Ja, ja«, klagte Nora weiter, »niemanden kümmert das, aber mich schon! Erst Sergej, dann Becky und jetzt auch noch Nicolas! Oh, was für ein Unglück!«

Sie presste die Hände an die Schläfen und wiegte den ganzen Oberkörper hin und her.

»Oh, dieses Unglück! Das ist Tonja! Jetzt rächt sie sich an mir! Sie ist Wjatscheslaw dort oben begegnet! Sie, sie ... hat ihm die Wahrheit gesagt!«

Das Weinen ging in lautes Kreischen und schließlich in ein hysterisches Lachen über. Rebekka, weiß wie die Wand, rief plötzlich aus: »Also, du bist daran schuld!«

»Ich wollte doch nicht, dass sie stirbt! Es war einfach ...«

Nora hörte nicht auf zu jammern und zu klagen.

Andrej griff nach dem Telefon.

»Michail Iwanowitsch, können Sie schnell kommen? Unserer Mutter geht es schlecht.«

»Was bist du nur für ein Dreckstück!«, flüsterte Becky, »was für eine Schlange!«

Andrej, Sergej und Tamara starrten sie betroffen an. Noras Heulen ging jetzt in einen Anfall von Hysterie über.

Als Erste fasste sich Tamara. »Seht ihr nicht, wie sie sich quält? Los, Rebekka, hol Wasser.«

»Vergiften sollte man sie!«, zischte die Schauspielerin und rauschte aus dem Zimmer. Ich ihr nach.

Rebekka lief den Korridor entlang, verschwand in ihrem Zimmer und knallte die Tür hinter sich zu. Ich schwankte eine Sekunde, dann trat ich bei ihr ein.

Sie stand am Fenster und klickte nervös mit dem Feuerzeug.

»Was ist denn hier eigentlich los?«

»Nichts.«

»Red schon! Was hat Nora eben gemeint?«

Rebekka stöhnte auf und ließ sich in einen Sessel fallen.

»Hier passieren tatsächlich schlimme Dinge, aber sie haben alle einen realen Hintergrund. Andrej sollte für zwei Jahre zu einem Praktikum nach England fahren. Jeder weiß, dass er kein besonders begabter Wissenschaftler ist. Papa hat ihm geholfen.«

Den Londonaufenthalt hatte Professor Slawin für Andrej im Bildungsministerium erwirkt. Praktika junger Fachleute sind eine bequeme Art und Weise, eine Weile auf fremde Kosten im Ausland zu leben. Hin- und Rückflug, Unterbringung und Verpflegung bezahlt die einladende Seite. Einen solchen Platz zu ergattern ist schwierig, aber der berühmte Professor nahm solche Hürden mit links, und Andrej packte schon die Koffer. Am 15. August sollte es losgehen. Der Professor war noch nicht unter der Erde, da teilte das Ministerium bereits mit, die Londoner Universität habe für dieses Jahr alle Plätze gestrichen. Andrej sollte es in einem Jahr noch einmal versuchen.

»Nehmen Sie es nicht so schwer, Andrej Wjatscheslawowitsch«, hatte der Beamte erklärt. »Sie reichen einfach noch einmal einen Antrag ein, legen einen Bericht über Ihre wissenschaftlichen Arbeiten bei und beteiligen sich so an der Ausschreibung. Wenn Sie Glück haben, fahren Sie eben ein Jahr später!«

Rebekka zündete sich die nächste Zigarette an. »Daraus wird nie etwas, das wissen alle. Vater liegt im Grab, und sein erfolgloser Sohn interessiert keinen mehr. Seinen Platz hat garantiert ein anderer gekriegt!«

Dann war Sergej an der Reihe. Kurz vor seinem Tode hatte sein Vater durchgesetzt, dass er eine Stelle bei der Zeitschrift »Wirtschaftsnachrichten« erhalten sollte. Von seinen Eltern hatte Sergej alle negativen Eigenschaften geerbt. Er war weder fleißig noch klug oder gutmütig wie sein Vater. Dafür konnte er aufbrausen wie er und duldete keinen Widerspruch. Nora, die fröhlich und zugänglich sein konnte, hatte ihrem Sohn nur ihre Neigung zur Hysterie und ihre Beschränktheit vererbt. Wenn man zu diesen »Vorzügen« noch Sergejs übersteigerten Ehrgeiz und die seltene Fähigkeit hinzufügt, in jedes bereitstehende Fettnäpfchen zu treten, dann wird klar, warum er sich in keiner Redaktion lange hielt.

Erst vor kurzem war er aus seiner letzten Zeitungsredaktion gejagt worden. Professor Slawin hatte ihm sofort eine neue Stelle besorgt. Im Moment hatte Sergej Urlaub und sollte für die neue Arbeit Kräfte sammeln, die ihn ab 1. August erwartete. Aber vor einigen Tagen hatte man von den »Wirtschaftsnachrichten« angerufen und höflich, aber deutlich erklärt: »Unserem Blatt geht es schlecht, wir können leider im Moment keinen neuen Mitarbeiter einstellen.«

»Er kommt wohl nirgendwo mehr unter«, meinte Rebekka seufzend. »Er wird Mama und Nikolai auf der Tasche liegen. Und ich ...«

»Was ist mit dir?«

Sie runzelte die Brauen. »Ehrlich gesagt, bin ich keine bedeutende Schauspielerin. Aber Papa hat auch mir immer wieder geholfen. Die Rolle in der Serie habe ich nur bekommen, weil er sich dafür eingesetzt hat. Er hat mir immer zugeredet: ›Gräm dich nicht, Töchterchen, mach es mit Ausdauer. Es gibt genug Menschen, die fehlende Gaben durch Fleiß ausgleichen. Wenn du erst zwei-, dreimal gespielt hast, dann bist du bekannt und bekommst neue Rollen. Meine Studenten sagen immer: Die ersten drei Jahre muss man für die Prüfungen arbeiten, dann arbeiten die Prüfungen für einen. So ist es auch in der Kunst. Was hat man von göttlichen Gaben, wenn man keine Rollen kriegt? Sei nicht traurig, das wird schon.‹«

Für die Serie hatte Professor Slawin alles arrangiert. Rebekka musste nicht einmal Probeaufnahmen machen. Aber sofort nach dem Begräbnis rief der Drehbuchautor Honoré Wolkow, ein guter Bekannter der Familie, an und klagte:

»Entschuldige, meine Liebe, unsere Serie wird auf später verschoben. Im Moment ist kein Geld da. Du musst dich nach einer anderen Rolle umsehen.«

»Wo denn?«, fragte Becky niedergeschlagen.

»Wanja Kljukin bereitet gerade einen neuen Film vor …«

Aus Verzweiflung nahm sie dort eine winzige Rolle an. Später erfuhr sie jedoch, dass die Serie, in der sie spielen sollte, gar nicht abgesetzt war und gerade das Casting lief. Außer sich vor Wut rief Rebekka ihren Agenten an. Der tat so, als begreife er das alles nicht.

»Aber, meine Liebe, Honoré Wolkow hat mir gesagt, du spielst in Kljukins Film!«

»Das haben die sauber hingekriegt«, sagte Rebekka sarkastisch. »Mir haben sie eine Hauptrolle weggenommen und eine Statistenrolle angedreht. Wahrscheinlich musste irgendeine Liebhaberin untergebracht werden! Der Weg zur Leinwand geht nun mal durchs Bett, das weiß doch jeder!«

»Wer ist denn dein Agent?«, murmelte ich unsicher.

»Wenjamin Selesnjow«, antwortete Becky. »Dabei hat der noch behauptet: ›Die Rolle der Alewtina wird für dich der Start zu einer großen Karriere!‹«

Einen Moment lang starrte ich sie verdattert an. Dann nahm ich all meinen Mut zusammen und fragte: »Von welcher Tonja hat Nora gesprochen? Und wofür wollte die sich rächen?«

Rebekka blickte düster drein. »Das hat mit Papas Tod nichts zu tun.«

»Was bedeutet es dann?«

»Ach, das ist eine alte Sache.«

»Erzähl es mir, bitte.«

»Wozu?«

»Man weiß nie.«

Becky drehte nervös die Kordel der Gardine zwischen den Fingern.

»Manchmal ist auch das winzigste Detail wichtig«, murmelte ich.

Rebekka seufzte tief auf. »Also gut. Aber ich sage dir gleich, eine schöne Geschichte ist das nicht.«

Wjatscheslaw Slawin war ein Waisenkind. Er war 1956 im Alter von 16 Jahren aus einem Nest in der Nähe der Stadt Wetluga nach Moskau gekommen. Simonowo hieß das Dörfchen. Sein Vater war an der Front gefallen. Der Junge konnte sich nicht an ihn erinnern. Die Mutter, die ihr Leben lang in der Landwirtschaft schwer geschuftet hatte, starb in dem Jahr, als Wjatscheslaw die zehnte Klasse beendete. Sie konnte kaum lesen und schreiben, hatte nie ein Buch in der Hand gehalten. Nicht einmal eine Zeitung gab es in ihrem Haus. Man konnte sich nur wundern, wie ihr Sohn so leicht und problemlos lernte, dass man ihn aus der fünften Klasse gleich in die siebente versetzte. Die Lehrer waren von ihm begeistert. In seine Dorfschule ging Wjatscheslaw bis zur achten Klasse. Dann wollte er in die Zehnklassenschule von Wetluga wechseln.

Seine Mutter war dagegen.

»Was, zum Teufel, willst du noch in der Schule hocken?«, knurrte sie. »Hast Kräfte wie ein Stier! Im Kolchos suchen sie einen für die Pferde, da kriegst du 60 Rubel! Nach Wetluga will er jeden Tag kutschieren! Was allein die Fahrt kostet!«

Aber sie hatte nicht mit der Hartnäckigkeit ihres Sohnes gerechnet. Der setzte sich durch und schloss die Zehnklassenschule mit einer Goldmedaille ab. Die hatte er sich verdient. In Mathematik und Physik konnten ihm seine Lehrer nichts mehr beibringen, und seine Aufsätze lagen bei Wettbewerben ständig vorn.

Die Mutter starb im Januar. Das letzte halbe Jahr bis zum Abschluss lebte er bei der Direktorin seiner Schule, Anna Iwanowna Kolomijzewa. Sie drängte ihn auch, sich an der Moskauer Universität zu bewerben.

Der Junge folgte ihrem Rat und bestand die Aufnahmeprüfung mit Bravour. Das war der erste Schritt auf seinem langen Weg zu den Höhen der Wissenschaft, zu Orden, Titeln, wissenschaftlichen Graden und … dem großen Geld. Aber bis dorthin war es noch weit. An seine Studentenzeit erinnerte sich Wjatscheslaw Slawin später nicht gern. Es müssen Hungerjahre gewesen sein. Mehr erzählte er darüber nicht.

»Nur einmal hat er etwas mehr gucken lassen«, fuhr Rebekka fort. »Vor einer Prüfung stellte er fest, dass sein einziges Paar Socken nur noch aus Löchern bestand. Du kommst nicht drauf, was er da gemacht hat!«

»Na, sich ein Paar von einem Kumpel geborgt.«

»Nein!« Rebekka musste lachen. »Er hatte da seine Prinzipien – borgte sich niemals etwas von anderen. Er rieb sich die Füße mit schwarzer Schuhcreme ein. Das sah toll aus, es hat nur merkwürdig gerochen!«

Nach und nach kam Wjatscheslaw zu Geld. Es wechselten die Frauen, er wurde Vater, und irgendwann baute er das Haus in Aljabjewo. Um 1990 herum – Wjatscheslaw war gerade von Tamara geschieden und hatte die Affäre mit Anja begonnen, erschien er auf der Datsche mit einem mageren Ding, das kaum vierzehn Jahre alt sein konnte. Nora und Rebekka wunderten sich sehr. Sie wussten, dass er für die impertinente Anja lichterloh brannte. Obwohl er als Casanova galt, hielt er Ordnung in seinen Affären. So lange ein Verhältnis dauerte, blieb er seiner Geliebten treu. Hatte er eine neue Flamme, dann brach er die Beziehungen zur Vorgängerin ab. Genauer gesagt, es trat eine gewisse Veränderung ein. Vom leidenschaftlichen Liebhaber wurde er zum guten Freund oder eher zum sorgenden Vater. Zwei Liebschaften gleichzeitig zu haben war seine Sache nicht.

»Verstehst du, mein Mäuschen«, erklärte er Rebekka einmal, »ich versuche nie zu lügen. So lebt es sich leichter.«

Das unbekannte Mädchen murmelte schüchtern: »Guten Abend.«

»Darf ich vorstellen«, verkündete Wjatscheslaw frohgemut, »meine künftige Tochter Tonja.«

»Deine Tochter?!«, rief Nora entgeistert. »Wo kommt die denn her? Und von wem?«

Ihr Ex-Mann lachte laut auf. »Im Moment ist sie noch nicht meine Tochter, aber ich denke, das kriegen wir bald hin.«

»Jetzt red mal Klartext! Was soll das Ganze?«, fragte Nora scharf.

Wjatscheslaw winkte nur ab. Man setzte sich zum Tee nieder. Das Mädchen fasste etwas Mut, und die Frauen bekamen aus ihr heraus, sie sei nicht vierzehn, sondern siebzehn Jahre alt. Ihre Großmutter habe sie nach Moskau geschickt, wo sie in Slawins Akademie studieren sollte. Die Großmutter war Anna Kolomijzewa, die Schuldirektorin, die Wjatscheslaw seinerzeit bei sich aufgenommen hatte.

»Woher hat deine Großmutter denn gewusst, dass Wjatscheslaw Sergejewitsch eine Akademie führt?«, erkundigte sich Nora.

»Sie hat im Fernsehen eine Sendung aus der Reihe ›Held des Tages‹ gesehen, wo sie ihn vorgestellt haben«, erzählte der ungebetene Gast offenherzig. »Dann hat sie mir einen Brief in die Hand gedrückt und gesagt: ›Fahr nach Moskau, meine Kleine, und nutze deine Chance.‹«

Nora konnte nur empört die Augen verdrehen.

Nach dem Abendessen erschien sie in Wjatscheslaws Arbeitszimmer und erkundigte sich: »Was hast du da von einer Tochter geredet? Das hat keiner begriffen.«

Slawin musste lachen. »Das ist doch ganz einfach. Ich will die Kleine in Moskau unterbringen. Erst einmal kann sie eine Weile bei uns bleiben. Dann kaufe ich ihr eine Wohnung. Sie hat bisher keine Aufenthaltsgenehmigung in der Hauptstadt. Unser Professor Sawadzki hat das auch so gemacht. Er hat eine Nichte aus Rostow adoptiert, damit die nach Moskau ziehen kann. Und überhaupt – als Tochter von Professor Slawin wird sie es im Leben leichter haben.«

»Bist du verrückt geworden?«, kreischte Nora auf. »Eine Wohnung und auch noch die Adoption – ist das nicht ein bisschen viel?!«

»Wo soll sie denn hin?«, fragte Slawin verwundert zurück. »Sie ist jung, irgendwann wird sie heiraten wollen.«

»Soll sie doch ins Wohnheim gehen!«, trompetete Nora.

»Also, meine Liebe«, sagte Wjatscheslaw darauf in aller Ruhe, »dir ist bekannt, dass ich im Studium jede Kopeke dreimal umdrehen musste. Ich weiß, wie es einem armen Ding in dieser Stadt geht.«

»Andere haben es auch geschafft! Und von Adoption kann keine Rede sein! Du hast fünf eigene Kinder!«, rief Nora empört.

»Nun mach mal einen Punkt.« Slawin blieb freundlich. »Entschuldige, dass ich dich darauf hinweise, aber wir beide sind seit Jahren geschiedene Leute. Ich kann machen, was ich will. Wenn dir das nicht passt, hält dich keiner. Du kannst gerne gehen. Tonja bleibt.«

Rot vor Zorn rauschte Nora aus dem Zimmer. Aber Slawin war noch nicht fertig.

»Warte einen Moment!«, rief er ihr nach.

»Was ist denn noch?«

»Ich möchte dir erklären, wie die Sache zusammenhängt. Tonjas Großmutter hat sehr viel für mich getan. Sie konnte sich damals selber gerade so über Wasser halten. Aber als ich ganz allein auf dieser Welt geblieben bin, hat sie mich ein halbes Jahr lang durchgefüttert, mir Kleidung und ein Obdach gegeben. Jetzt ist es an mir, ihr das zu vergelten.«

»Du kannst ihr zahlen, so viel du willst«, sagte Nora, immer noch aufgebracht, »aber das Mädchen zu adoptieren wäre in höchstem Maße dumm und verantwortungslos!«

»Ich danke dir, dass du mir erlaubst, über meine Finanzen selbst zu verfügen«, erwiderte Slawin, der langsam die Geduld verlor. »Aber was regt dich an der Sache so auf?«

Hier entfuhr Nora im Eifer des Gefechts etwas, das sie später bitter bereute. Sie sagte, was sie wirklich dachte.

»Mich regt auf, du blinder Narr, das dieses hergelaufene Ding, wenn du einmal nicht mehr bist, die gleichen Rechte haben wird wie Nicolas, Andrej, Sergej, Rebekka und Tamaras Swetlana! Gott allein weiß, was uns erwartet. Wir kennen diese Person doch überhaupt nicht! Am Ende verlangt sie, dass das Haus aufgeteilt werden soll!«

Wjatscheslaw ließ ein herzhaftes Lachen hören. »Ich hab immer gewusst, dass du eine stocknüchterne Rechnerin bist! Selbst das Erbe hast du schon verteilt. Wer das Haus kriegt, wer das Geld, wer die Akademie ...«

Plötzlich wurde er ernst, packte seine Ex-Gattin bei den Schultern, schüttelte sie derb und zischte böse: »Vergiss nicht, hier bestimme immer noch ich. Wenn ich will, kann ich euch alle enterben, das Haus, das Bankkonto, den Wagen und die Akademie Tonja überschreiben. Hast du das verstanden? Du solltest mich besser nicht reizen. Die Dinge laufen so, wie ich es will!«

Nora erschrak tief. Sie wusste, wie aufbrausend Slawin sein konnte. Der brachte es fertig und ließ sie samt den Kindern ohne eine Kopeke zurück. Ihr blieb nichts anderes übrig, als Tonja zu dulden und ihr sogar ein freundliches Lächeln zu zeigen.

17. Kapitel

Wjatscheslaw Slawin war bald wieder der Alte. Das Thema der Adoption ließ er ruhen. Auf einmal verschwanden Dinge im Haus auf rätselhafte Weise. Als Erstes fand Nikolai seine Brieftasche nicht. Dann fehlte in der Schublade der Anrichte, wo das Wirtschaftsgeld lag, eine beträchtliche Summe. Man verdächtigte die Frau, die den Haushalt führte. Obwohl die alles tränenreich bestritt, wurde sie fristlos entlassen. Aber die Diebstähle gingen weiter. Jetzt waren teure Sachen an der Reihe. Eines Tages fehlten ein Silberteller und eine Zuckerdose, später Andrejs Videokamera …

Am 29. September erschien Nora in Tränen aufgelöst im Arbeitszimmer ihres Ex-Gatten und wies ihm ein leeres Schmuckkästchen vor. Der Professor lief dunkelrot an. Ein altehrwürdiger Platinring mit großen Brillanten, den er Nora einmal zum Geburtstag geschenkt hatte, war spurlos verschwunden.

Außer sich vor Zorn und nicht auf die hysterische Nora achtend, rief er die Miliz an und verlangte eine gründliche Hausdurchsuchung.

Das gute Stück war bald gefunden. Es lag, in ein Tüchlein eingeschlagen, unter der Matratze in Tonjas Zimmer.

Als die aus der Akademie nach Hause kam, sagte Slawin düster: »Komm mal zu mir.«

Zehn Minuten später stürzte Tonja laut heulend aus seinem Arbeitszimmer und rief: »Das ist alles gelogen! Ich habe nichts genommen!«

Nur Nora und Rebekka waren im Haus. Becky blieb vorsichtshalber auf ihrem Zimmer, und auch ihre Mutter zeigte sich nicht. Aber Professor Slawin hatte eine in zahlreichen Vorträgen trainierte Donnerstimme und eine sehr deutliche Aussprache. Die Frauen verstanden jedes Wort.

»Warum bist du nicht einfach zu mir gekommen und hast mich um Geld gebeten?«, brüllte Slawin das Mädchen an. »Weshalb musstest du stehlen? Das ist ja widerlich! Und wie lange geht das schon?«

»Ich habe nichts genommen«, stammelte Tonja.

»Lüg nicht!«, fuhr Slawin sie an. »Bei uns ist noch nie etwas weggekommen!«

»Ich sage die Wahrheit«, beharrte Tonja.

»Also«, donnerte Slawin zum Schluss, »das war das letzte Mal! Heute lassen wir es in Gottes Namen auf sich beruhen. Aber wenn wieder was verschwindet, bringe ich dich persönlich zur Miliz!«

»Sie glauben mir nicht?«, rief das Mädchen gekränkt.

»Entschuldige, nein«, antwortete der Professor. »Der Ring hat unter deiner Matratze gelegen!«

Man hörte Absätze klappern. Rebekka lugte vorsichtig aus dem Fenster und sah, dass Tonja, in Tränen aufgelöst, zum Tor lief.

Sie kam nicht zum Abendessen. Am nächsten Tag fehlte sie auch im Unterricht. Slawin wurde unruhig und musste erneut die Miliz einschalten. Erst zwei Tage später wurde Tonja in einem Park gefunden. In einem abgelegenen Winkel, wo kaum ein Mensch hinkam, hatte sie sich an einer Birke erhängt. In ihrer Tasche fand man einen Zettel, auf dem stand: »Ich bin unschuldig. Ich habe nichts gestohlen. Mögen der Dieb und seine Nachkommen verflucht sein!«

Slawin litt schrecklich an diesem Vorfall und nahm die ganze Schuld auf sich.

»Ich habe sie beschuldigt, sie angebrüllt! Ich hätte sie anhören müssen. Wer weiß, wie das Mädchen zu dieser Verfehlung gekommen ist.«

Nora gab sich alle Mühe, ihren Ex-Gatten von dem heiklen Thema abzulenken. In der Akademie streute jemand das Gerücht aus, Tonja sei drogensüchtig gewesen und habe ihrem Leben ein Ende gesetzt, als sie erfuhr, dass sie HIV-positiv sei.

Eine geradezu absurde Erklärung, aber nach und nach glaubten sie alle.

Rebekka verstummte. Nach einer Weile fügte sie leise hinzu: »Mir ist schon damals einiges merkwürdig vorgekommen. Warum sollte Tonja den Ring unter ihrer Matratze verstecken? Sie hat ihn doch verkaufen wollen, oder? Dann hätte sie ihn rasch aus dem Haus gebracht, zumindest ich hätte das so gemacht ... Als sie dann tot war, hat sich Mama eigenartig verhalten. Sie war furchtbar nervös und hat geweint, wenn sie sich unbeobachtet fühlte. Ehrlich gesagt, mich hat das verwundert, denn ich wusste, dass sie Tonja hasste. Natürlich tat die uns allen jetzt leid, doch meine Mutter ist nicht gerade sentimental. Selbstverständlich hat sie mitfühlende Worte gefunden und ihr ein Begräbnis ausgerichtet, nur, dass sie sich über ihren Tod wirklich grämte …? Vor den Leuten die Trauernde mimen, das konnte sie. Aber sie hat ganz allein in ihrem Schlafzimmer geheult … Das sah ihr gar nicht ähnlich. Ein leiser Verdacht kam schon damals in mir auf. Doch dann haben wir die ganze Sache vergessen. Was ihr jetzt herausgerutscht ist, bedeutet doch, dass sie die Sache inszeniert hat und faktisch an Tonjas Tod schuld ist. Wird das nicht sogar bestraft, wenn man jemanden in den Selbstmord treibt? Das Haus des Anstoßes!«

»Was meinst du damit?«, fragte ich begriffsstutzig.

»Das war so eine von Papas Redensarten«, erklärte mir Becky. »Man spricht doch vom ›Stein des Anstoßes‹, nicht wahr?«

»Klar.«

»Wir haben ein Haus des Anstoßes. Nora hat immer befürchtet, dass, wenn Papa einmal nicht mehr ist, die Villa in Aljabjewo zwischen uns und Tamaras Tochter Swetlana aufgeteilt werden muss. Jetzt, da Papa wirklich nicht mehr lebt …«

Sie stockte. Ich fragte verwundert: »Aber Nora wusste doch, dass auch Angelika erben wird.«

Becky meinte: »Als damals die Sache mit Tonja passiert ist, war von Angelika noch keine Rede. Mama hat gehofft, dass unser Vater nicht noch einmal heiraten wird. Sie liebt uns, ihre Kinder, abgöttisch, und diese Villa ist etwas Besonderes für sie. Papa hat das Grundstück in Aljabjewo schon 1970 erworben. Aber damals hatten sie nicht das Geld für einen solchen Palast. Es hat nur für ein Häuschen aus Backstein gereicht. Das wurde dann ständig umgebaut und erweitert. Erst 1994, als Angelika schon Papas Frau war, haben sie diese Villa gebaut.«

Nora war jedoch der festen Überzeugung, das Haus gehöre ihr und ihren Kindern. Das war ihr Familiensitz, wo sie alle miteinander wohnen sollten. Im Scherz hat sie sogar manchmal zu Angelika gesagt: »Wenn, was Gott verhüte, Wjatscheslaw einmal was passiert, dann jagst du uns vielleicht noch aus unserem geliebten Haus.«

Angelika reagierte zunächst nicht. Aber als Nora den Satz mehrfach wiederholte, antwortete sie ihr einmal gelassen: »Keine Angst, Nora! Wenn Wjatscheslaw Sergejewitsch ein Unglück zustoßen sollte, was Gott verhüten möge, dann will auch ich nicht mehr leben. Swetlana hat eine gute Wohnung. Außerdem könnten sie und Tamara die Villa ohnehin nicht erhalten. Das Haus fällt also dir zu.«

»Ich bin auch nicht gerade wohlhabend«, gab Nora rasch zurück.

Angelika lachte. »Wenn du alle die Brillanten verkaufst, die dir Wjatscheslaw geschenkt hat, dann reicht das für drei Leben. Jammere mir nicht die Ohren voll. Ich weiß genau, was allein der Schmuck kostet, mit dem du dich heute behängt hast. Und das ist ja nicht dein einziger.«

Nora fauchte empört. Angelika aber fuhr fort, als sei nichts gewesen. »Wollen wir vom Notar etwas Schriftliches aufsetzen lassen?«

»Was denn?«

»Im Falle des Todes meines Mannes verzichte ich auf alle Rechte an dem Haus. Du musst verstehen, Nora, selbst wenn ich es dann nicht fertigbringen sollte, Hand an mich zu legen, kann ich nicht in dem Haus weiterleben, wo ich so glücklich war!«

Nun sah sich Nora zu einer Rechtfertigung genötigt. »Versteh mich bitte, ich habe Kinder.«

»Natürlich«, sagte Angelika verständnisvoll, »als Mutter denkst du vor allem an sie.«

Rebekka griff wieder nach ihren Zigaretten.

»Über Angelika konnte ich mich nur wundern. Meine Mutter hat die Gardinen und die Teppiche gewechselt, als sei sie die Herrin im Haus. Angelika hat nur gelächelt und gemeint: ›Ein Glück, dass sich jemand um diese lästigen Dinge kümmert.‹«

Irgendwann konnte Rebekka jedoch nicht mehr an sich halten und fragte ihre Freundin: »Sag mal, stört es dich nicht, dass meine Mutter hier schaltet und waltet, wie sie will?«

Angelika konnte da nur seufzen. »Ich will vor allem, dass Wjatscheslaw seine Ruhe hat. Wenn ich Nora ihr Lieblingsspielzeug wegnehme, dann ist es damit vorbei. Und ehrlich gesagt, ist mir auch egal, welche Farbe der Teppich hat. In meinem und in Wjatscheslaws Zimmern bestimme ich, was gemacht wird, aber der Rest interessiert mich nicht.«

Becky schwieg wieder und öffnete das Fenster. Frische Abendluft strömte ins Zimmer, es roch nach Jasmin und anderen Düften. Es wurde langsam dunkel.

In dieser Nacht fand ich keine Ruhe. Eigentlich falle ich in tiefen Schlaf, sobald mein Kopf auf das Kissen sinkt. Diesmal aber half gar nichts – weder vierzig Tropfen Valocordin, noch ein Glas Kognak oder Tee mit Honig. Ich drehte mich von einer Seite auf die andere, suchte meine Beine zwischen Mulja und Ada zu sortieren, die selbstvergessen schnarchten. Der Schlaf wollte einfach nicht kommen. Als ich die Quälerei satt hatte, stand ich auf, öffnete das Fenster und schaute zu, wie Motten und Nachtfalter dem Schein meiner Lampe entgegentaumelten. Ich grübelte darüber nach, wer Slawin umgebracht hatte. Jemand, der von seinem Tod profitierte oder dem er aus irgendeinem Grund tief verhasst war …

Jedoch in der Akademie wurde Professor Slawin vergöttert. Man musste damit rechnen, dass die Einrichtung nach seinem frühen Tod zerfiel, was die Pädagogen ihren sicheren Arbeitsplatz kostete. Bestimmt war Wjatscheslaw Slawin kein Engel gewesen, hatte als Chef mit seinen Mitarbeitern Konflikte ausfechten müssen, manch einen kritisiert oder gar abgemahnt, aber ... im Allgemeinen war er sehr beliebt. Vor allem wusste jeder, dass die Akademie mit ihm stand und fiel. Und dann war da noch der unterirdische Gang, den der kindische Professor hatte anlegen lassen! Nein, der Mörder oder sein Auftraggeber war in der Familie zu suchen.

Doch auch hier passte nichts zusammen. Nikolai konnte nicht so töricht sein, nicht zu begreifen, dass er nur dank seines Vaters etwas war. Und auch Andrej, Sergej und Rebekka war ein lebender Vater nützlicher als ein toter. Nora hatte seit der Ehe nie wieder gearbeitet und war immer von ihrem Ex-Mann ausgehalten worden. Über Tamara und Swetlana wusste ich wenig. Aber die beiden grauen Mäuse machten nicht den Eindruck, sie könnten ein solches Verbrechen geplant und ausgeführt haben.

Außerdem hatte Wjatscheslaw Slawins Tod weitere Morde nach sich gezogen. Als Erste wurde die unglückselige Schauspielerin Larissa von einem Auto überfahren. Vielleicht war sie ja wirklich an der falschen Stelle über die Straße gegangen, aber etwas in mir sträubte sich dagegen, dies als einen gewöhnlichen Verkehrsunfall zu akzeptieren. Dann war Slawins Sekretärin Lena an der Reihe ... Weshalb sollte Nikolai das Mädchen umgebracht haben? Ihre Beziehung war längst zu Ende, der Streit verjährt. Wozu eine weitere Leiche?

Gedankenverloren kaute ich an meinem Kugelschreiber. Es wollte sich einfach kein Gesamtbild fügen, immer wieder fielen die Teile auseinander. Ehrlich gesagt, hatte ich gedacht, es sei Nikolai gewesen, der Pawel an diesem Morgen die Uhr abgekauft hatte. Weshalb? Fürchtete er, man könnte sie am Ort von Angelikas Tod finden und ihm unangenehme Fragen stellen? Bei der Miliz hatte Nikolai ausgesagt, an dem Tag, da Angelika umkam, sei er von früh bis spät ununterbrochen an seinem Arbeitsplatz gewesen …

Aber wer hatte dann den armen Pawel auf dem Gewissen? Ich war völlig durcheinander. Und wie sollte es Nikolai fertiggebracht haben, sich an zwei Orten gleichzeitig aufzuhalten? Ich hatte ihn an der Station Solnetschnaja gesehen, doch er war auf rätselhafte Weise fast zur gleichen Zeit in Tuschino aufgetaucht. Frossja hatte gesagt, der Mann habe Pawel die Uhr gegen neun Uhr morgens abgekauft, aber zur selben Zeit suchte die Miliz Nikolai zu Hause auf und fand ihn dort vor!

Allerdings … Der unerwartete Gedanke riss mich hoch. Wieso musste unbedingt Nikolai die Uhr gekauft haben? Frossja hatte nur von einem »dicken Onkel« gesprochen …

Ich ließ mich wieder auf mein Bett fallen, um ein wenig zur Ruhe zu kommen. Das Denken hatte bis zum nächsten Morgen Zeit … Müdigkeit drückte mir mit weicher Hand die Augen zu. Ich fühlte mich schwerer und schwerer werden. Sanft glitt ich in Morpheus' Arme. Träge dachte ich noch: Vielleicht sollte ich des Rätsels Lösung bei Anna Kolomijzewa suchen, die ihre geliebte Enkelin verloren hatte …

Am nächsten Morgen setzte ich zunächst den Kindern und den Hunden ihr Frühstück vor. Dann entschloss ich mich, auf eigene Faust ein Experiment durchzuführen. Mit Nikolais Foto in der Tasche und einer Uhr ausgerüstet, fuhr ich zu Frossja.

Auf mein Klopfen an ihrem Fenster rührte sich nichts. Es half auch nicht, dass ich mehrmals laut ihren Namen rief.

Ungeduldig stieß ich die Tür der Baracke auf und trat in einen engen, übelriechenden Gang. Über Fahrräder, Eimer und Gerümpel stolpernd, erreichte ich schließlich die erste Tür und klopfte an.

»Herein!«, antwortete eine hohe Stimme.

In dem mit Möbeln vollgestopften Zimmer war die Luft zum Schneiden dick. Wie die Bewohner sich hier wohl bewegten? In dem kleinen Raum standen drei Feldbetten, eine Klappcouch, ein Esstisch, ein Kühlschrank, etwa sechs Stühle und ein Fernsehgerät. Auf den Schlafgelegenheiten lag schmutziges Bettzeug zusammengeknüllt. Auf dem einzigen freien Fleck an der linken Wand hockte ein Kind auf einem Nachttopf. Beim Anblick der fremden Person erschrak es und fing an zu weinen. Ein dickes Weib von etwa fünfzig Jahren klatschte mit dem Küchenhandtuch nach ihm.

»Sei still, du Balg!«

Dann wandte sie sich mir zu und erklärte in ruhigem Ton: »Hat meine Tochter in der Schürze angeschleppt. Verliebt hat sie sich! Die Liebe ist weg, aber das Geschenk immer noch da ... Sind Sie von der Verwaltung? Sehen Sie sich nur um, wie wir hier leben!«

»Nein, ich bin nicht von der Verwaltung. Ich wollte fragen, ob Sie wissen, wo ich das Mädchen Frossja finden kann?«

»Die sind weggezogen.«

»Wohin?«

»Wer soll das wissen? Raika, ihre Mutter, ist schon ein komisches Weib. Vor einem Jahr ist sie hier aufgekreuzt, das Baby auf dem Arm und das andere Gör an der Hand. Hat sich beim Straßenbau verdingt, deswegen haben sie ihr ein Zimmer in unserer Baracke gegeben. Aber gestern schaut sie rein und meint: ›Mach's gut, Ljussja, wir verduften von hier.‹ Wohin, hat sie nicht gesagt, Zigeunerin, die sie ist.«

»Eine Zigeunerin?«

»Weiß nicht genau, vielleicht ist sie auch Moldawierin, so eine Schwarzhaarige, Flinke, bei der die Klappe nie still steht. Frossja kam wohl mehr nach ihrem Vater, aber der kleine Borja – der reinste Zigeuner!«

»Hier gibt's doch noch eine Lenka, sechs Jahre alt ...«

»Letzte Tür, ganz hinten! Nur, von der alten Klawa wirst du nicht viel erfahren.«

»Warum nicht?«

»Geh hin, dann siehst du selbst!«

Krampfhaft bemüht, möglichst flach zu atmen, tat ich, wie mir geheißen, und stieß die letzte Tür auf. Dieses Zimmer kam mir sehr groß vor, denn es war fast leer. Statt einer Gardine hatte man eine vergilbte Zeitung mit Reißzwecken am Fensterrahmen befestigt. Auch der Tisch war mit Zeitungspapier bedeckt. Auf einem Eisenbett in der Ecke ein Haufen Lumpen und ein zerschlissenes Deckbett, aus dem graue Watteflocken lugten.

»Ist hier jemand?«, rief ich, so laut ich konnte.

Die Bettdecke bewegte sich, und hervor schaute ein Kopf mit zerzaustem grauem Haar.

»Was willst du?«

»Wo ist Lenka?«

»Weggelaufen.«

»Wohin?«

»Weiß der Teufel.«

»Wie können Sie denn so ein kleines Kind allein draußen herumlaufen lassen?«, fragte ich tadelnd.

»Ach rutsch mir doch den ...«, keifte die Alte, drehte sich um und schnarchte weiter.

Langsam ging ich zur Bahnstation zurück. Erreicht hatte ich überhaupt nichts. Als ich in der Bahn saß, schaute ich auf die Uhr. Ich wollte feststellen, wie lange man bis Tuschino braucht.

Der Zug eilte über die sonnenbeschienene Ebene. Die meisten Fahrgäste hatten die Nasen in Zeitungen und Zeitschriften. Ich zog einen Krimi aus der Tasche. Aber kaum hatte ich zu lesen begonnen, sagte neben mir eine leise Stimme: »Entschuldigung, sind Sie das?«

Ein freundliches Mädchen hielt mir lächelnd ihre Zeitung hin.

»Hier steht doch was über Sie, nicht wahr? Ich habe Sie gleich erkannt!«

Ich warf einen Blick auf die Zeitung und wäre beinahe in Ohnmacht gefallen. Unter der riesigen Schlagzeile »Neuer Name – seltenes Talent« waren mehrere Fotos abgedruckt. Auf einem hockte ein zerzaustes Weib mit zwei fetten Hunden im Arm und grinste in die Kamera wie ein Kind mit Down-Syndrom. Auf dem anderen dieselbe Person, die Frisur noch etwas wirrer, wie sie mit leicht debilem Blick ihre Zähne in einen Cheeseburger schlägt.

»Hab ich es doch gewusst!«, plapperte das Mädchen begeistert weiter. »Seien Sie so nett und geben Sie mir Ihr Autogramm! Gleich hier auf der Zeitung!«

Ich starrte sie entgeistert an. Sie hatte mich erkannt! So sah ich also aus? Eigentlich hätte ich mich für attraktiver gehalten. Und warum wirkten Ada und Mulja wie zwei gemästete Ferkel? Sie waren doch ganz normale Hunde.

»Schreiben Sie doch, bitte«, flehte das Mädchen.

»Was soll ich denn schreiben?«

»Das fragen Sie mich?« Jetzt staunte mein Gegenüber. »Für die liebe Swetlana von …«

Ich nahm den Stift, den sie mir hinhielt, und kritzelte rasch etwas aufs Papier. Dann setzte ich mein Basecap auf, zog es so tief in die Stirn, wie es nur ging, und wechselte in einen anderen Wagen. Aber auch dort lasen viele Leute diese Zeitung. In der Metro war es nicht anders. Ich musste die Mütze aufbehalten und zusätzlich zur Sonnenbrille greifen. Ich fühlte mich schlecht und schämte mich schrecklich.

Das Haus der Sekretärin Lena stand in einem weitläufigen Hof. Das schöne Wetter schien alle Bewohner der umliegenden Plattenbauten ins Freie getrieben zu haben. Eine Hundemeute jagte über den schmutzigen Rasen. Kinder waren nicht zu sehen, die hatte man bei dem schönen Wetter sicher auf die Datschen gebracht. Die Bänke waren von Frauen besetzt. Um einen altersschwachen, dunklen Holztisch drängten sich ein paar Männer und spielten Domino.

Sofort fiel mir auf, dass eine einzige Bank in bester Lage, im Schatten einer großen Pappel, leer war. Stattdessen drängten sich die Frauen auf den beiden anderen, die in der prallen Sonne standen.

Ich schaute auf die Uhr und rechnete nach. Um 10.30 Uhr war ich losgefahren. Jetzt hatten wir es 12.30 Uhr. Nirgendwo hatte ich mich auch nur eine Minute aufgehalten, sondern war so schnell wie möglich umgestiegen. Bis hierher brauchte man also mindestens zwei Stunden. Vielleicht hatte Nikolai am Kiewer Bahnhof ein Auto genommen? Das musste ich am nächsten Tag überprüfen. Jetzt aber wollte ich mit den Frauen reden, die sicher genau wussten, was in diesem Hof vor sich ging.

Ich trat also an eine Bank heran und fragte: »Können Sie mir sagen, in welchem Aufgang Wohnung 119 liegt?«

Die Frauen warfen mir argwöhnische Blicke zu. Schließlich erkundigte sich eine mit der Figur eines altmodischen Geldschranks vorsichtig: »Zu wem wollen sie denn?«

»Zu Lena.«

»Und warum?«, fragte die Nächste in einer geblümten Kittelschürze. »Kommen Sie in einer bestimmten Angelegenheit oder sind Sie eine Verwandte?«

»Wissen Sie«, log ich, so überzeugend ich konnte, »ich möchte mit ihr die Wohnung tauschen. Meine kranke Mutter lebt in der Nähe, und von da, wo ich jetzt wohne, kann ich sie nur selten besuchen.«

Die Frauen seufzten hörbar auf, dann meinte der Geldschrank: »Du wirst dich wohl nach einer anderen Variante umsehen müssen.«

»Warum?«, fragte ich mit gespielter Verwunderung. »Ist was mit Lenas Wohnung?«

»Mit der Wohnung ist alles in Ordnung«, brummte die Frau, »Lena selber hat's erwischt. Sie ist ermordet worden!«

»Wie denn das?«, kreischte ich auf. »Weswegen? Wer hat das getan? Das ist ja furchtbar!«

»Eine schlimme Sache«, warf jetzt die Kittelschürze ein. »Hier im Hof hat man sie kaltgemacht, auf der Bank dort! Wir trauen uns da gar nicht mehr hin. Wir haben schon in der Wohnungsverwaltung angerufen, die sollen das Ding wegschaffen. Aber glauben Sie, die machen das?«

»Wenn mein Mischa von der Arbeit kommt, dann wird er das schon regeln«, warf eine Frau in knallblauen Pantoffeln ein, die bisher geschwiegen hatte.

»Was deiner anpackt, das klappt«, sagte die Dicke anerkennend.

»Und wer war es?« Ich suchte das Gespräch wieder in die nötige Richtung zu lenken. »Hat jemand was gesehen?«

»Nee«, brummte eine andere, »Sina weiß, wie es war.«

Die Angesprochene sagte empört: »Der hat sich genau die richtige Zeit ausgesucht! Im Fernsehen lief gerade diese Serie, und alle starrten in die Kiste. Keine Menschenseele auf dem Hof. Ich stand in der Küche am Herd und hab das Fenster aufgemacht, um ein bisschen Luft zu kriegen. Da sehe ich Lena mit einem Mann kommen. Ich hab mich noch gefreut!«

Sie verstummte.

»Was hat Sie denn so froh gemacht?«, fragte ich verwundert.

Sina lachte. »In unserem Haus bleibt doch nichts verborgen! Die Wände sind dünn wie Pappe … Wenn sich Alla und Sascha in die Wolle kriegen, dann weiß es der ganze Aufgang. Lena war ein gutes Mädchen, hat nicht getrunken und nicht geraucht, jedem was geborgt, wenn sie konnte. Stimmt doch, oder?«

Wie auf Kommando nickten alle Frauen.

»Die war genau richtig«, fuhr Sina fort. »Nur mit den Kerlen wollte es einfach nicht klappen. Einen hat sie gehabt, mit so einem dicken Gesicht. Muss stinkreich gewesen sein. Sie hat sogar eine Weile bei ihm gewohnt. Aber dann hat er sie sitzenlassen. Klare Sache, bestimmt war

Lena der Familie nicht fein genug. Tagelang hat sie sich die Augen ausgeheult. Sie hat allen leid getan.«

Wieder nickten sämtliche Frauen wie chinesische Buddhas.

»Da sehe ich doch, wie er wieder bei ihr sitzt!« Ich zog Nikolais Foto aus der Tasche. »War es der?«

Sina schaute mich empört an. »Wenn du schon von der Miliz kommst, musst du uns doch keine Komödie vorspielen! Uns ist auch klar, dass Mord kein geklautes Auto ist. Er ist ihm ähnlich, aber ich habe ihn nur aus der Ferne gesehen. Dasselbe dicke Gesicht. Er hat es nicht getan, das weiß ich genau!«

Sina wirtschaftete weiter in der Küche und warf dabei immer mal einen neugierigen Blick durch das offene Fenster. Lena und der Mann saßen ruhig beieinander auf der Bank. Plötzlich sprang das Mädchen auf und schrie: »Von dir lasse ich mir nicht den Mund verbieten!«

Der Mann nahm sie beim Arm und zog sie wieder auf die Bank. Sina sah, dass die beiden Streit hatten, und wandte sich ihren Buletten zu. Plötzlich wurde es draußen wieder laut.

»Wenn du mir böse sein willst, kann ich dir auch nicht helfen!«

Vorsichtig lugte Sina hinaus. Der Mann stand jetzt mit dem Rücken zum Haus, gestikulierte wild und brüllte fast: »Ich wollte, dass wir uns gütlich einigen, aber du bist einfach ein blödes Weib! Dann bleib doch allein!«

Mit tränenerstickter Stimme schrie jetzt Lena: »Verschwinde!«

Der Mann drehte sich um und ging mit schnellem Schritt zur Metrostation.

»Nikolai!«, rief Lena ihm nach.

»Was denn noch?«

»Verzeih mir!«

»Jetzt reicht's aber!«, gab der Liebhaber wütend zurück.

Lena weinte hemmungslos. Sina fiel auf, dass sie so merkwürdig dasaß. Der Kopf war ihr auf die Brust gesunken und der Panamahut, der in diesem Sommer gerade in Mode gekommen war, fast bis auf die Nase gerutscht. Ihr Schluchzen schallte über den ganzen Hof.

Der Mann hielt noch einen Moment inne, winkte dann heftig ab und lief weg. Kaum war er verschwunden, hörte auch das Schluchzen auf.

Sina wendete ihre Buletten und schaute wieder aus dem Fenster. Lena saß immer noch in der merkwürdigen Haltung auf der Bank. Mitleid stieg in Sina auf. Sie wollte schon hinauslaufen und Lena etwas Tröstendes sagen wie: Weine nicht, die Männer sind alle nichts wert! Aber da tauchte ihr eigener Mann auf und verlangte zu essen. Man setzte sich also zu Tisch, dann spülte sie noch das Geschirr ... Erst ziemlich spät musste Sina mit dem vollen Mülleimer noch einmal hinaus auf den Hof. Dabei kam sie an der Bank vorbei. Wie groß war ihr Erstaunen, als sie dort Lena erblickte – in der alten zusammengesunkenen Pose mit dem tief ins Gesicht gerutschten Strohhut.

An jenem Abend lief im Fernsehen ein richtig spannendes Programm. Zuerst die Serie »Kamenskaja«, die alle Bewohner der Plattenbauten an die Bildschirme fesselte. Danach blieben die Männer bei der Fußballweltmeisterschaft sitzen, während die Frauen rasch in die Küche liefen, um das Abendessen zu machen. Daher war der Hof den ganzen Abend menschenleer.

Sina rief: »Lena, geh nach Hause, es ist doch schon dunkel!«

Sie erhielt keine Antwort. Sina fasste die Nachbarin bei der Schulter. Im selben Augenblick kreischte sie so entsetzt auf, dass alle Bewohner zu den Fenstern stürzten.

»Wissen Sie genau, dass Lena noch lebte, als Nikolai von ihr fortging?«

»Sie hat doch laut geheult!«, erklärte Sina mit Nachdruck. »Erst als er zur Metro lief, hat sie sich wieder beruhigt. Ich habe noch gedacht, dass ich mich vor einem Mann nie so erniedrigen würde! Wenn er weg will, dann soll er zum Teufel gehen!«

Jetzt verstand ich überhaupt nichts mehr. Wer hatte Lena erschossen? Und warum wurde Nikolai verhaftet? Ihn traf doch offenbar keine Schuld!

18. Kapitel

Ziemlich mutlos kehrte ich nach Hause zurück. Als Erstes erblickte ich auf unserem Hof den schwarzen BMW.

»Hallo, meine Liebe«, rief mir Wenjamin schon von weitem entgegen. »Komm schnell rein, ich will dir was zeigen!«

Er wedelte mit der Zeitung.

»Hab ich schon gesehen«, brummte ich und konnte meinen aufsteigenden Zorn kaum zügeln. »Jeder im Zug hat sie gelesen!«

»Was habe ich dir versprochen?«, prahlte der Agent und strahlte übers ganze Gesicht. »Jetzt bist du berühmt!«

»Das ist einfach furchtbar!«, rief ich erregt und warf den Beutel mit dem Obst, das ich unterwegs erstanden hatte, auf den Tisch. »Stell dir vor, so eine Idiotin wollte sogar ein Autogramm von mir – gleich auf die Zeitung!«

»Das ist erst der Anfang!«, erklärte Wenjamin fröhlich. »Wart's ab, wenn die Serie läuft! Dann wirst du überall erkannt!«

Mir juckten die Finger, ihm die Tüte mit den frisch gekauften Blaubeeren in die grinsende Visage zu schleudern. Nur der Geiz hielt mich zurück, denn ich hatte fünfzig Rubel dafür ausgegeben.

»Wie ich dich beneide!«, rief jetzt Kira. »Über mich stand noch nie was in der Zeitung!«

»Über mich auch nicht«, seufzte sein Freund Kostja.

»Ich würde vor Glück sterben!«, fiel nun auch Lisa ein.

»Also meine Liebe, jetzt runzle nicht die Brauen wie Wassili Iwanowitsch im Angesicht der Weißen«, bat Wenjamin fröhlich. »Mach endlich ein freundliches Gesicht ...«

»Wer ist Wassili Iwanowitsch?«, fragte Kira.

Der Agent starrte den Jungen fassungslos an.

»Hast du noch nie was von Tschapajew* gehört?«

Kira schüttelte den Kopf.

»Was lernt ihr denn heute in der Schule?!«, fragte Wenjamin empört. »Zu meiner Zeit kannte jeder Säugling Wassili Iwanowitsch, Petja und Anna mit dem Maschinengewehr.«

»Ach so«, sagte Kira gedehnt, »das sind Witzfiguren.«

»Ich kenne die«, warf Kostja ein. »Aber eins verstehe ich nicht, war er ein Indianer?«

»Wer?«, fragte jetzt Wenjamin völlig entgeistert.

»Na, der Tschapajew.«

»Warum ein Indianer?«

»Weil er gegen die Weißen gekämpft hat«, meinte Kostja. »Mit denen haben sich doch nur die Indianer und die Schwarzen angelegt. Irgendwer hat mir gesagt, ein Neger war er nicht, also kann er nur ein Indianer gewesen sein!«

Wenjamin stand ein paar Sekunden lang mit offenem Mund da. Dann lachte er so laut los, dass die Tassen auf dem Tisch klirrten.

»Oh, mein Gott, ein Indianer! Das glaubt mir keiner!«

Plötzlich war vom Hof lautes Hupen zu hören. Ich schaute hinaus und sah Garik, der mit unzufriedener Miene durchs Tor kam. Hinter ihm schleppten Roman und Lonja schwere Taschen.

»Hallo, Tanja«, rief er mir schon von weitem zu. »Wer lässt denn bei dir seine ungewaschene Karre direkt vor der Einfahrt stehen?«

* Tschapajew, Wassili Iwanowitsch (1887–1919), legendärer bolschewistischer Bürgerkriegsheld und Divisionskommandeur.

Wenjamin lief puterrot an. Garik rauschte in die Veranda und ordnete an, als sei er der Hausherr: »Macht mal Platz, hier ist was für die Kinder und die Hunde. Pingu, mein Kätzchen, komm her, ich hab frisches Schweinefilet für dich.«

Ich suchte ein Minimum an Form zu wahren.

»Machen Sie sich bitte bekannt – Wenjamin Michailowitsch, Igor Serafimowitsch.«

»Angenehm«, zischten beide Männer durch die Zähne und warfen sich Blicke zu wie ausgehungerte Krokodile.

»Los, Kira, beweg dich«, schnarrte Garik. »Deck den Tisch, Lisa, du schneidest das Brot, und du, Kostja, packst Butter und Kaviar drauf! Es ist genug für alle da! Vergesst Wenjamin Michailowitsch nicht, der hat so was bestimmt noch nicht probiert!«

Dem berühmten Agenten blieb für einen Moment die Luft weg. Diese Frechheit musste er erst verdauen.

»Warum ist der Kaviar nicht schwarz, sondern grau?«, fragte Lisa.

»Das ist Beluga-Kaviar, der teuerste, den es gibt«, erklärte Garik. »Der echte Gourmet isst nur den, alles andere taugt nichts.«

»Na, Kira«, warf jetzt Wenjamin geschäftig ein, »schau doch mal nach, ob die Törtchen, die ich mitgebracht habe, schon aufgetaut sind. Ich möchte lieber was Süßes essen. Auf Beluga-Kaviar bin ich allergisch. Meine Mutter hat mich damit immer vollgestopft, weil ich als Kind etwas schwächlich war.«

Kira lief in die Küche und kam mit zwei riesigen Schachteln voller französischer Patisserie zurück. So eine Menge hatte ich noch nie auf einem Haufen gesehen. Diese Sachen sind wahnsinnig teuer. Ich habe nie so viel Geld flüssig, um für Törtchen und Eclairs mit Schlagsahne ein halbes Vermögen hinzublättern. Und selbst wenn ich es hätte, brächte ich solche Verschwendung nicht über mich!

»Die Törtchen sind klasse!«, rief Kostja. »So was Gutes habe ich noch nie gegessen!«

»Süßes ist ungesund!«, warf jetzt Garik ein und häufte weitere Delikatessen auf den Tisch: Gedörrten Stör, Räucherlende und Grillhähnchen.

»Also, Tanja«, meinte nun Wenjamin belehrend, »iss nicht so viel Salziges auf die Nacht! Davon schwillt das Gesicht an, und morgen kommt mein Fotograf neue Aufnahmen machen, diesmal in der Natur, mitten im Grünen.«

»Was denn für ein Fotograf?«, fragte Garik. »Wozu Aufnahmen? Warum soll sie nicht essen, was sie will? Los, macht euch fertig, wir fahren alle ins Restaurant, in den Goldenen Drachen!«

»Wow!«, quietschte Lisa begeistert. »Dort isst man mit Stäbchen!«

»Nichts da mit Restaurant!«, erklärte Wenjamin jetzt kategorisch. »Für eine Künstlerin ist ein strenger Tagesablauf das Allerwichtigste!«

»Sie spielt doch längst nicht mehr!«

»Tanja beginnt in einigen Tagen mit den Aufnahmen zu einer Fernsehserie.«

Nun wurde es Garik zu viel. »Was? Sie? In einer Serie? Du glaubst, dafür hast du eine Dumme gefunden? Wer bist du überhaupt?«

»Wenjamin Selesnjow, Künstleragent«, erklärte Wenja mit einer formvollendeten Verbeugung. »Schauspieler, die ich vermittle, sind nur in Spitzenproduktionen beschäftigt. Ich kann aus jedem einen Weltstar machen, kein Problem.«

»Schauspielerinnen sind doch alle Schlampen«, erklärte Garik kalt. »Wenn du davon genug hast, dann lass gefälligst anständige Frauen in Ruhe. Tanja wird nirgendwo Aufnahmen machen. Wenn sie Geld braucht, dann bekommt sie das von mir! He, Roman, hol mal die Grünen raus!«

Der Bursche zückte ein dickes Bündel Dollars, das von einem rosa Gummi zusammengehalten wurde.

»Hier, Tanja, das ist für dich«, schnarrte Garik. »Und diesen Kerl schick zum Teufel, solche Typen brauchen wir hier nicht!«

»Was spielst du dich so auf?«, brüllte jetzt Wenjamin und lief feuerrot an. »Hast du Tanja gekauft? Übrigens waren wir gerade dabei, den Vertrag zu unterzeichnen …«

Bei diesen Worten knallte er ein paar von einer lustigen grünen Büroklammer zusammengehaltene Blätter und einen goldenen Füllfederhalter auf den Tisch.

»Dir zur Kenntnis«, zischte Garik wütend, »dass ich Tatjana heirate! Meine Frau ist für dich tabu! Wenn sie will, dann kann ich für sie selber einen Film drehen lassen!«

»Jetzt haltet aber mal die Luft an, beide!«, rief ich dazwischen. »Lasst mich endlich in Ruhe!«

Die Männer starrten mich an.

»Meine Liebe«, säuselte nun Garik, so süß er konnte, »weißt du überhaupt, wer ich bin?«

»Das will ich gar nicht wissen!«

»Ich bin der Besitzer einer großen Erdölquelle und möchte nicht mehr allein sein. Die Weiber stehen bei mir Schlange, fallen reihenweise vor mir auf die Knie. Was die nicht alles anstellen, um mich aufs Standesamt zu zerren! Aber du hast Glück, ich habe dich erwählt.«

Ich bin eigentlich ein verträglicher Mensch und falle selten aus der Rolle. Doch jetzt fingen in meinem Kopf lauter kleine Hämmerchen an zu pochen, und meine Ohren liefen purpurrot an.

»Ich habe immer gedacht, dass der Entschluss über eine Eheschließung von beiden Seiten gemeinsam gefasst wird. Entschuldige schon, aber im Moment habe ich keinerlei Absicht, mein Leben mit deinem zu verbinden.«

»Meine Liebe, du verstehst nicht«, gab Garik verblüfft zurück. »Das Magazin ›Globe‹ führt mich unter den hundert reichsten Männern der Welt! In Russland wirst du kaum jemanden mit so einem Vermögen finden.«

»Der Sultan von Brunei hat bestimmt mehr Erdölquellen als du! Und selbst wenn der mich in seinen Harem riefe, würde ich ihm absagen.«

»Und warum?«

»Du gefällst mir nicht als Mann!«, sagte ich scharf. »Und heiraten will ich schon gar nicht!«

»Das machst du richtig!«, warf jetzt Wenjamin ein. »Hier, unterschreib den Vertrag!«

»Scher dich zum Teufel mit deinem Vertrag!«, herrschte ich ihn an.

»Aber ...«, stammelten beide im Chor.

»Kein aber!«

»Überleg es dir gut!«, rief jetzt Wenjamin beleidigt. »Mir sagt man nicht ab!«

»Und mir auch nicht«, drohte Garik. »Wenn du nicht willst, kann ich dich durchaus zwingen. Das ist eigentlich nicht meine Art. Ihr Frauen liebt Geschenke. Vielleicht willst du ja nur eines, das dir würdig ist? An Großzügigkeit hat mich noch keiner übertroffen. Roman, her damit!«

Gariks Leibwächter fischte aus seiner Tasche ein mit rotem Samt beschlagenes Kästchen und reichte es mir. Mechanisch öffnete ich den Deckel. Ein dicker Goldring mit riesigem durchsichtigem Stein strahlte mir entgegen.

»Gütiger Gott!« Lisa ließ einen Pfiff ertönen. »Was für ein Brillant!«

»Steck ihn an und zier dich nicht länger«, sagte Garik jetzt lächelnd. »Sei ein kluges Mädchen, dann bekommst du dasselbe noch einmal für beide Ohren. Da kann doch keine Frau widerstehen!«

Serjosha, Kiras älterer Bruder, im Allgemeinen ein ruhiger, zurückhaltender und taktvoller Zeitgenosse, leidet zuweilen unter heftigen Wutanfällen. Einmal hatte ihn der Kleine so geärgert, dass er sich mit kreidebleichem Gesicht und erhobenen Fäusten wie wild auf ihn stürzte. Kira erschrak zu Tode und schloss sich in der Toilette ein. Serjosha schlug in seiner Wut so heftig gegen die Tür, dass er sie zu Kleinholz zerlegte. Wir mussten eine neue anfertigen lassen. Später las ich dem Burschen die Leviten: »Wie kann man sich nur so gehenlassen!«

»Verstehst du, Tanja«, rechtfertigte sich der Junge, »manchmal weiß ich nicht, was ich tue. Dann wird mein Blick trübe, und ich habe ein mächtiges Rauschen in den Ohren. Ich glaube, ich könnte jemanden umbringen, ohne es zu merken.«

Verständnislos schüttelte ich den Kopf. Wie konnte man sich nur so gehenlassen!

Jetzt aber hatte ich zum ersten Mal im Leben Verständnis für Serjosha. Eine heiße Welle stieg in mir auf, mein Herz schlug so heftig, dass ich glaubte, bis auf den Elbrus fliegen zu können, meine Beine zitterten, und Sternchen tanzten mir vor den Augen. Mit bebenden Fingern holte ich den Ring aus der Schachtel, drückte ihn tief in eines der herrlichen Sahnetörtchen hinein und schleuderte dieses Garik ins Gesicht.

Eigentlich bin ich keine gute Werferin. Beim Basketball würde ich nie den Korb treffen. Aber diesmal landete mein Geschoss mitten auf Gariks selbstzufrieden grinsender Visage.

Sein Markenanzug war über und über mit Sahnespritzern bedeckt. Wenjamin hielt sich den Bauch vor Lachen. Aber er hatte sich zu früh gefreut. Eine Sekunde später landete das nächste Törtchen auf seiner Brust.

»Und jetzt raus mit euch!«, brüllte ich so laut, dass Rachel vor Schreck zu bellen begann und die Möpse ängstlich aufjaulten.

Die Männer zogen sich auf den Hof zurück. Außer mir vor Wut, griff ich die Danaergeschenke, die auf dem Tisch herumlagen, und bombardierte damit die teuren Limousinen. Verziert mit Kaviar, Lachsscheiben, Törtchen und Pralinen, wären Mercedes und BMW in der Einfahrt beinahe noch zusammengestoßen, fanden schließlich hinaus und holperten über unsere Zufahrtsstraße davon.

Ich knallte das Fenster zu. Plötzlich fühlte ich mich sterbensmüde. Stumm und starr vor Schreck standen die Kinder vor mir.

»So wird das gemacht! Wer zum Schwert greift, wird durch das Schwert umkommen!«, entfuhr es mir.

»Aber wir sagen doch gar nichts, wir machen doch gar nichts ...«, murmelte Kira erschrocken. »Nur schade um die Törtchen, wann gibt's denn die noch mal!?«

Lisa versetzte ihm augenblicklich eine Kopfnuss. »Halt die Klappe, Vielfraß, für Süßes verkaufst du noch dein Vaterland!«

Am nächsten Tag saß ich in einem Zug, der mich nach Wetluga bringen sollte. Draußen flogen Häuser, Bäume und Bahnhöfe vorbei. In meinem Kopf sah es trübe aus. Über kurz oder lang würde ich wohl mein Scheitern eingestehen müssen. Die einzige Version, die noch von gewissem Interesse war, sah äußerst wacklig aus. Die Großmutter der Selbstmörderin Tonja, Anna Kolomijzewa, hatte einen Killer auf Slawin angesetzt, um den Tod ihrer Enkelin zu rächen.

Aber bei genauerem Hinsehen hielt diese Spur keinerlei Kritik stand. Warum hätte die Frau so viele Jahre warten sollen? Sie ist arm, hämmerte ich mir ein, und hat vielleicht lange sparen müssen. Weitere Zweifel ließ ich einfach nicht zu.

Das Rathaus von Wetluga war kürzlich saniert worden. Der Stadt ging es offenbar nicht schlecht. Auch der Bahnhof glänzte in frischer Farbe, und an den Kiosken drängten sich die Leute.

»Wo sitzt hier die Abteilung Volksbildung?«, erkundigte ich mich bei der Pförtnerin im Rathaus.

»Was soll denn das sein?«, fragte die zurück.

»Na die Stelle, die sich mit den Schulen befasst.«

»Ach so, da müssen Sie zu Rosa Ibragimowna im dritten Stock.«

Ich trottete gehorsam die Treppe hinauf.

»Sie wollen zu mir?«, fragte eine Frau mit einfachem, offenem Gesicht. »Treten Sie ein und nehmen Sie Platz. Wo drückt der Schuh?«

Ich strahlte sie an. So freundlichen Beamten war ich bisher selten begegnet.

»Ich bin auf der Suche nach Anna Iwanowna Kolomijzewa. Sie hat früher einmal als Schuldirektorin in dieser Stadt gearbeitet. Ich hätte gern ihre gegenwärtige Adresse.«

»Verzeihen Sie«, erkundigte sich Rosa Ibragimowna höflich, »was führt Sie zu ihr?«

»Sie hatte vor vielen Jahren einen Schüler namens Wjatscheslaw Slawin. Er hat die Schule mit einer Goldmedaille abgeschlossen, dann an der Moskauer Universität studiert und eine große Karriere als Wissenschaftler gemacht. Aber leider ist Professor Slawin vor kurzem verstorben. Er hat Anna Kolomijzewa eine beträchtliche Summe vererbt, aber keine exakte Adresse angegeben. Im Testament steht nur: Anna Iwanowna Kolomijzewa, Schuldirektorin in Wetluga.«

Rosa Ibragimowna blickte mir voll ins Gesicht. »Bringen Sie da nicht etwas durcheinander?«

»Auf keinen Fall! Warum fragen Sie?«

Rosa Ibragimowna öffnete einen vorsintflutlichen Panzerschrank, dass es quietschte, und nahm einen übervollen Karteikasten heraus.

»Wir haben zwölf Schulen in der Stadt, aber eine Direktorin namens Kolomijzewa hat es hier nie gegeben.«

»Das kann nicht sein!«

»Bei uns arbeitet man jahrzehntelang an ein und derselben Einrichtung«, erläuterte mir die freundliche Beamtin. »Wir haben so gut wie keine Fluktuation. Alle unsere Veteranen kennen und unterstützen wir, sie bekommen Geld und Sonderzuteilungen von uns. Glauben Sie mir, eine Frau dieses Namens ist nicht unter ihnen.«

»Vielleicht hat der Verstorbene etwas durcheinandergebracht«, murmelte ich verwirrt, »und Anna Kolomijzewa war als stellvertretende Direktorin oder als Lehrerin tätig.«

»Einen Moment, ich schaue in meiner Kartei nach.«

Zehn Minuten lang blätterte Rosa Ibragimowna nun in ihren Karten. Dann schüttelte sie enttäuscht den Kopf.

»Keine Kolomijzewa bis hinunter zur letzten Putzfrau. Und wissen Sie, was mich außerdem noch wundert?«

Nach diesem Fehlschlag konnte mich kaum noch etwas erschüttern. Daher murmelte ich nur: »Was denn?«

»In Wetluga gibt es nicht so viele Schüler, die eine Goldmedaille erhalten haben«, sagte Rosa Ibragimowna mit einem Seufzer. »Die Regeln dafür sind sehr streng und passen überhaupt nicht zu unserer ländlichen Lebensweise.«

»Aber Wetluga ist doch keine Kleinstadt.«

»Wir leben hier noch sehr nahe an Mutter Erde«, gab Rosa Ibragimowna lächelnd zurück. »Wir essen, was der Garten uns bietet. Wenn die Pflanzzeit im Frühjahr beginnt, werden die Klassen leer. Aber das ist jetzt nicht wichtig. Ich will nur sagen, dass alle Absolventen mit einer Goldmedaille in einem Ehrenbuch verzeichnet sind. Hier, sehen Sie!«

Rosa Ibragimowna stand auf, nahm ein dickes Album von einem Regal, pustete den Staub vom Deckel und reichte es mir.

Ich blätterte die festen dunkelgrauen Seiten um. Die Chronik setzte 1951 ein. In jenem Jahr erhielt Ludmilla Juschenkowa eine Goldmedaille. Danach sechs Jahre lang niemand. 1957 waren es gleich drei Glückliche – Matjuschina, Kostrenko und Ljubawina ... Weiter brauchte ich nicht zu blättern.

Wjatscheslaw Slawin war Jahrgang 1940. Rebekka hatte

mir erzählt, er hätte eine Klasse übersprungen und die Schule schon mit sechzehn Jahren abgeschlossen. Aber 1956 war in Wetluga keine Goldmedaille vergeben worden.

Deprimiert blickte ich Rosa Ibragimowna an. Die litt so mit mir, dass sie sich beinahe entschuldigte.

Während der Rückfahrt konnte ich mir keinen Reim auf das Ganze machen. Ich ging nicht nach Hause, sondern lief zuerst zu Rebekka.

»Dein Vater ist doch in Wetluga zur Schule gegangen!«

»Ja.«

»Und die Goldmedaille hat er auch dort bekommen?«

»Natürlich.«

»Die Direktorin, die Großmutter der armen Tonja, hieß Anna Iwanowna Kolomijzewa, da ist kein Irrtum möglich?«

»Nein«, antwortete Rebekka verdutzt. »Ich erinnere mich genau daran! Wieso interessiert dich das alles?«

»Seid ihr irgendwann einmal dort gewesen, woher dein Vater stammt?«

Becky schüttelte den Kopf.

»Er sprach sehr ungern von seiner Kindheit voller Hunger und Elend. Außerdem soll das Dörfchen, wo Papa aufgewachsen ist, längst verschwunden sein. Dort ist jetzt ein Stausee. Und Verwandte hat er auch keine mehr …«

Ich ließ mich in einen Sessel fallen und schüttelte den Kopf.

»Was ist denn los?«, fragte Becky besorgt.

»Habt ihr inzwischen das Testament gelesen?«

»Wessen Testament?«

»Na, das deines Vaters.«

»Noch nicht«, sagte Rebekka verwundert. »Ich denke, da wird auch nichts Besonderes drinstehen … Papa hat ganz sicher alle bedacht – Nora, Tamara, Swetlana und uns.«

»Und Anja bekommt nichts?«

Rebekka überlegte eine Weile. Dann meinte sie: »Wahrscheinlich nicht. Im Testament sind wohl am ehesten Papas Ehefrauen Nora und Tamara bedacht. Olga und Jewgenia werden eher nicht drinstehen. Das wäre auch verständlich. Beide sind schon lange nicht mehr in Russland. Und Anja hat mein Vater auf andere Weise abgefunden.«

»Wie denn?«

»Er hat ihr geholfen, die Dissertation zu schreiben und zu verteidigen. Danach hat er ihr für fünf Jahre eine Stelle als Dozentin für Wirtschaft Russlands an einer Universität in Kalifornien verschafft.«

Becky schaute auf die Uhr. »In etwa drei Stunden landet Anja in Amerika.«

»Wie das?«, fragte ich erstaunt.

»Ganz einfach«, sagte Rebekka leichthin. »Sie ist heute morgen abgeflogen und hat versprochen, uns nicht zu vergessen, anzurufen und zu schreiben. Anja ist ein flinkes Mädchen, spricht hervorragend Englisch, hat also überhaupt kein Sprachproblem. Sie ist auch keine schlechte Dozentin. Man sagt, die Studenten mögen sie. Ich hoffe, dass sie dort drüben ihr Glück findet.«

»Wie alt ist sie denn?«

Becky musste grinsen. »Das ist ein großes Geheimnis. Niemand weiß es genau, ich glaube, nicht einmal mein Vater wusste es. Ich kenne sie seit zehn Jahren, und damals, Anfang der neunziger, sagte sie, sie sei dreißig. Um 1995 herum haben wir ihren 35. Geburtstag groß gefeiert. Stell dir meine Verblüffung vor, als ich 1996 auf ihrer Geburtstagstorte eine große 34 erblickte. Und 1997 war es nur noch eine 33. Sie war wahrscheinlich von Jesus' Alter so beeindruckt, dass sie seitdem immer behauptete, sie sei 33. Manchmal war das direkt lächerlich. Bei der Verteidigung einer Dissertation wird immer der Lebenslauf des Kandidaten verlesen – wann geboren, wann geheiratet, wo studiert … Die Mitglieder des Wissenschaftlichen Rates hören kaum zu, manch einer leistet sich ein Nickerchen und wacht auch während der

Verteidigung selbst nicht auf. Als Anjas Lebenslauf verlesen wurde, hat man das Geburtsdatum einfach weggelassen. Zum Lachen! Aber ich denke, sie muss 40 bis 45 Jahre alt sein.«

»Was meinst du, wer bekommt das Haus?«, fragte ich leise.

»Das bekommen wir«, antwortete Becky mit einem Seufzer, »wir fünf Kinder. Aber Swetlana hat sich hier nie wohl gefühlt, und auch Tamara wird sich bestimmt nur noch selten bei uns sehen lassen. Mamas Traum hat sich also erfüllt. In einem halben Jahr wird sie über die Villa verfügen. Weitere legitime Erben außer uns, ihren Kindern, gibt es nicht. Das ist sonnenklar, da brauche ich das Testament gar nicht erst zu lesen.«

19. Kapitel

Als ich mich nach Hause schleppte, konnte ich kaum noch ein Bein vor das andere setzen. Völlig niedergeschlagen ließ ich mich auf der Veranda nieder. Die Hunde sprangen freudig um mich herum, die Katzen miauten, aber mich interessierte das alles nicht. Zum Glück waren die Kinder in der Garage beschäftigt und ließen mich in Ruhe.

Völlig sinnlos schob ich das Geschirr auf dem Tisch hin und her und stellte mir immer wieder ein und dieselbe Frage: Was hatte Wjatscheslaw Slawin, einen grundehrlichen Mann, dazu bewogen, die Unwahrheit über Wetluga zu erfinden? Der talentierte Junge aus der Provinz war schon mit sechzehn Jahren an die Moskauer Universität gekommen. Er stammte aus einer bettelarmen Familie, hatte keinerlei Beziehungen, niemanden, der ihm Türen öffnete oder Wege ebnete. Alles hatte er mit Fleiß und Beharrlichkeit ganz allein erreicht.

Slawins Leben seit dieser Zeit lag wie ein offenes Buch

vor mir, war klar und durchsichtig wie ein Bergbach. Zunächst Student, dann Aspirant und junger Wissenschaftler, gab er zu den schönsten Hoffnungen Anlass.

Warum sollte dieser Mann seine liebsten Menschen hinters Licht führen? Was für einen Sinn machte die Geschichte mit Wetluga? Besonders ehrgeizige Menschen schämen sich, wenn sie reich und berühmt geworden sind, zuweilen ihrer bäuerlichen Wurzeln und denken sich die wildesten Geschichten aus. Ich kannte so einen – Maxim Norkin, mit dem ich zusammen auf dem Konservatorium war. Der erzählte allen, seine Eltern seien Diplomaten, sein Vater Botschafter. Ins Studentenheim habe er gemusst, weil die Eltern ihn nicht allein in der riesigen Wohnung zurücklassen wollten. Und erst beim Abschlusskonzert sahen wir seine Mutter, eine winzige Frau mit großen, zerschundenen Arbeitshänden. Was sollte sie auch für Hände haben, da sie doch ihr Leben lang in der Erde gewühlt, Kühe gemolken und Kartoffelsäcke geschleppt hatte. Maxims Mama war eine einfache Bäuerin …

Ich hätte ja noch verstanden, wenn Wjatscheslaw Slawin sich eine Räuberpistole von ganz ungewöhnlichen Eltern ausgedacht hätte. Zwar standen Anfang der fünfziger Jahre Fürsten, Grafen und Barone nicht gerade hoch im Kurs, aber schließlich gab es Generäle, Hochseekapitäne, Schriftsteller …

Er hätte sich doch einen Marschall als Vater oder die Primaballerina eines Provinztheaters als Mutter ausdenken können. Wer hätte das je nachgeprüft? Aber laut Becky war es schwer, ihm auch nur ein Wort über seine Kindheit zu entlocken. Eher noch über die Studentenzeit. Und schließlich hatte er erwähnt, sein Vater sei ein einfacher Soldat und seine Mutter eine ungebildete Frau aus dem winzigen Dörfchen Simonowo gewesen. Weshalb hatte er sich gerade diese Geschichte ausgedacht? Es gab nur einen einzigen Weg, die Wahrheit herauszufinden.

Ich griff nach dem Telefon und wählte die 09.

»Platz 14, Guten Tag.«

»Ich hätte gern eine Telefonnummer in der Moskauer Universität.«

»Welche Fakultät?«

»Das Archiv.«

»Notieren Sie die Nummer der Zentrale.«

Nun versuchte ich eine geschlagene Stunde lang, das Flaggschiff der russischen Hochschulen zu erreichen. Ständig war dort besetzt. Als ich schon alle Hoffnung fahrenlassen wollte, erklang im Hörer plötzlich eine gereizte Stimme: »Universität Moskau, Zentrale.«

»Ich hätte gern die Nummer des Archivs.«

Im Hörer raschelte es, dort wurde offenbar in einem Buch geblättert. Aber als ich aufatmend die sieben so nötigen Zahlen auf einen Zettel schrieb, hatte ich mich wohl zu früh gefreut. Jetzt stand im Archiv jemand auf der Leitung. Mir wurde vor Wut ganz heiß. Ein letztes Mal wollte ich es noch probieren.

Da, plötzlich, eine muntere Stimme: »Archiv der Moskauer Universität. Was wünschen Sie?«

»Geben Sie mir bitte den Direktor.«

»Am Apparat.«

»Hier ist Tatjana Romanowa von der Zeitschrift ›Gesicht der Epoche‹.«

»Sehr angenehm, Valentina Nikolajewna Stoljarowa«, antwortete die Dame förmlich.

»Verehrte Valentina Nikolajewna«, plapperte ich los, »sind bei Ihnen die Personen besonders vermerkt, die mit einer Goldmedaille an die Universität kamen?«

»Natürlich, bei uns werden alle Akten 75 Jahre lang aufbewahrt. Allerdings liegen sie zunächst zehn Jahre lang bei den Fakultäten.«

»Das bedeutet, Informationen über die 1956 aufgenommenen Studenten findet man bei Ihnen?«

»Selbstverständlich«, gab die Direktorin leicht pikiert zurück. »Bei uns verschwindet kein Stückchen Papier. Weshalb fragen Sie?«

»Ich habe den Auftrag, einen Artikel über das jüngst verstorbene Akademiemitglied Slawin zu schreiben. Da dachte ich, eine Fotokopie seines Schulabschlusszeugnisses sähe gut darin aus, um das Material etwas aufzulockern.«

»Kommen Sie bei uns vorbei!« Die Direktorin war jetzt die Liebenswürdigkeit selbst. »Aber bitte erst morgen, wir schließen gleich.«

»Natürlich«, antwortete ich erfreut, »wenn Sie mir noch die Adresse sagen könnten?«

Da ich den Abend nun frei hatte, ging ich in die Küche, um den Kindern wieder einmal ihren geliebten Salat zuzubereiten. Lisa, Kira und unser Dauergast Kostja sind bei Tisch nicht wählerisch. Sie essen, was man ihnen vorsetzt. Kira mag allerdings keine Milch, während er Kefir, Joghurt jeder Sorte, Quark und saure Sahne vergöttert. Lisa isst keinen Brei, aber wenn Buchweizengrütze auf den Tisch kommt, kippt sie eine Menge Ketchup oder Sojasoße darüber und schaufelt sie in sich hinein. Kostja kann Fisch nicht ausstehen, er ist allergisch gegen Fisch und Meeresfrüchte. Aber meinen Salat mögen alle. Nehmen Sie frische Tomaten, Gemüsepaprika aus Bulgarien und verschiedene Kräuter. Sie schneiden alles nicht zu klein und fügen geriebenen Käse hinzu. Am besten sollte er kräftig schmecken, aber es passt fast jede Sorte. Das Dressing stellen Sie aus Öl, Zitronensaft oder Essig und etwas Zucker her. Schmeckt immer. Mancher nimmt auch Schafskäse, aber das ist Geschmackssache.

Als die Schüssel auf dem Tisch stand, steckte ich den Kopf zum Fenster hinaus, um den Ruf zum Essen erschallen zu lassen. Aber der blieb mir im Halse stecken.

Wie eine Quecksilbersäule rollte gerade der silbrige Mercedes langsam auf den Hof, gefolgt von einem dunkelblauen Minibus. Um Gottes willen! Ich hoffte inständig, dass hier nicht das Hochzeitsbankett gebracht wurde.

»He, Kira, Lisa, Kostja«, hörte ich es rufen, »zeigt den Leuten, wo es lang geht!«

»Hallo«, kreischte Lisa auf, »das ist doch ...«

»Still!«, blaffte sie Garik an, »du verdirbst noch die ganze Überraschung!«

Mit schnellem Schritt trat er in die Veranda und kommandierte: »Weg vom Fenster, schau nur mich an!«

Verdattert sank ich auf einen Stuhl und bekam vor Aufregung einen Schluckauf.

»Roman, Lonja, rein mit euch«, schnarrte Garik wieder.

Es raschelte, und dann schwebte ein riesiges Bündel blutroter Rosen durch die Tür. »Für dich!«, erklärte Garik feierlich. »Es sind genau 100 Stück!«

Unerwartet für mich selbst entfuhr mir: »So viele Blumen hat mir noch niemand geschenkt.«

»Los, holt Vasen!« Garik behielt das Kommando in der Hand.

»Ich habe nur eine«, stammelte ich und wies auf das plumpe Tongefäß, das in einer Ecke stand.

»Roman«, rief Garik, »was stehst du noch herum?«

Der Bursche legte das riesige Bündel vorsichtig auf den Tisch und lief hinaus. Lonja hatte sich auf einem Stuhl niedergelassen.

»Ich lege die Blumen solange in die Badewanne.«

»Lonja, vorwärts.«

Der tat schweigend, wie ihm geheißen. Ob die beiden stumm waren? Ich hatte sie so gut wie noch nie reden hören.

»Ich bin gekommen, um dich für gestern um Verzeihung zu bitten«, sagte Garik und lächelte. »Ich weiß, ich bin ein ungehobelter Klotz, aber wenn etwas nicht so läuft, wie ich es will, dann kann ich Berge versetzen, um es zu erreichen. Du kannst böse mit mir sein, so viel du willst, meine Frau wirst du trotzdem.«

Ich zuckte die Achseln. Du meine Güte, wie viele unglückliche Weiber gibt es, die Himmel und Hölle in Bewegung setzen, um einen Mann zu kriegen. Rennen zur Kosmetik und ins Fitness-Studio, werfen sich in supermoderne Klamotten, färben sich die Haare in den grässlichsten Tönen und schaffen es trotzdem nicht. Wie viele ersehnte Exemplare des starken Geschlechts nehmen einfach keine Notiz von ihnen! Und warum? So sind die Männer nun mal: Was ihnen von selbst in die Hände fällt, interessiert sie nicht.

Garik, der an schmachtende Frauenblicke gewöhnt war, musste ein Weib, das ihn aus dem Haus warf, als etwas Besonderes empfinden. Ich hatte also genau die richtige Taktik gewählt, um in den Besitz dieser »Erdölquelle« zu kommen. Dabei wollte ich Garik um jeden Preis loswerden, ich brauchte ihn nicht mit seinen Millionen, seinem Mercedes und seiner protzigen goldenen Uhr. Einmal Gattin eines Geschäftsmannes gewesen zu sein war für mich genug.

Plötzlich erklang draußen Musik, und mehrere Männerstimmen heulten los:

»Sie erinnern sich noch? Klar, erinnern Sie sich,
Wie ich da stand mit dem Rücken zur Wand.
Sie schritten durchs Zimmer, erregt fürchterlich,
Haben böse Worte mir in die Seele gebrannt.«

»Ein schönes Lied haben die Jungs da ausgewählt«, brummte Garik zufrieden.

Ich schaute zum Fenster hinaus. Vor der Garage hatten sich vier junge Männer aufgebaut, zwei mit Gitarren, einer mit komplettem Schlagzeug und der vierte mit einem Keyboard.

Die beiden Gitarristen sangen gar nicht schlecht – im Diskant fast wie Kastraten. Das ist bei Männern selten. Für diese Stimmlage hatte der geniale Homosexuelle Tschaikowski die

Partie des Lenski in »Eugen Onegin« geschrieben. Bekanntlich hängt die Höhe der männlichen Stimme von der Menge der Hormone ab. Tenöre haben häufig Potenzprobleme. Heute wird der Lenski allerdings meist nicht von einem lyrischen, sondern von einem jugendlichen Heldentenor gesungen.

»Dürfen wir reinkommen?!«, fragte Kira von draußen. Ohne meine Antwort abzuwarten, stürzten die Kinder herein.

»Tanja!«, rief Lisa begeistert aus, »weißt du überhaupt, wer die sind?«

»Keine Ahnung.«

»Die Gruppe ›Bilbo‹ schrien Kira und Kostja im Chor. »Die liegen in den Charts auf dem zweiten Platz hinter Semfira!«

»Bilsho?«, fragte ich verwirrt zurück. »Nie gehört!«

»He, Jungs«, brüllte Garik in den Hof hinaus, »geht es nicht ein bisschen lauter? Ihr seid gar nicht zu hören!«

Nun heulten die Burschen los wie Kater im März. Ich hoffe aufrichtig, dass all das Gerede über das Jenseits Unsinn ist, denn sonst hätten dem bedauernswerten Dichter Sergej Jessenin, dessen Verse die Gruppe hier verballhornte, die Ohren dröhnen müssen.

»Nicht Bilsho, sondern Bilbo«, korrigierte mich Lisa. »Bilsho ist doch der Kerl mit dem Schlüssel von der Klapsmühle, der in Schenderowitschs Sendung ›Summa summarum‹ den Psychiater spielt. Der jede seiner ›Sitzungen‹ mit dem Satz beginnt: ›Als ich noch in einem kleinen Dorfkrankenhaus angestellt war …‹«

»Eine tolle Sendung«, rief Garik verzückt, »die gucke ich immer! Außerdem ›Amba-TV‹!«

»Nee, ›33 Quadratmeter‹ ist besser!«, widersprach Lisa.

»Na klar, diese Tanja und ihr Söhnchen sind schon ein tolles Paar«, stimmte Garik ihr zu. »Da kann man so richtig ablachen!«

»Und die Gentleman-Show?«, warf Kostja ein.

»Nee!«, riefen nun Garik und Kira im Chor, »die ist doch was für Gehirnamputierte!«

Als klar war, dass Garik und die Kinder, was Fernsehen und Comedy betraf, vollkommen übereinstimmten, versammelten sich alle um den Tisch und schauten erwartungsvoll auf mich.

Die Jungs von »Bilbo« sangen und spielten inzwischen draußen tapfer weiter. Das Repertoire wurde immer moderner.

»Braucht ihr mich noch?«, fragte ich. »Wenn nicht, lege ich mich ein bisschen hin, ich bin furchtbar müde!«

»Was ist mit dem Abendessen?«, fragte Kira verdutzt und warf Garik einen verstohlenen Blick zu.

Der musste lachen.

»Nein, Kaviar gibt's heute nicht. Ich hab mich nicht getraut, welchen mitzubringen. Was glaubt ihr, wie die geglotzt haben, als ich gestern mit Kaviar und Lachsscheiben garniert zur Autowäsche kam. Mein Wagen wurde sogar fotografiert!«

»Bei uns gibt's heute nur Würstchen«, erklärte ich mit eisiger Miene, »und Nudeln von ›Makfa‹!«

»Her damit!«, rief Garik.

»Die müssen erst heiß gemacht werden!«

»Wir haben es nicht eilig.«

Wohl oder übel musste ich nun einen Topf voll Würstchen heiß machen. Dabei starrte ich trübe zum Fenster hinaus. Die Jungs von »Bilbo« sangen immer noch, was das Zeug hielt:

»Du und ich,
Unsere Wege gleichen sich …«

»He, Jungs«, rief ich zum Fenster hinaus, »esst ihr ein paar Würstchen mit?!«

»Meinen Sie uns?«, fragte der Gitarrist zurück. »Na klar, mit dem größten Vergnügen!«

Bald saßen alle um unseren großen Tisch und fischten die dampfenden Würstchen aus dem Topf.

»Senf wäre gut«, sagte Garik, »hast du keinen?«

Ich wollte schon in die Küche gehen, dann aber hielt ich inne. Nein, so ging das nicht. Hatte Wolodja Kostin keinen bekommen, stand denen auch keiner zu.

Aber die fehlende Würze schien niemanden sonderlich zu interessieren. Nudeln und Würstchen verschwanden im Nu in den hungrigen Mäulern. Dann tranken alle noch einträchtig Tee und knabberten Gebäck dazu.

»Onkel Garik«, fragte Lisa nun, »singt ›Bilbo‹ noch etwas?«

»Die Jungs gehören euch bis Mitternacht«, bestimmte Garik.

»Dürfen wir unsere Freunde anrufen?«

»Natürlich.«

Die Kinder rannten zum Telefon. Die Musiker standen auf dem Hof und rauchten. Ich streifte den Berg schmutzigen Geschirrs mit einem trüben Blick. Dann sagte ich: »Ich leg mich hin, mir tut der Kopf weh. Gute Nacht. Willst du nicht auch langsam die Fliege machen?«

»Eigentlich nicht«, murmelte Garik und blinzelte mich an wie ein zufriedener Kater. »Es ist doch noch so zeitig. Ich leg mich ein bisschen aufs Sofa und lese Zeitung. Es ist so schön bei dir – Wald, Blumen, es duftet nach Jasmin, die Vögel singen, überall Grün bis unters Fenster … Und diese Würstchen mit den Nudeln … Als ich klein war, hat mich Mama oft zur Großmutter aufs Dorf gebracht. Die ganze Woche musste sie arbeiten, aber am Sonntag war sie da, und wir haben genau solche Würstchen gegessen. Das war meine beste Zeit!«

»Hast du denn keine Datsche?«

Garik hatte sich inzwischen auf der Couch ausgestreckt.

»Ich habe eine Villa am Stadtrand mit Swimmingpool und Tennisplatz. Mein Koch ist ein echter Franzose, bei dem gibt es ständig nur Consommé, Julien oder Foie gras … Klingt alles toll, schmeckt aber nicht und lässt einen kalt. Ehrlich gesagt, mir gefällt das Haus immer weniger. Ein Designer hat es eingerichtet, schön, wie gemalt, aber furchtbar unbequem. Überall Marmorfußböden, Whirlpools von Jacuzzi … Eine gewöhnliche Wanne mit Dusche wäre mir lieber. Wenn ich mich dort wasche, ist mir immer kalt. Das Bad ist viel zu groß, hat auch noch ein Fenster und ist schlecht zu heizen.«

»Lass alles umbauen, wirf den Franzosen raus und nimm eine russische Köchin.«

»Das geht nicht«, sagte Garik mit einem Seufzer und schloss die Augen. »Gleich heißt es, ich wäre pleite …«

»Kann dir doch egal sein! Du hast selber gesagt, du bist einer der reichsten Männer Russlands. Sollen sich die anderen nach dir richten! Das wäre doch klasse – alle anderen haben dieses Designer-Zeug, aber du hast Liegen, auf denen man schlafen kann!«

»Darüber habe ich noch nicht nachgedacht«, murmelte die »Ölquelle« schläfrig. »Das bequemste Sofa ist das, auf dem ich jetzt gerade liege.«

Die Augen fielen ihm zu, und bald schnarchte er laut. Ich schaute mitleidig auf den Oligarchen. Der hatte es auch nicht leicht! Ich holte eine Decke und legte sie vorsichtig über Garik, nachdem ich ihm die eleganten Schuhe von den Füßen gezogen hatte. Der Bursche konnte einem wirklich leidtun!

Wahrscheinlich schlug das Wetter wieder einmal um, denn bald schlief auch ich tief und fest. Mitten in der Nacht wurde ich von Musik geweckt. Ohne recht zu begreifen, was vorging, schaute ich mechanisch aus dem Fenster. Draußen bot sich mir ein fantastisches Bild. Vor der Garage brannte ein Lagerfeuer. Daneben standen die Jungen von »Bilbo« und sangen wie die Nachtigallen. Um das Feuer hüpften halbnackte, von Kopf bis Fuß mit Ruß beschmierte Jugendliche, mindesten zwanzig an der Zahl. Sie fuchtelten und wedelten mit Stöcken und Kleidungsstücken. Unter ihnen ein erwachsener Mann, nur mit seiner Turnhose angetan. Ich trat vom Fenster zurück und schaute auf die Uhr. Es war halb vier Uhr morgens. Das konnte nicht sein, bestimmt träumte ich noch. Ich ließ mich wieder ins Bett fallen.

Gegen halb neun weckte mich die Sonne. Als ich ins Wohnzimmer kam, fielen mir als Erste die beiden Gitarristen auf, die es sich zusammen mit Ada auf der Klappcouch bequem gemacht hatten. Auf der Liege in Kiras Zimmer fand ich den Schlagzeuger und auf einem Feldbett daneben schnarchte friedlich der Keyboarder. Kira und Lisa machten keine Anstalten aufzustehen. Das schönste Bild aber erwartete mich auf der Veranda.

Dort schnarchte Garik auf der Couch. Auf seinem massigen Körper hatten es sich Klaus, Semiramis und Pingu bequem gemacht. Wahrscheinlich wollten sie ihren Wohltäter wärmen – als Dank für die exotischen Delikatessen, die er ihnen vorgesetzt hatte. Auf dem Fußboden vor ihm hatten sich Roman und Lonja wie treue Wachhunde ausgestreckt. Sie lagen auf Matratzen, die sie irgendwo auf dem Boden entdeckt haben mussten. An ihrer Seite schlummerten friedlich Ramik und Rachel.

Auf dem Tisch häuften sich leere Teller, Tassen und Gläser. Gariks Anzug, von undefinierbaren schwarzen Flecken geziert, fand ich in einer Ecke.

Ich ging erst einmal ins Bad, dann trank ich Kaffee. Aber niemand rührte sich. Vor allem die Leibwächter gefielen mir. Ich hätte ihren Chef glatt umbringen können, ohne dass die etwas gemerkt hätten. Aber kaum hatte ich die Eingangstür bewegt, da fuhr Roman auch schon hoch.

»Ach, Sie sind es, Tanja.«

»Leise, sonst weckst du noch die anderen. Schlaf weiter, ich fahr los, hab was zu erledigen.«

Auf dem Rasen vor der Garage erinnerte ein Aschehaufen an das Lagerfeuer. Hier und dort waren Kartoffelschalen verstreut. Ich hatte also nicht geträumt. Hier hatte tatsächlich ein Lagefeuer gebrannt, umtanzt von ausgelassenen Wilden …

»Schade, dass Sie so früh schlafen gegangen sind«, sagte Roman, der mir mit leisen Schritten gefolgt war. »Ich habe Igor Serafimowitsch noch nie so fröhlich gesehen. Zuerst haben wir Lieder gesungen, dann Kartoffeln gebacken – wie im Pionierlager, einfach toll. Erst gegen sechs haben wir uns schlafen gelegt. Und Igor Serafimowitsch …«

»Was war mit ihm?«

»Sein Handy hat gegen Morgen geklingelt. Er wollte es ausschalten, aber etwas klemmte, und das Ding bimmelte immer weiter. Da hat er es« – Roman lachte laut auf – »einfach ins Feuer geschmissen! Good bye, Siemens! Da, sehen Sie?«

Ich schaute wieder auf den Aschehaufen und entdeckte mittendrin ein verbranntes Stück Plastik – alles, was von dem teuren Handy übrig war.

20. Kapitel

Valentina Stoljarowa erwies sich als sehr agile, freundliche und entgegenkommende Dame.

»Setzen Sie sich doch«, sagte sie mit einem Lächeln. »Wer interessiert Sie?«

»Slawin, Wjatscheslaw Sergejewitsch. Er kam 1956 nach dem Schulabschluss mit Goldmedaille an die Wirtschaftswissenschaftliche Fakultät.«

»Einen Moment«, murmelte die Direktorin. »Den haben wir gleich, bei uns Archivmäusen verschwindet nichts. Da ist er schon, sehen Sie. Alles vorhanden: Personalbogen, Foto und eine Kopie seines Schulabschlusszeugnisses.«

Ich blätterte die Papiere durch.

Slawin, Wjatscheslaw Sergejewitsch, geboren 1940. Mutter: Anna Iwanowna Kolomijzewa, Vater: Sergej Iwanowitsch Slawin, 1943 in den Kämpfen bei Kursk gefallen. Schloss die Schule Nr. 8 in Martynow mit einer Goldmedaille ab.

»Das ist aber merkwürdig!«, rief ich und betrachtete die Kopie des verblassten Zeugnisses genauer.

»Stimmt etwas nicht?«, fragte die Direktorin und trat zu mir heran.

»Nein, alles in Ordnung«, gab ich beruhigend zur Antwort. »Wissen Sie, wo Martynow liegt?«

»Da gehen Sie am besten in die Bibliothek, dort gibt es im Handapparat einen Atlas«, riet mir Valentina Stoljarowa.

Martynow war gar nicht leicht zu finden. Lange ließ ich meinen Blick über die Zeilen des Ortsverzeichnisses gleiten. Endlich hatte ich es. Ein kleines Nest bei Nowosibirsk!

Schon am nächsten Tag gegen 16.00 Uhr nachmittags ging ich auf dem Flughafen von Nowosibirsk eine Gangway hinab. Nach Martynow gab es keine Flugverbindung, also musste ich den Zug nehmen. Ich hatte Rebekka gebeten, sich für einige Tage in unserer Datsche einzumieten.

»Ich bin überzeugt, in Martynow finde ich des Rätsels Lösung. Ich muss dorthin fahren!«

»Meinetwegen!« Becky ließ sich überreden. »Aber bleib nicht zu lange weg. Mama sage ich, dass ich drei Tage Außenaufnahmen in St. Petersburg habe. Sie will immer alles ganz genau wissen: wohin, wieso, warum?«

In Martynow traf ich gegen 22.00 Uhr abends ein und hatte Mühe, das Hotel zu finden, das den wundersamen Namen »Goldene Kuppel« trug. Das Zimmer war abscheulich. Eine lange schmale Kammer, als ob man ein Stück vom Korridor abgetrennt und dort Bett, Schrank und Nachttisch hineingezwängt hätte. Bad und Toilette gab es natürlich auch nicht, aber das war mir egal. Ich wollte mich hier ohnehin nicht lange aufhalten.

Morgens würgte ich einen widerwärtigen Kaffee hinunter und fuhr dann zur Schule Nr. 8. Wir hatten Ende Juni – Ferienzeit. Die Schüler waren sicher längst weg, aber ein paar Lehrer mussten eigentlich noch anzutreffen sein.

Ich hatte richtig vermutet. Im Direktorzimmer stieß ich auf einen netten jungen Mann, der sich als Anton Petrowitsch vorstellte.

Als er hörte, dass eine leibhaftige Korrespondentin der »Lehrerzeitung« vor ihm stehe, versprühte der Mann all seinen Charme.

»Führen Sie eine Schulchronik?

»Natürlich.«

»Und werden die Goldmedaillenträger in Ehren gehalten?«

»Selbstverständlich«, versicherte mir der Direktor. »In der Aula hängt für sie eine große Tafel, möchten Sie sie sehen?«

Ich flog die Treppe hinauf, so schnell mich meine Beine trugen. Erst vor einer großen mit Fotos behängten Wand kam ich zum Stehen.

»Unsere Lehranstalt«, säuselte Anton Petrowitsch hinter mir, »feiert in diesem Jahr ihr 70-jähriges Bestehen. Sie ist eine der ältesten Schulen in Russland mit einer reichen Tradition. Selbst während des Großen Vaterländischen Krieges ruhte der Schulbetrieb nicht einen einzigen Tag. In einer Klasse saßen damals bis zu 50 Kinder, denn wir haben hier viele Evakuierte aufgenommen …«

Er redete und redete. Ich vernahm seine Tirade wie das Summen einer fetten Fliege im Herbst. Von der Wand blickte das Foto des jungen Slawin auf mich, exakt das gleiche wie in seiner Universitätsakte. Allerdings stand ein anderer Name darunter: Wjatscheslaw Jurjewitsch Roshkow.

»Sind Sie hier schon lange Direktor?« Ich musste Anton Petrowitschs Redefluss unterbrechen.

»Seit sechs Jahren.«

»Wer war Ihr Vorgänger?«

»Oh«, sagte Anton Petrowitsch erfreut, »mit meiner Vorgängerin sollten Sie unbedingt sprechen. Eine starke und höchst interessante Persönlichkeit. Der seltene Fall, dass ein Mensch von Schülern und Lehrern gleichermaßen geliebt wird. Eine Lehrerin aus Berufung. Stellen Sie sich vor: Als im Jahre 1943 der damalige Direktor an die Front ging, nahm sie diese schwere Bürde im Alter von 25 Jahren auf sich. Und hat sie seitdem so viele Jahre lang ohne eine einzige Unterbrechung getragen.«

»Wie war ihr Name?«

»Anna Iwanowna Kolomijzewa. Entschuldigen Sie, dass ich das nicht gleich erwähnt habe«, sagte Anton Petrowitsch lächelnd. »Aber warum sprechen Sie von ihr in der Vergangenheit?«

»Ist sie etwa noch am Leben?!«

»Sie ist lebendiger als Sie und ich!«, meinte der Direktor lachend. »Gesund und munter! Wohnt hier ganz in der Nähe. Wenn ich sie anrufe, wird sie sicher gern mit Ihnen sprechen!«

Anna Kolomijzewa empfing mich auf der Schwelle ihres Hauses. Sie war eine hochgewachsene, leicht gebeugte Person in einem hellblauen Kostüm, die Haare akkurat zu einer Rolle gelegt und an den Füßen keine Pantoffeln, sondern lederne Mokassins.

Das Zimmer, in das sie mich führte, strahlte vor Sauberkeit. Nirgends ein Stäubchen, der Teppich frisch gesaugt, an den Fenstern gestärkte Gardinen, die Bücherschränke mit blitzenden Scheiben. Wenn man bedenkt, dass sie erst vor einer halben Stunde von meinem Besuch erfahren hatte, dann war klar, dass sie viel Wert auf Ordnung legte. Sicher konnte sie Haustiere nicht leiden. Frauen, die viel Zeit mit Staubsauger und Lappen verbringen, mögen Hunde und Katzen nicht, die Haare verlieren und die ideale Ordnung einer Wohnung durcheinanderbringen.

Aber da ertönte wie aufs Stichwort ein leises Miauen, und ins Zimmer schritt ein riesiger rothaariger Kater, der es an Größe mit einem Pudel aufnehmen konnte. Sein Fell war sorgfältig gebürstet, den großen runden Kopf mit den dreieckigen Ohren umspielte eine goldfarbene Aura. Das prächtigste jedoch war der Schwanz, den er kerzengerade aufgestellt hatte.

»Was für ein Riesentier!«, rief ich verwundert aus.

Anna Kolomijzewa seufzte.

»Mein letzter Schüler, wenn ich die Nachhilfestunden nicht rechne, die ich manchmal noch gebe.«

»Sie haben Literatur unterrichtet?«

»Nein, Mathematik. Aber was stehen wir hier herum? Kommen Sie bitte in die Küche, wenn Sie möchten, und trinken mit mir eine Tasse Tee. Haben Sie schon einmal Pirogen mit Vogelbeeren probiert?«

»Kann man denn mit Blüten Piroggen füllen?«, fragte ich verblüfft.

Anna Kolomijzewa musste lachen.

»Die typische Großstädterin. Aus den Blüten werden Beeren, und die sind eine ideale Kuchenfüllung. Sie erinnern ein wenig an Heidelbeeren, sind aber kräftiger im Geschmack. Vogelbeeren sind eine sibirische Spezialität. Heute gibt es natürlich ganz andere Sachen – Kiwis, Bananen oder Mangos, aber unsere Vogelbeere findet man nur hinter den Bergen des Urals.

Anna Kolomijzewas Piroggen zergingen mir auf der Zunge. Ein süßer, zarter Teig, dazu die leicht herben Beeren. Und ihr Tee war auch nicht von schlechten Eltern. Eine tiefbraune Flüssigkeit füllte meine Tasse. In diesem Hause trank man den Sud rein und verdünnte ihn nicht mit Wasser.

Während ich bereits die vierte Pirogge genoss, hörte ich zu, was die ehemalige Direktorin von ihrer Schule erzählte. Über ihr Gedächtnis konnte ich mich nur wundern. Viele ihrer Absolventen nannte sie beim Namen.

»Zum fünfzigjährigen Bestehen der Schule versammelten sie sich in großer Zahl, es gab einen festlichen Abend … Wir haben dafür eine besondere Medaille herstellen lassen und diese an unsere früheren Schüler ausgegeben. Semjon Potworow, der es als Direktor eines großen Maschinenbau-Unternehmens wirklich weit gebracht hat, sagte, dies sei seine liebste Auszeichnung. Aus den meisten unserer Schüler ist etwas geworden. Darauf können wir wirklich stolz sein. Lena Rokotowa ist Solistin am Operettentheater in Jekaterinburg, Senja Shiganow ist Diplomat geworden und gegenwärtig Konsul in einem afrikanischen Land, Anja Wessjolowa hat promoviert.«

»Wjatscheslaw Slawin wurde sogar Mitglied der Akademie der Wissenschaften«, fügte ich hinzu.

Die Direktorin fuhr zusammen, ließ sich aber nicht beirren.

»Das ist sicher eine Verwechslung, einen Schüler mit diesem Namen hatten wir nicht.«

»Hatten Sie«, wandte ich ruhig ein, »nur aus irgendeinem Grunde steht unter seinem Foto in Ihrer Schule der Name Wjatscheslaw Roshkow.

»Ach ja, Wjatscheslaw«, sagte Anna Kolomijzewa gedehnt, »der arme Junge.«

»Wieso?«

»Er war so begabt und belesen … Aber er ist gestorben.«

»Gestorben?!«

»Ja«, sagte die Direktorin traurig, »auf dem Weg nach Moskau, wo er an der Universität studieren sollte, hat ihn ein Zug überfahren.«

Ich starrte sie eine Sekunde lang entgeistert an. Dann fragte ich leise: »Wer waren seine Eltern?«

»Entschuldigen Sie, ich kann mich nicht erinnern. Es ist doch schon so lange her.«

Es kam mir merkwürdig vor, dass das hervorragende Gedächtnis Anna ausgerechnet in diesem Augenblick im

Stich ließ. Deshalb nahm ich ein paar Fotos aus der Tasche und legte sie der Direktorin vor.

»Wjatscheslaw ist von keinem Zug überfahren worden. Er ist gut in Moskau angekommen, hat an der Universität studiert und promoviert, wurde Professor und Mitglied der Akademie der Wissenschaften. Das haben Sie genau gewusst, denn Sie haben Ihre Enkelin Tonja zu ihm geschickt, die sich dort das Leben genommen hat. Mich interessieren nur einige konkrete Fragen: Wie ist Wjatscheslaw Jurjewitsch Roshkow zu Wjatscheslaw Sergejewitsch Slawin geworden? Und vor allem, warum? Weshalb hat er in dem Fragebogen bei Studienantritt an der Moskauer Universität angegeben, Sie seien seine leibliche Mutter?«

Anna Kolomijzewa war blass geworden.

»Sie kommen doch nicht von der Lehrerzeitung.«

»Nein, ich bin Privatdetektivin. Slawins Tochter Rebekka hat mich beauftragt, herauszufinden, wer ihren Vater getötet hat. Ich sage ganz offen: Mir scheint, die Wurzeln des Verbrechens sind hier in dieser Stadt zu finden.«

Anna Kolomijzewa stöhnte tief auf.

»Nein, Sie irren sich. Diese alte Geschichte hat mit dem Tod des Akademikers nichts zu tun.«

»Trotzdem muss ich wissen, was geschehen ist.«

Meine Gastgeberin begann jetzt das Geschirr auf dem Tisch sinnlos hin und her zu schieben. Dann erkundigte sie sich: »Wann sind Sie geboren?«

»1963.«

»Dann werden Sie das Ganze kaum verstehen.«

»Ich will mir Mühe geben.«

Anna Kolomijzewa schwankte immer noch, dann aber gab sie sich einen Ruck.

»Also gut, Wjatscheslaw ist ohnehin nicht mehr am Leben. Vielleicht fühlen sich seine Kinder ja besser, wenn sie die Wahrheit wissen. Hören sie zu.«

»Wjatscheslaws Vater war ein hoher General, wenn auch

der militärische Dienstgrad hier etwas irreführend klingt. Juri Roshkow war General des NKWD und besaß offenbar einen teuflischen Scharfblick, denn er wurde 1951 zum Chef der Verwaltung des NKWD in Martynow ernannt – eine Funktion, die zu jener Zeit gottgleiche Macht bedeutete.«

»Wie das?«, fragte ich verwundert. »Wjatscheslaw war also kein Waisenkind?«

»Immer der Reihe nach«, sagte Anna Kolomijzewa in leicht vorwurfsvollem Ton. »Wenn ich nicht ganz von vorn beginne, verstehen Sie überhaupt nichts.«

Die Maschine der Stalinschen Repressalien funktionierte damals noch reibungslos. Die Organe des NKWD schickten die Menschen massenweise ins Lager. Aber von Zeit zu Zeit wurden selbst deren Mitarbieter Opfer von Säuberungen. Zumindest verbannte man auch Angestellte des Volkskommissariats für Inneres zur Bestrafung in ferne Gegenden Sibiriens. Nur wenige aktive Offiziere jener Zeit haben diese Jahre überlebt. Juri Roshkow gehörte zu diesen Glücklichen, vielleicht deshalb, weil der Höhepunkt seiner Karriere erst in die fünfziger Jahre fiel, als die Mühlen der Repressalien bereits langsamer mahlten.

Juri Roshkow genoss in den Kreisen des Staatssicherheitsdienstes hohes Ansehen. Er galt als besonders grausam und legte bei Verhören in seinem Büro selbst Hand an. Als großer Chef hätte er das seinen Untergebenen überlassen können. Aber er prügelte gern persönlich Geständnisse aus Beschuldigten heraus. Wahrscheinlich bereitete es ihm besonderen Genuss, die zu quälen, die sich der gnadenlosen Maschinerie des NKWD zu widersetzen wagten.

Er war in der Stadt gefürchtet. Wenn seine schwarze Limousine durch die Straßen fuhr, schlugen die alten Frauen das Kreuz, und die Passanten suchten von der Bildfläche zu verschwinden. Noch mehr aber fürchtete man seine Frau Olga. Die machte vor nichts halt.

Erstens war sie selbst beim NKWD angestellt, wenn auch nur als Sekretärin, und zweitens …

War Olga Roshkowa zum Beispiel bei Professor Tichonow zu Gast, wurde der prompt drei Tage später samt seiner ganzen Familie verhaftet. Ihre herrliche Vierzimmerwohnung mit Blick auf den Stadtpark stand nun leer. Aber nicht lange. Kaum einen Monat später war sie frisch renoviert und Einzug feierte … Familie Roshkow.

Dann stachen Olga die antiken Rotholzmöbel ins Auge, die den Salon von Anastasia Sabolozkaja schmückten. Solche Schränke, Sofas und Stühle mit geschwungenen Lehnen und blauen Atlasbezügen gab es zu jener Zeit nicht zu kaufen. Die sowjetische Möbelindustrie produzierte damals Schränke, die an hochkant gestellte Särge erinnerten und Betten mit quietschenden Sprungfedermatratzen.

Anastasia Sabolozkaja schmachtete bald darauf im Lager, und ihre Möbel zierten die neue Wohnung der Roshkows.

Als Nächstes fiel Olgas Blick auf die Ohren der besten Zahnärztin der Stadt, Esther Schulman. Die war gleich in dreifacher Hinsicht schuldig. Erstens, weil sie Jüdin war, was als Begründung ausgereicht hätte, um sie vom Antlitz der Erde zu tilgen. Zweitens war sie Medizinerin, und damals machte gerade der Fall der Leningrader Ärzte Schlagzeilen, denen man vorwarf, hohe Funktionäre durch falsche Behandlung ermorden zu wollen. Schließlich drittens … mit welchem Recht nannte sie Ohrgehänge mit so großen und reinen Brillanten ihr Eigen, wie sie nicht einmal Olga Roshkowa besaß?

Esther war nicht nur eine ausgezeichnete Zahnärztin, sondern auch sonst nicht auf den Kopf gefallen. Als sie Olgas Blick erhaschte, nahm sie die Ohrgehänge sofort ab, klagte über Geldnot und bot sie Olga Roshkowa zum Kauf an … für ganze zwanzig Rubel.

Der wunderbare Schmuck zierte nun Juri Roshkows Frau, die trotz ihres Rufes eine wahre Schönheit mit dem Gesicht eines Engels war. Der Engel hatte allerdings eine rabenschwarze Seele. Auch der »Verkauf« ihrer Ohrgehänge rettete Esther Schulman nicht. Schließlich hatte sie auch noch Broschen, Armbänder und Ringe aus uraltem Besitz …

Die Frauen der Ortsfunktionäre, die die Roshkows bei allen möglichen Gelegenheiten einzuladen hatten, empfingen ihre Gäste in einfachen Baumwollkleidern und deckten ihre Tische mit billigem Geschirr und Bestecken aus Stahl. Zu gut erinnerten sie sich an das Schicksal von Lena Makarowa, die sorglos teures Silberbesteck mit ziselierten Griffen in der Form von Tierfiguren aufgelegt hatte. Die Sachen waren echte Arbeiten von Fabergé, und jeder wusste, dass Olga Roshkowa eine Schwäche für so kostbare Dinge hatte. Dabei predigten die Kommunisten in jenen Jahren eine einfache, bescheidene Lebensweise …

Die Roshkows hatten nur einen Sohn – Wjatscheslaw. Er war ein guter Junge und ein ausgezeichneter Schüler. Seine hervorragenden Zensuren waren ehrlich verdient. Die Lehrer hätten sie ihm sicher auch aus Furcht vor seinem allmächtigen Vater gegeben, aber in seinem Fall hatten sie ein reines Gewissen. Der Junge erledigte seine Hausaufgaben mustergültig, schrieb hervorragende Kontrollarbeiten und war ständig mit einem Buch in der Hand anzutreffen.

Was sollte er sonst auch tun? Freunde hatte Wjatscheslaw keine. Er saß immer allein in einer Bank in der ersten Reihe. Anna Kolomijzewa tat der Junge leid. Schließlich konnte er nichts dafür, dass er solche Eltern hatte.

In der neunten Klasse verliebte sich Wjatscheslaw in seine Mitschülerin Maja Kolomijzewa, die Tochter der Direktorin. Als Anna einmal nach Hause kam, war sie unangenehm berührt, dort den jungen Roshkow vorzufinden, der ihrer Tochter ruhig und sachlich eine schwierige Mathematikaufgabe erklärte.

Sie ließ sich nichts anmerken, sondern murmelte nur: »Arbeitet schön, Kinder, ich mache euch einen Tee.«

Fünf Minuten später tauchte Wjatscheslaw in der Küche auf, schloss die Tür hinter sich und sagte: »Anna Iwanowna, ich weiß genau, dass mein Besuch Sie überhaupt nicht erfreut.«

»Warum denn, Wjatscheslaw?«, suchte die Lehrerin sich herauszureden.

»Lassen Sie das, bitte«, gab Wjatscheslaw zurück, »ich bin alt genug, um das zu verstehen. Aber was soll ich denn machen mit solchen Eltern?«

Anna Kolomijzewa schwieg verwirrt. Ihre ganze pädagogische Erfahrung nützte hier nichts. In dieser Lage war sie zum ersten Mal. Wjatscheslaw konnte offenbar ihre Gedanken lesen.

»Machen Sie sich keine Sorgen«, erklärte er. »Mein Vater ist kaum zu Hause, vor Mitternacht brauchen wir ihn nicht zu erwarten. Mama kommt auch meistens spät. Ich sage niemandem, mit wem ich mich treffe. Ich bin nicht von der Straße gekommen, sondern durch die Gärten geschlichen. Niemand hat mich gesehen. Auch in der Schule weiß keiner etwas.«

Anna Iwanowna beruhigte das nicht. Als der ungebetene Gast gegangen war, versuchte sie mit Maja zu reden. Aber die sonst stets gehorsame, guterzogene Tochter widersetzte sich plötzlich.

»Mama, er ist gut, er ist wundervoll, er ist mein Romeo. Hab keine Angst, niemand wird etwas erfahren!«

Anna Kolomijzewa erinnerte ihre Tochter nicht daran, wie die leidenschaftliche Liebe zwischen Romeo und Julia endete. Ihr war rasch klar, dass sie sich für die Rolle der Capulets so gar nicht eignete. Außerdem würden die Roshkows sie einfach hinwegfegen, und ihre dumme Maja gleich mit. Die heulte los: »Wenn du mich zur Tante nach Nowosibirsk schickst, dann geh ich ins Wasser!«

Anna musste den Rückzug antreten. Aber die Kinder hielten Wort. In der Schule taten sie, als seien sie einander völlig fremd. Am Nachmittag jedoch schlich Wjatscheslaw sich unbemerkt zum Haus der Kolomijzews. Im November sind die Tage kurz, und Anna Kolomijzewa wohnte nicht in einer belebten Straße, sondern in einem winzigen Häuschen am Rande der Stadt. Welche Zukunft die Verliebten erwartete, wollte sie sich nicht vorstellen. Wjatscheslaw strebte zielbewusst einer Goldmedaille zu. Sicher werden seine Eltern ihn zum Studium nach Moskau schicken, hoffte Anna insgeheim.

Aber es kam anders. Im Februar 1956 wurden von der hohen Tribüne des XX. Parteitages der Kommunistischen Partei Personenkult und unbegründete Repressalien verurteilt. Zwar verlas Nikita Chruschtschow seinen Bericht nur in einer geschlossenen Sitzung, und in die Zeitungen gelangten streng dosierte Informationen, aber auch das genügte, dass das Volk verstand: Die Zeit der Angst ging zu Ende, eine neue Ära brach an.

Im März 1956 betrat Olga Roshkowa, etwas zurückhaltender, aber immer noch allmächtig, eine Konditorei, die für ihre Backwaren berühmt war. Wie stets stand dort eine Schlange, ganz vorn der Sohn der Zahnärztin Esther Schulman. Wie gewohnt, ignorierte Olga die Wartenden, ging nach vorn und verlangte mit lauter Stimme: »12 Wiener Brötchen, aber bitte ohne Puderzucker.«

»Sie sind noch gar nicht an der Reihe!«, sagte Schulman vernehmlich.

In der Schlange wurde Zustimmung laut. Da machte Olga Roshkowa einen verhängnisvollen Fehler. Überrascht, dass der Sohn einer Frau, die ins Lager geschickt worden war, es wagte, ihr so unverschämt entgegenzutreten, zog sie ihre schönen Brauen hoch und fragte laut: »Sie sind immer noch in Freiheit? Und Ihre Mutter, schreibt Sie Ihnen?«

Der junge Schulman wurde weiß wie die Wand. Seine Mutter, eine zierliche Person, die nie etwas Schwereres als ihre Zahnarzt-Instrumente in der Hand gehalten hatte, war schon nach einem Monat Holzfällerarbeit im Wald verstorben. Olga ließ ein zufriedenes Lachen hören. Da ging der junge Schulman auf sie los. Das Folgende spielte sich fast geräuschlos ab und wirkte daher umso gespenstischer. Alle Anwesenden schlugen auf Juri Roshkows Gattin ein. Mit Händen und Füßen und sogar mit den gusseisernen Gewichten von der Waage des Konditors. Den verstümmelten Leichnam warfen sie auf die Straße hinaus. Dann stürmte die Menge zur Wohnung der Roshkows. Sie lag im ersten Stock eines großen Hauses. Zunächst wurden alle Fenster mit Steinen eingeworfen. Der Wachmann, der sich den Leuten entgegenstellte, wurde beiseitegefegt. Sie drangen in die Wohnung ein und verwüsteten sie völlig.

Es klingt merkwürdig, aber niemand informierte Juri Roshkow von diesem Vorkommnis. Als er wie stets vom Dienst nach Hause kam, erblickte er die leeren Fensterhöhlen. Nichts Gutes ahnend, wollte er wieder in den Wagen steigen, aber der Chauffeur war schon zu seinem Parkplatz unweit des Eingangs gefahren. In diesem Augenblick kamen die Leute, die Roshkows Wohnung verwüstet hatten, auf die Straße heraus. Juri Roshkow, bei dessen Anblick bis zu diesem Tage jeder erzittert war, hatte nicht einmal mehr Zeit, die Pistole zu ziehen. Sie schlugen ihm mit einer Eisenstange den Kopf ein, und als er blutüberströmt zu Boden fiel, wurde er von der Menge einfach zertrampelt.

Wjatscheslaw war wie stets bei Anna Kolomijzewa und wusste von alledem nichts. Die Schuldirektorin, die die Szene mit Wjatscheslaws Mutter miterlebt hatte, eilte, zu Tode erschrocken, nach Hause und verbot dem Jungen, sich auf der Straße zu zeigen. Erst am nächsten Morgen sagte sie ihm, dass er jetzt eine Waise sei.

Wjatscheslaw blieb zunächst in Anna Kolomijzewas Haus, weil er an einem unerklärlichen Fieber erkrankte. Eine Sonderkommission wurde nach Martynow geschickt. Aber die Zeiten hatten sich geändert und der Ruf der

Roshkows war bekannt. Die Kommission ermittelte nur oberflächlich und fand keine Schuldigen. Die Ermittler hatten selber Angst um ihr Leben, denn die Bewohner Martynows traten ihnen sehr aggressiv entgegen. Außerdem zogen in Moskau Veränderungen herauf, und die Mitarbeiter des NKWD begriffen, dass man das aufs höchste aufgebrachte Volk besser nicht reizte. Der Fall wurde unter den Teppich gekehrt.

21. Kapitel

Als der wieder genesene Wjatscheslaw einen Monat später in die Schule zurückkehrte, begegneten ihm seine Klassenkameraden mit düsterem Schweigen. Dann flog, von zielsicherer Hand geworfen, ein stählernes Lineal durch den Raum, das den Jungen im Gesicht traf und auf seiner Stirn eine tiefe Schramme hinterließ. Wer weiß, was noch passiert wäre, aber in diesem Augenblick trat Anna Kolomijzewa in die Klasse, um mit der Mathematikstunde zu beginnen. Die Direktorin erfasste sofort, was geschehen war. Mit den Worten: »Geh rasch in mein Zimmer!« drückte sie dem Jungen ihre Schlüssel in die Hand und schob ihn auf den Gang hinaus.

»Der Sohn trägt für den Vater keine Verantwortung«, wollte sie sagen, »außerdem hat er selbst gerade Vater und Muter verloren …«

Aber da stand Lena Jakuschkina auf, deren Vater Roshkow ins Lager gebracht hatte, danach der Enkel von Esther Schulman und nach ihm Lonja Leonidow, der seine Großeltern verloren hatte …

Anna Kolomijzewa verstummte. Immer mehr Kinder erhoben sich, bis am Ende fast die ganze Klasse stand. Nur ihre eigene Tochter Maja blieb sitzen.

Niemand sagte ein Wort. Alle blickten die Direktorin an.

Anna Kolomijzewa sank auf einen Stuhl und sagte schluchzend: »Gott im Himmel, meine Kinder, was haben wir euch angetan, und was werdet ihr uns antun, wenn ihr einmal groß seid!«

Die Tränen der Direktorin brachten das Eis offenbar ein wenig zum Schmelzen, denn Mischa Somow, der anerkannte Klassensprecher, der bei seiner halbblinden Großmutter lebte, weil seine Muter im Lager saß, erklärte in entschlossenem Ton: »Weinen Sie nicht, Anna Iwanowna, nur Ihretwegen rühren wir ihn nicht an. Aber er soll nicht mit uns reden. Verzeihen können wir ihm sowieso nicht.«

Ähnlich hart reagierten auch die Pädagogen.

»Solange ich lebe«, erklärte die Russischlehrerin kategorisch, »bekommt Wjatscheslaw keine Medaille!« Die Kollegen gaben ihr recht. Unerwartet kam Hilfe von einer Seite, von der sie die Direktorin nicht erwartet hätte.

»Ihr seid mir vielleicht Erzieher!«, sagte der Sportlehrer böse. »Schüttelt nach der Prügelei drohend die Fäuste. Noch vor einem Monat habt ihr euch vor Roshkow fast in die Hosen gemacht! Aber jetzt seid ihr mutig! Schämen muss man sich für euch!«

Die Hasstiraden verstummten. Wjatscheslaw erhielt als einziger Absolvent seines Jahrgangs die Goldmedaille, aber gefeiert wurde nicht.

»Was willst du denn jetzt machen?«, fragte ihn die Direktorin nach den Prüfungen.

Er wohnte seit Februar in ihrem Haus. Wohin hätte er sonst auch gehen sollen?

»Ich verschwinde von hier«, brummte der Junge. »Vielleicht nehmen sie mich an der Nowosibirsker Universität.«

Anna trommelte mit den Fingern auf die Tischplatte.

»Also, Wjatscheslaw, höre, was ich dir rate. Geh lieber nach Moskau. Mit der Goldmedaille und einem Köpfchen wie deinem kannst du dich in die Moskauer Universität wagen. Und dann ...«

Sie stockte, weil sie nicht wusste, wie sie dem Jungen erklären sollte, was sie im Sinn hatte.

»Reden Sie nur weiter, Anna Iwanowna«, bat er, »ich verstehe Sie schon.«

»Nach Nowosibirsk kannst du nicht, mein Junge«, sagte Anna so vorsichtig wie möglich.

»Warum?«

»Das ist nicht weit genug von Martynow entfernt. Deine Eltern sind dort bekannt. Moskau ist eine Riesenstadt, unter so vielen Menschen lebt es sich leichter. Außerdem ...«

»Was denn noch«, fragte Wjatscheslaw gespannt.

»Die Zeiten ändern sich«, sagte Anna Kolomijzewa mit einem Seufzer. »Neue Leute kommen an die Macht. Du siehst doch, was um dich herum vorgeht. Wie willst du mit dieser Vergangenheit weiterleben? Sobald du aufschreibst, wo deine Eltern angestellt waren, wirst du ...«

Sie stockte wieder. Wjatscheslaw lachte bitter auf.

»Ich weiß ja, dass ich jetzt der Verlierer bin, aber daran kann ich doch nichts ändern!«

»Warum eigentlich nicht?«, murmelte Anna vor sich hin. »In meiner achten Klasse habe ich Semjon Nowosselzew, einen schlimmen Faulpelz mit schlechten Noten. Der wird wohl ein Handwerk lernen müssen.«

»Was hat das mit mir zu tun?«, fragte Wjatscheslaw verständnislos.

»Seine Mutter«, erklärte ihm Anna, »ist zu allem bereit, wenn ihr Semjon nur in die neunte Klasse versetzt wird. Ohne Zehnklassenabschluss hat er doch keine Zukunft.«

»Na und?«

»Sie arbeitet im Standesamt«, verriet Anna Kolomijzewa mit einem Lächeln. »Sie kann dir eine neue Geburtsurkunde ausstellen. Das Schulabschlusszeugnis schreibe ich selber. Niemand prüft so etwas. Als deine Muter setzen wir mich ein, als Vater den seligen Sergej Slawin, Majas Vater, die Erde möge ihm leicht werden. Dann heißt du Slawin und fängst dein Leben noch einmal ganz von vorn an. Glaube mir, saubere Papiere sind in unserem Land das Wichtigste.«

»Wahrscheinlich haben Sie recht«, flüsterte der Junge, »aber das ist doch verboten! Wenn das rauskommt!«

»Wer Angst vor Wölfen hat, soll nicht in den Wald gehen«, antwortete Anna Kolomijzewa. »Hauptsache, hier merkt niemand etwas. In der Hauptstadt verliert sich deine Spur.«

Gesagt, getan. Die Mutteer des Faulpelzes Semjon fabrizierte das notwendige Papier. Sie schrieb einfach ein echtes Formular als verdorben ab, vernichtete es aber nicht, sondern füllte es aus und übergab es Anna Kolomijzewa mit allen notwendigen Unterschriften und Stempeln.

»Ich kann mich gar nicht richtig freuen«, sagte Wjatscheslaw bedrückt, als er seine neuen Papiere in den Händen hielt. »Ich bin jetzt quasi Majas Bruder, wir tragen sogar den gleichen Familiennamen – Slawin.«

»Was ist dabei?«, fragte Anna lächelnd.

»Wir wollen heiraten.«

Die Direktorin winkte ab.

»Jetzt ist es doch noch viel zu früh, an Hochzeit zu denken. Erst einmal brauchst du einen Beruf. Später wird uns schon etwas einfallen.«

In die Hauptstadt fuhr Wjatscheslaw Sergejewitsch Slawin. Wjatscheslaw Roshkow verschwand spurlos. Maja blieb in Martynow. Da sie nichts als Dreien auf dem Zeugnis hatte, konnte sie nicht auf ein Studium in der Hauptstadt hoffen. Sie schrieb sich an der Schwesternschule der Stadt ein.

In der ersten Zeit kamen aus Moskau begeisterte Briefe. Wjatscheslaw berichtete von der Aufnahme in die Universität und ein paarmal von seinen Fortschritten im Studium. Dann wurde es still. Maja war außer sich. Mehrmals täglich lief sie zum Briefkasten, aber die Umschläge mit dem Moskauer Stempel blieben aus.

Anna tröstete ihre Tochter, so gut sie konnte. Sie überredete Maja sogar zu heiraten. Die gehorchte, aber die Ehe brachte ihr kein Glück. Ein halbes Jahr später liefen die jungen Leute wieder auseinander.

Die Jahre vergingen. Wjatscheslaws Spur hatte sich in der Hauptstadt verloren. Maja machte keine weiteren Anstalten, eine Familie zu gründen. Anna gab es jedes Mal einen Stich ins Herz, wenn ihre Tochter anrief und mitteilte, sie springe in der Klinik für eine ausgefallene Nachtschwester ein. Was sollte sie auch mit ihren Abenden anfangen? Die übrigen Schwestern hatten zu Hause Mann und Kinder.

1968 erhielt die hervorragende Krankenschwester Maja als Auszeichnung eine zweiwöchige Urlaubsreise in die Hauptstadt. Als sie zurückkam, brachte sie einen Koffer voller Geschenke mit, wirkte ausgelassen und fröhlich, fast ein wenig überdreht. Anna erschrak sogar ein bisschen, als Maja laut lachend erzählte, was sie in der Hauptstadt alles erlebt hatte. Bisher kannte sie ihre Tochter nur als stille graue Maus, die fast im Flüsterton sprach.

Dann wurde Maja krank. Mit ihrem Magen stimmte etwas nicht. Sobald sie etwas zum Essen sah, erbrach sie sich. Außerdem nahm sie um die Taille herum rasch zu. Erst jetzt gingen der Direktorin die Augen auf.

»Du bist schwanger! Von wem?«

Maja blickte die Mutter mit strahlenden Augen an und sagte: »Nehmen wir an, der Wind hat mir das Kind gebracht!«

1969 sah man eine unverheiratete Mutter noch anders als heute. Für die Leute war sie einfach eine Hure. In Europa und Amerika tobte die sexuelle Revolution, die Ehe galt unter der Jugend als veraltet, und die Frauen bekamen die Kinder vor allem für sich selbst. Aber in der Sowjetunion, die sich von der Außenwelt isolierte, herrschten noch patriarchalische Sitten. Selbst in Moskau wurde eine Dame schief angesehen, in deren Pass zwar ein Kind, aber keine

Ehe eingetragen war. Und dann erst in Martynow! Doch Anna Kolomijzewa war in der Stadt beliebt, und auch Maja waren viele dankbar für die schlaflosen Nächte, die sie an ihrem Bett im Krankenhaus gewacht hatte.

Als die Zeit heran war, gebar sie einen Jungen, den hübschen, gesunden und kräftigen Wadim.

Anna hatte den Enkel sofort in ihr Herz geschlossen, freute sich daran, wie er heranwuchs, wie er laufen und sprechen lernte.

Glück und Unglück liegen oft dicht beieinander. Anfang der siebziger Jahre war unter Majas Patienten ein Mann namens Fjodor Krelin. Den heiratete sie nach einem Jahr, und 1973 kam die Tochter Tonja zur Welt. Jetzt war Annas Glück vollkommen. Endlich war das Leben ihrer Tochter im Lot – sie hatte eine Familie und Kinder … Der Schwiegersohn erwies sich als guter, aufmerksamer Ehemann. Er liebte beide Kinder und wollte Wadim adoptieren.

»Ich möchte, dass Wadim nach mir Slawin heißt und auch meinen Vatersnamen trägt«, erklärte Maja kurz, aber bestimmt.

Fjodor wunderte sich, beharrte aber nicht auf seiner Meinung. Wenn Slawin, dann eben Slawin. Er fragte Maja auch nie, wer der Vater des Jungen sei. Er meinte, wenn sie das wollte, würde sie es ihm selbst sagen. Doch Maja schwieg beharrlich. Nur einmal konnte Fjodor nicht an sich halten und versuchte vorsichtig, Licht in die Sache zu bringen. Aber seine sonst so stille, nachgiebige und fast willenlose Ehefrau warf ihm einen solchen Blick zu, dass ihm die Lust verging, dieses schwierige Thema je wieder anzusprechen. Auch Anna schwieg sich darüber aus.

Wadim wuchs heran und kam in die Schule, natürlich in die der Großmutter. Seine Klassenlehrerin wurde die betagte, aber sehr gute Lehrerin Oxana Michailowna. Von der ersten Klasse an bereitete der Junge keinerlei Schwierigkeiten. Er war so still und gehorsam wie seine Mutter und tobte nie in den Pausen. Nur das Köpfchen hatte er offenbar nicht von Maja, die immer sehr durchschnittlich gelernt hatte. Oxana Michailowna hatte eine Sache kaum zu Ende erklärt, da hielt ihr Wadim schon die fertige Lösung hin. Anderen Kindern musste sie den Stoff wieder und wieder erklären, Wadim aber erfasste alles im Fluge. Seine Klassenlehrerin meinte: »Vielleicht sollten wir ihn gleich in die zweite Klasse versetzen? In der ersten langweilt er sich zu Tode!«

Am Ende des Schuljahres wurde wie üblich ein Klassenfoto gemacht. Die Mädchen mit ihren weißen Schürzen saßen in der ersten Reihe. Die Jungen in der blauen Schuluniform standen dahinter. Mitten unter ihnen Oxana Michailowna in ihrem schönsten Kleid und mit einem großen Blumenstrauß.

Anna prüfte gerade die Zeugnisse der achten Klasse, als Oxana Michailowna in ihr Zimmer trat und ihr ein Foto auf den Tisch legte.

»Das ist für Sie als Großmutter.«

»Danke, Oxana Michailowna«, sagte die Direktorin lächelnd, »wie schön es geworden ist. Und auch unser Wadim sieht richtig gut darauf aus.«

»Der Junge ist hervorragend«, stimmte ihr die Klassenlehrerin zu. »Ganz der Vater, die gleiche schnelle Auffassungsgabe!«

»Was meinst du damit?«, fragte Anna gedehnt und nahm die Brille ab.

Oxana Michailowna ließ nun auch alle Förmlichkeit beiseite.

»Tu doch nicht so, als ob du das nicht weißt!«

Anna starrte sie verständnislos an. Die Lehrerin fiel aus allen Wolken.

»Bist du darauf wirklich noch nicht gekommen? Wo sind die Klassenfotos von 1947?«

Anna Kolomijzewa nahm ein dickes Album aus dem Schrank.

»Hier sind sie.«

»Schau her«, sagte Oxana Michailowna. »Ich habe damals zum ersten Mal eine Klasse übernommen und war schrecklich nervös. Hier haben wir die 1a. Das ist deine Maja, und wer ist das?«

Die Direktorin folgte Oxana Michailownas Finger und sah ... Wadim, nur nicht in der blauen Uniform, die die Schüler jetzt trugen, sondern in einer grauen Jacke mit goldenen Knöpfen und einer Schirmmütze mit Kokarde.

»Begreifst du nun?«, fragte die Lehrerin. »Mir war das gleich klar. Er ist seinem Vater wie aus dem Gesicht geschnitten.«

»Wer soll denn das sein?«, murmelte Anna entgeistert.

»Nun hör aber auf!«, rief Oxana Michailowna. »Wer war denn in unserer Schule immer der Beste? Wjatscheslaw Roshkow!«

Anna fiel beinahe in Ohnmacht.

»Red nicht solchen Unsinn!«

Oxana Michailowna ließ ein ungläubiges Lachen hören.

»Also, nun schau doch mal richtig hin! Es ist dasselbe Gesicht!«

Als Anna an diesem Abend nach Hause kam, rief sie Maja zu sich ins Schlafzimmer und stellte fest: »Du hast also in Moskau Wjatscheslaw getroffen!«

Die Tochter lief dunkelrot an und wollte gerade etwas sagen, da kam ihr die Muter zuvor: »Lüg nicht, ich weiß alles!«

Maja nickte. »Ich habe ihn gefunden.«

»Ich denke«, sagte die Direktorin hart, »Wjatscheslaw sollte das Kind anerkennen und Alimente zahlen.«

»Nein, bitte nicht, Mama«, flüsterte jetzt Maja, »bitte nicht, Wadim gehört mir! Wjatscheslaw weiß nicht, dass es ihn gibt.«

»Wie das?«, fragte Anna ungläubig. »Hat er dir das Kind vielleicht unter Narkose gemacht?«

»Beinahe«, antwortete Maja. »Er war stark betrunken, wir haben erst in einem Restaurant zusammen gegessen und sind dann in seine Wohnung gefahren. Seine Frau war auf der Datsche ...«

»Verheiratet ist er auch noch!«, rief die Direktorin empört. »Das hätte ich ihm nicht zugetraut!«

»Lass ihn aus dem Spiel, Mama. Ich hab es so gewollt«, murmelte Maja. »Wjatscheslaw ist ein aufrichtiger Mann, er hat bestimmt gar nicht begriffen, was vorgefallen ist. Es ging ihm ziemlich schlecht. Und ich hab mich davongemacht, als er noch schlief!«

Aber Anna konnte sich gar nicht beruhigen. »Schließlich kennt er unsere Adresse und hat sich nicht ein einziges Mal gemeldet! Und du erst mit deiner medizinischen Bildung! Im Rausch ein Kind zeugen! Was da hätte passieren können!«

»Aber es ist doch gut gegangen!«

Darauf konnte Anna nichts mehr sagen.

Die Zeit vergeht schnell. Ehe die Direktorin sich's versah, war ihr Enkel in der zehnten Klasse. Er hatte glänzende Leistungen, und allen war klar, dass Wadim Slawin eine Goldmedaille ansteuerte. Seiner Großmutter bereitete der Junge nur Freude. Vom Vater hatte er die geistigen Gaben, Fleiß und Beharrlichkeit geerbt, von seiner Mutter dagegen Unentschlossenheit, einen sanften Charakter und ein starkes Gerechtigkeitsgefühl. Wadim erlag leicht fremdem Einfluss. So stellt sich die Menge einen wirklichen Gelehrten vor – klug, gebildet, aber stets etwas merkwürdig und unpraktisch ...

Wadim wurde eine glänzende wissenschaftliche Karriere vorausgesagt.

»Slawin geht natürlich an die Moskauer Universität«, meinten die Lehrer.

Übrigens hatte auch seine Schwester Tonja, obwohl sie von einem anderen Vater stammte, in allen Fächern ausgezeichnete Leistungen.

Anna Kolomijzewa geriet das zur Ehre. Auf jeder Besprechung in der Stadt hieß es: »Nehmt euch an ihr ein Beispiel – sie hat Ordnung in ihrer Schule, ihre Tochter ist eine ausgezeichnete Fachkraft, und ihre Enkel sind die besten Schüler. Eine hervorragende Pädagogin, das sieht man gleich.«

Aber kurz vor der Abschlussprüfung passierte etwas Unerwartetes. Am 31. Mai wurde Wadim 18 Jahre alt. Als Kind war er kränklich gewesen und hatte keine Infektion ausgelassen. Anna hatte damals darauf bestanden, dass er erst mit acht Jahren eingeschult wurde.

Nach einem feuchtfröhlichen Klassenabend begleitete Wadim die hübsche Sonja Swjaginzewa nach Hause und blieb das erste Mal über Nacht fort. Anna war außer sich vor Sorge. Bei den Swjaginzews ging niemand ans Telefon. Die Großmutter wollte schon zum anderen Ende der Stadt laufen, aber ihr Schwiegersohn hielt sie zurück.

»Tu das lieber nicht. Vielleicht sind Sonjas Eltern auf die Datsche gefahren. Es sind junge Leute, lass sie doch. Die Standpauke kannst du ihm auch halten, wenn er morgen früh hier auftaucht.«

»Aber warum ruft er nicht an?«, meinte die Großmutter besorgt.

»Er weiß doch, dass er dann sofort nach Hause kommen muss«, sagte Fjodor lachend. »Vielleicht hat er es auch einfach vergessen! Wer denkt schon in so einer Situation daran, dass sich die Eltern sorgen!«

Anna legte sich nieder, konnte jedoch nicht schlafen. Die ganze Nacht lag sie wach und wartete darauf, dass das Telefon klingelte.

Das geschah am Morgen. Nur war am anderen Ende nicht die schuldbewusste Stimme ihres Enkels, sondern die offizielle eines Milizionärs.

»Ist dort bei Slawin? Ich möchte Maja Slawina sprechen.«

Maja nickte nur kurz, legte dann auf, setzte sich auf die

Couch und murmelte: »Ein schreckliches Missverständnis. Wahrscheinlich haben die dort was durcheinandergebracht.«

»Was ist passiert?«, fragte Anna leise. Ihr Herz krampfte sich zusammen. Ihr Instinkt sagte ihr, dass ihrem Enkel etwas Schlimmes zugestoßen war.

»Die haben gesagt, Wadim ist festgenommen. Er soll heute Nacht einen Mann erschlagen haben.«

Anna griff sofort nach ihrer Handtasche. »Wir gehen aufs Revier!«

Martynow ist ein Provinzstädtchen. Es zieht sich zwar mehrere Kilometer am Flüsschen Lopatinka hin, aber dort kennt jeder jeden. Umso mehr Anna Kolomijzewa, bei der viele hundert Kinder in die Schule gegangen waren. Der Beamte, der gegen Wadim Slawin ermittelte, war Innokenti Komow, einer ihrer ehemaligen Schüler. Als der das zerquälte Gesicht seiner alten Direktorin erblickte, seufzte er nur auf und hob die Hände.

»Eine dumme Sache, Anna Iwanowna. Aber ich kann nichts machen, ich kann den Jungen nicht einmal auf Ihre Bürgschaft hin rauslassen. Der Staatsanwalt ist dagegen.«

»Sag uns doch um Gottes willen, was passiert ist«, stammelte Anna.

Am Abend zuvor hatte Wadim Sonja Swjaginzewa nach Hause gebracht. Sie hatten noch ein wenig auf der Bank vor der Tür gesessen. Gegen Mitternacht ging Sonja ins Haus. Wäre Wadim nicht auf dem Spielplatz stehengeblieben, um abzuwarten, bis in Sonjas Zimmer das Licht angeht, wäre er gleich nach Hause gegangen … Doch er blieb stehen und wartete. Bei den Swjaginzews blieb es dunkel. Wadim wurde unruhig. Sonjas Eltern mussten früh zur Arbeit und legten sich deshalb meist zeitig schlafen. Wenn das Mädchen nach dem Rendezvous nach Hause kam, ging sie immer in die Küche, schaltete das Licht an und winkte Wadim noch einmal aus dem Fenster zu. Aber diesmal geschah nichts.

Wadim wartete fünf Minuten ab und betrat dann voll innerer Unruhe das Haus. Vor den Briefkästen fand er Sonjas Handtasche, und vor der Kellertür einen ihrer Schuhe. Außer sich vor Entsetzen stürzte er die Kellertreppe hinab und sah dort Sonja am Boden liegen, über ihr die halbnackte Gestalt eines Mannes. Wadims Hände funktionierten schneller als sein Kopf. Er griff sich ein Stück Eisen, das dort herumlag, und donnerte es mit aller Kraft dem Vergewaltiger auf den Kopf. Der Mann stöhnte schrecklich auf und fiel zur Seite. Wadim nahm Sonja in seine Arme und trug sie in ihre Wohnung.

Die aus dem Schlaf gerissenen Eltern starben fast vor Schreck, als sie ihre mit Blut befleckte Tochter erblickten. Aber Wadim setzte die halb ohnmächtige Sonja nur auf die Couch und sagte: »Mit ihr ist alles in Ordnung. Ich habe einen Mann erschlagen.«

Sonjas Mutter, die Wadim bisher immer freundlich aufgenommen hatte, erschrak bis ins Mark. Der Vater rief die Miliz. Bis die eintraf, hielt der den Jungen in einem Zimmer fest. Aber Wadim dachte gar nicht daran, wegzulaufen. Die Miliz nahm ihn mit, man steckte ihn in eine Zelle und verschob alles Weitere auf den nächsten Morgen. Wadim wurde verhört und auch Sonja hinzugerufen. Das Mädchen erschien in Begleitung seiner Mutter Raissa. Auf alle Fragen, die Innokenti stellte, antwortete die Mutter. Die Tochter nickte nur zuweilen oder sagte leise: »Ja, ja.«

Jetzt sah plötzlich alles ganz anders aus. Sonja hatte niemand vergewaltigt. Sie sei in ihre Wohnung gegangen und habe schon im Bett gelegen, als Wadim zu ihnen gekommen sei und ihnen von dem Mord berichtet habe.

Der Ermittler knurrte böse, denn die Sache war doch zu durchsichtig. In dem Nest Martynow hatte ein vergewaltigtes Mädchen keine Chance, jemals einen Mann zu finden. Noch Jahrzehnte nach dem Vorfall würde man hinter dem Rücken einer solchen Frau reden: »Das ist doch die, die es damals im Keller getrieben hat.« Es blieb nur, das Mädchen aus der Stadt zu bringen oder am besten mit der ganzen Familie wegzuziehen …

Die Sache wurde dadurch kompliziert, dass die Ermittler die Leiche in ordentlichem Zustand vorgefunden hatten. Abgesehen davon, dass der Schädel des Mannes fast gespalten war, hatte er keinen einzigen Kratzer, nichts, was auf eine Vergewaltigung hinwies. Der Mann hatte Hose und Unterhose ordentlich angezogen. Jemand musste vor dem Eintreffen der Miliz dafür gesorgt haben, dass nicht einmal der Gedanke an eine Vergewaltigung aufkam.

Innokenti seufzte schwer. Der Unbekannte, dem dran gelegen war, die Spuren zu verwischen, hatte die Leiche nicht nur angezogen, sondern, da die Sache im Keller passiert war, auch noch das Ventil der Heißwasserleitung abgeschlagen. Die Milizionäre mussten zum Tatort durch heißes Wasser waten, das ihnen fast bis zu den Knien reichte. Wenn es an den Geschlechtsorganen des Mannes je Spuren gegeben haben sollte, dann hatte das Wasser sie längst weggespült. Natürlich hätte man Sonja vom Frauenarzt untersuchen lassen können, hätte prüfen können, ob sich unter ihren Nägeln Hautreste fanden. Aber ihre Mutter Raissa widersetzte sich diesem Ansinnen kategorisch.

»Mit welchem Recht wollen Sie meine unbescholtene Tochter solchen Prozeduren unterziehen?«, schrie sie empört. »Das fehlte noch! Sonjas Ruf schädigen, um den Mörder zu retten!«

Als Wadim erfuhr, was die Swjaginzews ausgesagt hatten, war er wie vor den Kopf geschlagen.

»Warum tun die das? Warum?«, fragte er Innokenti immer wieder. Dem Ermittler tat der Junge leid.

»Warum, warum!«, gab er wütend zurück. »Musstest du auch gleich mit einer Eisenstange zuschlagen? Was soll ich denn jetzt machen? Die haben einfach Angst, dass die Sache mit Sonjas Vergewaltigung bekannt wird!«

»Verstehe«, murmelte Wadim und schwieg fortan.

So sehr Innokenti sich auch mühte, ihn zum Reden zu bringen, es half alles nichts. Wadim brummte nur: »Ich habe gelogen. Ich habe ihn in Wirklichkeit einfach so erschlagen. Sonja war gar nicht dort.«

»He, Junge«, ermahnte ihn Innokenti, »mach keinen Unsinn! Die Zeit der Ritter ist lange vorbei! Für deine Gutmütigkeit wirst du dein Leben lang bezahlen!«

Aber Wadim war nicht zu erschüttern.

»Nehmen Sie zu Protokoll, was ich ausgesagt habe!«

»Weshalb hättest du den Mann denn umbringen sollen?«, fragte Innokenti scharf.

»Ich wollte seine Uhr haben«, warf ihm Wadim hin und hüllte sich wieder in Schweigen.

Die Sache hatte noch einen Haken. Der Tote war ein angesehener Mann, der Wohnungsnachbar der Swjaginzews. Seine Frau, von Kummer gebeugt, weinte sich bei dem Ermittler die Augen aus.

»Mein Mann hätte einer Frau nie etwas antun können!«

Auch sein Betrieb stellte ihm das beste Zeugnis aus.

Da passte Innokenti einen Zeitpunkt ab, als Sonjas Eltern nicht zu Hause waren. Er suchte das Mädchen auf und sagte ihm auf den Kopf zu: »Hör mal, der hat dich doch gar nicht vergewaltigt. Du hast eine Affäre mit ihm gehabt. Ihr habt euch im Keller getroffen. Und auch an diesem Abend hat er auf dich gewartet …«

Sonja wurde puterrot, biss sich auf die üppige Unterlippe und sagte nichts. Dem Ermittler war klar, dass er ins Schwarze getroffen hatte.

»Als Wadim plötzlich im Keller stand, hast du das Opfer gespielt, damit niemand etwas davon erfährt, weder deine Eltern noch die Frau deines Liebhabers.«

»Was reden Sie da für einen Unsinn?« Sonja hatte sich wieder im Griff. »Außerdem bin ich minderjährig! Sie dürfen mich gar nicht ohne meine Eltern verhören!«

Als Innokenti zur Tür ging, wandte er sich noch einmal um. »Wadim geht hinter Gitter!«

Sonja schoss wieder das Blut ins Gesicht. »Wer hat ihn denn in den Keller gerufen? Warum ist er gekommen? Er hat sich die Suppe eingebrockt, soll er sie auch auslöffeln!«

Es kam zum Prozess. Als Maja das Urteil hörte, konnte sie nicht einmal mehr weinen. Wadim erhielt zehn Jahre Lagerhaft. Er hatte die Tat einen Tag nach seinem 18. Geburtstag begangen. Eine Jugendstrafe wäre wesentlich milder ausgefallen.

Wadim wurde ins Komi-Gebiet im hohen Norden Sibiriens gebracht. Anfangs erreichten sie von dort ein paar Briefe mit dem merkwürdigen Absender »Besserungs-Arbeitslager 1149/8«. Dann brach der Briefwechsel ab. Die Päckchen, die sie ihm schickten, kamen zurück. »Der Häftling W. Slawin, geboren 1969, ist in eine andere Strafanstalt überführt worden«, stand darauf. Anna Kolomijzewa fragte in Moskau nach. Nach längerer Zeit erhielt sie auf einem offiziellen Briefbogen mit Stempel und Unterschrift die Antwort: »Der Strafgefangene W. Slawin, geboren 1969, ist auf eigenen Wunsch in das Besserungs-Arbeitslager 1150/9 überführt worden.« Anna schrieb nun dorthin. Aber Wadim antwortete nicht. Stattdessen kam ein Brief von fremder Hand:

»Sehr geehrte Anna Iwanowna, mein Name ist Romanzew, ich bin der Erzieher der dritten Abteilung. Ihrem Enkel, W. Slawin, geboren 1969, geht es gut. Er arbeitet in einer Fabrik. In seiner Freizeit erhöht er sein Bildungsniveau durch das Lesen von Büchern. W. Slawin möchte von Ihnen keine Briefe, Päckchen oder Überweisungen erhalten. Auch auf Besuche hat er offiziell verzichtet.«

Wadim tat offenbar alles, um seiner Familie nicht zur Last zu fallen. Die materielle Unterstützung eines Strafgefangenen war für die Angehörigen eine schwere Bürde. Er brauchte Lebensmittel, Zigaretten, Kleidung und Medikamente. Dazu kam das Geld für Besuchsreisen … Wadim meinte, seine Familie sei mit ihm genug gestraft …

Die Jahre vergingen. Maja erkrankte an Krebs und schied still aus dem Leben. Anna meinte, der Kummer habe ihre Tochter umgebracht. Fjodor heiratete wieder. Tonja blieb bei ihrer Großmutter. Die Enkelin war jetzt ihre einzige Freude …

22. Kapitel

Anna Kolomijzewa hatte mit einem tiefen Seufzer geendet. Ich blickte sie erschüttert an. Dann fragte ich vorsichtig: »Haben Sie vielleicht ein Foto von Wadim?«

»Dies ist die letzte Aufnahme von ihm«, antwortete die Direktorin und nahm ein Bild aus dem Album. »Sie wurde zum Schulabschluss gemacht.«

Ich steckte das Foto in meine Handtasche.

»Hat er seine Schwester geliebt?«

»Sehr.«

»Haben Sie ihm ihren Tod mitgeteilt?«

Annas Augen wurden wieder feucht.

»Ich habe ihm viele Jahre lang jede Woche einen Brief geschrieben. Aber es kam keine Antwort. Ich habe nicht aufgehört zu schreiben, ich dachte, er würde mit der Zeit verstehen, dass er in mir immer eine Stütze hat. Doch Wadim hatte seine eigenen Grundsätze. Er wurde am 1. Juni 1997 entlassen. Wo er heute ist, weiß ich nicht.«

Unter Tränen fügte Anna hinzu: »Wenn Sie ihn sehen, dann sagen Sie ihm, er soll doch zurückkommen. So vieles hat sich verändert. Heute ist ein Verwandter, der gesessen hat, keine Schande mehr … Ich bin allein, niemand braucht mich, außer meinem Kater … Sagen Sie ihm das …«

»Ich will es gern versuchen«, murmelte ich verwirrt.

In Moskau traf ich am nächsten Morgen ein. Während der ganzen vier Stunden Flug, da die anderen Passagiere, in ihre Decken gehüllt, fest schliefen, gingen mir schwere Gedanken durch den Kopf. So war das also! Wadim Slawin! Auf der Uhr, die der arme Pawel gefunden hatte, waren die Initialen W. S. eingraviert. Wadim hatte sie also verloren. Und er, nicht Nikolai war mit Angelika auf der Station Solnetschnaja gewesen. Er, nicht Slawins ältester Sohn hatte Pawel die Uhr abgekauft.

Die Maschine fiel in ein Luftloch, mir kam der Magen bis zur Kehle hoch, meine Hände umkrampften die Armstützen. So viel war in dieser Sache noch ungeklärt. Warum hatte Wadim seinen Vater umgebracht und vor allem, wie war er in dessen Büro gelangt?

Das Motiv war eigentlich klar: Er wollte seine geliebte Schwester rächen. Wusste er, dass Wjatscheslaw Slawin sein Vater war? Warum hatte sich Angelika umgebracht? Richtig, sie hatte sich nicht selbst die Böschung hinuntergestürzt, er hatte sie gestoßen. Aber was bedeutete dann ihr Geständnis auf dem Anrufbeantworter? Alle Anwesenden hatten zweifelsfrei bestätigt, dass es ihre Stimme war.

Ich kaute angestrengt an dem Stift, mit dem ich meine Gedanken notieren wollte. Irgendetwas passte hier nicht zusammen! Eines war klar: Ich musste diesen Wadim finden. Anna Kolomijzewa hatte das Bild eines netten, zurückhaltenden Jungen gezeichnet, der seine Familie liebte und zu großen Opfern fähig war. Doch zehn Jahre Lagerhaft konnten auch aus einem Engel ein Monster machen.

Gegen 13.00 Uhr war ich wieder zu Hause. Das Erste, was ich auf unserem Hof erblickte, waren zwei Limousinen – der Mercedes und der BMW. Am liebsten hätte ich kehrtgemacht und wäre weggelaufen, aber Kira hatte mich schon erspäht und rief aus dem Fenster: »Tanja!«

Ich musste ins Haus gehen. Hatten Garik und Wenjamin, die einander nicht ausstehen konnten, sich schon geprügelt? Aber die Männer hockten ganz friedlich beisammen und zeichneten etwas auf Papier. Zwischen ihnen saß Rebekka und hatte rote Wangen.

»Nein«, sagte sie heftig, »ins Wohnzimmer gehört ein Kamin, stell dir vor, wie gemütlich das im Winter ist.«

»Meinetwegen«, willigte Garik ein und streichelte Mulja, die auf seinen Knien lag, die fetten Flanken, »nur bitte keine Ledersofas, darauf liegt es sich gar nicht gut. Oh, Tanja! Na, die Zähne wieder heil?«

»Welche Zähne?«, fragte ich begriffsstutzig.

»Na deine!«, warf Becky ein. »Du bist doch in Moskau gewesen, um deine Zähne gründlich behandeln zu lassen.«

»Ach so, ja, sie sind wieder in Ordnung. Und was treibt ihr?«

Garik verkündete fröhlich: »Ich habe die Villa samt Swimmingpool, Tennisplatz und französischem Koch verkauft!«

»Wie das?«

»Wir richten gerade das neue Haus ein.«

»Du hast schon ein neues?«

»Genau.«

»Wo denn?«

»Nicht weit von hier, in Bakowka.«

Da konnte ich nur staunen. Der legte ja ein Tempo vor. Einen Tag und zwei Nächte war ich nicht zu Hause, und schon hatte Garik sein halbes Leben umgekrempelt.

»Du kommst gerade richtig«, fuhr Garik fort.

»Wieso?«

»Los, hol deine Karre aus der Garage.«

»Wozu?«

»Wir fahren Möbel kaufen.«

Ich wollte den Erdölscheich in die Realität zurückholen. »Hör mal«, sagte ich, »in den Geschäften gibt es doch nur das, was alle haben. Gute Möbel bestellt man per Katalog.«

»Das nun auf keinen Fall«, gab Garik lachend zurück.

»Ich will auf einer Couch sitzen, sie ausprobieren ... Aber vielleicht hast du ja recht.«

»Ach was, man kann in Moskau wunderbar kaufen«, rief Becky begeistert. »Fahren wir!«

Hier war jeder Widerstand zwecklos. Wohl oder übel musste ich das Gespräch über den Tod des Professors aufschieben, bis ich mit Rebekka allein war.

»Warum soll ich fahren, ich kann doch bei Wenjamin oder Garik einsteigen.«

»Auf keinen Fall!«, riefen die Männer im Chor. »Du musst üben, und wir sichern dich ab!«

Ergeben trottete ich zur Garage. Diesmal musste ich mich an allen Fronten geschlagen geben. Als Einziges konnte ich durchsetzen, dass die Hunde zu Hause blieben. Als ich sah, wie Kira Mulja in den Mercedes schob, rief ich: »Nein, die Möpse kommen nicht mit!«

»Warum nicht?«, fragte Kira beleidigt zurück.

»Was sollen Hunde in einem Möbelhaus?«

»Wann kriegen sie schon mal eins von innen zu sehen?«

»Niemals!«, sagte ich scharf. »Das ist für sie völlig uninteressant!«

»Weißt du«, sagte jetzt auch Rebekka, »bei dieser Hitze ist es in den Geschäften furchtbar schwül, die kleinen Kerle fallen glatt in Ohnmacht.«

»Also gut.« Kira gab auf. »Ramik, Rachel, Ada, Mulja – ab, ins Haus!«

Beruhigt ging ich zur Garage. Diesmal rangierte ich mein Wägelchen ohne einen Kratzer heraus. Abreißen konnte ich aber auch nichts mehr, denn die Rückspiegel hatte ich noch nicht wieder anbringen lassen. An der Spitze der Kolonne fuhr ich auf die Minsker Chaussee hinaus. Als wir an unserem Postenhäuschen vorbeikamen, nahm ich das Gas weg und rief dem diensthabenden Milizionär einen Gruß zu. Der lachte nur und antwortete: »Heute Familienausfahrt? Und wo sind die restlichen Gatten?«

»Müssen arbeiten, Geld verdienen!«, rief ich zurück und gab Gas.

Wenn ich ehrlich sein soll, mag ich große Geschäfte überhaupt nicht, besonders solche, wo ein Einkauf lange dauert. Aber Möbel sind kein Joghurt, den man in den Müll befördern kann, wenn er nicht schmeckt. Auf einer unbequemen Couch muss man lange sitzen.

Ich atmete tief durch wie vor einem Sprung ins kalte Wasser, lief die breite Treppe hinauf, öffnete eine riesige Glastür und … blieb stehen wie vom Donner gerührt. Vor mir lag ein endloser Saal voller Sofas, Sessel und Schrankwände. Von der Decke hingen Lampen und Kronleuchter in allen Formen und Farben. Ich hätte mir nicht träumen lassen, dass sich dem Käufer jetzt eine so riesige Auswahl bot.

»Es sind nur drei Etagen«, erklärte mir Rebekka beruhigend. »Und wir müssen auch nicht so viele Zimmer einrichten, nur ganze acht. Außerdem haben wir schon eine Liste, das vereinfacht die Sache beträchtlich.«

»Hast du toll gemacht!«, riefen Garik und Wenjamin begeistert.

Mir lief ein leichter Schauer über den Rücken. Drei Etagen! Und acht Zimmer! Dafür brauchten wir glatt eine Woche.

Ein Möbelgeschäft hatte ich das letzte Mal um 1990 herum von innen gesehen. Eine Freundin wollte für ihre Tochter eine Klappcouch kaufen. Die kostete damals etwa 80 Rubel. Der Gang ins Möbelgeschäft wurde lange vorbereitet. Galja musste mehrmals zu dem Geschäft an der Domodedowskaja laufen, um ihre Bestellung abzugeben. Endlich war der lang erwartete Tag da.

»Also, Tanja«, sagte Galja aufgeregt, »wir treffen uns heute Abend um elf vor dem Möbelgeschäft.«

»Was soll das?«, fragte ich verwundert. »Da ist es doch geschlossen.«

»Wir müssen uns einen Platz in der Schlange sichern«,

erklärte mir Galja. »So viel ich weiß, hat das Geschäft fünfzehn dieser Klappcouchs bekommen. Ich bin Nummer 14 auf der Liste. Wenn die eine von den Dingern unter der Hand verscherbeln, dann muss meine Natascha noch einen Monat mit mir zusammen schlafen. Wir werden also Wache schieben. Verstanden?«

Punkt elf Uhr abends standen wir vor der verschlossenen Tür. Es war November und schon eisig kalt. Wir standen dort natürlich nicht allein. Aber die anderen Leute hatten daran gedacht, Thermoskannen mit heißem Tee und jede Menge Wodka mitzubringen. Gegen drei Uhr morgens glaubte ich, mein letztes Stündlein sei gekommen. Zu unserem Glück hatte ein Offizier Erbarmen und ließ uns in sein Auto einsteigen, wo wir uns ein wenig aufwärmen konnten. Mir war so kalt, dass ich kein Wort mehr herausbrachte. Galja ging es noch schlechter. Ich war wenigstens in unmodernen, aber warmen Fellstiefeln erschienen, Galja dagegen in eleganten Lederstiefelchen.

»Ich schaffe es nicht, bis hier geöffnet wird«, jammerte sie, »mir werden sie vorher die Beine amputieren!«

Aber wir erlebten tatsächlich, wie eine ältere Verkäuferin im blauen Seidenkittel mit mürrischem Gesicht die Tür aufschloss. Die Menge stürzte hinein. Galja vergaß den Schmerz in den Füßen und lief allen voran.

»Tanja!«, brüllte sie aus Leibeskräften, »setz dich schnell auf eine Couch, mach hin, worauf wartest du?«

Ich begriff überhaupt nichts. Gehorsam ließ ich mich auf ein Sofa mit braunem Bezug fallen, auf dem schon ein dickes Weib mit hochgetürmter Lockenfrisur saß.

»Runter von meiner Couch!«, schrie die los und trat mit den Füßen nach mir. »Nimm deinen Arsch da runter, Schlampe!«

Erschrocken räumte ich das fremde Territorium.

»Tanja!«, schrie Galja wieder, »wo bleibst du denn, blöde Gans, komm hierher!«

Ich konnte sie unter den vielen Leuten nicht gleich finden. Dann sah ich, wie sie gerade einen Georgier mit riesiger Nase von einem anderen Sofa zerrte.

»Schnell, hierher! Wir müssen den Kerl runterwerfen, er hat nicht angestanden und sich einfach auf die Couch gesetzt!«

Ich sprang herzu und packte den Kaukasier bei den Armen. Der wollte sich wehren, aber gegen zwei wild gewordene Weiber hatte er keine Chance. Unter wüstem Kampfgeschrei warfen wir den Burschen zu Boden und ließen uns auf die Couch fallen.

»Verrückt geworden, was?!«, wetterte der Georgier und stand mühsam wieder auf. »Die reinen Wildkatzen! Ob ich angestanden habe oder nicht, was geht euch das an ...«

»Mach, dass du weiterkommst«, fuhr ihn Galja an, die wieder etwas zu Atem gekommen war. »Wen hast du geschmiert, den Direktor oder den Abteilungsleiter? Sag denen, sie sollen uns sofort die Rechnung ausschreiben, sonst zeig ich sie beim BKUSE an!« Das war das Büro zum Kampf gegen die Unterschlagung sozialistischen Eigentums.

Die Couch wurde schließlich gekauft. Zwar lieferte man sie eine Woche später mit leicht beschädigtem Bezug, aber das spielte keine Rolle mehr.

In diesem Möbelparadies hier übertraf die Menge der Ware allerdings die Zahl der Käufer bei weitem.

»Womit fangen wir an?«, fragte Wenjamin.

»Am besten mit den Polstermöbeln«, entschied Garik.

Als kompakte Gruppe strebten wir der Mitte des Saales zu. Mir war schon nach einer halben Stunde schlecht, aber meine Begleiter brannten vor Eifer. Sie nahmen in Sesseln Platz, legten sich auf Liegen, probierten Klappmechanismen, betasteten Bezüge und legten sich Kissen zurecht. Ab und zu erinnerten sie sich auch an mich, wandten sich mir zu und fragten: »Na, wie geht es dir?«

»Blendend«, sagte ich matt, »genau das Richtige für mich ...«

»Ausgezeichnet«, rief Rebekka fröhlich. »Und jetzt die grüne!«

Nach einer ganzen Weile stellte ich fest, dass weder Lisa noch Kira oder Kostja zu sehen waren.

»Wo sind die Kinder?«

Wenjamin wusste Bescheid. »Dort, bei den Küchen.«

»Was machen sie da?«

»Sie haben Angst, dass du schimpfen wirst.«

»Weswegen? Außerdem – dafür habe ich sowieso keine Kraft mehr. Ich komme vor Hitze um!«

»He, Kinder!«, rief der Agent ihnen zu. »Ihr könnt herkommen, Tanja hat sich beruhigt.« Sofort standen alle drei vor mir. Als ich sie sah, wollte ich wieder hochfahren, aber ich konnte nicht. Kira schleppte Mulja mit sich herum und Kostja Ada.

»Wieso habt ihr die Möpse mitgenommen?«, stöhnte ich.

»Tanja, sei bitte nicht böse«, flehte Lisa. »Du weißt doch, dass sie nicht gern allein zu Hause bleiben! Wir haben schon Ramik und Rachel dagelassen!«

»Na, vielen Dank auch!«, sagte ich giftig. »Und dazu die Katzen samt Kröte!«

»He, Tanja«, rief Garik. »Wir schauen uns jetzt die Küchen an. Los, beweg dich!«

Mir brummte der Kopf.

»Gleich, gleich, ich brauche nur noch eine kleine Pause«, stammelte ich und sank auf eine mit weißem Leder bezogene Couch.

Die Kinder ließen die Hunde fallen und liefen den anderen hinterher. Mit hängender Zunge machten es sich Mulja und Ada neben mir auf den Kissen bequem. Kaum hatten sie die richtige Lage gefunden, da liefen zwei junge Mädchen mit Namenschildern an schicken Kostümen auf uns zu.

Ich zog die Möpse zu mir heran und versuchte aufzustehen. Gleich würden die beiden uns von dem guten Stück herunterjagen und täten recht daran. Aber die zeigten ihr schönstes Lächeln und flöteten: »Sie können die Hunde ruhig auf der Couch lassen – das Leder ist stark. Da gibt es keinerlei Spuren. Wir klappen die Couch nur schnell auf, nehmen Sie so lange im Sessel Platz!«

Ich tat gehorsam, wie mir geheißen. Die Verkäuferinnen klappten das Ding auf und starteten ihren Werbespot:

»Echtes Leder.«

»Fleckgeschützt.«

»Orthopädische Matratzen.«

»Die Hunde können den ganzen Tag darauf herumtoben: kein einziger Kratzer.«

»Lieferbar in achtzehn Farben.«

»Mit passenden Klappsesseln.«

»Auch mit Rollen zu haben.«

»Verstellbare Rückenlehnen.«

Dann holten sie einen Augenblick Luft und sagten im Chor: »Als Zugabe bekommen Sie zwei passende Kissen.«

Bei diesen Worten stieß Mulja, die bisher still dagesessen hatte, plötzlich einen merkwürdigen Ton aus, verdrehte die Augen und kippte auf der gepriesenen Liege zur Seite.

»Was hat sie?«, fragten die Damen erstaunt.

Ich drückte ihnen Ada in den Arm und lief zum Imbissstand, um eine Flasche Wasser zu holen. Als ob sie etwas geahnt hätten, erschienen Garik, Wenjamin und Becky mit den Kindern auf der Bildfläche. Ich lief mit einer Flasche Coca Cola herbei und goss Mulja die braune Flüssigkeit über den Kopf. Mineralwasser hatte der Verkäufer leider nicht.

»Mulja!«, rief Lisa erschrocken.

»Was ist mit ihr?«, fragte Rebekka erstaunt.

»In Ohnmacht gefallen ist sie wegen der Hitze«, erklärte

ich. Die Verkäuferinnen hatten schon einen Lappen geholt und wischten das braune Zeug von dem weißen Leder.

»Jetzt sehen Sie es selbst«, zwitscherten sie, »was das für eine tolle Couch ist. Machen Sie, was Sie wollen, Sie kriegen keinen Fleck darauf.«

Mir war, als müsste auch ich gleich neben unserem armen Hund in Ohnmacht fallen. Sehr plastisch stellte ich mir vor, wie Wenjamin mir Fanta über den Kopf goss.

»Garik«, stöhnte ich, »tu mir einen Gefallen!«

»Welchen du willst!«, rief unsere Erdölquelle lebhaft.

»Kauf diese verdammte Couch, jetzt gleich, sonst lassen die nicht von uns ab!«

»Nichts leichter als das«, sagte Garik. »Wie viel?«

»127000«, erklärten die Verkäuferinnen.

Mir wurde ganz kalt.

»Wie viel?«

»Roman«, schnarrte Garik, »erledige das!«

Der Wachmann ging mit festem Schritt zur Kasse. Die beiden Verkäuferinnen flatterten vor ihm her. Ich streckte mich auf dem klebrigen Leder aus und drückte die beiden Möpse an mich, die schwer schnauften. Jetzt war das gute Stück unser, und man würde mich in Ruhe lassen. Mir dröhnte der Kopf. Meine Ohren waren wie mit Watte verstopft. Ich konnte es nicht fassen. 127000! Aber Garik war nicht zu bremsen.

»Meine Dame«, ertönte es jetzt direkt über mir.

Ich schlug mit letzter Kraft die Augen auf. Die beiden Verkäuferinnen lächelten mich an.

»Hier sind die beiden Kissen als Zugabe vom Haus für Sie und Ihre Hündchen.«

»Her damit!«, krächzte ich und stopfte mir die Dinger unter den Kopf.

»Meine Dame«, säuselten die beiden weiter, »zu einer solchen Couchgarnitur gehört unbedingt ein Zeitungstisch.«

Ich fuhr hoch wie von der Tarantel gestochen, packte die

Möpse und rannte, so schnell ich konnte, in die Tiefe des Verkaufsraumes so weit wie möglich von diesen Quälgeistern fort. Früher war es wirklich besser. Jetzt wurde der Kunde vom Service in den Wahnsinn getrieben.

Am nächsten Tag führte mich mein erster Gang zu Rebekka. Ich hielt ihr Wadims Foto unter die Nase.

»Kennst du den?«

»Was soll die Frage? Das ist Nikolai. Das Bild ist nur sehr alt, wahrscheinlich zum Schulabschluss gemacht. Wo hast du das her? Und was willst du damit?«

»Nichts weiter«, murmelte ich und steckte das Foto wieder in die Tasche. »Ich hatte da so eine Idee.«

Erst einmal wollte ich Rebekka nicht sagen, dass sie einen weiteren Bruder hatte.

Wieder zu Hause, lief ich ziellos durch alle Zimmer. Dann fasste ich einen Entschluss. Ich musste diesen Wadim finden, denn nur er konnte der Mörder sein. Zwar begriff ich noch nicht recht, wie er es angestellt hatte, aber da blieb kein Zweifel mehr: Der junge Mann war ein kaltblütiger Killer.

Und wenn ich Wadim nun gefunden hatte, was dann? Darüber wollte ich mir später den Kopf zerbrechen. Probleme waren in der Reihenfolge zu lösen, wie sie auftauchten. Doch wie sollte ich in der Riesenstadt Moskau diesen Mann aufspüren? Die berühmte Stecknadel im Heuhaufen. Obwohl ...

Voller Tatendrang griff ich nach dem Telefonhörer. Ich wählte Wolodja Kostins Nummer, hoffte aber inständig, er möge nicht an seinem Platz sein.

»Hallo«, erklang sofort die bekannte Stimme, »Kostin am Apparat.«

Ich legte rasch wieder auf. Warum fiel mein Brot immer mit der Butter nach unten? Wenn man ihn brauchte, war der Kerl nicht da, doch wenn er einmal abwesend sein sollte, saß er prompt an seinem Schreibtisch. Was sollte ich jetzt machen?

»Tante Tanja«, hörte ich da plötzlich Kostja hinter mir sagen. »Kommen Sie bitte auf den Boden.«

»Wozu?«

»Kommen Sie, bitte!«

Ich musste die steile Treppe nach oben steigen.

»Schau dir das an!«, rief Kira begeistert und wies auf einen merkwürdigen schwarzen Kasten mit einem Telefonhörer. »Die Verbindung steht.«

»Was ist das?«

»Nimm das hier«, befahl Lisa, »und höre hinein.«

Ich nahm das Ding aus ihrer Hand.

»Hier ist der Stab des Oberkommandierenden!«, vernahm ich die Stimme unseres Nachbarn, des Generals Rjabow.

Ich musste lachen. »Kundschafterin Romanowa meldet: Verbindung hergestellt!«

»Ach, Sie sind das, Tanja«, hörte ich jetzt den rüstigen Pensionär lachen, »Sie haben die auch schon eingespannt!«

»Nur für einen Moment, aber Sie, Genosse General, sind im Stab wohl der Diensthabende?«

»Die Racker geben doch keine Ruhe!« Der General schien sich rechtfertigen zu müssen. »Rennen ständig hin und her! Kaum will ich Nachrichten sehen, sind sie da, kaum schlage ich eine Zeitung auf, wollen sie schon wieder was anderes. Wenn sie wenigstens leise spielen würden, aber die machen ein Geschrei, dass mir davon der Schädel platzt. Wahrscheinlich bin ich für so was schon zu alt. Ich hätte gern etwas mehr Ruhe. Da habe ich eben zugesagt, den Telefondienst zu übernehmen, wenn sie bis Mittag wegbleiben.« Er schwieg einen Moment und sagte dann: »Aber jetzt rufen sie bestimmt schon das zwanzigste Mal an!«

Ich wünschte ihm weiterhin gute Dienstverrichtung und wollte auflegen, aber der Alte redete immer weiter: »Meine

Schwiegertochter kümmert sich überhaupt nicht um Kostja. Sie hat das Kind gegen die Milizionäre eingetauscht.«

»Wieso gegen die Milizionäre?«, fragte ich verständnislos.

»Sie ist doch Chefredakteurin ihrer Zeitung. ›Der Ordnungshüter‹ heißt das Blatt.«

Mich durchfuhr ein freudiger Schreck. Irina Rjabowa – die kam mir gerade recht!

»Geben Sie mir doch bitte ihre Telefonnummer!«

»Notieren Sie«, sagte der geplagte Diensthabende geschäftig.

23. Kapitel

Irina Rjabowa begrüßte mich freundlich.

»Du willst jetzt unter die Journalisten gehen, Tanja? Warum eigentlich?«

»Weißt du«, log ich, was das Zeug hielt, »man hat mir eine Stelle bei der Zeitschrift ›Kultur‹ angeboten. Ich will es einfach mal probieren.«

»Natürlich«, stimmte Irina mir zu, »das musst du unbedingt. Mach dir vor allem keinen Kopf, dass du nicht Journalistik studiert hast. Die besten Schreiber sind meistens Laien. Und was kann ich für dich tun?«

»Ich bekomme dort eine Probezeit ...«

»Das ist so üblich.«

»Um meine Durchsetzungsfähigkeit zu prüfen, will man, dass ich über ein Archiv schreibe, das Akten von Verbrechern aufbewahrt ...«

»Das macht bei uns alles der Computer«, murmelte Irina. »Und wieso interessiert sich die ›Kultur‹ plötzlich für Kriminelle? Das ist doch überhaupt nicht ihr Thema.«

»Woher soll ich das wissen?«, sagte ich achselzuckend. »Ich muss tun, was mir gesagt wird.«

»Auch wieder wahr«, meinte Irina. »Einen Moment, bitte!«

Sie nahm den Telefonhörer ab und sprach hinein: »Platon Michailowitsch, hier ist der ›Ordnungshüter‹.«

Ich lauschte ihrem Redefluss und schaute mir dabei die vielen Sachen an, die sich auf ihrem Schreibtisch drängten: Schweinchen aus Keramik, Igel aus Plastik, Radiergummis, geformt wie Häschen und Kätzchen ... Plötzlich überfiel mich lähmende Müdigkeit. Ich konnte einfach nicht mehr ruhig auf einem Fleck sitzen, ich schlief sofort ein wie ein alter Hund.

»He, Tanja, hörst du nicht?« Irina stieß mich an.

»Was ist denn?«, fragte ich erschrocken.

»Geh zum dritten Aufgang, dort erwartet dich Platon Michailowitsch beim Pförtner. Er wird alle deine Fragen beantworten.«

Am Pförtnerhäuschen stand bereits ein netter Mann von etwa vierzig Jahren mit Glatze, großer Nase und blauen Augen.

»Kommen Sie, folgen Sie mir«, sagte er freundlich, »unser Dienst ist der allerwichtigste.«

Während wir von einem Korridor in den anderen eilten, redete Platon Michailowitsch ohne Pause. Ich erfuhr die ganze Geschichte vom Aufbau der russischen Miliz seit 1918. Als wir endlich am Ziel anlangten, war er gerade beim Fall des Serienmörders Wladimir Ionessjan aus den sechziger Jahren angekommen, der sich bei seinen Opfern stets als Mitarbeiter der Gasgesellschaft Mosgas eingeschlichen hatte.

Von seinem Gerede schwirrte mir der Kopf. Als erfahrene Krimileserin wusste ich zudem alles über den legendären Räuber Mischa Japontschik, das »Japanerlein«, über Lenka Pantelejewa, über die Bande »Schwarze Katze«, die im Moskau der Nachkriegszeit operierte, und natürlich über die Affäre »Mosgas«. Als ich den Wortschwall nicht mehr ertragen konnte, entschloss ich mich, Platon Michailowitsch mit der Frage zu unterbrechen: »Und das alles findet man in Ihrem Computer?«

»Wenn es um einen Rechtsverletzer geht, auf jeden Fall«, erklärte mein Gegenüber stolz. »Sehen Sie!«

Er klickte ein paarmal mit der Maus. Auf dem Monitor erschienen zwei Porträtaufnahmen – die Vorder- und Seitenansicht eines Mannes, darunter der Text: »Zulukize, Sandi Andrejewitsch, geboren 1947, Beiname Sandi, voraussichtliche Entlassung 12. 4. 2001.«

»Oder«, redete Platon Michailowitsch weiter, bevor ich zu Ende gelesen hatte, »noch so ein Früchtchen: ›Buchnikaschwili, Rewas Wladimirowitsch, geboren 1952, Beiname Pezo, voraussichtliche Entlassung 15. 10. 2000, Anführer der Gruppe der georgischen Häftlinge im Gefängnis der Stadt Waldimir‹.«

»Aber die sitzen noch alle«, stellte ich fest. »Was ist mit denen, die schon entlassen sind? Haben Sie die auch in Ihrem Computer?«

»Natürlich«, erklärte Platon Michailowitsch wichtig. »Schauen Sie: ›Nikolajew, Andrej Jewgenjewitsch, geboren 1972, verurteilt 1994 nach Artikel 147, Absatz 3 Strafgesetzbuch zu sieben Jahren Freiheitsentzug. Auf Bewährung entlassen 1999, besondere Kennzeichen: Tätowierung auf dem linken Unterarm ...‹«

»Das ist ja toll!« Ich mimte Begeisterung. »Was für eine Ordnung Sie haben! Haben Sie sich eine Mühe gemacht ...«

Platon Michailowitsch blühte auf wie ein Veilchen unterm Frühlingsregen.

Ich weiß seit langem: Wenn du willst, dass ein Mann alles für dich tut, dann musst du ihn loben. Zeige dich entzückt über seinen Verstand, seine unwahrscheinliche Leistungsfähigkeit, sein gutes Aussehen und seine Potenz. Den rostigen Haken der Schmeichelei schluckt jeder Vertreter des »starken« Geschlechts ohne Bedenken. Und wenn der

Fisch dann an der Angel zappelt, bringe ihn aufs Trockene und tue mit ihm, was du willst. Er wird keinen Widerstand leisten. Wie viele Männer sind schon blind zum Standesamt gerannt, nur weil eine listenreiche Frau mit bewunderndem Augenaufschlag flüsterte: »So wie du, mein Lieber, hat DAS noch keiner gemacht, fantastisch, das reinste Feuerwerk!«

Später, im Ehealltag braucht man den Gatten gar nicht zu kritisieren. Es genügt, ihm ein wenig Lob zu entziehen, und schon wird er unsicher. Eine kluge Frau keift und streitet nicht, sie schweigt einfach etwas öfter und erreicht damit, was sie will. Das kann man übrigens auch im Tierreich beobachten. Ein Hund, der gewohnt ist, für gute Manieren belohnt zu werden, ist tief beleidigt, wenn er Pfötchen gibt und einmal nicht das geliebte Stück Käse dafür bekommt.

Nachdem ich Platon Michailowitsch nach allen Regeln der Kunst in den Himmel gehoben hatte und sicher sein konnte, dass er mir jetzt aus der Hand fraß, stellte ich ihm die entscheidende Frage. Dabei vergaß ich nicht, weiter das exaltierte Dummchen zu spielen.

»Darf ich auch eine Suchmeldung aufgeben?«

»Natürlich«, sagte er liebenswürdig, »nennen Sie mir einen Namen.«

»Slawin, Wadim Sergejewitsch, geboren 1969.«

»Einen Moment«, murmelte der Beamte, »und da haben wir ihn schon: ›Verurteilt wegen Mordes mit zehn Jahren Lagerhaft. Entlassen 1997, wohnhaft bei seiner Ehefrau, Adresse: Moskau, Noworetschenskaja uliza Nr. 7, Wohnung 46.‹«

Ich starrte auf den Bildschirm. In der Tat, das war er.

»Eine Ehefrau? Wo soll die herkommen? Soviel ich weiß, wurde Wadim als achtzehnjähriger Junge eingesperrt.«

»Na und?«, fragte der Archivar verwundert zurück.

»Damals war er Junggeselle, wo kommt plötzlich die Frau her?«

»Das ist keine Hürde«, erklärte Platon Michailowitsch selbstsicher, »in meiner Ablage herrscht Ordnung. Die Ehe wurde 1994 im Lager geschlossen. Die Frau heißt Soja Rodionowna Korosteljewa, von Beruf Ärztin, wohnhaft in Moskau. Als er entlassen wurde, ist er zu ihr gezogen.«

Zu Soja Korosteljewa machte ich mich sofort auf den Weg, ohne lange zu überlegen, worüber ich mit ihr sprechen wollte. Aber sie war nicht zu Hause. Die alte Fahrstuhlführerin zuckte die Schultern.

»Glaubst du etwa, Kindchen, Soja liegt um diese Zeit im Bett? Sie ist auf der Arbeit.«

»Wissen Sie auch, wo das ist?«

Die Frau schüttelte traurig den Kopf, dann aber fiel ihr ein: »Frag Warja aus Wohnung 45, das ist ihre Freundin. Warja ist arbeitslos und hockt den ganzen Tag zu Hause.«

In Wohnung 45 öffnete mir eine sympathische Brünette. Ohne sich über den Besuch einer wildfremden Frau zu wundern, erklärte sie mir: »Soja ist eine sehr gute Chirurgin. Sie hat heute Sprechstunde in der Poliklinik an der Dorogomilowskaja uliza.«

Endlich einmal eine gute Nachricht! Das war gleich neben dem Kiewer Bahnhof. Nach dem Gespräch mit Frau Korosteljewa wollte ich noch Obst kaufen und dann schleunigst zurück nach Aljabjewo fahren.

Vor dem Sprechzimmer der Ärztin Soja wartete niemand. Das kam mir merkwürdig vor. Ich steckte den Kopf hinein und erblickte eine angenehme Blondine, die ohne jedes Make-up an ihrem Schreibtisch saß. Mir fiel ein, dass die meisten Moskauerinnen wegen der Hitze darauf verzichteten. Die im Fernsehen so heftig beworbene Grundierung von Max Factor und die Schminke von Dior zerliefen bei solchen Temperaturen und machten aus Schönheiten Vogelscheuchen. Vielleicht gehörte Soja aber auch zu den Frauen, die auf jede Kosmetik verzichteten und lieber ihren natürlichen Charme spielen ließen.

»Sie möchten zu mir?«, fragte die Ärztin, ohne den Kopf zu heben.

»Ja.«

»Nehmen Sie Platz.«

Soja legte den Stift beiseite und fragte: »Name?«

»Romanowa.«

»Sina, such bitte die Akte heraus«, rief sie ihrer Sprechstundenhilfe zu. Dann wandte sie sich wieder zu mir um. »Was fehlt Ihnen?«

Meine beste Freundin Katja, die Mutter von Kira und Serjosha, ist ebenfalls Chirurgin. Ich weiß, dass sie jeden Patienten, der sie aufsucht, betrachtet wie die beiden sympathischen schottischen Terrier in der Fernsehwerbung das Bild eines geschlachteten Rindes. Erinnern Sie sich? Die beiden Hunde streiten darüber, welches Stück vom Rind am besten schmeckt. Dann taucht ein Setter auf und empfiehlt ihnen das Hundefutter »Chappi«. Katja will ihren Patienten natürlich nicht fressen, sie schätzt einfach ab, welchen Körperteil sie ihm am besten abschneidet, damit es ihm besser geht.

»Chirurgen kennen nur zwei Mittel der Krankheitsbekämpfung«, behauptet ihr Sohn Serjosha manchmal ironisch, »Amputation oder Einschläferung.«

Katja nimmt das gelassen und reagiert darauf mit dem Witz:

»Ein Mann kommt zu seinem Arzt und ist den Tränen nahe.

›Mir tut die Nase weh! Ich war beim Chirurgen, und der hat gesagt, die schneiden wir ab, und die Sache ist vergessen. Geht es denn nicht auch anders?‹

›Also, diese Chirurgen aber auch!‹, antwortete ihm der Arzt kopfschüttelnd. ›Immer wollen sie alles mit dem Messer regeln! Keine Sorge, mein Lieber! Nehmen Sie diese Tabletten einen Monat lang ein, dann fällt die Nase von allein ab!‹«

»Sie haben keine Akte bei uns«, verkündete die Sprechstundenhilfe.

»Ich war noch nicht bei Ihnen.«

»Wenn Sie große Schmerzen haben, dann gehen Sie bitte in Zimmer 15«, erklärte die Ärztin Soja höflich, aber kategorisch und vertiefte sich wieder in ihre Papiere.

»Ich habe etwas Persönliches mit Ihnen zu besprechen.«

»Was denn?«, fragte die Ärztin kühl und hob immer noch nicht den Kopf. »Krankschreiben kann ich Sie nur für drei Tage.«

»Danke, das ist nicht nötig. Ich möchte nur wissen, wo Wadim ist.«

»Welcher Wadim?«, fragte die Ärztin und blickte auf.

»Wadim Sergejewitsch Slawin, geboren 1969.«

Soja blickte sich kurz um und sagte dann: »Sina, sei so nett und bringe die Patientenkarten in die Registratur. Es ist schon drei, die Sprechstunde ist zu Ende. Sortiere sie bitte gleich selbst ein.«

Die Sprechstundenhilfe, die vor Neugier fast platzte, musste wohl oder übel mit dem Stapel Karten verschwinden.

Soja Korosteljewa blickte mich ernst an und fragte dann unerwartet: »Sind Sie von der Miliz?«

»Wie kommen Sie darauf?«

»Sie reden so, als kämen Sie von dort. Wenn die nach einer Person fragen, nennen sie immer den vollen Namen samt Vatersnamen und auch unbedingt das Geburtsjahr. Hat Wadim etwas angestellt?«

»Ich muss ihn sprechen, es ist nichts Schlimmes.« Ich suchte sie zu beruhigen.

»Ich hoffe, Sie sagen die Wahrheit«, erklärte Soja mit einem Seufzer. »Wadim hat genug gelitten. So viele Jahre hat er unschuldig hinter Gittern verbracht.«

»Er hat einen Mann getötet.«

»Einen Vergewaltiger!«

»Darf man den einfach umbringen, ohne Recht und Gesetz?«

Soja wurde wütend. »Das ist eine ganz widerwärtige Sache! Das Mädchen …«

»Das weiß ich doch.« Ich winkte ab. »Er dachte, er muss Sonja retten. Aber den unglücklichen Mann hat er trotz allem umgebracht. Wenn ich richtig verstehe, ohne jeden Grund. Das Pärchen gab sich nur den Freuden der Liebe hin, und Wadim hat gleich zur Eisenstange gegriffen.«

»Das war ein schrecklicher, ein tragischer Fehler«, flüsterte die Ärztin.

Da sprang die Tür des Zimmers auf. Schwer schnaufend trat eine dicke Frau im weißen Kittel herein, ließ einen riesigen Stapel Krankengeschichten auf den Schreibtisch fallen und brummte in tiefem Bass: »Was für eine Hitze, ich werde wohl bald den Löffel abgeben! Und die vielen Leute draußen auf dem Gang! Soja, sind Sie fertig? Ich muss mit meiner Sprechstunde anfangen!«

»Ja, ja, natürlich, Jewgenia Michailowna«, antwortete die Chirurgin und packte rasch ihre Sachen zusammen.

Ich wartete auf dem Gang und hakte mich bei ihr ein.

»Wir waren noch nicht zu Ende.«

»Hier können wir nicht reden«, sagte die Chirurgin und sah sich besorgt um. »Zu viele Menschen. Lassen Sie uns zu McDonald's gehen.«

Dort stiegen wir in den ersten Stock hinauf und zogen uns in eine Ecke zurück. Man schien hier nicht mit Strom zu sparen, denn die Klimaanlage lief auf vollen Touren und erzeugte eine angenehme Kühle.

»Was wollen Sie von Wadim?«, fragte Soja Korosteljewa noch einmal. »Er ist harmlos wie ein Kohlweißling.«

Ich wollte ihr schon erklären, dass dieses Insekt große Ernteschäden anrichtet, frage aber nur: »Ist er zur Arbeit?«

Soja zuckte die Schultern. »Ich weiß nicht.«

»Wieso wissen Sie das nicht? Er ist doch Ihr Mann.«

»Er war es. Wir leben schon ein Jahr getrennt, haben uns aber noch nicht scheiden lassen.«

Da hatte ich den Salat! So viel zur Zuverlässigkeit des Computers! Diese idiotische Konservendose enthielt lediglich die offiziellen Informationen. Die Leute brauchten sich nur zu trennen, und schon war der Mann verschwunden. Musste man sich noch wundern, dass wir im Lande so eine hohe Kriminalitätsrate hatten?

»Wo wohnt er jetzt?«

Soja machte ein ratloses Gesicht. »Keine Ahnung.«

Ich schaute ihr in die weit auseinanderstehenden grauen Augen und sagte mit Nachdruck: »Wadim ist ein Mörder. Im letzten Monat hat er mindestens vier Menschen umgebracht.«

Soja wurde kreidebleich. »Was? ... Wen soll er denn umgebracht haben?«

»Professor Wjatscheslaw Slawin, Mitglied der Akademie der Wissenschaften, der übrigens sein Vater ist, die ahnungslose Schauspielerin Larissa Jakowlewa, die Sekretärin Lena und den Jungen Pawel. Sie könnten die nächste sein.«

»Warum denn das?«, flüsterte Soja.

»Weil Sie die Einzige sind, die der Miliz bei ihrer Suche nach Wadim Hinweise geben kann. Sagen Sie mir lieber gleich seine Adresse und alles, was Sie sonst noch über ihn wissen!«

»Ich habe ihn im Straflager kennengelernt«, begann Soja ihren Bericht.

Ich hatte ihr offenbar große Angst eingejagt, denn sie erzählte jetzt rasch alles, was sie wusste.

Ihre Laufbahn als Chirurgin begann 1992. Schon frühzeitig hatte sie auf Anforderung der Hauptverwaltung Strafvollzug eine Dienstreise in ein Straflager anzutreten. Einmal jährlich muss jedes Lager von einem Facharzt aufgesucht werden. Die Sanitäterinnen, die dort ständig tätig sind, können nicht viel ausrichten. Sie sind gerade mal in der Lage, einen Finger zu verbinden, eine Analgintablette zu verabreichen oder Fieber zu messen. Wenn ein Häftling schwer erkrankt, zum Beispiel einen Infarkt oder eine Blindarmentzündung bekommt, dann wird er in ein Krankenhaus gebracht, wo es eine geschlossene Sonderabteilung gibt. Manche Lager haben auch ihre eigenen kleinen Krankenstationen.

Das Besserungs-Arbeitslager, in dem Wadim einsaß, fiel in diese Kategorie. Er hatte Glück im Unglück. Am Freitag verrenkte er sich das Bein schwer, und am darauffolgenden Montag tauchte die Ärztin Soja aus der Hauptstadt auf, die die nötigen Instrumente und auch einige Arzneimittel mit sich führte.

Wadim wurde ihr erst am Mittwoch vorgestellt. Die Ärztin, die bereits zwei Tage Häftlinge untersucht hatte, war angenehm überrascht. Wadim sprach leise und drückte sich gebildet aus. Sein Körper wies keinerlei Spuren von Drogenmissbrauch auf, und insgesamt wirkte er eher wie ein junger Lehrer als ein wegen Mordes verurteilter Verbrecher.

Dazu muss man wissen, dass Innokenti, der Wadims Fall einst untersucht hatte, den Jungen auch während der Verbüßung seiner Strafe im Auge behielt. Er sorgte dafür, dass dies unter möglichst günstigen Bedingungen geschah.

Der Chef des Lagers, ein Oberst, der vom Dorf stammte, war bemüht, seinen Häftlingen das Leben möglichst zu erleichtern. Sie züchteten Schweine, die man später zu Koteletts, Suppenfleisch und Wurst verarbeitete, es gab eine eigene Bäckerei und eine winzige Nudelfabrik. Dieses Lager war ein seltener Fall, wo die Häftlinge ordentlich ernährt wurden. Außerdem bauten sie Möbel, und alle Chefs aus der Umgebung, sogar aus größeren Städten, bestellten hier Betten oder Stühle. Der umsichtige Lagerchef wusste, dass sich ein Häftling nach der Entlassung leichter im Leben zurechtfand, wenn er einen ordentlichen Beruf hatte. Er schloss eine Vereinbarung mit einem Institut in der Stadt Kassimow. Lehrkräfte gaben den Häftlingen Unterricht, versorgten sie mit Literatur und nahmen Prüfungen ab. Mit Geld bezahlen konnte der Oberst sie nicht, aber solide gearbeitete Möbel schmückten die Wohnungen vieler Professoren. Außerdem gab es im Lager eine komplette Autowerkstatt. Die Wagen der Professoren wurden hier besonders sorgfältig instand gesetzt. Mit einem Wort, in dieser Anstalt wurde keiner gedemütigt oder gar geschlagen.

Soja Korosteljewa, die zum ersten Mal eine solche Einrichtung zu Gesicht bekam, glaubte ernsthaft, so seien alle Straflager.

Der Gefangene Wadim gefiel ihr von Anfang an. Mehrmals ließ sie ihn rufen, angeblich, weil sie seinen Verband wechseln musste. Der ungewöhnliche Häftling äußerte interessante Gedanken über Shakespeare, zitierte Andrej Bely und verwechselte auch nicht Van Gogh mit Gauguin. Außerdem erfuhr sie, dass Wadim noch eine lange Zeit absitzen musste. Er hatte bereits ein Studium an der Fakultät für Mechanik und Mathematik mit dem Diplom abgeschlossen und studierte jetzt Wirtschaftswissenschaften.

Als Soja abreisen wollte, bat kurz zuvor Viktor Nikolajew sie um eine Unterredung. Sie hatte inzwischen einiges über das Lager erfahren und wusste, dass der schmächtige, wie ein Halbwüchsiger wirkende Nikolajew in Wirklichkeit das »Auge«, der Moralwächter der organisierten Kriminellen des Lagers war, dessen Wort nicht weniger galt als das ihres Chefs.

Viktor hatte offenbar ein dringendes Anliegen, das er der Ärztin umständlich zu erklären suchte. Die Botschaft lautete: »Also – mach unserem Botaniker nicht das Herz schwer.«

»Wem?«, fragte Soja verblüfft.

»Wadim – wir nennen ihn den Botaniker. Dem geht's sowieso schon dreckig. Keine Briefe, keine Päckchen, nichts. Nicht einmal seine Mutter schreibt ihm. Außerdem sitzt er wegen seiner eigenen Dussligkeit ...«

Soja hörte Viktor aufmerksam an. Sie war damals kaum 28 Jahre alt. Die Geschichte, die sie da erfuhr, rührte sie sehr. Gab es das wirklich noch, dass jemand für eine so schrecklich lange Zeit hinter Gitter ging, nur um die Ehre eines Mädchens zu schützen?

Besonders betroffen reagierte sie, als Viktor, ein Mann mit ungutem Gesicht, ihr erklärte: »Du fährst weg, aber er muss hierbleiben. Also brich dem Jungen nicht das Herz. Denn das ist rein, wie bei einem christlichen Märtyrer. Alles, was er hier verdient, schickt er der Frau des Ermordeten.«

Als Soja wieder in Moskau war, begann sie dem Botaniker zu schreiben. Unerwartet für sie antwortete er, es entspann sich ein Briefwechsel. Sie schickte ihm Päckchen, und schließlich fuhr sie ihn besuchen. Das Ganze endete mit einer Hochzeit, bei der das gesamte Lager mitfeierte.

Als Wadim endlich wieder in Freiheit war, ging er nach Moskau, und Soja meldete ihn in ihrer Wohnung an. Probleme gab es sofort. Das größte war die Arbeit. Jede Schuldirektorin empfing ihn mit offenen Armen, wenn sie des jungen Mannes mit zwei Hochschulabschlüssen ansichtig wurde. Aber ihre Miene wurde sofort eisig, sobald sie erfuhr, wo der künftige Lehrer seine Diplome erworben hatte. Ein halbes Jahr lang bewarb sich Wadim, wo er nur konnte, doch vergebens. Dann hatte Soja eines Tages eine Mitarbeiterin des Bildungsministeriums zu behandeln. Die verschaffte Wadim schließlich eine Stelle in einer Berufsschule für Küchenpersonal, allerdings mit einem miserablen Gehalt. Aber das Problem war gelöst, und eine Zeitlang lebte Soja in ungetrübtem Glück. Dann zogen am Himmel ihrer Ehe Wolken auf, und vor einem Jahr hatten sie sich getrennt.

»Weshalb?«, fragte ich ziemlich taktlos.

Soja lächelte traurig. »Wir passen charakterlich einfach nicht zusammen. Anders kann ich es nicht sagen. Wadim ist ruhig, geradezu apathisch, ich dagegen reagiere schnell. Er ist still, ich bin ziemlich laut. Am Wochenende zog er sich mit einem Buch auf die Couch zurück und war quasi nicht mehr anwesend. Ich frage ihn etwas, er schweigt. Ich rufe ihn: ›Wadim, Wadim!‹ Endlich hebt er den Blick und fragt: ›Hast du mich gerufen, Soja?‹ Anfangs war ich davon sehr gerührt. Dann begann es mich zu nerven. Zudem ist er mit allem zufrieden. Er gibt seinen Unterricht, und das war's. Um vier Uhr nachmittags kommt er nach Hause, und schon liegt er wieder auf dem Sofa mit irgendeiner Schwarte. Liest und liest. Ich komme mit hängender Zunge von der Arbeit, da ruft er nett und freundlich aus dem Wohnzimmer: ›Soja, gibt es bald was zu essen? Ich habe einen Mordshunger!‹

Wieso liegt er da und wartet auf mich? Er hätte doch eine Suppe kochen können! Ich habe viel mehr um die Ohren. Außerdem ... Die Zeiten sind nicht leicht, alle verdienen sich etwas dazu ... Ich arbeite inzwischen an drei Stellen gleichzeitig, um das Geld für den Urlaub zusammenzubekommen. Aber Wadim? Der verdient kaum tausend Rubel, doch das genügt ihm. Dabei hat er einen hervorragenden Ruf. Dass er einmal gesessen hat, ist längst vergessen! Er hätte Privatstunden geben können, die werden gut bezahlt. Doch er ließ sich lieber von mir aushalten ...«

»War er Miteigentümer Ihrer Wohnung?«

»Nein«, antwortete Soja. »Er ist ein grundanständiger Mensch, manchmal etwas zu anständig. Die Wohnung ist allein mein Eigentum. Er ist einfach fortgegangen.«

»Wohin?«

»Er hat sich außerhalb von Moskau ein Zimmer genommen – in Gnilowo, das liegt in der Nähe von Mitino. Uliza Oktjabrskaja Nr. 9, die Besitzerin heißt Galina. Alle rufen sie nur Oma Galja, sie ist schon sehr alt.«

»Und wo arbeitet Wadim jetzt?«

»Immer noch in seiner Berufsschule an der Obninskaja uliza.«

Sie verstummte. Plötzlich sagte sie sehr heftig: »Sie machen einen großen Fehler.«

Ich zog erstaunt die Brauen hoch. »Tatsächlich? Welchen denn?«

»Wadim ist zu einem Verbrechen nicht fähig.«

Ich brummte gereizt.

»Die alte Geschichte war ein Zufall«, beharrte Soja. »Glauben Sie mir, ich kenne meinen Mann! Er ist nicht in der Lage, jemanden umzubringen. Dafür ist er viel zu weich und nachgiebig. Ihm fehlt ein Stück Charakter, wenn Sie so wollen. Wenn einer ihn um etwas bittet, dann läuft er los und tut es.«

Mir wollte das alles nicht in den Kopf. Wer ihn wohl gebeten hatte, Wjatscheslaw Slawin zu erschießen? Oder hatte er das aus eigenem Antrieb getan?

24. Kapitel

Auf dem Markt beim Kiewer Bahnhof schlug ich richtig zu. Ich stopfte so viel in meine Einkaufstasche, dass beim Aussteigen in Peredelkino ein Griff abriss.

Der ganze Inhalt klatschte auf den schmutzigen Asphalt. Saftige Nektarinen und pralle Kirschen kollerten nach allen Seiten.

Fluchend und böse auf mich selbst sammelte ich das Obst wieder ein. Zu Fuß nach Hause gehen konnte ich jetzt nicht mehr, ich musste jemanden bitten, mich mitzunehmen. Aber der Platz, wo sich einem die Fahrer von Schwarztaxis sonst förmlich aufdrängten, war menschenleer. Ich hatte es wieder einmal wunderbar getroffen. Nur im Schatten eines riesigen Baumes erblickte ich einen winzigen Kleinwagen, Marke Oka. Als ich näher herantrat, sah ich, dass die Heckscheibe jede Menge Aufkleber zierten.

»Vorsicht, Invalide am Steuer«, hieß es da. Daneben klebte das Bild eines Dampf ausstoßenden Wasserkessels mit den Worten »Ich fahre, wie ich kann«. Schließlich eine riesige Aufschrift quer über die ganze Scheibe: »Bitte um Rücksichtnahme, der Fahrer ist blind!«

Den letzten Satz las ich mit offenem Mund. Da gingen die Türen des Wägelchens auf, und zwei alte Männer schauten heraus. Der eine, eine Brille mit dicken bifokalen Gläsern auf der Nase, saß hinter dem Steuer und krächzte: »Na, Kleine, suchst du ein Taxi?«

»Wo willst du denn hin?«, schnarrte der zweite.

»Nach Aljabjewo«, sagte ich schüchtern.

»Macht 20 Rubel!«, verkündete der Fahrer. »Rein mit dir, außer uns ist keiner da. Die Jugend hat bei der Hitze das Weite gesucht.«

Meinen prallen Einkaufsbeutel an die Brust gepresst, trat ich an das Vehikel heran. Aus der Nähe wirkten die beiden noch greisenhafter, geradezu wie ägyptische Mumien.

»Na, mach schon«, rief jetzt der Beifahrer.

»Du brauchst nicht zu schreien, Paschka«, blaffte der Fahrer. »Die ist noch jung und hat gute Ohren!«

»Oh, Verzeihung«, reagierte der Angesprochene in fast normalem Ton. »Ich höre fast gar nichts mehr, da schreie ich eben. Steig ein, Kleine.«

»Paschka, du hast auch schon unter der Hitze gelitten«, ließ sich jetzt wieder der Fahrer vernehmen. »Wenn die rein will, musst du erst aussteigen, wir haben doch nur zwei Türen!«

»Wo er recht hat, hat er recht«, seufzte der halbtaube Großvater und quälte sich ächzend aus dem Fahrzeug.

Ich fürchtete schon, er werde das nicht schaffen, aber er bewies mir das Gegenteil.

»Grischka!«, brüllte Paschka jetzt wieder, als er endlich auf seinen eigenen Beinen stand, »kipp den Sitz nach vorn! Und jetzt, rein mit dir, Kleine!«

Wieder einmal war ich Opfer der Umstände geworden. Ich quälte mich auf den Rücksitz des winzigen Gefährts, das mir vorkam wie eine Streichholzschachtel. Ich hätte einen kühlen Kopf bewahren und die Dienste dieses »Taxis« ablehnen müssen, selbst wenn das bedeutet hätte, mich zu Fuß und mit der schweren Tasche vor der Brust nach Aljabjewo zu schleppen. Aber das konnte ich den beiden Alten nicht antun. Die hatten sich solche Mühe gegeben, endlich einmal einen Fahrgast zu ergattern.

In der Kiste war es glühend heiß und roch stark nach Schweiß und billigen Zigaretten. Von Bad oder Dusche hielten die beiden offenbar nicht viel.

»Sitzt du gut?«, röhrte jetzt Paschka.

»Ja«, piepste ich.

Dabei konnte man das kaum sitzen nennen. Für welche Art Menschen dieses Wägelchen wohl konstruiert war? Selbst meine 48 Kilo und die wahrlich nicht langen Beine fanden auf dem Rücksitz nur mit Mühe Platz. Ich hatte die Knie fast an den Ohren, und für die dicke Tasche war eigentlich kein Raum mehr übrig.

»Grischka, lass endlich an!«, kommandierte der Beifahrer.

Der Angesprochene drehte den Zündschlüssel, und das Gefährt ratterte munter los.

»Nach links!«, rief Paschka. »Heute stehen wir bei der Kirche, also zuerst nach links, dann geradeaus! Und jetzt nach rechts in die erste Kurve!«

Ich saß so still wie eine Maus, die beim Knabbern am Käse erwischt worden ist. Das Gefährt schoss vorwärts und klapperte dabei mit allen seinen Einzelteilen. Ich wurde das Gefühl nicht los, dass mein Hinterteil jeden Moment auf den Asphalt aufschlagen musste. Von der Bahnstation geht es zunächst bergauf. Das graue Asphaltband schlängelt sich in engen Serpentinen nach oben. Ständig kamen uns Fahrzeuge aller Art entgegen.

»Mehr rechts!«, rief Paschka, »gleich bist du auf der Gegenfahrbahn!«

Grischka tat, wie ihm geheißen.

»Zählst du die Kurven mit?«, schrie Paschka.

»Klar doch!«, donnerte Grischka zurück und riss das Steuer herum, »das ist die vierte nach links!«

»Weshalb müssen Sie die Kurven zählen?«, fragte ich.

»Hier geht es fünfmal rechts und sechsmal links rum«, antwortete Grischka.

»Na und?«

»Grischka sieht doch so gut wie nichts«, erklärte mir Paschka in aller Ruhe. »Er muss mitzählen, damit er nicht von der Straße abkommt ...«

»Und wozu dann die Brille?«, fragte ich ziemlich töricht.

»Ein kleines bisschen seh ich schon noch«, erwiderte Grischka lachend, »bis zu meiner Nasenspitze!«

Der Gegenverkehr hörte nicht auf. Mein Gott, wenn er sich nun verzählte!

»Haben Sie denn gar keine Angst, mit diesen Augen Auto zu fahren?«, fragte ich mit zitternder Stimme. Dabei wagte ich mir gar nicht vorzustellen, was passierte, wenn einer der riesigen, vollbeladenen Kipper vom Typ »Kamas« das winzige Auto überrollte. Zumindest das Begräbnis käme für meine Familie nicht sehr teuer. Einen Sarg würden sie nicht brauchen. Was von der armen Tanja noch übrig blieb, hätte in einer Zigarettenschachtel Platz.

»Und was glaubst du, wozu ich da bin?«, fragte jetzt Paschka beleidigt. »Ich bin der Steuermann! Etwas nach rechts, Grischka, hier ist eine Straßenverengung. Ich sehe alles mit meinen Adleraugen!«

»Dafür hast du Ohren wie ein Baumstumpf!«, rief Grischka höhnisch.

»Das stimmt überhaupt nicht«, gab Paschka beleidigt zurück. »Was ich hören muss, das höre ich. He, Grischka, stopp, stopp, eine Katze!«

Der machte eine Vollbremsung, und meine Stirn schlug heftig gegen den Vordersitz. Das wie durch ein Wunder heil gebliebene Tier verschwand zwischen den Sträuchern am Straßenrand.

Als meine Großmutter mir in der Kindheit das Beten beibringen wollte, lehnte ich, damals schon Pionier, das empört ab. »Religion ist Opium für das Volk!«, erklärte ich. Damit zitierte ich allerdings wie viele andere den Ausspruch von Karl Marx nicht ganz exakt. Richtig lautet er: »Die Religion ist das Opium des Volks.« Er meinte wohl, sie erleichtere den Menschen ihre Leiden. Und tatsächlich wird Opium erst seit Mitte des 20. Jahrhunderts als schädliche Droge angesehen. Hundert Jahre früher galt es noch als harmloses Schmerzmittel. Auch Sherlock Holmes rauchte Opium, und niemand hielt ihn für einen Drogensüchtigen ... Ich hätte aber von meiner Großmutter beten lernen sollen, denn jetzt war es wohl bitter nötig ...

»He, Kleine!«, rief nun wieder Paschka. »Aljabjewo, und welche Hütte?«

»Fruchtstraße 12.«

Von einem Schlagloch zum anderen hopsend, erreichte das Invalidentaxi schließlich unsere Einfahrt. Ich atmete erleichtert auf. Es war fast ein Wunder, dass ich noch lebte!

»Wir sind da!«, erklärte Grischka stolz.

Mit schweißnassen Händen zog ich zwei Zehnrubelscheine aus meinem Portemonnaie und legte sie ihm in die offene Hand.

»Prima!«, rief Paschka, »davon kaufen wir uns Bier und einen Trockenfisch!«

»Nicht mit mir!«, widersprach Grischka. »Ich brauch erst mal Zigaretten!«

»He, Kleine!«, kam es noch einmal von Grischka, »hier, nimm!«

Er hielt mir einen Fetzen Papier hin.

»Was ist das?«

»Unsere Visitenkarte«, sagten die beiden Alten im Chor.

Ich blickte verblüfft darauf. Da stand sehr akkurat, wie von Kinderhand geschrieben: »Taxi auf Bestellung« und eine Telefonnummer.

»Aber wir fahren nur hier in der Nähe«, erklärte Grischka.

»Nein, auch auf den Markt in Nowoperedelkino«, korrigierte ihn Paschka.

»Ruf uns an, Kleine. Am besten einen Tag vorher, dann sind wir da wie hergezaubert.«

»Aussteigen!«, befahl jetzt der Beifahrer.

»Ich werd noch mal verrückt!«, rief Grischka böse. »Wie oft soll ich dir noch sagen: Wir haben nur zwei Türen! Erst musst du raus, dann der Fahrgast!«

»Stimmt auch wieder«, kicherte Paschka und fing an, sich langsam aus dem Miniauto herauszuwinden.

Dann hatte ich endlich wieder festen Boden unter den Füßen. Mit versagenden Knien humpelte ich auf unser Tor zu.

»He, Mädchen!«, rief Grischka mir nach, »deine Tasche!«

Ich wankte zurück und nahm die Traglast entgegen.

»Nein, diese Jugend!«, meinte Paschka, »hat einen Merks schlechter als wir Alten! Verlier unsere Visitenkarte nicht, sonst kannst du nicht anrufen, wenn du uns brauchst!«

Ich schaute dem Invalidentaxi nach, wie es über die Bodenwellen zur Chaussee holperte. Dann schlich ich auf das Haus zu. Ich fühlte mich halbtot. Ich quälte mich die Treppen hinauf, ließ meine Last auf den Tisch fallen und stöhnte auf. Heute konnte ich keinen Schritt mehr tun. Ich wollte nur noch in die Badewanne und alle viere von mir strecken.

Da ertönte auf dem Hof lautes Hupen. Ich schaute zum Fenster hinaus. Ein Möbelwagen war dabei, sich durch unser enges Tor zu zwängen.

»Nein, Leute, hier komme ich nicht durch!«, rief der Fahrer. »Ihr müsst das Zeug reintragen.«

»Zu wem wollen Sie denn?«, fragte ich überrascht.

»Tatjana Romanowa, wohnt die hier?«

»Ja.«

»Wir bringen die Couch.«

»Was für eine Couch?«

»Wieso? Eine weiße, mit Leder bezogene, dazu zwei Sessel. Haben Sie das schon vergessen?« Der Fahrer lachte.

»Tragen Sie die Sachen rein«, stimmte ich ergeben zu.

»Wo sollen die hin?«, fragte einer der Möbelträger. »Wir möchten erst einmal das Zimmer sehen.«

»Am besten ins Wohnzimmer«, sagte ich unsicher. Die Arbeiter schauten sich den nicht allzu großen Raum an und fragten: »Und das alte Zeug soll raus?«

Ich überlegte. Die Möbel taten mir leid.

»Lieber nicht.«

»Dann ist zu wenig Platz.«

»Was wollen Sie denn mit diesem durchgelegenen Diwan?«, fragte der Fahrer. »Die neue Garnitur ist doch viel schöner. Was haben Sie da im Hof, eine Garage?«

Ich nickte.

»Dann fahren Sie den Wagen raus, und wir lagern Ihre alten Möbel dort ein«, schlug der Fahrer vor.

Das gefiel mir. Einfache Lösungen sind meist die besten.

»So machen wir es.«

»An die Arbeit, Jungs!«, rief jetzt der dickste der Männer. »In die Hände gespuckt!«

Im Handumdrehen hatten sie die alten Polstermöbel gepackt und in die Garage geschleppt. Aber das Schwierigste stand noch bevor. Die strahlend weiße Couch ging nicht durch die schmale Tür unserer Datsche.

»Hängt die Tür aus!«, rief der Brigadier. Fünf Minuten später lehnte die an der Hauswand. Aber damit war das Problem nicht gelöst. Völlig zur Unzeit tauchten jetzt auch noch Lisa, Kira und Kostja mit den Hunden auf. Die Kinder wussten natürlich alles besser.

»Die Couch muss durchs Fenster«, behauptete Lisa.

»Das ist zu schmal«, meinte einer der Träger.

»Nein, durchs Küchenfenster«, riet Kira. »Das hat zwei Flügel!« Die Männer liefen um das Haus herum und lobten den Jungen: »Der weiß, wie's geht!«

Wenige Minuten später rutschte die Couch problemlos in die Küche. Nun hatten wir das nächste Problem. Der Durchgang zum Wohnzimmer war noch schmaler als die anderen Türen. Da passte das gute Stück gleich gar nicht hindurch. Schimpfend und fluchend zerrten die Männer das Sofa wieder nach draußen. Dann legten sie erst einmal eine Rauchpause ein.

»Hm«, machte einer, »und was jetzt?«

»Wir müssen es doch durch das Wohnzimmerfenster probieren«, beharrte Lisa.

»Da geht das Ding nicht durch.«

»Lasst uns doch mal messen«, meinte Kostja und holte ein Bandmaß. Nachdem man lange hin und her gemessen hatte, stellte sich heraus, dass die Fensteröffnung fünf Zentimeter breiter war als die Couch.

»Das müsste eigentlich funktionieren«, urteilte der Brigadier.

Die Arbeiter warfen die aufgerauchten Kippen weg und packten wieder an. Zuerst ging alles gut. Dann blieb das Möbel an einer Stelle stecken, ruckte und rührte sich nicht. Die Arbeiter warfen sich mit aller Wucht dagegen. Die Couch bewegte sich um keinen Zentimeter.

»Ihr müsst sie wieder herausnehmen«, riet der Fahrer. »Und dann noch mal, aber ganz gerade und vorsichtig!«

»Was sein muss, muss sein«, schimpften die Kerle und rissen an der Couch.

Es krachte, das Möbel segelte auf die Straße, und mit ihm der ganze Fensterrahmen. Glassplitter und Steinbrocken flogen durch die Luft.

»Sch …!«, brüllte der Brigadier. »Jetzt haben wir den Salat!«

»Dafür passt das Ding jetzt ganz bestimmt durch!«, rief der Fahrer froh. »Los, ihr schiebt von draußen, und du, Petja, geh rein und nimm ab!«

»Wir helfen alle mit!«, riefen die Kinder.

Die Hunde, die auch immer dort sein wollen, wo etwas passiert, drängten hinterdrein.

Jetzt, da der Fensterrahmen in seinen Einzelteilen auf dem Hof lag, konnte man das lederne Monster langsam durch das Loch im Mauerwerk schieben. Und doch saß es mittendrin noch einmal fest.

»Das gibt's doch nicht!«, rief der Brigadier. »Es muss durchgehen, das Miststück! Petja, zieh mal richtig!«

»Alle zusammen!«, brüllten die Kinder.

Viele Hände fassten an und zogen nach innen. Von außen warfen sich die Möbelträger mit aller Kraft dagegen.

Wenn alle an einem Strang ziehen, gibt es die erstaunlichsten Effekte. Bei so viel Kraftentfaltung sauste die Ledercouch wie ein riesiges weißes Geschoss in unser Wohnzimmer. Petja und die Kinder vermochten sie nicht zu halten. Als sie zu Boden ging, gerieten Petja, Kira, Kostja und die beiden Möpse darunter. Lisa konnte gerade noch zur Seite springen. Das schwere Möbel rutschte ein Stück durchs Zimmer und wurde erst vom Büfett aufgehalten. Ein großes offenes Glas mit Blaubeerkonfitüre, das auf dem Büffet stand, kippte von dem Stoß um, und die klebrige Masse ergoss sich über den strahlend weißen Bezug.

»He, Petja, lebst du noch?«

»Ihr A …!«, stöhnte Petja unter der Couch.

»Mein Bein!«, heulte Kira auf.

»Pfui Teufel, hier ist es ganz nass!«, quietschte Kostja. »Eine Pfütze!« Nur die Möpse schwiegen, aber nach ihrem schweren Schnaufen zu urteilen, sagte auch ihnen diese Lage gar nicht zu.

»Hebt endlich das Ding an!«, rief ich. »Was steht ihr da rum, ihr Idioten!«

Die Arbeiter sprangen gleich durchs Fenster herein und hoben die Couch an. Grässlich fluchend, kroch Petja hervor. Kira stöhnte, und Kostja hatten die Möpse völlig durchnässt.

»Alles nicht so schlimm«, meinte der Fahrer beruhigend. »Dafür steht das Ding endlich an seinem Platz. Jetzt noch die Sessel!«

Die wurden ohne weitere Schwierigkeiten hereingetragen. Ich lief nach einem Lappen, um die Konfitüre von der Couch zu wischen. Als ich zurückkam, war von dem großen Fleck nichts mehr übrig. Dafür sahen Rachel und Ramik jetzt aus wie zwei Chow-Chow, wenn man nach den langen blauen Zungen urteilte, die ihnen aus den Mäulern hingen.

Die beiden übereifrigen Verkäuferinnen hatten nicht gelogen. Der Bezug hatte alles ausgehalten. Trotz des schwierigen Transports wirkte die Couch frisch wie eine Rose im Mai ohne einen einzigen Fleck oder Kratzer.

»Das war's«, sagte der Brigadier und verabschiedete sich. »Beehren Sie unser Geschäft bald wieder.«

Die Männer sprangen in den Wagen, der Fahrer gab Gas, der schwere Wagen rollte rückwärts, es knirschte, und ich schloss vor Schreck die Augen. Als ich sie wieder öffnete, war das riesige Gefährt verschwunden, nur unser Tor lag am Boden. Wie schön, wenn man sich neu einrichten kann, dachte ich bei mir, als ich das Schlachtfeld besichtigte. Ein kaputtes Tor, ein herausgerissener Fensterrahmen, die ausgehängte Tür, Kira, der ein paar Kratzer abbekommen hatte, der durchnässte Kostja, Mulja und Ada, die sich von dem Schrecken noch nicht erholt hatten, ein Glas Konfitüre … Dafür konnte ich jetzt auf einer Luxuscouch liegen und die Zeitung lesen.

25. Kapitel

Wadims Berufsschule erreichte ich am nächsten Tag gegen elf Uhr vormittags. In diesem heißen Juni waren alle Schüler längst in die Ferien verschwunden. Aber wer weiß, vielleicht war es bei Berufsschülern anders, und die künftigen Köche mussten bei der Hitze noch ein Praktikum absolvieren. Ich hatte mich nicht geirrt. Der Unterrichtsbetrieb war noch in vollem Gange.

Ich lief durch lange Korridore, bis ich eine Tür mit dem Schild »Direktor« fand. Dort klopfte ich.

»Herein!«, kam es von drinnen.

In dem großen Raum saß eine füllige junge Frau an einem Schreibtisch. Sie wirkte wie jemand, der gern lacht und dem das Essen schmeckt.

»Möchten Sie zu mir?«, fragte die Direktorin.

»Eigentlich suche ich Wadim Slawin.«

»Was wollen Sie von ihm, wenn es kein Geheimnis ist?«

»Wissen sie, mein Kind soll nächstes Jahr an eine Hochschule gehen. Ich möchte ihn gern als Privatlehrer engagieren. Es heißt, er sei ein sehr guter Pädagoge.«

»Das ist richtig, Slawin ist ein ausgezeichneter Fachmann, aber ich fürchte, das mit Ihrem Sohn wird nichts werden.«

»Es ist eine Tochter«, sagte ich rasch. Vielleicht hatte Slawin ja etwas gegen Jungen.

»Das spielt keine Rolle«, erwiderte die Direktorin.

Da ging die Tür auf, und ein pausbäckiges Mädchen schaute herein.

»Ljudmila Grigorjewna, ich …«

»Sewastjanowa!«, unterbrach sie die Direktorin streng. »Du siehst doch, ich bin beschäftigt!«

Dann wandte sie sich wieder mir zu.

»Wadim Slawin gibt keine Privatstunden. Viele haben ihn schon darum gebeten.«

»Will er nichts dazuverdienen? Ich würde ihm zehn Dollar die Stunde zahlen!«

»Er bereitet sich auf eine Aspirantur vor«, sagte die Direktorin kategorisch. »Er will eine Doktorarbeit schreiben und hat gar keine Zeit. Wenn Sie wollen, können Sie Darja Semjonowa fragen, ebenfalls eine sehr gute Fachfrau. Die verdient sich gern etwas dazu.«

»Merkwürdig, dass dieser Slawin wirklich kein Geld braucht. Bestimmt ist er verheiratet.«

»Wadim Slawin ist Junggeselle«, antwortete die Direktorin unfreundlich und wandte sich demonstrativ ihren Papieren zu. Offenbar wollte sie mir zu verstehen geben, dass es Zeit war, das sinnlose Gespräch zu beenden.

»Ich möchte trotzdem mit ihm persönlich sprechen«, beharrte ich. »Wo ist er jetzt gerade?«

»Er hat sich krank gemeldet«, brummte Ljudmila Grigorjewna. »Er ist schon seit zwei Wochen nicht in der Schule gewesen.«

»Na so was! Trinkt er?«

»Wadim Slawin trinkt überhaupt nicht!« Der Ton der Direktorin wurde schärfer.

»Was fehlt ihm dann?«

»Ich weiß nicht, sicher hat er eine Erkältung. Wenn er wieder zur Arbeit kommt, wird er einen Krankenschein vorlegen, dann wissen wir Bescheid.«

»Geben Sie mir doch bitte seine Telefonnummer.«

»Er wohnt außerhalb und hat kein Telefon!«

Bei den letzten Worten schaute mich die Direktorin böse an.

»Entschuldigen Sie, ich habe jetzt Unterricht.«

Da man mich so höflich vor die Tür setzte, stritt ich nicht weiter. Ich würde Wadim auch ohne diese unangenehme Direktorin finden. Die Adresse hatte ich ja bereits. Gnilowo, Oktjabrskaja uliza Nr. 9.

Der kleine Flecken dieses Namens lag gleich hinter dem

Dorf Mitino. Der Bus brachte mich bis zum Friedhof, wo ich erst einmal nicht mehr weiterwusste.

»Das Tor ist direkt vor deiner Nase, meine Liebe«, sagte eine nette Frau zu mir, die Blumen verkaufte. »Nimm ein Sträußchen, kriegst es billig.«

»Ich möchte nach Gnilowo.«

»Ach so«, sagte die Händlerin und interessierte sich plötzlich nicht mehr für mich. »Da musst du noch ein Stück weiter.«

»In welcher Richtung?«

»Immer die Friedhofsmauer entlang. Wo sie zu Ende ist, nimm den Pfad weiter geradeaus, und du kommst direkt nach Gnilowo. Aber wenn du eine Datsche suchst, dann geh besser nicht dorthin.«

»Warum?«

»Weil da nur noch Halbtote wohnen. Die haben dort nichts, keinen Laden, nicht mal einen Kiosk, alles müssen sie aus der Stadt heranschleppen. Such dir lieber was hier in der Nähe, in Konakowo zum Beispiel. Da gibt es alles, sogar ein Kino.«

Ich hörte nicht auf sie und hielt stur auf Gnilowo zu. Die Einfassung des Friedhofs wollte kein Ende nehmen. Sie kam mir vor wie die chinesische Große Mauer. Dort, wo sie zu Ende war, stieß ich auf eine riesige Müllhalde, die hier offenbar wild entstanden war. Rostige Bettgestelle, Reste von Kränzen, Lumpen, Konservendosen und Flaschen. Zwischen den Müllhaufen schlängelte sich ein kaum sichtbarer Pfad hindurch. Nach kurzem Zögern folgte ich ihm und versuchte möglichst flach zu atmen. Ringsum war es totenstill. Das lärmende Moskau schien auf einem anderen Planeten zu liegen. Die Sonne brannte, und der Müll stank vor sich hin. Ich hielt mir ein Taschentuch vors Gesicht und suchte diese Gegend schnell hinter mich zu bringen. Dann war der Pfad plötzlich zu Ende. Vor mir fiel die Gegend steil ab, und unten drängten sich ein paar windschiefe, von der Zeit geschwärzte Holzhäuschen zusammen. Nie hätte ich gedacht, dass man so nahe der Hauptstadt einen solchen Krähwinkel finden könnte.

Vorsichtig, um nicht zu stürzen, kletterte ich den steilen Pfad hinab. Unten angekommen, klopfte ich an das Fenster der ersten Hütte.

»Wer hat es denn da so eilig?«, kam es von drinnen, und die Tür ging auf.

Eine alte Frau steckte ihren Kopf heraus, blinzelte in das helle Licht und fragte: «Was willst du? Suchst du jemand?«

»Ich suche Oma Galja.«

»Das bin ich. Und weiter?«

»Sie haben einen Untermieter, Wadim Slawin?«

»Oh, Sünd und Schande«, stöhnte da die Großmutter, »der ist mir ja ein Schürzenjäger! Suchst du ihn auch? Los, komm rein.«

Ich tappte in die fensterlose und daher stockdunkle Diele, stieß gegen etwas Blechernes, dann gegen ein Fass …

»Vorsichtig«, rief die Alte, »komm weiter.«

Ich stieg über eine Schwelle und stand plötzlich in einem großen Zimmer, das mit bäuerlichem Schick eingerichtet war. Auf dem Fußboden lag ein flammend roter Teppich, ein anderer, nur von strahlendem Blau schmückte die Wand und reichte bis aufs Sofa herab, auf dem sich zahllose Kissen drängten. In der Mitte stand ein Esstisch, der mit weiß und rosa gewürfeltem Wachstuch bedeckt war. In der Ecke, wo sonst die Ikone hängt, stand ein fast neuer Fernseher von Samsung. Oma Galja war offenbar Atheistin.

»Zieh die Schuhe aus«, sagte die Alte barsch, »trägst mir sonst den ganzen Dreck rein.«

Ich legte gehorsam meine Sandalen ab und tappte über die harten Borsten des Teppichs aus synthetischer Faser zum Tisch.

»Schämt ihr Weiber euch denn gar nicht?«, sagte Oma Galja jetzt vorwurfsvoll. »Den Kerlen nachzulaufen! Keine

Frage, er ist ein schöner Mann, aber man muss doch wissen, was man wert ist!«

»Hat Wadim häufig Frauenbesuch?«

Oma Galja drohte mir mit ihrem dürren, krummen Finger. »Du bist mir ja eine ganz Schlaue! Frag ihn doch selber!«

»Dann rufen Sie ihn bitte.«

»Wen?«

»Na, Ihren Untermieter!«

»Der ist nicht da.«

»Wie das?«

»Ist ausgezogen!«

»Wann?«

»Gestern schon. Hat mir die Miete gegeben, und das war's.«

»Wo ist er denn hin?«

Oma Galja lächelte ein wenig. »Das hat er mir nicht gesagt. Ein ganzes Jahr hat er hier gewohnt, und mit einem Mal rennt er weg. Schade.«

»Warum?«

»Er war ein guter Mieter, still und ruhig, fast wie ein Pope. Ist nie ausgegangen. Kommt von der Arbeit, schlingt die Kartoffeln runter, die ich ihm vorsetze, und ab unter die Lampe. Sitzt dort stundenlang, schreibt und schreibt … Trinkt nicht, holt sich keine Weiber ins Haus, ein echtes Goldstück!«

»Na, was stimmt denn nun?«, fragte ich ungehalten. »Zuerst war er ein Schürzenjäger, und jetzt sagen Sie, Frauen seien hier gar nicht aufgetaucht.«

»Das ganze Jahr war wirklich keine da. Erst gestern ist eine hier aufgekreuzt, groß und dick wie ein Nashorn. Hat mein ganzes Zimmer vollgetrampelt. Und jetzt kommst du. Ja, stille Wasser sind tief …«

»Darf ich mir sein Zimmer ansehen?«

»Also, Eintritt verlange ich nicht. Komm mit!«, schnarrte die Alte und stieß eine Tür auf. »Hier ist es.«

Ich besah mir den kleinen, äußerst einfach eingerichteten Raum von kaum zehn Quadratmetern genauer. Ein schmales Bett mit grauer, verwaschener Decke, ein Stuhl, ein zweitüriger Kleiderschrank und ein abgeschabter Schreibtisch. Auf dem Fensterbrett große Stapel von Büchern. Im Unterschied zum Zimmer der Alten hing hier eine Ikone, aber nur ein billiger Druck. Die gab es für wenige Kopeken in jeder Kirche zu kaufen.

Wie von selbst griffen meine Hände nach einem der Bände. »Mathematische Feldtheorie«.

»Feldtheorie«, buchstabierte Oma Galja laut die großen Buchstaben. »Für Landwirtschaft hat er sich interessiert!«

Ich schaute mir auch die übrigen Bücher an. Alles Werke über höhere Mathematik. Warum er wohl diese für ihn doch wichtige Literatur zurückgelassen hatte?

Dann öffnete ich den Kleiderschrank. Der war leer. Nur ganz in der Ecke standen ein Paar neue Winterstiefel.

»Du tust ja so, als wärst du hier zu Hause«, sagte Oma Galja mit einem Mal böse. »Du siehst doch, dein Kerl ist nicht da. Also kannst du auch wieder gehen …«

Ich ließ mich stattdessen auf dem Stuhl nieder und erklärte in offiziellem Ton: »Also, Oma, Schluss mit dem Theater, ich bin von der Miliz! Sag mir sofort, wo Wadim hingegangen ist!«

»Was wollen Sie denn, ich hab doch gar nichts …«, murmelte Oma Galja. »Ich weiß wirklich nicht, wo er jetzt ist. Als die Dicke weg war, hat er sofort seine Sachen gepackt.«

»Worüber haben sie denn gesprochen?«

»Ich lausche doch nicht an der Tür!«

»Das glaube ich Ihnen nicht.«

»Ich hab nicht alles verstanden.«

»Also, jetzt erzählen Sie schon!«

»Das war so ein dickes Weib«, hub Oma Galja an, »eine richtige Kuh. Kam hier gegen Mittag angetrabt und hat ans Fenster geklopft – tuck, tuck.«

Oma Galja schaute zur Tür hinaus und fragte: »Was willst du?«

»Ist Wadim da?«

»Sitzt und schreibt.«

»Sagen Sie ihm, Ljudmila ist gekommen.«

Oma Galja rief ins Haus: »Wadim, du hast Besuch!«

Der Untermieter kam heraus und starrte die Dicke an. Die fing an zu säuseln: »Warum bist du weggelaufen, Wadim? Ich habe mir solche Sorgen gemacht!«

»Komm rein!«, sagte Slawin knapp und schob das »Nashorn« in sein Zimmer.

Dort flüsterten sie miteinander. Dann kam das Weib mit rotgeheulten Augen wieder herausgeschossen und ist den Pfad hinaufgerannt.

»Die hat geheult wie ein Schlosshund«, tratschte Oma Galja, »es war noch lange zu hören. Wadim ist später weggegangen. Nach zwei Stunden kam er wieder und sagte: ›Danke, Oma Galja, ich habe eine Wohnung gefunden, ich gehe fort von hier.‹«

Oma Galja war ganz außer sich vor Verwunderung.

»Wie denn, so im Handumdrehen?« Aber er packte sofort seine Sachen und schleppte zwei Koffer zur Tür.

»Die Bücher! Du hast die Bücher vergessen!«, rief Oma Galja ihm nach.

»Die hol ich später ab!«, gab Wadim zurück. »In den nächsten Tagen!«

Als ich wieder in der Vorortbahn saß, schwor ich mir: Na warte, Ljudmila Grigorjewna, morgen kannst du was erleben!

In unserer Veranda saß Rebekka und sah mir bedrückt entgegen.

»Ist etwas passiert?«, fragte ich erschrocken.

»Nora hat von der Miliz die Erlaubnis bekommen, Nikolai zu besuchen. Sie hat lange in der Schlange vor dem Gefängnis gestanden. Als sie am Eingang ihren Pass abgeben wollte, hat man ihr gesagt, er will niemanden sehen.«

»Warum nicht?«, fragte ich verwundert.

Rebekka zuckte die Achseln. »Vielleicht schämt er sich, wenn dieses Wort hier auch nicht ganz passt. Sicher kann er seiner Mutter nicht in die Augen sehen. Nora weint und jammert zum Stein erweichen. Sie liebt uns doch alle so und hat immer davon geträumt, wie wir zusammen in Aljabjewo leben werden.«

Im Haus des Anstoßes, ging es mir durch den Kopf.

»Jetzt zerfällt ihr Traum vor ihren Augen«, fuhr Rebekka mit Trauer in der Stimme fort. »Nikolai ist im Gefängnis, und dann taucht auch noch Tamara auf! Stell dir vor, sie ist zu Mama gekommen und hat erklärt, Swetlana stünde ein Teil des Hauses zu. Wenn Nora es nicht verkaufen will, dann muss sie Swetlana auszahlen.«

Draußen war Motorengeräusch zu hören. Rebekka blickte kurz hinaus und sagte rasch: »Wenn Wenjamin hier ist, reden wir nicht über dieses Thema, einverstanden?«

»Hallo, Mädels!«, meldete sich der Agent schon von draußen, »seid ihr zu Hause?«

Als er die Veranda betrat, rief er: »Habt ihr die Handwerker? Das Fenster ist raus, und die Tür ausgehängt!«

»Das war der Möbeltransport«, erklärte ich.

»Ach so«, meinte Wenjamin und drückte mir ein paar Tüten in die Hand. »Lass uns Tee trinken.«

Wir setzten uns alle an den Tisch. Aus den Tüten kamen Baisers, Geleefrüchte und Konfekt zum Vorschein. Wenjamin hütete sich jetzt, mit Cremetorten bei uns aufzutauchen.

Wir redeten über dies und das. Nach einer Weile schien mir, als hätten Wenjamin und Becky ein Geheimnis miteinander. Sie warfen sich merkwürdige Blicke zu und redeten verdächtig lange über Möbel. Das gefiel mir gar nicht. Daher fragte ich unvermittelt: »Wenjamin, sag schon, was ist los?«

»Ich gehe das Geschirr spülen!«, rief Rebekka, sprang auf und lief in die Küche.

Aber von dort kamen keinerlei Arbeitsgeräusche. Becky stand offenbar an der Spüle und lauschte.

»Hör mal, Tanja«, murmelte der Agent verlegen, »ich kannte Rebekka bisher nicht. Jetzt aber wird mir klar, dass ich einen Fehler gemacht habe. Wir haben uns schon was überlegt ... Reg dich nicht auf, ich kriege das hin, ich hab da so 'ne Idee ...«

»Jetzt rede doch mal Klartext!«

»Sieh mal, für die Rolle der Alewtina ist mir zuerst die Tochter von Professor Slawin angeboten worden«, sagte Wenjamin. »Man hat geradezu darauf bestanden, dass sie sie bekommt. Ich musste zustimmen, gegen meinen Willen. Dann ist Slawin gestorben. Verstehst du?«

Natürlich verstand ich. Kaum hatte sich der allmächtige Wjatscheslaw Slawin von dieser Welt verabschiedet, brauchte auf ihn keiner mehr Rücksicht zu nehmen.

»Und da habe ich dir die Rolle angeboten«, murmelte Wenjamin bedrückt. »Ich dachte, ich hätte die beste Variante gefunden. Aber so einfach ist das alles nicht, man will ja immer nur das Beste ...«

»Kurz gesagt, du hast entschieden, dass nun doch Rebekka den Part bekommt?«, fragte ich in drohendem Ton. Dabei konnte ich meine Freude kaum verbergen.

Vor allem durfte Wenjamin nicht bemerken, wie glücklich ich war, sonst überlegte er es sich vielleicht noch.

»Ach, meine Liebe, sei nicht sauer«, sagte er schuldbewusst. »Die nächste Serie gehört dir! Großes Ehrenwort!«

»Ich kratz dem Weib die Augen aus!«

»Also«, sagte Wenjamin erschrocken, »dreh jetzt nicht durch, sei klug!«

Das war zu viel. Ich konnte mich nicht länger beherrschen und lachte aus vollem Halse.

»Becky, komm raus, hör auf, dich zu verstecken.«

Jetzt war es an Rebekka, sich zu entschuldigen. »Versteh doch, Tanja, das wollte ich wirklich nicht. Wenjamin, ich verzichte! Ich will Tanja nicht die Karriere verderben. Gib mir eine Rolle in einer anderen Serie. Die Alewtina spiele ich nicht! Hörst du, Tanja, niemals!«

Wenjamin presste die Hände gegen die Schläfen und jammerte los: »Mein Gott, wie ich diese Weiber satt habe! Ich schwöre, mein nächster Film spielt im Tierreich!«

»Warum denn das?«, fragte ich verständnislos.

»Weil Männer noch schlimmer sein können als Frauen!«, erklärte der Agent.

Rebekka hörte nicht auf, sich zu rechtfertigen.

»Glaube nicht, Tanja, dass ich von selber …«

»Ist ja gut«, unterbrach ich sie. »Die Alewtina gehört dir. Was bin ich froh, dass ich nicht länger vor der Kamera Faxen machen muss. Das ist nicht mein Ding! Du brauchst dich nicht schuldig fühlen. Ich sage dir sogar danke dafür!«

Laut aufschluchzend warf sich Becky mir an den Hals und wiederholte immer wieder: »Tanja, du Liebe, Gute …«

»Du willst gar nicht zum Fernsehen?«, fragte der Agent jetzt leise.

»Hör mal, Wenjamin!«, stieß ich böse hervor. »Wie oft soll ich es dir noch sagen? Wann kapierst du das endlich? Es ist nur …«

»Was?«, fragten Wenjamin und Rebekka im Chor.

»Die Artikel in den Zeitungen, die Interviews, die Fotos …«

»Alles kein Problem!« Der Agent winkte ab. »Zerbrich dir darüber nicht den Kopf! Das lässt sich regeln.«

»Warum ist denn eure Tür ausgehängt?«, ließ sich Gariks Stimme vom Hof vernehmen.

Rebekka und Wenjamin wechselten rasch einen Blick und flüsterten dann: »He, Tanja, vor ihm kein Wort von der Serie! Das geht ihn nichts an, klar?«

Ich zuckte die Achseln. Meinetwegen. Ich begriff nur nicht, was die ganze Geheimnistuerei sollte.

Am Freitagmorgen wählte ich die Telefonnummer der Berufsschule. Als ich im Hörer ein freundliches »Hallo« vernahm, piepste ich mit dünner Kinderstimme: »Ich möchte einen Antrag abgeben, können Sie mir sagen, wann ich den Direktor antreffe?«

»Ljudmila Grigorjewna ist von 9.00 bis 18.00 Uhr im Dienst«, erklärte die Stimme am andere Ende in offiziellem Ton. »Anträge sind bei der Aufnahmekommission abzugeben, die Dienstzeiten sind dieselben.«

Hocherfreut, dass das »Nashorn« so arbeitsam war, suchte ich alles Notwendige zusammen. Als Erstes packte ich eine dunkelrote Klappkarte mit dem goldenen Aufdruck FSB in meine Handtasche. Die hatte ich vor längerer Zeit für 25 Rubel im Durchgang zwischen den Metrostationen Twerskaja und Tschechowskaja erstanden. Dort sitzt ein sympathischer junger Mann mit einer riesigen Auswahl derartiger »Dokumente«. Für ein kleines Aufgeld füllt er sie sogar aus, versieht sie mit Passbild und Stempel. Früher hatte ich zwei solcher Ausweise – einen von der Moskauer Kriminalpolizei und einen vom Geheimdienst FSB. Aber ersteren hat mir Wolodja Kostin abgenommen. Ich musste ihm mit Ehrenwort versprechen, mich nie mehr als Mitarbeiterin der Miliz auszugeben. Zum FSB hat der Major nichts geäußert, weil er von diesem »Dokument« nichts weiß. Ich habe also ein reines Gewissen. Ich steckte noch die notwendigen Fotos in die Tasche, nahm den Kindern das Versprechen ab, General Rjabow nicht zu oft zu stören, und lief zur Bahnstation.

Dort war viel Gedränge. Vor den Kassen stand eine Menschentraube.

»So eine Schweinerei!«, rief ein Mann im zerknitterten grauen Anzug. »Wenn der Zug ausfällt, brauche ich eine Bestätigung für meinen Chef! Wie soll der mir sonst glauben, warum ich zu spät komme?«

»Was sagen Sie das mir?«, gab ihm die Kassiererin zurück.

»Kann ich etwas dafür? Uns hat man nur mitgeteilt: Bis heute Abend um sieben fährt kein Zug – weder in Richtung Moskau noch in Richtung Kaluga. Die Bestätigung kriegen Sie vom Chef des Kiewer Bahnhofes in Moskau.«

»Was ist denn los?«, fragte ich eine junge Frau mit Kind.

Die sagte aufgebracht: »Es heißt, an der Strecke wird gebaut. Nach Moskau fährt heute kein Zug. In den Bus zur Metrostation Jugosapadnaja kommt man nicht rein, der fährt bloß einmal die Stunde. Sie haben mich mit meiner Tochter glatt stehenlassen. Ich weiß einfach nicht, was ich machen soll!«

Ärgerlich begab ich mich auf den Rückweg. Ein Auto müsste man jetzt haben! Moment mal, ich hatte doch eins! Mein kleiner Lada stand unter dem Fenster, bis zum Rand aufgetankt. Und seitdem der schweigsame Roman unter der Motorhaube herumgepolkt hatte, war es, als hätte das Wägelchen Flügel bekommen.

Zwischen Hoffen und Bangen hin und her gerissen, umkreiste ich das Fahrzeug. Ach was, irgendwann musste ich doch damit anfangen!

An der Minsker Chaussee war ich im Handumdrehen. Dort stieß ich auf keine besonderen Schwierigkeiten. Der Verkehr war noch dünn, und in respektvollem Abstand von den glänzenden Limousinen erreichte ich schweißnass den Kutusow-Prospekt.

Hinter dem Triumphbogen beginnt Moskau. Autos groß und klein umströmten mich jetzt in ganzen Schwärmen. Ich ordnete mich ganz rechts ein und tuckerte am Trottoir entlang. Allmählich ließ die Spannung nach. So schlimm war das doch gar nicht. Hauptsache, nichts übereilen und die linke Spur meiden, wo wild gewordene Männer mit Jeeps und Mercedes' entlangbrausten. Rechts fuhr es sich ganz gemütlich. Das einzige Hindernis waren die Linienbusse. Zum Überholen fehlte mir der Mut, und wenn so ein stinkender »Ikarus« an der Haltestelle hielt, musste ich eben warten. Endlich, vor dem »McDonald's«, fuhr der Bus gerade noch bei Grün über die Kreuzung, dann sprang die Ampel auf Rot. Ich hielt erleichtert an.

Hinter mir hupte es wie wild. Im Rückspiegel sah ich den Fahrer eines »Wolgas«. Sein Gesicht war zur Grimasse verzogen, und den Lippen entströmten stumme, aber eindeutige Laute. Ich öffnete meine Tür und rief nach hinten: »Was hupst du denn? Wir haben doch Rot!«

»Blöde Gans!«, schrie der Fahrer zurück. »Keine Augen im Kopf? Das Rot ist für Geradeaus, wir Rechtsabbieger haben Grün! Also, fahr weiter!«

»Aber ich will doch geradeaus!«

»Ach, die hat sie ja nicht alle!«, brüllte der Fahrer, trat aufs Gas und fuhr um mich herum.

Ich blieb fast zehn Minuten stehen und wusste nicht, was ich tun sollte. Die Autos umfuhren mich in endlosem Strom, bis ich begriff, dass ich mich einfach mittreiben lassen musste. Ich bog ab und erreichte schließlich den Kiewer Bahnhof.

Fürs erste Mal gar nicht so schlecht, sagte ich mir. Ich suchte mir einen Parkplatz hinter einem kleinen Kiosk aus. Moskau hatte ich erreicht, und weiter nahm ich am besten die Metro. Mit der Rückfahrt wollte ich warten, bis abends der Verkehr abebbte.

Als ich dann gemütlich in der Bahn saß und den neuen Roman der Poljakowa aufschlug, dachte ich bei mir: Wozu brauche ich ein Auto? Das kostet nur Nerven. Die Metro ist viel bequemer!

26. Kapitel

Ljudmila Grigorjewna saß wie beim letzten Mal in ihrem Arbeitszimmer. Als sie meiner ansichtig wurde, schnaufte die Direktorin ärgerlich und fragte: »Na? Haben Sie einen Privatlehrer gefunden?«

»Nicht ganz.«

»Was wollen Sie denn noch?«

»Wissen, wo Slawin steckt!«

»Hören Sie mal, Bürgerin!«, zischte die Dame jetzt ernsthaft böse. »Hiermit erkläre ich Ihnen in verständlichem Russisch, dass Wadim Slawin keine Privatstunden gibt! Außerdem ist er krank, es geht ihm nicht gut! Vielleicht kommt er gar nicht an unsere Einrichtung zurück.«

»Weshalb regen Sie sich so auf?«

»Ich bin ganz ruhig, aber Sie stören mich bei der Arbeit!«, brüllte die Dicke. »Machen Sie, dass Sie rauskommen!«

»Haben Sie was mit ihm?«, fragte ich hinterhältig. »Das wäre gar nicht gut, immerhin ist er Ihr Untergebener ...«

»Was wollen Sie damit sagen?«, fragte das »Nashorn« und lief rot an.

»Wahrscheinlich sind Sie seine Geliebte, wenn Sie schon für ihn entscheiden, ob er Schüler nimmt oder nicht!«

»Sie haben sie ja nicht alle!«, kreischte die Direktorin. »Ich rufe jetzt den Wachdienst!«

»Geben Sie mir Slawins Adresse!«

»Die kenne ich nicht!«

Ich lachte laut.

»Sie lügen ja wie gedruckt! Erstens steht sie in seinem Fragebogen schwarz auf weiß. Zweitens sind Sie vor kurzem in Gnilowo gewesen! Oma Galja hat Sie in allen Einzelheiten beschrieben. Und drittens hat Wadim Slawin eine Ehefrau! Finden Sie es in Ordnung, sich mit einem verheirateten Mann einzulassen?«

Die Gesichtsfarbe der Direktorin wechselte von Rot nach Blau. Plötzlich fragte sie mit belegter Stimme: »Sind Sie Soja Korosteljewa?«

»Nein, ich bin nicht seine Frau, aber ich kann Ihnen noch größere Schwierigkeiten machen«, plapperte mein Mundwerk wie ein Automat.

Mit vor Schreck geweiteten Augen sah Ljudmila Grigorjewna, wie ich die rote Karte mit den Buchstaben FSB aus meiner Handtasche zog.

»Um Gottes willen, was hat er denn angestellt?«

»Nichts Besonderes, nur vier Menschen umgebracht. Wissen Sie, dass Wadim vorbestraft ist?«

Die Direktorin nickte.

»Und Sie haben ihn mit dieser Vergangenheit eingestellt? Ihm Kinder anvertraut? Was für eine himmelschreiende Sorglosigkeit!«

Jetzt fing die Direktorin an sich zu rechtfertigen.

»Meine Schwester hat mich darum gebeten. Sie ist bei Soja Korosteljewa in Behandlung. Mit seinem Arzt muss man sich doch gut stellen …«

»Warum hat die Ärztin Ihre Schwester angesprochen?«

»Die arbeitet im Bildungsministerium«, erklärte mir die Direktorin. »Soja hat ihr gesagt, Wadim sei unter falscher Beschuldigung verurteilt worden. Da habe ich es eben riskiert. Verstehen Sie doch, einen so hochqualifizierten Lehrer zu finden, noch dazu einen Mann – das war für unsere Schule der reine Glücksfall …«

Ljudmila Grigorjewna hatte keine Minute bereut, Wadim eingestellt zu haben. Er war klug, belesen, hatte hervorragende Kenntnisse in Mathematik, war zurückhaltend und ging Konflikten aus dem Weg. Schüler und Lehrer mochten ihn. Sein Unterricht war hervorragend, und die Direktorin war mit ihrer Entscheidung hochzufrieden. Soja Korosteljewa, die sie nicht kannte, beneidete sie sehr. Die hatte sich getraut, einen Häftling zu heiraten, und damit einen Hauptgewinn gezogen … Ljudmilas Privatleben war öd und leer. Den Mann fürs Leben hatte sie noch nicht gefunden.

Ungefähr vor einem Jahr hatte Wadim der Direktorin mitgeteilt, er sei nach Gnilowo umgezogen.

»Entschuldigen Sie, dort habe ich kein Telefon«, sagte er. Diesmal wollte es seine Vorgesetzte genauer wissen.

»Wieso ziehen Sie und Ihre Frau aufs Dorf? Brauchen Sie frische Luft oder ist das Geld knapp geworden?«

»Wir haben uns getrennt«, erklärte Wadim kurz angebunden. »Da ich keine eigene Wohnung habe, musste ich mir eine neue Unterkunft suchen. In Gnilowo habe ich ein Zimmer gefunden, das ist nicht teuer, aber in dem Haus gibt es weder fließendes Wasser noch Toilette oder Telefon. Nicht sehr komfortabel, doch für ein besseres Quartier reicht im Moment mein Geld nicht. Ich bin damit ganz zufrieden. Hauptsache, ich kann in Ruhe arbeiten. Ich habe mich als Doktorand bei Professor Glagoljew im Institut für Elementarmathematik eingeschrieben. Ich möchte promovieren.«

»Eine hervorragende Idee!«, rief Ljudmila Grigorjewna begeistert aus. Ein Mann muss im Beruf vorwärtskommen!«

»Die Karriere interessiert mich nicht«, sagte Wadim. »Ich mag einfach die Mathematik sehr. Eigentlich wollte ich in dem Institut arbeiten, doch das ist gegenwärtig völlig unmöglich. Überall werden Stellen gestrichen. Aber Doktoranden nehmen sie. Da habe ich zugegriffen. Ein interessanter Ort ist das Institut auch so.«

Er blickte der Direktorin offen ins Gesicht und fügte rasch hinzu: »Ich fühle mich wohl hier und bin Ihnen sehr dankbar. Aber ein bisschen langweilig ist es schon. Der Mensch braucht auch noch etwas anderes.«

»Das kann ich verstehen«, sagte die Direktorin. »Meine Zustimmung haben Sie.«

Nach diesem Gespräch lief Ljudmila Grigorjewna so rasch sie konnte zu einem teuren Friseur, ließ sich eine Frisur nach der neuesten Mode mit rosa Strähnchen verpassen und erschien zur Arbeit, als ginge sie auf ein Fest. Ihre Hände waren jetzt stets frisch manikürt, und sie duftete nach französischem Parfüm.

Wadim merkte von alledem nichts. Er war zu seiner

Vorgesetzten nach wie vor äußerst korrekt, schenkte ihr ein höfliches Lächeln, aber dabei blieb es auch.

Anfang Oktober kam Wadim plötzlich nicht mehr zum Dienst. Eine Woche lang fehlte jede Nachricht von ihm. Die Direktorin war in großer Sorge. Am Sonntag machte sie sich, ohne jemandem ein Wort zu sagen, nach Gnilowo auf.

Zuerst war sie von der Müllkippe und dem windschiefen Häuschen unangenehm berührt. Wadim war bisher stets in sauberem Hemd und tadellos gebügelter Hose zum Unterricht erschienen. Niemand hatte ihn je mit ungewaschenem Haar oder unrasiert gesehen. Er duftete immer leicht nach einem polnischen Rasierwasser, wenn es auch nicht gerade das teuerste war. Dieser Mann konnte nicht an einem solchen Ort wohnen.

Mit angewiderter Miene rief Ljudmila: »Hallo, wohnt hier jemand?«

Keine Antwort. Ohne lange zu überlegen, stieß die Direktorin die Tür auf, trat in die Diele und danach ins Zimmer. Niemand zu sehen. Dann öffnete sie auch die Tür zu dem winzigen Nebenraum und traf dort auf Wadim, der halb bewusstlos im Bett lag.

Als Ljudmila sein rotes Gesicht und die fiebrig glänzenden Augen sah, erschrak sie tief. Slawin war ernsthaft krank.

Irgendwie gelang es ihr, ein Auto zu beschaffen. Der Fahrer und sie mussten Wadim fast dorthin tragen. Sie ließ ihn in ihre eigene Wohnung bringen und in ihr Bett legen. Dann rief sie den Rettungswagen an. Als sie die Diagnose des Arztes hörte, war sie froh, dass sie nicht noch eine Woche abgewartet hatte. Wadim hatte eine schwere Lungenentzündung. Er brauchte vor allem gute Ernährung, regelmäßige Injektionen von Antibiotika, ein bequemes Bett und aufmerksame Pflege.

Kurz entschlossen teilte Ljudmila ihren Kollegen mit, sie sei krank, und machte sich daran, Wadim aufzupäppeln.

Einen Tag später konnte der wieder sprechen und murmelte: »Ich bin Ihnen so dankbar. Meine Wirtin ist zu ihren Verwandten ins Lipezker Gebiet gefahren. Ich war ganz allein im Haus. Ich dachte schon, das ist mein Ende. Sie hat kein Telefon, so konnte ich keinen Arzt rufen. Und Wasser konnte mir auch niemand geben.«

Zwei Wochen lang kochte Ljudmila eifrig Hühnerbrühe und setzte Wadim das Beste vor, was ihre Küche hergab. Schließlich hatte sie erreicht, was sie wollte. Er wurde ihr Geliebter.

Nun begann ihr »Familienleben«. In der Schule ließen sie niemanden etwas merken. Sie waren per Sie und sprachen sich höflich mit Vor- und Vatersnamen an.

Wadim zog auch nicht zu Ljudmila. Er wohnte nach wie vor in Gnilowo und war nur zweimal wöchentlich bei seiner Freundin zu Gast. Als Ljudmila das Gespräch auf Heirat brachte, antwortete ihr Wadim in aller Ruhe: »Ich bin nicht geschieden.«

»Wo ist das Problem?«, gab die verliebte Direktorin verwundert zurück. »Das kannst du doch regeln.«

»Soja möchte das jetzt nicht«, erklärte ihr Wadim. »Sie hat ein längeres Praktikum in den USA in Aussicht. Als unverheiratete Frau bekommt sie vielleicht das Visum nicht.«

Ljudmila brummte unzufrieden. Sie glaubte Wadim kein Wort, konnte aber erst einmal nichts tun. So blieb ihr nichts anderes übrig, als mit noch mehr Eifer den Weg zum Herzen des Mannes durch den Magen zu bahnen. Da sie selber gern aß, kochte sie auch die exotischsten Gerichte meisterhaft. So lebten sie zusammen. Ljudmila sah sich als Ehefrau, Wadim dagegen als Junggeselle. Das Einzige, worin die Direktorin völlig sicher sein konnte, war die Treue ihres Kavaliers. Seine gesamte Freizeit verbrachte Wadim am Schreibtisch, wo er Symbole und Zahlenreihen aufs Papier kritzelte. Ljudmila, die Musik unterrichtete, sagten die überhaupt nichts.

Als Wadim vor einer Woche nicht zum vereinbarten Zeitpunkt bei ihr auftauchte, war sie zwar verstimmt, aber nicht sonderlich beunruhigt, denn das hatte es früher schon gegeben. Doch als er auch seinen Unterricht versäumte, machte sie sich ernsthaft Sorgen. Leider musste sie an diesem Tag zu einer Konferenz nach St. Petersburg fahren. Absagen war unmöglich. Bangen Herzens erfüllte sie ihre Pflicht. Als sie zurückkam, erfuhr sie, dass Wadim nach wie vor nicht aufgetaucht war. Auf der Stelle eilte sie nach Gnilowo. Dort erwartete sie ein sehr unangenehmes Gespräch. Als sie ihren Liebhaber kerngesund auf dem Bett liegend antraf, rief Ljudmila aus: »Wadim, Gott sei Dank! Ist mit dir alles in Ordnung?«

»Warum soll mit mir etwas nicht in Ordnung sein?«, wunderte sich Wadim und legte das Buch beiseite, das er gerade gelesen hatte.

Ljudmila warf einen Blick auf den Einband – »Tod unter vollen Segeln«, und sagte ungnädig: »Ich dachte, du arbeitest an deiner Dissertation!«

Im Herbst wird es in Moskau zeitig dunkel. In Wadims Zimmer hing nur eine winzige 25-Watt-Lampe von der Decke. Als er Ljudmila kommen sah, hatte er rasch das Licht ausgeschaltet.

»Ich fühle mich als deine Frau«, sagte Ljudmila jetzt erregt, »und habe nur zugestimmt, dass du weiter in Gnilowo wohnst, damit du mit deiner Dissertation vorankommst. Aber du liegst hier und liest Kriminalromane!«

Ungerührt legte Wadim das Buch beiseite.

»Ich werde mich doch wohl auch etwas ausruhen dürfen.«

»Na, in der letzten Zeit warst du nicht gerade überlastet«, gab die Direktorin verbittert zurück, »dafür habe ich gesorgt …«

»Ich habe dich nicht darum gebeten«, murmelte Wadim gleichmütig.

»Was soll das denn heißen?«, erwiderte Ljudmila böse. »Wer hat dauernd gejammert, es sei so schwer, in zwei zehnten und einer achten Klasse zu unterrichten und auch noch eine sechste als Klassenlehrer zu haben, vielleicht nicht du?«

»Ach, das war doch nur so dahingesagt.«

Jetzt platzte Ljudmila vollends der Kragen. »Nur so dahingesagt! Hast du das mit der Dissertation auch nur so dahingesagt? Und ich halte ihn aus – gebe ihm zu essen und zu trinken ...« Das hätte sie sich verkneifen sollen, es war ihr im Zorn herausgerutscht. Aber Wadim erhob sich jäh und erwiderte barsch: »Verschwinde!«

»Wadim!«, bat Ljudmila erschrocken, »reg dich nicht auf!«

»Du gehst mir auf die Nerven!«, erklärte der Mathematiker in eiskaltem Ton. »Ich halte das nicht mehr aus! Zur Arbeit bin ich nicht gekommen, weil ich etwas anderes gefunden habe!«

»Was denn?«, fragte Ljudmila, starr vor Schreck.

»Das geht dich nichts an. In die Schule komme ich nicht zurück! Leb wohl.«

»Aber«, wandte Ljudmila ein, »was wird mit deinem Arbeitsbuch ...?«

»Da pfeif ich drauf!«, gab Wadim seelenruhig zurück. »Und auf dich auch!«

Instinktiv tat Ljudmila einen Schritt auf Wadim zu. Der wich zurück und sagte scharf: »Was ist? Habe ich mich nicht klar ausgedrückt? Verschwinde!«

Die Direktorin schaute ihn fassungslos an, dann entfuhr ihr: »Kehrst du zu Soja zurück?«

»Zu wem?«, brummte Slawin.

»Zu deiner Ex-Frau«, sagte Ljudmila jetzt beleidigt. »Soja Korosteljewa, wohnhaft Noworetschenskaja uliza! Oder hast du die auch schon vergessen?«

»Abgelegte Weiber vergesse ich schnell. Tu mir den Gefallen und verschwinde endlich! Schluss mit Liebe!«

»So einer bist du also!«, zischte Ljudmila, der die Tränen über die Wangen liefen. »Dreckskerl, undankbarer!«

»Geh endlich, du Fettkloß!«, warf ihr Wadim gleichmütig hin und griff wieder nach seinem Buch.

Ljudmila, die nur noch mit Mühe die Fassung bewahrte, rannte aus dem Haus. Draußen schluchzte sie heftig auf und heulte laut, während sie den steilen Pfad hinaufhastete. Erst an der Metrostation kam sie wieder zu sich. Nach Hause fahren wollte sie nicht, und in der Schule konnte sie sich in diesem Zustand auch nicht sehen lassen.

Sie sank auf eine Bank nieder und überdachte ihre Lage. Wadim hatte offenbar den Verstand verloren. Anders konnte sie sich sein Verhalten nicht erklären.

Vielleicht war es ein einmaliger Ausrutscher, überlegte die Direktorin. Das kann passieren. Er wird zu sich kommen und seine Arbeit wieder aufnehmen. Was soll er denn sonst tun?

Aber Wadim verschwand von der Bildfläche. Dafür war ich aufgetaucht und wollte ihn unbedingt als Privatlehrer haben.

Nachdem ich Ljudmila das Versprechen abgenommen hatte, über all das mit niemandem zu sprechen, eilte ich davon. So etwas Dummes aber auch! Ich hatte vergessen, Wadims legitime Ehefrau Soja zu fragen, ob er in Moskau Freunde hatte. Die Schuldirektorin meinte, er habe völlig zurückgezogen gelebt, immer zu Hause gehockt und sei nie ausgegangen. Auch sie beide hätten stets nur ferngesehen, sich einen Videofilm angeschaut oder miteinander Dame gespielt.

Aber Ljudmila war nur seine Lebensgefährtin, sie trafen sich ganze zwei Tage in der Woche. Vielleicht wollte Wadim sie mit niemandem bekannt machen? Genierte sich mit dieser nicht mehr jungen und ansehnlichen Partnerin? Soja dagegen war nach wie vor seine Ehefrau. Hatten sie denn nie zusammen oder mit Gästen Geburtstag, das neue Jahr oder

Ostern gefeiert? Das konnte nicht sein! Bestimmt war Wadim bei einem Freund untergeschlüpft. Merkwürdig nur, dass er von Oma Galja weggelaufen war. Aber auch das erschien bei näherem Hinsehen plausibel. Wahrscheinlich wollte er verhindern, dass Ljudmila ihm weiter nachlief. Und was für eine Stelle konnte das sein, für die man kein Arbeitsbuch brauchte? Da gab es viele Möglichkeiten – Privatlehrer, Repetitor, Handelsvertreter ... Vielleicht hatte er den ständig leeren Geldbeutel, die Kochlehrlinge und das elende Dorf einfach satt und wollte noch einmal einen Neuanfang wagen?

Als ich in der Poliklinik ankam, war ich verschwitzt wie ein Rennpferd, das gerade das große Derby gewonnen hat. Die Zeit war günstig – dreiviertel drei, kurz vor Schichtwechsel. Der Arzt von der Frühschicht war noch nicht weg, und der von der Abendschicht noch nicht da.

In Sojas Zimmer saß nur eine Schwester.

»Ist Soja Korosteljewa zu sprechen?«

Das Mädchen gab sich kühl. »Sie hat heute keine Sprechstunde.«

»Weshalb?«

»Weiß ich nicht, vielleicht ist sie krank«, antwortete sie in gleichgültigem Ton.

»Aber ...«

»Wenn Sie starke Schmerzen haben, dann melden Sie sich in Nr. 15. Wenn es nur um einen Krankenschein geht, dann ins Sekretariat.«

Unverrichteter Dinge zog ich ab. Da blieb mir nichts weiter übrig, als ihre Wohnung in der Noworetschenskaja uliza aufzusuchen.

Auf mein Klingeln reagierte niemand. Da fiel mir ein, dass mir beim letzten Mal die arbeitslose Warja genau gesagt hatte, wo ich Soja finden könnte. Also klingelte ich wieder an Wohnung 45.

Hier wurde sofort geöffnet. Warja schaute mit verweinten Augen heraus. Sie erkannte mich nicht und fragte: »Zu wem möchten Sie?«

»Zu Soja Korosteljewa«, sagte ich und setzte meine einfältigste Miene auf.

»Warja schluchzte auf. »Ach, ist das schlimm!«

Mich durchfuhr es kalt.

»Was ist passiert?«

»Wie stehen Sie zu ihr?«, fragte Warja zurück.

»Ich bin ihre Patientin«, antwortete ich mit einem Lächeln. »Sie behandelt mich privat, für Honorar. Sie ist eine sehr gute Ärztin. Ich brauche ein neues Rezept. Merkwürdig, dass sie heute nicht im Dienst war. Ich hatte einen Termin bei ihr.«

»Kommen Sie rein«, sagte Warja und hielt mir die Tür auf.

In der Küche, die mit rosafarbenen Möbeln eingerichtet war, dampfte fröhlich ein Wasserkessel, ebenfalls von der Farbe eines frischgeborenen Ferkels.

»Nehmen Sie Platz«, sagte Warja leise, »ich mache uns erst einmal einen Kaffee.«

»Ist Soja etwas zugestoßen?«, fragte ich.

Warja heulte von neuem los.

»Schrecklich, entsetzlich«, wiederholte sie immer wieder. »Diese Schweinehunde haben die Wohnung verwechselt!«

»Ich verstehe überhaupt nichts«, murmelte ich.

Warja zog die Nase hoch und erzählte, was geschehen war.

Am Abend zuvor war Sojas Ex-Mann da gewesen.

»Woher wissen Sie das?«

Warjas Wangen röteten sich leicht.

»Sojas Wohnung liegt doch gegenüber. Ich habe einen Panorama-Spion an der Tür, kann also den ganzen Treppenabsatz übersehen, auch den Fahrstuhl. Ich habe gerade den Korridor aufgewischt und hörte die Fahrstuhltür quietschen. Da habe ich hinausgeschaut. Es war Wadim, Sojas Ex-Mann.«

»Und Sie können ihn nicht verwechselt haben?«

Warja blickte mich empört an. »Was glauben Sie! Wo wir so lange Nachbarn gewesen sind! Ein guter, angenehmer Kerl, Mathematiklehrer. Als sie sich getrennt haben, war ich ganz entsetzt und habe zu Soja gesagt: ›So einen Mann gehen zu lassen, trinkt nicht, raucht nicht, läuft den Weibern nicht hinterher. Das ganze Gegenteil von meinem Serjosha, der sich nichts entgehen lässt – nicht als Raucher, nicht als Säufer und nicht als Weiberheld!‹

Soja meinte darauf nur: ›Entschuldige Warja, ich habe es satt, im Hause immer das starke Geschlecht zu sein!‹

Die war wirklich dumm«, empörte sich Warja, »so einen gehen zu lassen. Und da tauchte er plötzlich nach einem ganzen Jahr wieder auf.«

Warja glaubte, ihre Nachbarin sei zur Besinnung gekommen, hätte das Strohwitwendasein satt und ihren Mann zurückgerufen. Sie freute sich für Soja. Die war schließlich auch nicht mehr die Jüngste und würde wohl kaum noch einen Partner finden. Solche, die gern mal mit einem ins Bett stiegen und sich durchfüttern ließen, gab es viele, aber echte, verlässliche Männer waren rar. Ungefähr eine Viertelstunde später war Warja mit dem Putzen fertig und ging eine Zigarette rauchen. Ihre Loggia liegt genau über der Haustür. So sah sie, wie Wadim, ein Paket unter dem Arm, mit schnellem Schritt davoneilte.

Warja seufzte enttäuscht auf. Mit der Liebe war es also nichts. Wadim hatte wohl nur ein paar Sachen geholt. Das war eigentlich schon alles. Aber gegen neun Uhr abends wurde es plötzlich laut auf der Treppe. Dumpfe Schläge waren zu hören. Warja schaute wieder durch den Spion. Drüben standen der Hausmeister und Nadja von der dritten Etage, die wild gestikulierend mit zwei Milizionären redete.

Warja öffnete ihre Tür und fragte: »Was ist passiert?«

»Du hast uns gerade noch gefehlt«, blaffte der Hausmeister, der mit einer Brechstange hantierte. »Geh schlafen.«

»Einen Moment, Bürgerin!« Einer der Milizionäre hielt sie zurück. »Bleiben Sie, wir brauchen noch eine Zeugin.«

»Warum brecht ihr die Tür auf?«, fragte Warja erschrocken.

»Weil Soja eine dumme Gans ist«, schimpfte Nadja. »Sie hat einen Waschautomaten. Schon mehrmals ist der Schlauch vom Hahn gesprungen, und ich hatte Überschwemmungen in meiner Wohnung. So oft habe ich sie schon gebeten, sie soll die Maschine nicht anstellen, wenn sie nicht zu Hause ist. Nein, sie macht das immer wieder. Sie ist mir schon einige Male frech gekommen, da habe ich die Miliz gerufen. Wir müssen die Tür aufbrechen! Das geht doch nicht, dass wir da unten absaufen!«

Bei diesen Worten sprang die Tür auf. Nadja rannte als erste hinein und rief triumphierend: »Na, hab ich es nicht gesagt? Der Schlauch ist ab, das Wasser läuft, und die blöde Kuh ist nicht da! Das soll sie mir büßen! Die wird mir schön die ganze Renovierung bezahlen! – Ah-ah-ah-ah!«

Auf Nadjas wilden Schrei hin rannten die Milizionäre und Warja in die Küche. Dort stand Nadja bis zu den Knöcheln im Wasser.

»Was ist denn los?«, rief der Hausmeister.

Nadja war verstummt und wies kreidebleich mit dem Finger in Richtung Wohnzimmer. Von der Zugluft war die Tür aufgegangen, und alle sahen Soja in einem rosafarbenen Morgenmantel am Boden liegen. Als Warja endlich ins Bett kam, war es schon Morgen. Soja war mit einem Kopfschuss, offenbar abgegeben von einem Berufskiller, getötet worden. Der hatte die Waffe zurückgelassen. Einer der Ermittler vertrat die These, der Mann habe einfach die Wohnung verwechselt. So etwas soll ab und zu vorkommen. Neben ihr in Wohnung Nr. 42 wohnte eine Immobilienmaklerin von zweifelhaftem Ruf. Der Anschlag hatte sicher ihr gegolten, nicht der völlig unbescholtenen Ärztin.

Mir brummte der Kopf, und es war, als hätte ich Watte in den Ohren. Wieder Wadim! Er hatte Soja aus dem Weg geräumt. Aber warum? Weshalb säumten so viele Leichen seinen Weg?

Plötzlich hatte ich einen schrecklichen Gedanken.

»Das Telefon!«, brüllte ich auf. »Gib mir sofort das Telefon!«

Warja reichte mir erschrocken den Hörer. Ich drückte fieberhaft auf die Knöpfe, bis ich erleichtert die Stimme der Schuldirektorin vernahm.

»Ljudmila, seien Sie vorsichtig!«

»Wer ist dort?«

»Die Mitarbeiterin des FSB, die Sie heute Morgen aufgesucht hat.«

»Was wollen Sie denn noch?«, fragte die Direktorin müde.

»Wenn Wadim heute bei Ihnen auftaucht, dann lassen Sie ihn auf keinen Fall in die Wohnung. Rufen Sie sofort die Miliz!«

»Warum denn das?«

»Das kann ich Ihnen jetzt nicht erklären. Wenn Ihnen Ihr Leben lieb ist …«

»Aber …«

Die Direktorin verstummte plötzlich.

»Ljudmila?«

Doch im Hörer ertönte nur etwas wie ein kurzer, leiser Schlag.

»Ljudmila!!!«

Keine Antwort.

»Was ist denn? Was?«, wiederholte Warja immer wieder.

27. Kapitel

Um schneller zur Berufsschule zu gelangen, stieg ich unterwegs in ein Schwarztaxi. Das bereute ich sofort. Bald steckten wir in einem kilometerlangen Stau und krochen nur noch im Schritttempo voran. Entnervt verließ ich den Wagen und lief zur Metrostation Belorusskaja. Dabei konnte ich mich nicht genug ärgern. Ich hätte von Anfang an die Metro nehmen sollen.

Dann kam die Schule in Sicht. Schon von weitem sah ich, dass ich hoffnungslos zu spät gekommen war. Auf dem Vorplatz und im Foyer herrschte heilloses Durcheinander. Aufgeregte Schüler standen in Gruppen herum, einige ältere Frauen, wahrscheinlich Lehrerinnen stritten heftig miteinander.

»Was ist geschehen?«, fragte ich und zerrte eine der Lehrerinnen unhöflich am Ärmel.

Die Frau tat einen Schritt zurück. Da sah ich mitten in der Gruppe meinen Freund, den Major der Miliz Wolodja Kostin stehen. Der hatte mich sofort erspäht und sagte scharf: »Komm mal her, Tanja!«

Die Lehrerinnen wichen auseinander. Wolodja zog mich in ein Zimmer. Es war nicht das Büro der Direktorin, sondern ein Klassenraum, der daneben lag. Wahrscheinlich war es der Mathematikraum, denn an den Wänden hingen überall Tabellen mit den unmöglichsten Formeln.

»Was machst du schon wieder hier?«, fragte Wolodja drohend.

»Nichts«, stammelte ich, »bin eben hier vorbeigekommen.«

»Aus welchem Grund?«

»Ich will einen Antrag abgeben.«

»Willst du auf deine alten Tage noch Köchin werden? Das würde ich dir nicht raten«, fügte er heimtückisch hinzu. »Daraus wird sowieso nichts. Wirst wohl bis zur Rente Würstchen heiß machen müssen.«

Bis vor einer Sekunde war ich bereit gewesen, unserem Nachbarn alles mitzuteilen, was ich herausbekommen hatte. Wolodja wäre mir für die titanische Arbeit ewig dankbar gewesen ... Aber wer gab ihm das Recht, mich zu beleidigen? Außerdem koche ich gar nicht so schlecht.

Wolodja ließ nicht locker. »Erzähl mir nichts! Weshalb bist du hier? Wenn du weiter schwindelst, kann ich dir auch ein paar Tage Beugehaft verordnen!«

Mir schoss das Blut in den Kopf. In eisigem Ton erklärte ich: »Erstens, hier ist mein Ausweis! Zweitens, General Rjabow hat mich gebeten, mich nach einem Ausbildungsplatz für seinen Enkel Kostja umzusehen. Drittens, Sie, Bürger Milizionär, Ihren Rang kenne ich leider nicht, haben kein Recht, in diesem Ton mit mir zu sprechen. Ehe Sie sich's versehen, haben Sie eine Klage wegen Disziplinverletzung am Hals. Viertens ...«

»Verschwinde von hier, Tanja, ehe ich mich vergesse«, zischte der Major durch die Zähne. »Wir sprechen uns noch – zu Hause!«

»Ich habe nicht den Wunsch geäußert, Sie bei mir zu empfangen! Und Ihre Wohnung werde ich um nichts in der Welt betreten!«, gab ich zurück und rauschte erhobenen Hauptes hinaus, ohne zu vergessen, die Tür kräftig hinter mir zuzuschlagen.

Ich hoffe, das Porträt eines ehrwürdigen Pädagogen ist dabei von der Wand gefallen und hat Wolodja an seiner werdenden Glatze getroffen. Ja, bei ihm schaut wirklich schon die Kniescheibe durch. Wenn wir uns das nächste Mal sehen, werde ich ihm ein besonderes Shampoo empfehlen. Aus alter Freundschaft, er selber sieht ja nicht, was sich bei ihm da oben tut!

Die Lehrerinnen, die immer noch vor der Tür warteten, schauten mich erwartungsvoll an.

»So eine Schweinerei!«, zischte ich empört. »Was die für Leute bei der Miliz haben! Passt auf, Mädels, haltet euch dieses Monster vom Leib!«

»Warum denn das?«, fragte die Jüngste naiv.

»Der greift jeder gleich unter den Rock«, teilte ich ihnen mit. Als ich sah, wie die Damen erschrocken auseinanderstoben, verließ ich, zufrieden grinsend, das Haus.

Na, Herr Major, jetzt werden wir ja sehen, wen du noch als Zeugen befragen kannst.

Auf dem Hof standen ein paar Jungen beisammen und rauchten. Ich trat an sie heran und fragte: »Was ist denn hier passiert? Ich werde nicht mal den Antrag meines Sohnes los!«

»Unsere Direktorin ist ermordet worden«, sagte ein rothaariger Bursche, dessen Gesicht von Sommersprossen übersät war.

»Wie denn das?!«

»Ein Schuss durchs Fenster«, teilte mir ein Junge mit, der ungeachtet der Hitze ein langärmliges Jeanshemd trug. »Sie hat ihr Büro zu ebener Erde. Sehen sie, dort, wo die Bullen im Gras herumkriechen und nach Spuren suchen.«

Ich blickte wieder in Richtung Schulgebäude. Wegen der drückenden Hitze standen fast alle Fenster weit offen. Auf dem Beet, das bis an die Hausmauer reichte, hockten zwei Burschen in Handschuhen und hantierten mit Plastiktütchen.

»Den kriegen sie nicht«, sagte der Rothaarige überzeugt. »Der hat geschossen und ist davongelaufen. Gleich da drüben ist ein Markt. Er brauchte nur in der Menge zu verschwinden, und das war's. Wenn man die Direktorin gleich gefunden hätte ... Aber die hat wahrscheinlich schon eine Weile dort gelegen, bevor Kar Kar sie entdeckt hat.«

»Wer?«, fragte ich verständnislos.

»Unsere Russischlehrerin Karina Karlowna. Die ist zu ihr reingegangen und hat wie verrückt aufgeschrien«, erklärte mir der Kerl im Jeanshemd. »Da sind alle hingerannt.«

»Außer mir«, sagte ein dickes Mädchen verächtlich. »Ich dachte, Kar Kar hat wieder mal 'ne Maus gesehen. Wisst ihr noch, was für ein Theater sie im vergangenen Jahr gemacht hat?«

Die Jungen lachten zustimmend auf. Offenbar berührte sie der Tod ihrer unglücklichen Direktorin nicht sehr.

»Die finden den nicht«, wiederholte der Rothaarige, »keine Chance.«

»Ich weiß, wer der Mörder war«, warf das Mädchen ein.

»Wer denn?«, fragte ich.

»Der Vater von Aljoscha Malachow«, antwortete die Dicke überzeugt.

»Warum gerade er?«

»Weil Ljudmila Grigorjewna Aljoscha wegen Schwänzen und schlechter Leistungen rausgeworfen hat ...«

»Da hat sie recht getan«, meinte der Rotschopf kichernd. »Wissen Sie, was der sich im Praktikum geleistet hat? Sein gestrenger Herr Papa hat ihn in einem feinen Restaurant untergebracht. Aber dort haben sie ihn nicht an den Herd gestellt, sondern ihn zum Kellnern eingeteilt. Aljoscha war stinksauer. Andere Leute bedienen ging gegen seine Ehre. Das wollte dort keiner verstehen. Die haben verlangt, er soll machen, was ihm gesagt wird.«

Aljoscha beschloss, sich selber zu helfen. Beim Auftragen ließ er absichtlich ein Schnitzel zu Boden fallen. Demonstrativ hob er es auf, legte es wieder auf den Teller und servierte es einem Gast. Der rief empört nach dem Oberkellner. Dieser nahm Aljoscha beiseite und erklärte ihm kühl: »Macht nichts, das passiert jedem mal. Aber merke dir: Wenn dir ein Stück Fleisch herunterfällt, dann bringst du es sofort in die Küche, streust ein paar Kräuter darüber und servierst es erst dann wieder den Gästen.«

»Aber warum sollte Aljoschas Vater die Direktorin umbringen?«, fragte ich dazwischen.

»Aljoscha ist so blöd, den haben sie schon überall rausgeschmissen«, erklärte jetzt die Dicke wieder. »Sein Papa hat Ljudmila angefleht, sie soll ihn behalten. Er wollte sie sogar mit Dollars spicken! Aber sie hat ihn mitsamt seinen Dollars rausgeworfen ... Bestimmt hat er sich dafür gerächt!«

Nun völlig durcheinander, ging ich langsam zum Kiewer Bahnhof zurück. Am Himmel waren inzwischen schwere dunkle Wolken aufgezogen. Die Hitze hatte noch zugenommen, es war schwül wie in einem Treibhaus. Über dem Platz vor dem Bahnhof lag eine Dunstglocke der unwahrscheinlichsten Gerüche – von salzigem Fisch, Zigaretten, Auspuffgasen und Schweiß. Passanten mit hochroten Gesichtern wischten sich mit Taschentüchern und Servietten über die Stirn, alle hantierten mit Flaschen Wasser oder Kwas. Trotz der aufdringlichen Werbung mögen die Moskauer Coca, Pepsi oder Fanta nicht sehr. Das ist verständlich, denn von dem Zeug wird der Durst nur noch größer.

Ich ging zu dem Kiosk, wo mein Lada auf mich wartete. Dort wollte ich einen Beutel aus dem Kofferraum nehmen und alles Nötige für meine Lieben einkaufen.

Aber mein Wägelchen war weg. Verdutzt starrte ich auf den Zigarettenkiosk. Vielleicht irrte ich mich, und mein Auto stand an einer anderen Stelle? Doch weder hinter der Würstchenbude noch am Zeitungsstand war mein Lada zu sehen. Ich lief zu den Zigaretten zurück und fragte den Verkäufer: »Hier hat doch ein Auto gestanden, haben Sie es nicht gesehen?«

»Hab ich«, gab der in aller Ruhe zurück. »Gehört es Ihnen?«

»Ja.«

»Wenn du mir hundert Dollar gibst, sag ich dir, wohin die es abgeschleppt haben.«

»Wieso denn das?«, fragte ich verdattert.

Der Kerl sah mich mit grimmiger Miene an. »Du hast deine Karre so hingestellt, dass ich meine Tür nicht mehr aufgekriegt habe. Her mit den Scheinchen!«

»So viel habe ich nicht dabei.«

»Na, dann such doch deine Hutschachtel, wo du willst!« Damit klappte er seine Tür zu und ließ mich stehen.

»Tante«, ertönte hinter mir ein leises Stimmchen, »für hundert Rubel sag ich dir, wo dein Auto steht.«

Ich fuhr herum. Vor mir sah ich ein schmuddeliges

Mädchen in einem abgerissenen Kleid. Die lange nicht gewaschenen Haare standen hoch wie die Irokesenfrisur eines Punks, die Beine waren bis zu den Knien völlig schwarz und die Ärmchen voller blauer Flecke. Aber das Gesichtchen kam mir bekannt vor, besonders die Stimme. Ich bin Musikerin und habe ein gutes akustisches Gedächtnis.

»Na, was ist, Tante?«, fragte das Kind noch einmal. Da fiel es mir wie Schuppen von den Augen.

»Frossja! Was machst du denn hier?«

Die Kleine blickte mich aufmerksam an.

»O je, ich hab Sie nicht wiedererkannt! Ich steh schon lange hier. Irgendwann taucht der Fahrer auf, hab ich gedacht, und fängt an zu suchen ... Kommen Sie, die haben Ihr Auto in den Hof von dem Haus da gefahren ... Hier dürfen Sie es nicht abstellen. Nur auf dem Parkplatz. Kommen Sie schon.«

Tatsächlich fanden wir meinen Lada in dem Hof neben einem Kinderspielplatz.

»Wie geht es deiner Barbie-Puppe? Spielst du oft mit ihr?«, fragte ich und nahm meinen Einkaufsbeutel aus dem Wagen.

»Nein«, antwortete Frossja kopfschüttelnd.

»Macht es keinen Spaß mehr?«

»Mama hat sie mir weggenommen und gleich am nächsten Tag wieder zurückgebracht.«

Frossja zog die Nase hoch.

»Warum?«

»Sie wollte das Geld haben.«

Vor Empörung blieb mir fast die Luft weg. Dann fragte ich leise: »Und wo ist deine Mama jetzt? Aus der Baracke seid ihr doch ausgezogen.«

»Weiß der Teufel.« Frossja zuckte die spitzen Schultern.

»Das verstehe ich nicht. Wo wohnst du denn?«

»Ich? Na, hier.«

»Wo hier?«

»Auf dem Bahnhof. Wir haben da einen Fleck in der Nähe vom Güterbahnhof.«

»Moment mal, und wohin ist deine Mama gegangen?«

»Mit Borja weggefahren. Ich glaube, sie wollte nach Kiew zur Großmutter.«

»Und du?«

»Mich hat sie hier auf dem Bahnhof zurückgelassen!«

Ich lehnte mich an das heiße Blech des Wagens.

»Das ist ja furchtbar! Und was isst du? Wo wäschst du dich?«

»Ich bin es schon gewohnt«, antwortet Frossja, als ob nichts geschehen wäre. »Zuerst hab ich mich vor den Typen hier gefürchtet, dachte, die hauen mich. Aber jetzt ist es okay. Zu Futtern findet sich immer was, am besten in der Kantine auf dem Markt. Was die Leute alles auf den Tellern liegen lassen! Ich habe lange nicht mehr so viel gegessen. Und zum Waschen nehmen wir den Schlauch da drüben auf dem Parkplatz. Dafür kriegt der Platzwächter ein paar Zigaretten von mir.«

»Und wo nimmst du die her?«

»Die bettle ich mir an den Kiosken zusammen«, erklärte Frossja. »Manchmal kriege ich auch ein Päckchen Tabak.«

Ich öffnete die Autotür.

»Steig ein.«

»Wozu?«

»Wir fahren zu mir nach Hause.«

»Nein.« Frossja schüttelte den Kopf. »Ich will nicht.«

»Warum nicht?«

»Weil das Ihrem Mann nicht passt. Der brüllt Sie an: Was bringst du blöde Gans so einen Balg hier angeschleppt? Die beklaut uns doch nur!«

»Ich habe keinen Mann. Steig ein! Du musst dich mal richtig waschen und was Ordentliches essen. Dann sehen wir weiter.«

Frossja schlüpfte in den Wagen. Ich startete den Motor, und wir fuhren nach Aljabjewo zurück. Als wir vor unserem Tor angekommen waren, sagte Frossja, die bisher geschwiegen hatte, plötzlich: »Tante, Sie brauchen keine Angst zu haben, ich klaue nicht, ich bettele nur.«

»Das ist gut«, sagte ich lobend, »anderen Menschen darf man nichts wegnehmen.«

In der Veranda stieß ich auf Rebekka und Garik, die friedlich miteinander Tee tranken.

Als ich mit dem Bettlermädchen auftauchte, fragte Garik: »Wer ist denn das?«

Frossja wich zurück und sagte leise: »Hab ich's nicht gesagt? Schon geht's los, und Sie haben behauptet, Sie hätten keinen Mann.«

»Rein mit dir!« Ich stupste sie in den Rücken. »Der hat hier nichts zu sagen. Wenn er sich mausig macht, werf ich ihn raus. Geh ins Bad. Das Kleid kommt gleich in den Mülleimer.«

Während Frossja badete, erzählte ich den anderen ihre Geschichte.

»Das ist ja entsetzlich!«, rief Rebekka. »So ein kleines Ding! Wie alt ist sie denn?«

»Sieben, glaube ich, aber genau weiß ich es nicht.«

»Die geht doch bestimmt nicht zur Schule«, fuhr Rebekka fort. »So ein armes Kind! Und diese Gemeinheit, ihr das Lieblingsspielzeug wegzunehmen und wieder zu verkaufen! Was ist das nur für eine Mutter?!«

Roman, der wie immer schweigend in der Ecke saß, seufzte tief auf.

»Was soll denn das bedeuten?«, fragte ihn Garik.

»Ich denke, die hat Glück, dass sie noch so klein ist«, erklärte der Bursche. »Sonst hätte sie schon einer zur Prostitution gezwungen.«

»Fertig«, rief da Frossja und kam aus dem Bad.

Zum ersten Mal sah ich sie sauber gewaschen. Ihr Haar

war hellblond, die Haut fahl, fast grünlich, und die riesigen blauen Augen, die dunkle Schatten umringten, blickten erwartungsvoll auf den Tisch.

»Warum hast du das schmutzige Kleid wieder angezogen?«

»Ich hab doch nichts anderes!«

Ich dachte nach. Lisas und Kiras Sachen waren ihr viel zu groß.

»Jetzt nimmst du erst mal meinen Morgenrock, dann wird uns schon etwas einfallen.«

»Roman, an die Arbeit!«, schnarrte da Garik.

Der Leibwächter war weg wie der Blitz.

Zehn Minuten später fielen Frossja, die inzwischen alles in sich hineingestopft hatte, was auf ihrem Teller lag, fast die Augen zu.

»Sie muss ins Bett«, meinte Rebekka.

»Nein, noch nicht«, murmelte Frossja und gähnte. »Erst mach ich den Abwasch.«

»Also, jetzt bringt das Kind zu Bett«, befahl Garik.

Becky nahm das leichte Figürchen auf den Arm.

»Meine Güte, du wiegst ja weniger als Mulja!«

Frossja sagte unvermittelt: »Sie riechen so gut, wie eine Praline.« Rebekka musste lachen und trug das Mädchen hinaus.

Eine Stunde lang debattierten wir darüber, was mit ihr weiter geschehen sollte.

»Erst einmal kann sie bei mir bleiben«, beharrte ich. »Ich kann sie doch nicht auf den Bahnhof zurückschicken.«

»Bei uns geht es auch«, warf plötzlich Rebekka ein. »Du hast doch bereits zwei. Vielleicht ist es besser, ich nehme sie mit.«

»Und was sagt Nora dazu?«

»Nichts«, meinte Becky lächelnd. »Bestimmt nichts. Mama ist sehr kinderlieb und leidet schon lange darunter, dass wir sie noch nicht zur Großmutter gemacht haben. Die freut sich, bringt ihr vielleicht sogar das Lesen bei …«

Ich konnte über Rebekka nur staunen. Ehrlich gesagt, hatte ich von Nora einen ganz anderen Eindruck.

Eine Stunde später tauchten Lisa, Kira und Kostja auf. Sie waren am Stausee baden gewesen. Als sie vom Schicksal der kleinen Obdachlosen hörten, gerieten alle drei in helle Empörung.

»Manchen Menschen müsste es verboten werden, Kinder zu haben«, erklärte Lisa. »Das ist doch keine Mutter, sondern ...«

»Ein richtiges Dreckstück!«, pflichtete ihr Kira bei. »Die müsste eins auf die Nase kriegen!«

Jetzt tauchte Roman mit einer großen Tasche und einem riesigen Paket auf, auf dem in großen Buchstaben »LEGO« stand.

»Was ist denn das?«, fragten die Kinder im Chor.

»Bisschen was zum Anziehen«, erklärte der, »dazu die Barbie und ihr Haus. Igor Serafimowitsch hat angeordnet, das zu kaufen. Vielleicht passen die Schuhe nicht, aber ich habe den Bon aufgehoben, die können wir tauschen.«

Doch die Sandalen, die Turnschuhe, die Jeans und T-Shirts – alles passte Frossja wie angegossen. Der Junge hatte ein gutes Auge. Als die Kleine aufwachte, kämmte ihr Lisa das Haar und band ihr eine riesige rosa Schleife hinein. Von Essen und Schlaf erholt, wirkte Frossja jetzt selbst wie die Barbie-Puppe, die sie fest an die Brust drückte.

»He, Tanja«, rief Kira, »wir haben sie gewogen!«

»Wen?«, fragte ich begriffsstutzig.

»Na, Frossja, auf der Waage im Bad! Weißt du, was die wiegt? Siebzehn Kilo und hundert Gramm.«

»Mit Turnschuhen und Jeans«, erklärte Lisa. »Nur ein kleines bisschen mehr als Ada.«

Unsere Möpsinnen bringen jede ihre zwölf Kilo auf die Wage.

»Sie muss Bierhefe essen«, sagte Kira eifrig, »ist ja dürr wie ein Gerippe!«

»Selber Gerippe!«, piepste Frossja empört zurück.

Ich seufzte. Nur mit Bierhefe und Vitaminen war da wohl nichts zu machen. Das Mädchen brauchte kalorienreiches Essen. Vor allem aber musste sie einem Arzt vorgestellt werden. Es war doch nicht normal, dass ein Kind im Schulalter samt Kleidung und Schuhen nur so viel wog wie eineinhalb Möpse.

28. Kapitel

Am nächsten Morgen erwachte ich vor Tau und Tag, weil es im Hause totenstill war. Zum ersten Mal musste ich eine Nacht mutterseelenallein verbringen. Frossja hatte Rebekka am Abend mitgenommen. Lisa, Kira und Kostja waren mitgefahren, weil sie vor Neugier fast platzten. Gegen elf Uhr nachts hatte Becky dann angerufen und mitgeteilt: »Die Rasselbande bleibt über Nacht hier. Kostja bittet dich, seinem Großvater Bescheid zu sagen.«

»Kann er den nicht selber anrufen?«

Rebekka lachte. »Wahrscheinlich hat er Angst, dass der General böse wird.«

»Und die Kinder stören euch nicht?«

»Kein bisschen«, antwortete Becky fröhlich. »Mama hat sofort zu weinen aufgehört und ist so glücklich wie noch nie. Sie haben ihre mit Konfitüre gefüllten Piroggen weggeputzt, die ich wegen der Figur nicht anrühre. Im Moment steht sie schon wieder am Herd und brät Eierkuchen mit Äpfeln. Alle wuseln um sie herum und verschlingen sie so heiß, wie sie aus der Pfanne kommen. Wusstest du eigentlich, dass Rachel verrückt nach Plinsen ist? Ramik, Mulja und Ada übrigens nicht minder.«

»Sie haben auch die Hunde mitgeschleppt?!«

»Wann haben die schon mal die Chance, zu Besuch zu gehen?«, zitierte Rebekka Kira, lachte und legte auf.

Ich ging zum Terrarium, wo die Kröte Gertrud mich aus ihren großen Augen ansah. »Du bist wirklich zu bedauern! Dich nehmen sie nie mit! Du bist nicht im Mercedes gefahren, warst nicht im Möbelgeschäft und noch nie zu Besuch.«

Gertrud rührte sich nicht, nur die faltige Haut unter ihrem Maul ging auf und ab.

Punkt zehn Uhr morgens klingelte das Telefon.

»Tanja!«, rief Wolodja Kostin am anderen Ende.

»Falsch verbunden!«, blaffte ich zurück und legte auf.

Aber es klingelte sofort wieder.

»Tanja …«

»Gibt's hier nicht!«

»Hör auf zu schmollen«, sagte Wolodja. »Im Ernst, ich muss mit dir reden. Geh nirgendwo hin, ich bin gleich da.«

Ich legte auf und lief zum Kleiderschrank. Gut, dass er sich angemeldet hatte. Ich wollte ihn nicht sehen. Hoffentlich gelang es mir noch, vor seinem Erscheinen zu verschwinden.

Diesmal war ich mit meinem Wägelchen im Handumdrehen am Kiewer Bahnhof. An der Unglücksampel bog ich selbstbewusst nach rechts ab und parkte das Fahrzeug im Hof eines Wohnhauses. Von dort ging ich den kurzen Weg zur Metro. Heute hatte ich bis nach Sjablikowo hinauszufahren, wo das Institut lag, das Wadim Slawin als wissenschaftlichen Mitarbeiter aufgenommen hatte.

Professor Irakli Glagoljew arbeitete konzentriert einen Berg gedruckter Formulare ab.

»Sie wollen zu mir, meine Teure?«, fragte der alte Mann freundlich.

Trotz seines Namens hatte der berühmte Mathematiker nichts Georgisches an sich, höchstens die Adlernase verriet seine Herkunft aus den Bergen des Kaukasus.

»Ja, ich habe ein Anliegen an Sie.«

»Setzen Sie sich, mein Engel, und geben Sie her.«

»Was denn?«

»Na, ich weiß nicht, was Sie mir bringen. Ein Referat?«

»Nein.«

»Bekommen Sie von mir noch einen Schein?«

»Sagen Sie bitte, ist Wadim Slawin wissenschaftlicher Mitarbeiter bei Ihnen?«

»Slawin? Ach so, Wadim! Nein.«

»Er erzählt jedem, dass er bei Ihnen seine Dissertation schreibt.«

»Aber, meine Liebe, er ist kein wissenschaftlicher Mitarbeiter, sondern Doktorand.«

Meine Güte, was machte das schon für einen Unterschied? Für mich war wichtig, dass ich den richtigen Mann gefunden hatte.

»Wissen Sie, wo er sich jetzt aufhält?«

»Ist etwas passiert?«, fragte der Professor vorsichtig zurück.

»Ich bin seine Ex-Frau. Wir haben uns getrennt, aber nie offiziell scheiden lassen. Ich will wieder heiraten und muss das mit ihm regeln. Aber ich kann Wadim nirgends finden.«

Professor Glagoljew zog eine Brille aus der Tasche, setzte sie auf die Nase, betrachtete mich eingehend von Kopf bis Fuß, seufzte dann und sagte: »Wadim Slawins Frau heißt Soja Korosteljewa, sie ist Chirurgin.«

»Genau, das bin ich.«

»Sehen Sie, meine Liebe«, stellte der Professor in aller Ruhe fest, als ob er einer Begriffsstutzigen ein schwieriges mathematisches Problem auseinandersetzen müsste, »Soja Korosteljewa behandelt seit Jahren meine alten, kranken Gelenke. Daher kann ich mit hundertprozentiger Sicherheit sagen: Das sind Sie nicht.«

Vor Schreck blieb mir die Luft weg. War das peinlich! Ich hatte keine andere Wahl, als kurzentschlossen die Taktik zu ändern. Ich zückte meinen FSB-Ausweis.

»Entschuldigen Sie, ich bin Tatjana Romanowa vom Sicherheitsdienst FSB.«

»Darf ich den einen Moment haben?«, fragte der Alte. Ich reichte ihm die dunkelrote Klappkarte. Sollte er sie sich ruhig anschauen: Foto, Stempel und persönliche Unterschrift – alles, wie es sich gehörte.

Der Professor drehte das Ding hin und her und erklärte dann: »Mein Enkel hat neulich ein ganz ähnliches Ding angeschleppt. Nur auf dem stand TERMINATOR.«

Jetzt wusste ich nicht mehr weiter. Bisher hatten die drei flammenden Buchstaben immer die gewünschte Wirkung erzeugt. Die Leute erschraken und sagten mir sofort, was ich wissen wollte.

»Wieso haben Sie mich durchschaut?«

»Wissen Sie, meine Liebe, ich habe zur Sowjetzeit insgesamt fast zehn Jahre als Dissident hinter Gittern gesessen. Da kennt man sich mit Leuten vom KGB aus. Die tragen das Siegel auf der Stirn, das Kainsmal, und ich erkenne es sofort. Aber das nur nebenbei. Sie haben einen verhängnisvollen Fehler gemacht.«

»Wieso?«

»Sie haben einem Unbefugten Ihren Ausweis in die Hand gegeben. Das ist nach der Dienstvorschrift strengstens verboten. Kein Mitarbeiter dieser Institutionen wird so etwas Unüberlegtes tun. Also, mein Täubchen, weshalb suchen Sie Wadim nun wirklich?«

»Ich bin als Privatdetektivin tätig. Aber ich sage gleich, eine Lizenz und damit einen Ausweis habe ich nicht. Ich ermittle in einem Mordfall. Eine Spur führt zu Wadim Slawin, ich möchte ihm nur ein paar Fragen stellen.«

Professor Glagoljew warf mir einen durchdringenden Blick zu. »Das klingt schon eher nach der Wahrheit. Aber ich fürchte, ich werde Ihnen nicht helfen können. Wo Wadim wohnt, weiß ich nicht. Im Lehrstuhl treffen wir uns regelmäßig dienstags um 16.00 Uhr. Sämtliche wissenschaftlichen Mitarbeiter haben dort zu erscheinen. Die Doktoranden müssen das nicht. Sie gehen ja häufig einer anderen Arbeit nach.«

Aber Wadim war bisher immer da gewesen. Zu dieser Zeit hatte er in der Berufschule meist keinen Unterricht mehr. Er fiel durch enormen Fleiß auf. Die schwierigsten Fragen nahm er sich vor, hatte seine Arbeit schon nach einem Jahr fertig und stellte sie zur Diskussion.

»Was ist daran Besonderes?«

»Meine Liebe«, sagte der Professor und lächelte nachsichtig, »eine Aspirantur dauert drei Jahre. So viel Zeit hat auch ein Doktorand. Die meisten dieser Leute tun aber sieben Achtel der Zeit überhaupt nichts. In den letzten Monaten schludern sie die Dissertationsschrift dann irgendwie hin.«

Wadim dagegen ging in seiner Arbeit auf. Alle Lehrkräfte des Instituts waren mit ihm sehr zufrieden. Glagoljew war sogar beim Rektor gewesen und hatte ihn gebeten, ihn als wissenschaftlichen Mitarbeiter fest anzustellen. Leute wie er fand man nicht auf der Straße. Neben Wadims Intelligenz war Professor Glagoljew auch von dessen Sanftmut, sozusagen seiner Schutzlosigkeit, sehr berührt.

»Rundherum ein feiner Kerl«, ertönte es jetzt hinter dem großen Schrank hervor, »aber etwas mehr Pep täte ihm gut.«

»Larissa Konstantinowna!«, sagte Glagoljew vorwurfsvoll, »was reden Sie da!«

»Die reine Wahrheit«, sagte die Frau und trat an den Schreibtisch des Professors. »Ein guter Junge, klug, belesen, gibt zu den größten Hoffnungen Anlass, aber …«

»Aber?«, kam es von mir.

»Er ist träge, absolut formbar in allen Richtungen«, brummte Larissa Konstantinowna unzufrieden. »Für Frauen scheint er gar nichts übrig zu haben. Dabei ist unser Angebot nicht schlecht. Wenn ich nur Mascha Schapowalowa nehme … Sie findet ihn übrigens sehr sympathisch. Aber er … Ist er vielleicht impotent?«

»Larissa Konstantinowna!«, rief der Professor jetzt mit erhobener Stimme. »Sie meinen, wenn ein Mann nicht jedem Weiberrock nachrennt …«

»Ich meine«, unterbrach ihn die Dame, »wenn ein ungebundener junger Mann – jeder weiß, dass Wadim von seiner Frau getrennt lebt –, wenn also ein Junggeselle an den wunderbaren Beinen von Mascha Schapowalowa ohne jede Regung vorbeigehen kann, dann hat er ganz eindeutig sexuelle Probleme.«

Nachdem sie das losgeworden war, schwebte sie von dannen.

»Ach ja«, sagte der Professor entschuldigend, »Larissa Konstantinowna ist eine hervorragende Dozentin, aber manchmal geht sie wirklich zu weit. Wo waren wir stehengeblieben?«

»Wo ich Wadim finden könnte.«

Professor Glagoljew hob ratlos die Hände. »Er hat die Sitzungen unseres Lehrstuhls schon zweimal versäumt. Seine Adresse kenne ich nicht. Ich habe gedacht, er sei krank oder auf seiner Arbeitsstelle sehr eingespannt, in den Schulen ist jetzt Prüfungszeit.«

Ich ließ den Kopf hängen. Den langen Weg hatte ich mir also umsonst gemacht.

»Nur seine Telefonnummer …«, ließ der Mathematiker hören.

»Wessen Telefonnummer?«

»Was heißt wessen? Die von Wadim.«

»Oh, geben Sie sie mir!«

»Ein Augenblickchen, bitte«, murmelte der alte Mann und wühlte in den Schubladen seines Schreibtisches herum. »Wo ist nur mein Telefonbüchlein? Ach, hier haben wir es.«

Er holte ein dickes, zerfranstes Notizbuch hervor und blätterte eifrig darin.

»Wo habe ich die bloß hingeschrieben? Unter S? Nein. Vielleicht unter W? Auch nicht.

»Schauen Sie bei Soja Korosteljewa nach.«

»Dort wird sie sein«, sagte der Professor erfreut. »Und wo habe ich die? Bei S nicht, auch nicht bei K.«

»Vielleicht unter A wie Arzt?«

»Nein.«

»Unter C wie Chirurg?«

Der Professor schüttelte wieder den Kopf.

»Am Ende haben Sie die Nummer gar nicht?«

»Nein, sie ist hier, das weiß ich ganz genau. Er hat noch gesagt, in seiner Wohnung gäbe es kein Telefon. Dies sei die Nummer von Bekannten. Ach, jetzt habe ich sie! Unter B.«

»Warum unter B?«, fragte ich verduzt.

»B bedeutet Beine. Ich habe Schmerzen in den Knien, die behandelt meine Ärztin. Hier stehen sie: Soja Korosteljewa und Wadim. Notieren Sie bitte.«

Nachdem ich die Nummer hingekritzelt hatte, fragte ich: »Darf ich gleich von hier anrufen?«

»Natürlich, meine Liebe.«

Aber unter der Nummer meldete sich niemand. Es war ja auch erst gegen drei Uhr nachmittags. Wadims Freunde waren bestimmt noch bei ihrer Arbeit.

Ich kaufte mir in der Metro eine Telefonkarte und fuhr ziellos durch die Stadt. Alle halbe Stunde rief ich dieselbe Nummer von einer Telefonzelle an. Aber niemand nahm ab. Mit mir und der Welt unzufrieden, stieg ich gegen acht Uhr abends wieder in mein Auto. Ich musste die Leute eben später noch stören.

Mein Lada tuckerte fröhlich über den Kutusow-Prospekt, dann auf die Minsker Chaussee hinaus … Ich war froh, dass der Verkehr merklich abnahm.

Plötzlich fing der Motor an zu stottern. Ich hatte keine Ahnung, was los war, und trat aufs Gas. Das Gefährt heulte noch einmal auf und blieb dann stehen.

Ich stieg aus, ging um das Wägelchen herum und stand ratlos da. Was sollte ich jetzt machen?

In endlosem Strom rollten Autos vorbei. Ich winkte und hüpfte, dann öffnete ich die Motorhaube, aber niemand wollte einer unglücklichen Frau helfen.

Endlich hielt ein Wolga neben mir.

»Was ist?«, fragte eine Dame etwa in meinem Alter.

»Ich weiß nicht«, antwortete ich hilflos. »Er hat noch ein bisschen gestottert, und dann ist er stehengeblieben.«

»Soso«, grinste die Frau mitleidig. »Benzin ist drin?«

»Woher soll ich das wissen?«

»Na, schaust du nicht auf den Anzeiger?«

»Ich habe den Führerschein doch erst seit einer Woche ...«

»Und den Kopf auf den Schultern auch?«, fragte die Samariterin und sagte dann im Befehlston: »Her mit dem Abschleppseil, ich schleppe dich bis zur nächsten Tankstelle. Hast du eins?«

»Keine Ahnung, liegt so was im Kofferraum?«

»Am besten, du siehst mal nach.«

Ich wühlte zwischen Reserverad und Werkzeugkasten herum und tauchte schließlich mit einem weißen, dünnen Strick wieder auf.

»Ist es das?«

»Daran kann man höchstens Wäsche aufhängen«, sagte die Dame mit einem Seufzer, klappte ihren eigenen Kofferraum auf und zog ein nagelneues Seil hervor. Das war bestimmt teuer gewesen, denn es hatte piekfeine gelbe Schlaufen an beiden Enden.

»Los, häng es fest.«

»Wo denn?«

Jetzt lachte die Frau laut auf. Sie bückte sich rasch, befestigte das Seil irgendwo und schritt zu ihrem Wolga. Vor dem Einsteigen drehte sie sich noch einmal um und rief: »Pass aber auf, dass du mir nicht das Hinterteil lädierst!«

»Da müsste ich dich ja erst mal aus dem Wagen holen!«

Die freche Bemerkung war mir aus Versehen herausgerutscht.

Die Dame lachte noch lauter.

»Jetzt steht es zwei zu eins für mich! Du hast nicht gemerkt, dass dein Tank leer ist, und wusstest nicht, wo man das Seil festmacht!«

Die Tankstelle tauchte schon nach wenigen hundert Metern auf. Mit geschickten Griffen nahm meine Retterin das Abschleppseil wieder ab, stieg in ihren Wolga und winkte mir noch einmal zu.

»Mach's gut, schau ab und zu mal auf dein Armaturenbrett, da gibt es interessante Sachen: die Anzeigen für Benzin, Öl und die Kühlwassertemperatur. Außerdem kann man dort auch Scheibenwischer, Blinker und Scheinwerfer einschalten. Darunter hast du ein Radio. Weißt du, was ein Radio ist?«

»Du konntest wohl schon als Säugling Auto fahren?!«, gab ich müde zurück, während das Benzin in meinen Tank lief.

»So könnte man es sagen!«, antwortete die Dame mit einem breiten Grinsen. »Fahren geht bei mir besser als Laufen. Mach's gut!«

Mit diesen Worten trat sie aufs Gas und schoss auf die Chaussee hinaus, bestimmt zum Schrecken der übrigen Autofahrer.

»Das ist ja eine ganz Wilde!«, sagte der Tankwart bewundernd.

Ich ließ den Motor wieder an, und mein Wägelchen schnurrte zufrieden vor sich hin. Was für Leute es doch auf dieser Welt gibt, und wie man manchmal mit ihnen in Kontakt gerät, dachte ich bei mir. Ich hatte die nette Autofahrerin nicht einmal nach ihrem Namen gefragt. Und doch schien mir, als hätten wir gute Freundinnen werden können.

Als ich nach Hause kam, war es überall totenstill. An der

verschlossenen Tür hing ein Zettel: »Tanja, wage es nicht, morgen wieder abzuhauen. Bleib zu Hause! Gegen Mittag bin ich da. Wenn du dann wieder weg bist, geht es dir schlecht. Wolodja.«

So ein ungehobelter Kerl. »Wage es nicht ... sonst geht es dir schlecht ...« Aber hallo! Morgen früh bin ich weg, und wenn du platzt vor Wut!

»Tanja!«, tönte es jetzt vom Hof.

Garik winkte mir aus seinem Mercedes zu.

»Wo ist Rebekka?«

Ich schaute ihn verwundert an.

»Na, zu Hause wird sie sein.«

Garik blickte einen Moment enttäuscht drein, wollte sich aber nichts anmerken lassen.

»Okay, kann ich bei dir Tee trinken?«

Wir setzten uns auf die Veranda. Ich brachte Kirschkonfitüre. Garik kippte fast die halbe Tasse voll und füllte sie dann mit Tee auf. Dabei murmelte er: »Ein hübsches Weib, diese Rebekka.«

»Stimmt«, sagte ich grinsend, »wie gemalt.«

»Und klug dazu.«

»Auch damit hast du recht.«

»Hat offenbar auch einen guten Charakter«, schwärmte unser Erdölscheich weiter und pustete in seinen Tee. »Hat die Kleine, diese Frossja, gleich mit nach Hause genommen.«

»Die würde gut zu dir passen«, fuhr ich mit ernster Miene fort und suchte mir ein Lächeln zu verkneifen. »Ihr habt den gleichen Geschmack, das habe ich schon beim Möbelkauf bemerkt.«

»Sie gefällt mir«, bekannte Garik mit einem tiefen Seufzer.

»Was zögerst du dann? Vorwärts zur Attacke an allen Fronten – Blumen, Pralinen, Theaterkarten ...«

»Und wie siehst du das alles?«

»Als Freund finde ich dich nicht schlecht, aber geheiratet hätte ich dich nie. Becky ist eine gute Partie.«

»Schon«, brummte der Oligarch, »nur ...«

»Wo ist das Problem?«

»Ich weiß nicht, wie man so einer Dame den Hof macht.«

»Nun stell dich nicht blöder, als du bist!«

»Doch, das ist so. Ich war immer mit anderem beschäftigt. Zuerst das Institut, da stand mir der Sinn nicht nach Frauen, dann die Karriere, dann kam die Perestroika, und jetzt bin ich Geschäftsmann.«

»Hast du denn bisher wie ein Mönch gelebt?«

»Natürlich nicht. In den letzten Jahren war das immer ganz einfach. Wenn mir eine Dame gefällt, schicke ich zuerst Roman in die Spur. Wenn sie interessiert ist, kriegt sie ein teures Geschenk, und los geht's. Meistens habe ich die aber nach zwei Wochen satt. Alle wollen wissen, was es bei mir zu holen gibt. Ich sehe förmlich, wie der Rechner in ihrem Kopf arbeitet. Andere habe ich bisher nicht getroffen. Als ich jünger war, bin ich oft ins Kino gegangen, doch das ist lange her.«

»Du hast deine Frauen in den falschen Kreisen gesucht. Aber lass dir ja nicht einfallen, bei Becky Roman vorzuschicken!«

»Hältst du mich wirklich für so blöd?«

Darauf sagte ich nichts. Garik war zwar ein erfolgreicher Geschäftsmann und sogar schon Millionär, aber was andere Dinge betraf, in meinen Augen noch reichlich unbedarft.

Das Telefon, wo ich etwas über Wadim erfahren wollte, schwieg hartnäckig. Nicht einmal ein Anrufbeantworter sprang an. Völlig verzweifelt machte ich mich daran, die Adresse der Leute herauszubekommen. Das musste über die Telefonauskunft möglich sein.

Am nächsten Morgen wählte ich entschlossen die 09.

»Mein Telefon ist kaputt, wer kann mir da helfen?«

»Ihr Fernmeldeamt«, antwortete eine freundliche Stimme.

»Ich weiß aber nicht, wo das für mich zuständige ist …«

»Nennen Sie mir bitte die ersten drei Ziffern Ihrer Nummer!«

»151.«

Die Stimme schwieg eine Weile, dann sagte sie: »Notieren Sie.«

Von diesem ersten Erfolg beflügelt, brauchte ich fast eine ganze Stunde, um herauszufinden, wo sich mein Fernmeldeamt befand. Dann wusste ich es und machte mich frohgemut nach Moskau auf.

Ich wollte dort als hartnäckige Schuldnerin auftreten, der endlich das Gewissen geschlagen hat. Mit dieser Geschichte fragte ich mich zur Rechnungsstelle in der dritten Etage durch. Eine ältere Frau in einer abgewetzten Strickjacke erkundigte sich gleichgültig: »Was ist Ihr Problem?«

In dem Raum war es drückend heiß, und ich spürte, wie mir der Schweiß den Rücken hinunterlief.

»Ich suche jemanden, kenne zwar seine Telefonnummer, aber nicht die Adresse.«

»Und was habe ich damit zu tun?«, fragte die Frau.

»Sie haben doch die Adressen der Teilnehmer.«

»Gehen Sie zum Moskauer Einwohnermeldeamt.«

»Aber er heißt Nikolai Iwanow!«

»Dann wenden Sie sich an die Miliz!«

»Da haben sie mich schon hinausgeworfen«, sagte ich traurig.

»Ich kann Ihnen auch nicht helfen«, meinte die Frau abweisend. »Wir dürfen die Adressen unserer Teilnehmer nicht herausgeben. Was glauben Sie, was los geht, wenn jeder Mitarbeiter eines Fernmeldeamtes …«

Ich wandte mich zur Tür und murmelte hörbar vor mich hin: »Das war's, jetzt kann ich mich nur noch aus dem Fenster stürzen!«

»Um Gottes willen, warten Sie!«, rief die Frau erschrocken. »Was ist denn passiert?«

Krampfhaft bemüht, die Leidensmiene auf meinem Gesicht zu bewahren, spulte ich eine Geschichte ab, wie sie mir gerade einfiel.

Ich hatte in der Metro einen Mann kennengelernt. Nach einigem Hin und Her entspann sich ein Verhältnis. Zwei Monate lang waren wir unzertrennlich. Am Tag zuvor war mein Liebhaber auf meiner Arbeitsstelle aufgetaucht und hatte mich um 60000 Rubel gebeten, die er mir bis zum Abend zurückbringen wollte. Ich sei Kassierin im großen Kaufhaus GUM, log ich. Ich gab ihm, um was er gebeten hatte, aber er tauchte bis zum Abend nicht wieder auf. Zum Glück schlug meine Vorgesetzte, eine gutherzige Frau, nicht gleich Alarm. Um die Sache zu vertuschen, legten meine Kolleginnen zusammen, aber ich musste ihnen das Geld bis zum Montag zurückgeben. Mein Geliebter sei wie vom Erdboden verschluckt, entweder von einem Auto überfahren worden oder schwer erkrankt ... Ich hätte seine Adresse nicht, nur seine Telefonnummer. Wir trafen uns ausschließlich in meiner Wohnung ... Meine letzte Hoffnung war das Fernmeldeamt. Wie sollte man einen Nikolai Iwanow ohne Geburtsjahr und Geburtsort in Moskau finden? Beim Moskauer Einwohnermeldeamt kriegt man eine Liste von Hunderten Personen, die man im Leben nicht alle aufsuchen kann!

Ehrlich gesagt, hinkte meine Geschichte auf beiden Beinen und war nicht besonders logisch, aber die Angestellte war so beeindruckt, dass sie ihren Computer einschaltete.

»Wie dumm wir Weiber doch sind«, murmelte sie, als sie nach der entsprechenden Datei suchte. »Immer wieder müssen wir bitter dafür bezahlen, aber alles umsonst! 60000! Wie viel verdienst du denn?«

»Zweieinhalb Tausend!«

»O je, o je«, seufzte die Frau mitfühlend. »Also, notiere:

Ratnikowski prospekt Nr. 24, Wohnung 129. Aber auch hier war dein Kerl nicht besonders ehrlich zu dir. Das Telefon ist auf Margarita Komarowa, geboren 1970, angemeldet. Entschuldige schon, wenn ich dir so etwas Unangenehmes sagen muss.«

»Vielen, vielen Dank«, murmelte ich und zog mich auf den Korridor zurück. »Ich muss nur sehen, dass ich mein Geld wieder kriege, dann jage ich den Kerl zum Teufel.«

»Genauso musst du es machen«, rief mir die Angestellte nach. »Und das nächste Mal lass dich nicht wieder mit einem von der Straße ein!«

»Nie wieder!«, versprach ich und lief, zwei Stufen auf einmal nehmend, die Treppe hinunter.

Der Ratnikowski prospekt war ganz in der Nähe. Ich brauchte nur über einen weiten Platz zu laufen, wo sich ein Großmarkt breitgemacht hatte.

Während ich durch die Reihen der Marktstände ging, betrachtete ich sehnsuchtsvoll die Berge von Lebensmitteln, die hier in der prallen Sonne lagen. Leider gehöre ich nicht der wohlhabendsten Schicht dieses Landes an. Ich bin sogenannter russischer Mittelstand, eine Frau, die von einem festen Einkommen leben muss und zum Sparen angehalten ist, wenn sie einmal in Urlaub fahren oder ihre Wohnung renovieren will. Angeblich sind die Großmärkte genau für diese Schicht geschaffen, weil man dort manches für ein paar Rubel billiger haben kann.

Aber wie oft bin ich schon hereingefallen! Ein Kilogramm Käse, bei einer geschäftigen Händlerin erworben, wog zu Hause nur noch 800 Gramm. Frische, duftende Würstchen färbten sich bedrohlich grün, sobald sie auf dem Küchentisch lagen. Aus einem Päckchen Tee fielen winzige braune Krümchen, die mit edlen Blättern überhaupt nichts zu tun hatten, und das Hundefutter lag als unappetitliches Häufchen im Trog. Tiere sind keine Menschen und rühren Verdorbenes nicht an. Daher kaufe ich jetzt nur noch im

Supermarkt ein. Zwar muss ich dort mehr bezahlen, aber insgesamt gesehen lohnt es sich doch.

Die Großmärkte sind immer voller Menschen, weshalb ich mich durch die Menge drängen musste. Konsequent umging ich die Reihen mit den Fischständen, wo es unerträglich roch.

Das Haus Nr. 24 war das letzte, ein aus Backstein errichteter Turm mit riesigen Loggien. In dieser Umgebung grauer, trüber Plattenbauten fiel es auf.

Der Eingang war mit einer Wechselsprechanlage ausgestattet. Ich wählte zuerst die 29, dann die 029 und schließlich die 129, aber es rührte sich nichts. Zum Glück ging die Tür unerwartet auf, und ein netter junger Mann kam heraus. Erfreut schlüpfte ich hindurch, stieß aber ein paar Schritte weiter auf die Fahrstuhlführerin.

»Einen Moment!«, rief sie drohend, »zu wem wollen Sie?«

»Zur Wohnung 129.«

»Und zu wem da?«

»Zu Margarita Komarowa.«

»Wo haben Sie die Adresse her?«

»Hör mal«, schoss ich zurück, »willst du vielleicht auch mein Blutbild? Nur keine Scheu, sag es ruhig. Ich lauf gleich in die Polklinik und lasse es machen.«

»Ich führe nur den Beschluss der Vollversammlung der Bewohner dieses Hauses aus«, bellte die Concierge. »Hier will keiner, dass Obdachlose und Hausierer durch die Etagen ziehen!«

»Aber ich habe doch gesagt, dass ich zu Margarita Komarowa in Wohnung 129 will!«

»Die ist seit zwei Monaten mit ihrem Mann auf einem Einsatz in Afrika«, erklärte mir die Frau jetzt schon ruhiger. »Er ist Kraftfahrer bei der Botschaft und sie Krankenschwester. Die Wohnung haben sie an Ausländer vermietet, ein Ehepaar aus Deutschland, sehr angenehme, ordentliche

Leute, aber Russisch – kein Wort. Wenn ich zu ihnen ›Sdrastwujtje‹ sage, dann kommt nur ›Guten Morgen‹, und das war's. Du bist also mit deinem Besuch leider zu spät!«

»So ein Pech aber auch!«, murmelte ich. »Wir haben uns lange nicht angerufen, heute war ich in der Nähe und wollte mal vorbeischauen.«

»Das war's dann wohl«, erklärte die Concierge abschließend und wandte sich von mir ab, denn gerade versuchte eine Gruppe junger Burschen in das Haus einzudringen.

»He, ihr, wohin?«

Ich trat wieder auf die Straße hinaus und ließ mich tief enttäuscht auf die nächste Bank fallen. Das Weib hatte recht. Das war's dann wohl.

29. Kapitel

Als ich wieder auf unserer Datsche war, fühlte ich mich hundeelend. Nicht einmal Obst für die Kinder hatte ich gekauft. Noch nie im Leben war mir eine Sache so danebengegangen. Ich sehnte mich nach einer kühlen Dusche, um den Staub der Großstadt abzuwaschen. Dann wollte ich mich in die Hängematte legen, die Kira vorsorglich im Schatten aufgespannt hatte, zur Ruhe kommen und Ordnung in meine Gedanken bringen.

»Na, ihr«, murmelte ich müde, als ich in die Veranda trat. »Was habt ihr denn? Warum sitzt ihr alle mit saurer Miene hier herum?«

»Ein Unglück!«, seufzte Kira.

»Furchtbar!«, murmelte Lisa und schluchzte auf.

»Die reine Katastrophe!« klagte Kostja wie der Chor in der griechischen Tragödie, »die reine Katastrophe …!«

Ich schaute mir alle drei der Reihe nach an. Kinder sind schon merkwürdige Wesen. Die können vom Fahrrad stürzen, sich die Knie bis zum Knochen aufschlagen und zehn Minuten später vergnügt Tee trinken, wenn die Blutstropfen auf dem Fußboden noch nicht trocken sind. Aber wegen einem kaputten Spielzeug oder einem verlorenen Kaugummi können sie stundenlang heulen wie die Schlosshunde.

»Was ist denn los mit euch?«

»Dort«, brummte Kostja und schniefte laut, »in dem Schuhkarton in der Ecke!«

Völlig ahnungslos nahm ich den Deckel ab und rief erschrocken aus: »Um Gottes willen, wie ist denn das passiert?«

Auf einem rosafarbenen Küchenhandtuch lag das Kaninchen Jaschka, besser gesagt, die sterblichen Überreste des armen Nagers.

General Rjabow hält nichts von Haustieren, weshalb seine Kinder nie Hunde, Katzen, Schildkröten oder Hamster haben durften. Aber vor einigen Jahren hatte jemand seinem Enkel Kostja ein niedliches, schneeweißes Angorakaninchen geschenkt. Es löste bei dem alten Haudegen eine wundersame Wandlung aus. Das wurde mir klar, als ich einmal zufällig hörte, wie er in seiner Küche stand und schimpfte: »Na, da habt ihr was gekauft! So einen harten, trockenen Kohlkopf. Der wird Jaschka überhaupt nicht schmecken. Daraus kann euch Tanja vielleicht Kohlsuppe kochen, aber unser Kaninchen bekommt so was nicht!« Damit war klar: Jaschka hatte im Herzen des alten Mannes den Platz erobert, zu dem bisher weder sein Sohn noch die Schwiegertochter oder der Enkel hatten vordringen können. Jaschka war ein kluges Kaninchen, denn es bewegte sich lautlos durch die Wohnung wie ein Kätzchen und zog sich zum Abend von selbst in seinen Käfig zurück.

Jetzt lag Jaschkas kleiner Körper, mit Erde beschmiert, vor mir.

»Was ist denn passiert?«

»Das war Ramik!«, erklärte mir Kira. »Wir sitzen im

Wohnzimmer und gucken fern, weil es draußen so heiß ist, keiner wollte rausgehen. Plötzlich kommt Ramik an mit Jaschka im Maul.«

Mir wurde ganz kalt vor Schreck.

»Wenn mein Großvater erfährt, dass Ramik das Kaninchen totgebissen hat, dann redet er nie wieder mit Ihnen!« Kostja sprach aus, was mir gerade durch den Kopf geschossen war.

»Und dich lässt er auch nicht mehr zu uns!«, seufzte Lisa.

»Die operative Feldtelefonverbindung und die Pistole – alles nimmt er uns weg!«, jammerte Kira.

»Was sollen wir denn jetzt machen?«

»Vielleicht sagen wir es ihm nicht?«, meinte Lisa. »Soll er doch denken, dass Jaschka weggelaufen ist ...«

»Das glaubt er uns nie!« Kostja schüttelte heftig den Kopf. »Jaschka war immer nur im Garten und hat sich nahe beim Haus aufgehalten. Ein richtiger Angsthase. Bei jedem Geräusch war er wie der Blitz in seinem Käfig ... Außerdem tut mir mein Opa leid. Der sucht dann Tag und Nacht die ganze Gegend ab ... Nein, wir müssen es ihm sagen, auch wenn es uns schwerfällt.«

»Eigentlich könnten wir doch sagen«, ließ sich jetzt Lisa hören, »ein streunender Hund hätte Jaschka getötet, und Ramik hätte ihn vertrieben und uns Jaschka gebracht, damit wir ihn begraben können.«

»Na, die Räuberpistole wird er gerade glauben!« Kira musste lachen. »Dein Großvater ist zwar alt, aber nicht blöd!«

»Was machen wir bloß, was machen wir bloß?« Kostja war nicht zu beruhigen.

»Hört jetzt endlich auf zu jammern!«, sagte ich unvermittelt. »Los, alle Mann ins Auto!«

»Wozu denn?«, riefen die Kinder verwundert durcheinander.

»Wir fahren zum Markt. Nach Wnukowo, dort werden

Kaninchen verkauft. Wenn wir Glück haben, kriegen wir eins, das genauso aussieht, und setzen es in Jaschkas Käfig.«

»Ach, das wird doch nichts!«, nörgelte Kostja. »Jaschka hat auf seinen Namen gehört!«

»Das ist jetzt egal«, murmelte ich und schob die Kinder in den winzigen Lada. »Du sagst, die Hitze hätte den armen Kleinen durcheinandergebracht. Das glaubt dein Großvater, da ist doch nichts dabei. Mir kommt es selber so vor, als hätte ich nur noch Brei im Kopf, was kann man da erst von einem kleinen Kaninchen erwarten!«

Als wir auf dem Markt ankamen, waren viele Händler schon beim Einpacken.

»Dort sind sie!«, rief Lisa und zeigte mit dem Finger auf einen großen Käfig, in dem es von flaumigen Langohren nur so wimmelte.

In dem Gewühl fand sich auch ein schneeweißes Exemplar. Die Kinder beschauten das Kerlchen kritisch von allen Seiten.

»Jaschka war größer«, bemerkte Kostja.

»Er hatte am Ohr einen schwarzen Fleck, so einen ungleichmäßigen«, fügte Kira hinzu.

»Aber insgesamt sieht er ihm ähnlich«, erklärte Lisa.

»Den nehmen wir!«, sagte ich. »Wie viel?«

»Aber er ist kleiner als Jaschka!«, nörgelte Kostja.

»Die haben keinen anderen. Deinem Opa sagst du, er ist bei der Hitze etwas eingelaufen«, riet ich ihm und war schon beim Bezahlen.

»Und was machen wir mit dem Fleck?«

Ich stutzte einen Moment, dann winkte ich ab. »Den Fleck kriegt er! Wie war der, braun?«

»Nein, schwarz.«

»Also, ab ins Auto!«

»Wohin?«

»In den nächsten Supermarkt.«

»Wozu?«

»Farbe kaufen.«

In der Abteilung Haushaltwaren blickten wir ratlos auf eine endlose Zahl von Schachteln, Dosen und Flaschen.

»Nicht hier«, rief Lisa. »Wir wollen doch Haare färben!«

Vor dem Regal mit der Haarkosmetik langweilte sich eine Verkäuferin. Ich wühlte in den Tuben und fragte: »Haben Sie Schwarz?«

»Schauen Sie, dort in dem Körbchen. Das wird nicht gern genommen«, ratterte das Mädchen los. »Was wollen Sie denn mit Schwarz? Es macht alt. Nehmen Sie hellblond ...«

»Wir müssen einem Kaninchen die Haare färben«, erklärte Lisa. »Ist die Farbe dafür geeignet?«

Die Verkäuferin starrte das Mädchen mit aufgerissenen Augen an.

»Keine Ahnung. Weshalb wollt ihr das tun?«

»Das ist eine lange Geschichte«, antwortete ich.

»Wir haben ein schneeweißes gekauft«, erklärte Kostja bereitwillig. »Aber wir brauchen eins mit einem Fleck am Ohr.«

»Aha-a-a!« Die Verkäuferin beschlichen wohl Zweifel an unserem Geisteszustand.

»Wir nehmen die!«, entschied ich und griff nach einer Tube, auf der stand: »Für empfindliche Haut und zartes Haar, ohne Säure, anhaltende Wirkung, Handschuhe als Zugabe«.

Zu Hause angekommen, hüllten wir das Kaninchen in ein dickes Frotteehandtuch und ließen nur das Köpfchen mit der aufgeregt mümmelnden Nase und den langen Ohren frei. Das unglückliche Tier glaubte wahrscheinlich, es sei Irren in die Hände gefallen, denn es saß stocksteif da und rührte sich nicht.

Mit einem Aquarellpinsel trugen wir die schwarze Schmiere sorgfältig auf das rosafarbene Ohr auf und warteten zwanzig Minuten ab. Dann badeten wir vorsichtshalber den ganzen Kerl mit Kindershampoo.

»Klasse!«, jubelte Kostja. »Der gleicht Jaschka wie ein Ei dem anderen! Er ist nur ein bisschen kleiner.«

»Das macht nichts!«, rief Lisa begeistert. »Dein Großvater sieht nicht mehr besonders gut, der merkt das nicht!«

»Also, meine Lieben«, sagte ich im Befehlston. »Ihr bringt jetzt den neuen Jaschka in Kostjas Haus und setzt ihn in den Käfig. Verriegelt ihn aber von außen, damit der kleine Kerl nicht wegläuft. Und den toten Jaschka begrabt ihr in unserem Garten am Zaun.«

»Und du, Tanja«, erklärte mir Kira, »rufst Kostjas Großvater an und redest mit ihm lange über Gott und die Welt, damit er nicht merkt, wie wir ihm den neuen unterschieben.«

Zwanzig Minuten lang musste ich mir nun die Klagen des alten Generals über die Hitze, über den Blutdruck, über die lärmenden Kinder und fehlenden Appetit anhören. Dann waren die Racker wieder zurück und brüllten begeistert durcheinander: »Alles in Ordnung, er sitzt treu und brav in seinem Käfig! Wir gehen jetzt baden!«

»Es ist aber schon ziemlich spät.«

»Also, Tanja, nun sei kein Frosch!«, bettelte Kira. »Wegen diesem Karnickel haben wir einen halben Tag verloren, wir brauchen dringend etwas Abkühlung …«

»Also gut, aber dass ihr mir Punkt zehn wieder hier seid!«

Stille senkte sich über das Haus. Ramik, der für seine Untat bestraft worden war, lag draußen im Garten unter einem Jasminstrauch. Rachel zog ebenfalls die frische Abendluft vor und hatte sich unter einer alten Kiefer ausgestreckt. Die Möpse hatten es sich auf der Couch bequem gemacht, die Katzen auf dem Fensterbrett. Ich schaltete den Wasserkocher ein. So ein schöner Abend. Ich wollte ihn genießen und an überhaupt nichts denken. Erschöpft ließ ich mich in einen Sessel fallen.

Da trillerte etwas unter den Kissen. Zuerst wollte ich

mich taub stellen. Die Kinder waren beim Baden, und ich erwartete zu dieser Zeit keinen Anruf mehr. Aber der Apparat gab keine Ruhe, sodass meine Hände ganz von selbst nach ihm suchten.

»Liebe Tanja«, hörte ich General Rjabows Stimme, »ein Glück, dass ich Sie erreicht habe. Sicher wollten Sie schon zu Bett gehen, entschuldigen Sie bitte.«

»Das macht doch nichts, ich habe nur ein bisschen ferngesehen und das Klingeln deshalb nicht gleich gehört.«

»Meine Liebe, seien Sie so gut und kommen Sie herüber zu mir, ich bitte Sie sehr.«

»Ist etwas passiert?«

»Ich glaube, ich muss sterben, mir ist ganz schlecht.«

Ich sprang vor Schreck gleich durchs Fenster und rannte zu General Rjabow hinüber. Er hatte schon einmal einen Herzinfarkt gehabt, und diese Hitze brachte auch den stärksten Mann um!

Als ich in Begleitung unserer aufgeregten Hundemeute bei ihm ankam, saß der General auf der Veranda.

»Legen Sie sich hin, ich rufe gleich den Rettungswagen! Wo tut es weh? Unter dem Schulterblatt?«

»Nein, mit meinem Herzen ist alles in Ordnung, aber mein Kopf ist völlig durcheinander«, sagte der Alte mit zitternder Stimme. »Ich habe Halluzinationen! So fängt es an … Schauen Sie dorthin, was ist das?«

»Ein Kaninchen«, antwortete ich vorsichtig. »Warum?«

»Das heißt, Sie sehen es auch?«

»Natürlich, was ist denn dabei? Oder haben Sie es vergessen? Das ist doch Jaschka, den haben Sie schon so lange.«

»Fassen Sie ihn bitte einmal an, ist er lebendig?«

»Aber Sie sehen doch, er frisst sogar«, sagte ich ganz ruhig. »Warum wundert Sie das?«

»Ach wissen Sie, meine Liebe«, flüsterte mir der General zu, »Jaschka ist gestern Abend gestorben. Er hat sich gar nicht gequält, der Alte, er ist einfach eingeschlafen. Der Tierarzt hat mir schon im Mai gesagt, dass er an Altersschwäche leidet. Umgerechnet auf ein Menschenalter hat er noch mehr Jahre auf dem Buckel als ich.«

Traurig nahm der alte General seinen toten Liebling und begrub ihn an dem Zaun, der unsere beiden Grundstücke voneinander trennt. Kostja sagte er erst einmal nichts. Er wollte seinen Enkel langsam auf den Verlust vorbereiten, denn er wusste, dass der Junge sehr an Jaschka hing. Den ganzen Tag fühlte sich General Rjabow elend, nicht einmal seine Lieblingssendung »Held des Tages« konnte ihn aufmuntern. Und auch die Nachrichten, in denen Bilder von der jüngsten Schlägerei zwischen den Abgeordneten Shirinowski und Nemzow gezeigt wurden, interessierten ihn nicht. Immer wenn er in die Küche kam, fiel sein Blick auf den leeren Käfig. Am Abend musste er ein Beruhigungsmittel nehmen.

»Es ist mir nahegegangen, als hätte ich einen lieben Menschen verloren«, erklärte er mir.

Ungefähr vor einer halben Stunde, nachdem wir am Telefon miteinander geschwatzt hatten, wollte der General den Wasserkessel aufsetzen und starrte wieder mit traurigem Blick auf den Käfig. Erschrocken fuhr er zusammen. Drinnen saß Jaschka heil und gesund und knabberte an einer Mohrrübe.

General Rjabow kniff die Augen zusammen, bekreuzigte sich und starrte dann wieder auf den Drahtkäfig. Das Bild verschwand nicht. Das Kaninchen wackelte freundlich mit den Ohren.

Mit schlotternden Knien ging General Rjabow zum Zaun und stieß dort auf die zerwühlte Grube und zahlreiche Spuren.

»Er ist also wieder aufgewacht«, verkündete mir der General, »hat sich aufgerappelt, ist in seinen Käfig gegangen wie immer und hat ihn dann selbst von außen zugemacht?«

»Das soll es geben«, sagte ich unsicher. »Vielleicht war er nur scheintot.«

»Aber wie hat er den Käfig zugemacht?«

»Vielleicht ist die Verriegelung von selber heruntergefallen …«

»Und dann«, murmelte der General versonnen, »ist mir, als sei Jaschka etwas kleiner geworden. Er hat auch wieder alle seine Zähne, aber auf seinen Namen reagiert er nicht. Jaschka, Jaschka … Sehen Sie? Sonst ist er immer angelaufen gekommen wie ein Hündchen, wenn ich ihn gerufen habe.«

»Wissen Sie«, log ich so überzeugend ich konnte, »das gibt es manchmal auch bei Menschen. Scheintod kann zu Gedächtnisverlust führen. Und dass er etwas kleiner wirkt … Stellen Sie sich vor, was für ein Schock es für ihn gewesen sein muss, als er da begraben in der Schachtel lag! Vielleicht ist er von dem Schreck etwas geschrumpft!«

»Meinen Sie?«, sagte General Rjabow misstrauisch. »Das mag ja alles sein, aber schauen Sie nur, wie sauber er ist …«

»Er hat sich selbst saubergeleckt, das machen Kaninchen doch!«

»Und wieso sind ihm wieder Zähne gewachsen?«

Hier war ich mit meinem Latein am Ende. Die Wahrheit sagen konnte ich nicht, deshalb erklärte ich kategorisch: »Sie sind Atheist und denken sehr rational. Deshalb können Sie solche Vorgänge nicht verstehen.«

»Aber, meine liebe Tanja, das Ganze ist doch sehr seltsam, das müssen Sie zugeben!«

»Überhaupt nicht! Wenn Sie wollen, bringe ich Ihnen gern ein paar Publikationen wie ›Geheime Mächte‹, ›Orakel‹ oder ›Die unsichtbare Kraft‹ vorbei, wo viele ähnliche Fälle beschrieben sind.«

»Na, wissen Sie!«

»Wirklich!«, rief ich aus und kam mir vor wie eine Predigerin. »Sie haben doch heute den ganzen Tag an Jaschka gedacht, getrauert, sich nach ihm gesehnt …«

»Es war einfach furchtbar«, pflichtete mir der General bei. »Es ist, als hätte ich meinen einzigen Freund verloren.«

»Sehen Sie!«, triumphierte ich. »Seine Seele hat Ihr Leiden erhört. Und da Jaschka Sie auch sehr liebt, hat er sich sozusagen in einer erneuerten Variante materialisiert, um für ein weiteres irdisches Leben an Ihrer Seite zu sein! Das passiert manchmal, wenn auch selten. Schauen Sie ihn sich an! Er ist es doch, sogar den Fleck am Ohr hat er!«

»Das stimmt«, murmelte der General, fast überzeugt.

»Und sein Name wird ihm in einer Woche bestimmt auch wieder einfallen ...«

»Komm her zu mir«, rief Kostjas Großvater zärtlich und nahm das Kaninchen aus dem Käfig.

Entweder war das Tierchen von besonders friedlichem Charakter oder von dem schweren Tag mit Transport, Bade- und Färbeprozedur erschöpft, aber es widersetzte sich überhaupt nicht.

»Rjabow hob den Kleinen vor sein Gesicht und fragte: »Jaschka, bist du es wirklich?«

Da streckte das Kaninchen seine Vorderpfötchen aus, legte sie vorsichtig auf die Wangen des Generals und näherte sein rosafarbenes Näschen dessen Lippen.

Dem alten Mann traten Tränen in die Augen. Er drückte seinen Liebling an die Brust und sagte glücklich: »Er ist es! So etwas hat nur Jaschka mit mir gemacht, nur er hat mich so geküsst!«

»Na, sehen Sie!«, rief ich erfreut. »Jetzt belohnen Sie ihn mit einem Leckerchen.«

»Jaschka, Jaschka«, lockte der General den Kleinen mit einem Stückchen Apfel.

Der ließ sich nicht lange bitten und verschlang den Happen sofort.

»Mein Jaschka!«, sagte Rjabow gerührt.

Das Häschen hob den Kopf und schaute den General an.

»Jetzt weiß er seinen Namen wieder!«, rief der General begeistert.

Ich zog mich in Richtung Tür zurück. Ein Glück, dass das Kaninchen so verständig war. Ich musste nur Sohn und Schwiegertochter des Generals noch einweihen, sonst machten die sich gar über den Alten lustig. Aber vielleicht auch nicht, wer weiß …

»Ich rate Ihnen, erzählen Sie keiner Menschenseele von Jaschkas Auferstehung«, sagte ich dem General in ernstem Ton. »Sie wissen doch, wie die Leute reden …«

»Ich kann schweigen wie ein Grab«, versprach der Alte. »Tanja, vielleicht bringen Sie mir doch die Hefte, von denen Sie gesprochen haben? Meine Frau war gläubig, sie ist heimlich in die Kirche gelaufen, das wurde doch zu früheren Zeiten nicht gern gesehen. Und ich Sünder habe sie immer ausgelacht. Jetzt sehe ich, es ist alles wahr! Das vom Sterben, vom Auferstehen und vom Jüngsten Gericht.«

Ich lief nach Hause und brachte Kostjas Großvater noch schnell ein paar Zeitschriften. Das hatte doch wunderbar geklappt! Er schien jetzt vollkommen glücklich!

Die Kinder kamen gegen neun vom Baden zurück und stürzten sich auf die Buletten, die ich inzwischen gebraten hatte. Ramik wurde verziehen. Er kriegte ein Stück Frischfleisch zur Entschädigung.

Nachdem wir uns noch ein bisschen miteinander gefreut hatten, dass alles so gut ausgegangen war, verschwand die Bande auf dem Boden und setzte die »operative Feldtelefonverbindung« in Gang.

Ich machte es mir auf der weißen Couch bequem. Ein Stündchen wollte ich sie noch spielen lassen …

Da klingelte wieder das Telefon.

»Tanja«, hörte ich Rebekkas aufgeregte Stimme. »Ich muss rasch mal bei dir vorbeikommen!«

»Was ist denn nun schon wieder?«

Aber Becky hatte schon aufgelegt. Voller Unruhe lief ich

zum Tor hinaus und ein Stück den Weg entlang. Da kam mir Rebekka schon entgegen.

»Was ist los?«, rief ich.

Becky schaute sich vorsichtig um. »Gut, dass du herausgekommen bist. Am besten, wir setzen uns hier hin.«

Wir ließen uns auf einem alten Birkenstamm nieder, und Rebekka sagte: »Reg dich nur nicht auf! Mich hat gerade Nikolai angerufen ...«

»Aha? Hat der Anwalt ihm ein Handy ins Gefängnis geschmuggelt?«

»Nein, er ist ausgebrochen.«

»Wie ... ausgebrochen? Aus der Butyrka? Aus diesem Hochsicherheitsgefängnis? Das ist völlig unmöglich!«

Becky zuckte nur die Schultern.

»Er hat gesagt, er sei geflohen. Wie, hat er mir nicht verraten. Jetzt hält er sich irgendwo versteckt.«

»Bist du sicher, dass du mit Nikolai gesprochen hast?«

»Natürlich!«

»Absolut sicher?«

»Ja! Er hat gesagt: ›Grüß dich, Dickerchen!‹ Als Kind wurde ich so genannt, weil ich ein ganzes Blech frischer Brötchen in mich hineinstopfen konnte. Seit zwanzig Jahren hat das niemand mehr zu mir gesagt. Ich habe diesen Spitznamen auch nie jemandem verraten, denn ich habe ihn gehasst! Als Kind habe ich mich darüber sehr gegrämt und heimlich geweint. Nein, es war eindeutig Nikolai ... Und dann ...«

»Na, was?«

»Er hat noch hinzugefügt: ›Ich bin unschuldig, das musst du mir glauben! Ich bin Opfer merkwürdiger Verwechslungen geworden, ich weiß selber nicht, wie das passiert ist.‹«

»Aber ich weiß es.«

»Du?!«

»Davon später. Erzähl erst mal weiter.«

»Er will ins Ausland gehen. Er bittet mich, ihm seinen

Pass zu bringen. Wir haben ein Treffen vereinbart. Das ist übrigens ein weiterer Beweis, dass ich wirklich mit Nikolai gesprochen habe. Er hat mir genau gesagt, wo der Pass liegt. Sogar den Code seines Safes hat er mir verraten.«

»Und was habt ihr vereinbart?«

»Er ruft in einer Stunde noch einmal übers Handy an und sagt mir, wo ich hinfahren soll.«

»Warum kommt er nicht selbst und holt sich seine Papiere?«

Becky schaute mich entgeistert an. »Das kann er doch nicht! Er hat jetzt vor allen Angst, außer vor mir! Wir haben uns immer sehr gemocht, sogar geliebt. Andrej und Sergej haben mir nie sehr nahegestanden, aber Nikolai …«

»Wie will er denn aus dem Lande kommen? Nach ihm wird doch sicher schon gefahndet!«

»Er hat gesagt, er hätte es so gedreht, dass sie im Gefängnis nicht gleich etwas merken.«

In diesem Augenblick klingelte ihr Handy.

»Ja«, rief Becky, »ich höre!«

In dem Gerät zischte es unangenehm.

»Entschuldige, Lena«, murmelte Rebekka, »ich sitze gerade in der Badewanne. Ich rufe dich in einer Stunde zurück.«

Es wurde still. Arm in Arm saßen wir auf dem Birkenstamm und warteten. Trotzdem fuhren wir beide zusammen, als es wieder klingelte.

»Ja!«, rief Rebekka laut. »Ich bin es, ja, sprich, Nikolai, sprich! Ja, ja, okay …«

»Na, was ist?«, fragte ich ungeduldig.

»Um vier Uhr früh an der Borowsker Chaussee bei einem verlassenen Pionierlager namens ›Sternchen‹.«

»Meine Güte, wie will er denn da hinkommen?«

»Mit seinem Jeep natürlich!«

»Und wo hat er den jetzt her?«

»Der hat immer auf der Straße vor unserer Stadtwohnung gestanden. Wir hatten es einfach vergessen.«

»Und wie ist er dann vor seiner Verhaftung nach Aljabjewo gekommen?«

»Mit dem Taxi.«

»Warum nicht mit dem Jeep?«

»Er war bei einem Freund zum Geburtstag eingeladen, der in der Stadt gleich neben uns wohnt. Nikolai hatte etwas zu viel getrunken. Da hat er den Jeep eben stehenlassen.«

»Merkwürdig.«

»Was denn?«

»Warum ist er dann mitten in der Nacht auf die Datsche gefahren? Er hätte sich in aller Ruhe in eurer Stadtwohnung ausschlafen können!«

»Das ist doch jetzt völlig egal!« Rebekka winkte ab.

»Also«, sagte ich, »hör zu, wie wir es machen ...«

30. Kapitel

Ich war als Erste am vereinbarten Treffpunkt. Gegen halb drei Uhr morgens parkte ich meinen kleinen Lada hinter einem der halb verfallenen Bungalows. Das Pionierlager hatte seinerzeit sicher dem Militär gehört, denn überall standen noch Tafeln mit Losungen herum wie »Der Dienst in den Reihen der Sowjetarmee – eine Ehrenpflicht« oder »Verteidige deine Heimat!«

Es war stockdunkel, die unheimlichste aller Nachtstunden. Es heißt, die meisten Menschen gingen um diese Zeit aus dem Leben, aber auch die meisten Babys würden geboren.

Ich musste aufpassen, dass meine Zähne nicht klapperten. Dann wollte ich eine Zigarette rauchen, überlegte es mir aber. So ein Fünkchen ist weit zu sehen, und auch den Rauch kann man riechen.

Plötzlich hörte ich Motorengeräusch und sah Scheinwerfer näher kommen. Rebekkas Renault Mégane rollte auf den Platz zwischen den Häuschen. Sie hielt neben der halb zerfallenen Gipsfigur eines Jungen Pioniers mit einer Fanfare in der Hand und öffnete die Wagentür. Ich hörte leise Musik und dann eine klare Stimme: »In Moskau ist es jetzt vier Uhr morgens. Radio Russland bringt Musik von Bühne und Film.«

Plötzlich rauschte es hinter den Büschen, und neben dem Renault hielt ein riesiger Jeep, dunkelblau oder schwarz, vielleicht aber auch grün. Die Farbe war in der Dunkelheit nicht zu erkennen. Eine Tür klappte.

»Hast du alles?«, fragte Nikolai.

Rebekka hielt ihm einen Umschlag hin. Sie stand gegen ihren Renault gelehnt im vollen Licht der Scheinwerfer des Jeeps, der ihre schlanke Figur in Jeans und hellem Pullover grell beleuchtete.

»Na, gib schon her«, sagte der Bruder.

»Erzähl mal, wie war es denn?«, fragte Becky.

»Dafür ist jetzt keine Zeit!«, sagte er barsch und schritt zu seinem Jeep. Dann wandte er sich plötzlich zu ihr um, und ich sah in seiner Hand einen merkwürdigen länglichen Gegenstand, der an eine Pistole mit Schalldämpfer erinnerte.

Meine Hände waren schneller als mein Kopf. Ich schaltete das Fernlicht ein und schrie, so laut ich konnte: »Runter, Becky, er schießt!« Rebekka fiel wie ein gefällter Baum hinter ihren Renault und kroch dann, so schnell sie konnte, ins dichte Unterholz. Im Nu war sie aus dem Lichtkegel verschwunden.

Die Scheinwerfer meines Ladas blendeten Nikolai, er schützte seine Augen mit der Hand und fing dann an zu schießen. Die Geräusche waren ganz leise, es klickte fast nur. Eins, zwei, drei, vier, zählte ich. Wie viel Schuss er wohl im Magazin hatte?

»Wadim!«, schrie ich, als es wieder still war. »Rühr Rebekka nicht an, die weiß von nichts! Mich brauchst du! Aber mich kriegst du nicht! Ich weiß alles über dich, Wadim Slawin!«

Mit diesen Worten trat ich voll aufs Gas und schoss an dem verblüfften Mann vorbei. Im Scheinwerfer sah ich wie zum Greifen nahe das Gesicht von Nikolais Bruder, glattrasiert und ziemlich verwirrt.

Ich raste auf die Chaussee hinaus und trat das rechte Pedal bis zum Anschlag durch. Mein armer Lada war noch nie mit so einer Geschwindigkeit dahingerast. Ein Glück, dass so wenig Autos unterwegs waren. Die Straße war fast leer, und ich fuhr ganz in der Mitte, halb wahnsinnig vor Angst. In meinen Schläfen pochte nur ein Gedanke: Was tun? Als ich Wadim von Rebekka ablenkte, handelte ich instinktiv, um sie zu retten. Eine Sekunde später, und der Kerl hätte seine Halbschwester erschossen. Genau das hatte ich befürchtet, als sie mir den merkwürdigen Ort des Treffens mitteilte. Deswegen war ich auch hingefahren, um meine Freundin zu decken. Ja, Becky war mir, fast ohne dass ich es merkte, eine Freundin geworden. Und die konnte ich nicht im Stich lassen.

Aber wie sollte es jetzt weitergehen? Im Spiegel sah ich Scheinwerfer näher kommen. Wadim hatte sicher nicht lange gebraucht, um sich von dem Schock zu erholen, und war nun hinter mir her. Sein Jeep fuhr viel schneller als meine Klapperkiste … Hilf mir, Herr im Himmel!

Unvermittelt sah ich vor mir ein Geschäft am Straßenrand, das allerdings geschlossen war. Ich fuhr dahinter und hielt den Wagen an. Die Straße machte hier eine steile Kurve. Vielleicht glaubte Wadim, ich hätte sie genommen, und fuhr weiter.

So kam es auch. Mit wildem Geheul jagte der Jeep nach links. Ich startete wieder und rollte bald darauf, immer noch fast leblos vor Angst, durch das Tor unsrer Datsche.

Das Haus war still und stockdunkel, was mich nicht wunderte. Damit von unserem nächtlichen Ausflug niemand etwas merkte, hatten wir Lisa und Kira zu Nora gebracht, wo sie übernachten durften. Die waren auf das Angebot freudig eingegangen und hatten sich mit den Hunden davongemacht. Die Datsche war menschenleer.

Um meine Angst zu vertreiben, schaltete ich in allen Zimmern das Licht an. Zwar ging draußen schon die Sonne auf und versprach einen neuen heißen Tag, aber das Haus lag noch im Halbdunkel.

Als Erstes musste ich jetzt Wolodja anrufen und ihm sagen, dass Wadim Russland verlassen wollte. Er sollte seine Leute zum Flugplatz Scheremetjewo schicken … Jetzt war mir auch klar, warum Wadim gesagt hatte, in der Butyrka würde ihn so schnell keiner vermissen. Dort saß schließlich der unglückliche Nikolai weiter ein, und Wadim wollte mit dessen Pass quietschvergnügt das Weite suchen …

Wo war nur dieses verdammte Telefon? Wir haben ein kleines schnurloses Telefon von Philips. Lisa verwechselt es oft mit der Fernbedienung des Fernsehgerätes und lässt es liegen, wo es ihr gerade aus der Hand fällt – auf einem Sessel, auf der Couch, auf dem Tisch oder zwischen Büchern. Während ich im Wohnzimmer hin und her lief, hörte ich plötzlich leise Schritte auf der Terrasse.

Ich spürte, wie mein Magen zu einem Eisklumpen erstarrte und eine stählerne Hand mir die Kehle zuschnürte. Trotzdem wagte ich einen Blick aus dem Fenster. Auf dem Hof stand der riesige Jeep, seine verchromten Stoßstangen und Radkappen glänzten. Wie hatte der Kerl herausbekommen, wo ich wohnte? Wo sollte ich jetzt hin? Und wo war das verdammte Telefon?

Jetzt hörte ich die Schritte schon in der Veranda. Da ich sah, dass ich das Haus nicht mehr verlassen konnte, stürzte ich zum Fenster. Hinausspringen war aber nicht mehr möglich. Er hätte mich sofort gesehen und auf mich geschossen. Ich musste mich verstecken, aber wo? Auf dem Boden!

Wie der Wind flog ich die Treppe hinauf und versuchte die Tür mit einem alten schweren Tisch zu verbarrikadieren. Durch das Loch im Fußboden sah ich, wie Wadim leise, die Pistole in der Hand, durch das Wohnzimmer schlich. Ich hatte eine verhängnisvolle Dummheit begangen! Ich hatte kein Telefon und konnte niemanden um Hilfe rufen. Früher oder später würde Wadim darauf kommen, dass es im Haus einen Boden gab, und dann … Nein, daran wollte ich jetzt nicht denken. Ich hätte durch das Fenster des Schlafzimmers springen und zu General Rjabow hinüberlaufen sollen. Der General! Die operative Feldtelefonverbindung! Ich packte den Hörer und drehte wie wild an der kleinen Kurbel. Wachen Sie endlich auf, General, wachen Sie auf!

»Hallo«, hörte ich ihn da mit lauter Stimme sagen. »Kira, Lisa, seid ihr verrückt geworden? Zu dieser Zeit anzurufen! Es ist kaum sieben Uhr!«

»General Rjabow«, zischte ich in den Hörer, »können Sie mich hören?«

»Hervorragend«, sagte der General, »was ist geschehen, Tanja, warum schlafen Sie nicht in dieser Herrgottsfrühe?«

»Man will mich umbringen! Ein Killer mit einer Waffe schleicht hier im Haus herum! Rufen Sie schnell die Miliz an! Ich habe mich auf dem Boden versteckt, aber er wird mich bestimmt bald finden!«

»Zu Befehl!«, antwortete der General und legte sofort auf.

Das war ein echter Militär! Keine überflüssigen Fragen, keine Emotionen! Eine schnelle, exakte Reaktion. Wenn nur die Miliz bald käme …

Jetzt hörte ich vorsichtige Schritte auf der Treppe, die zum Boden führte. Ich verschwand in einem alten Kleiderschrank, den wegzuwerfen nie jemand übers Herz gebracht hatte, und schloss vor Angst die Augen.

»Waffe weg, du Schweinehund!«, donnerte plötzlich eine Stimme von unten.

Ein Schuss krachte. Darauf folgte ein leiser, dann ein gellend lauter Schrei. Es plumpste dumpf, als sei ein Sack umgefallen … Jemand schob meine »Barrikade« ohne große Mühe beiseite und öffnete die Bodentür.

»Tanja«, rief Rjabow munter, »kommen Sie raus!«

Ich kroch aus meinem Schrank. Mitten auf dem Boden stand der General mit einer riesigen »Kanone« in der Hand.

»Lieber Nachbar!!!« rief ich. »Und wo ist Wadim?«

»Ist das der, der Sie umbringen wollte?«, erkundigte sich der General in sachlichem Ton. »Liegt bewusstlos unter der Treppe. Ich habe ihm ins rechte Bein und in den rechten Arm geschossen. Das wäre doch gelacht! Wir haben noch Pulver auf der Pfanne! Den habe ich sauber kampfunfähig gemacht. Übrigens ist meine Waffe immer schussbereit, war mal eine Auszeichnung. Hat mir Marschall Shukow persönlich überreicht. Ein starkes Modell, nicht so ein Ballermann, wie sie jetzt in Mode sind. Was ist das heute nur für eine Jugend! Ich bin so oft verwundet worden, aber nie in Ohnmacht gefallen! Mit durchschossenem Arm bin ich auf meinen eigenen zwei Beinen zum Verbandsplatz gelaufen. Aber der hier? Pfui Teufel!«

Er verstummte plötzlich und fragte besorgt: »Tanja, ist Ihnen nicht gut?«

»Nein«, flüsterte ich, »mir geht es ausgezeichnet.«

Einen Moment war es still. Dann rasten mit heulenden Sirenen mehrere Wagen auf den Hof. Diese Idioten! Wozu brauchten sie das Martinshorn in einer Siedlung, wo alle noch schliefen? Und wie viele Leute das waren! Aus einem Minibus sprangen gleich mehrere Kerle heraus. Sie kamen zum Haus gelaufen, vornweg Wolodja Kostin mit nervösem, verkniffenem Gesicht. Aus einem Wolga sah ich zu meinem Erstaunen die Frau aussteigen, die mich zur Tankstelle geschleppt hatte.

»Tanja!«, donnerte der Major, »komm sofort her!!!«

Ich rutschte in mich zusammen. Dann kletterte ich die Bodentreppe hinunter, krampfhaft bemüht, nicht zu dem stöhnenden Wadim Slawin hinzuschauen, über den sich bereits ein Arzt beugte. Ich fragte nur: »Was willst du?«

»Sie fragt auch noch ›Was willst du?‹!«, rief der Major aufgebracht. »Na, wart's nur ab, wart's nur ab!«

So ist das bei ihm. Wenn ihn etwas sehr aufregt, dann bringt er keinen Satz zu Ende.

Jetzt trat die flotte Autofahrerin herein. Sie trug wieder Jeans und ein helles T-Shirt.

»Grüß dich«, sagte sie munter. »Schön, dich lebend zu sehen. Schaust du immer noch nicht auf deine Benzinanzeige?«

Ich starrte sie an und fragte verdattert: »Sag mal, Wolodja, wer ist das?«

Kostin, der noch einmal »Wart's nur ab!« geknurrt hatte, sagte nun schon wieder ziemlich ruhig: »Das ist Major Martynowa.«

»Darf ich mich vorstellen: Xenia Martynowa, aber du kannst gern Xenia zu mir sagen.«

»Tanja«, murmelte ich, »einfach nur Tanja.«

»Weiß ich, hab schon viel von dir gehört«, erwiderte sie lächelnd. »Du hast mir gleich gefallen.«

»Du mir auch!«

»Hexen erkennen einander schon von weitem«, behauptete Slawa Samonenko, der gerade hereinkam. »Grüß dich, Miss Marple, wieder eine Heldentat vollbracht? Kostin hat fast einen Herzinfarkt gekriegt! Ich sage zu ihm: ›Warum nehmen wir Tanja nicht in unsere Abteilung auf? Wäre eine klasse Mitarbeiterin, manchmal ein bisschen naiv, steckt ihre Nase überall hinein, fällt allen auf die Nerven, aber was für ein Enthusiasmus! Was für eine Hartnäckigkeit! Was für eine Tapferkeit …‹«

»Halt die Klappe!«, blaffte Wolodja und befahl: »Los, an die Arbeit! Tanja, du gehst auf die Veranda!«

»Aber …«, wollte ich widersprechen.

»Schluss mit dem Gerede!«, brüllte unser Freund so laut, dass ein Glas im Büfett klirrend zersprang.

»Komm jetzt, komm jetzt«, flüsterte mir Xenia zu. »Du siehst doch, der Chef ist böse, gleich kriegen wir alle was ab!«

»Ihr Idioten!« Wolodja konnte sich gar nicht wieder beruhigen. »Ihr Hornochsen, na, wartet's nur ab, wartet's nur ab!«

Ich begriff überhaupt nicht, was ihn so rasend machte. Aber ich ging, wie mir geheißen, auf die Veranda und setzte mich in einen Sessel. Ich wollte keinen Schritt mehr tun, bevor er sich nicht bei mir entschuldigt hatte.

Da hörte ich draußen Reifen quietschen. Durch unser Tor rollte der Renault Mégane mit zerbeulten Kotflügeln. Ohne ein Wort zu sagen, stürzte Rebekka herein, packte mich bei den Schultern und drückte mich fest an sich. Ich steckte meine Nase in ihr wunderbar nach französischem Parfüm duftendes Haar und spürte, dass unsere Herzen im gleichen Takt schlugen. Das Schicksal ist doch ein seltsames Ding! Nie hätte ich gedacht, dass ich in dieser Einöde so eine Freundin finde.

31. Kapitel

Nun folgten ein paar Tage voller unerwarteter Ereignisse. Am Feitag erschien Wolodja in Aljabjewo. Müde schleppte er sich bis zur Couch auf der Veranda und brummte dann: »Wenn meine Augen dich doch nicht mehr sehen müssten!«

Wenn meine Ohren dich doch nicht mehr hören müssten, wollte ich schon zurückgeben, ließ es aber sein. Er wirkte gar zu mitgenommen. Aus dem Wohnzimmer kam Rebekka. In den letzen Tagen war sie abgemagert, lief gramgebeugt umher, und in ihrem kleinen Gesicht glühten riesige fiebrige Augen.

»Ich habe ein Recht darauf, die Wahrheit zu erfahren«, sagte sie mit fester Stimme.

Wolodja nickte. »Ja, natürlich.«

»Erzählen Sie mir jetzt endlich, was passiert ist?«

»Setzen Sie sich, Becky«, sagte der Major freundlich. Dann blickte er zu mir herüber und fügte hinzu: »Und du auch, Tanja.«

»Du bist mir nicht mehr böse?«, fragte ich erleichtert.

»Was bringt es, der Krähe böse zu sein, wenn sie sich auf den Wurm stürzt?«, meinte Wolodja seufzend.

Ich wollte schon fragen, wer ich sein sollte – die Krähe oder der Wurm –, aber das verkniff ich mir. Er würde es mir schon selber sagen.

»Also, Mädels«, begann der Major seinen Bericht, »lacht mich nur nicht aus! Ich habe sogar bei den Genetikern nachgefragt, ob ich mit meinen Überlegungen richtig liege. Die haben mir dann die Augen geöffnet. Man paart zum Beispiel zwei Fliegen, eine mit Flügeln, die andere ohne. Als Nachkommen erhält man unter Umständen drei mit Flügeln und zwei ohne. Und diese letzteren …«

»Hör mal«, redete ich dazwischen, »so kommst du nie zu Potte. Was sollen hier die Fliegen?«

»Das wirst du schon noch sehen«, entgegnete der Major friedlich. »Ich habe mich immer gewundert, warum man in alten Adelsschlössern so lange Ahnengalerien findet …«

»Die wollten halt die Erinnerung an ihre Vorväter bewahren«, meinte Rebekka achselzuckend.

»Und wozu?«

»Sie fanden das eben gut.«

»Das ist nicht der Punkt«, erklärte Wolodja. »Es ging ihnen um die Erhaltung des Geschlechts, um die Reinheit des Blutes. Jeder in der Familie wusste: Dessen Großvater ist dem Wahnsinn verfallen, dem sollte man seine Tochter nicht zur Frau geben, das gibt keine gesunden Nachkommen …«

»Und was hat das mit unserem Fall zu tun?«

»Es hat damit zu tun«, murmelte der Major, »dass die Wissenschaft es schon lange ahnt und die Geschichte bestätigt: Ein Kind, das ein Mann und eine Frau zeugen, muss nicht immer Vater und Mutter nachschlagen. Häufig finden sich in ihm Züge seines Großvaters, seines Urgroßvaters oder eines Onkels. Damit meine ich nicht nur die äußere Ähnlichkeit, sondern vor allem den Charakter, den ein solcher Spross erbt. Und ich bin fest überzeugt: Was angelegt ist, das entwickelt sich auch. Durch gute Erziehung kann man zwar etwas korrigieren, aber der Kern bleibt davon unberührt.«

So war es auch bei Nikolai und überhaupt allen Kindern Wjatscheslaw Slawins.

Wjatscheslaws Vater Juri Roshkow war ein ungewöhnlich grausamer Mann. Menschen körperlich und seelisch leiden zu sehen bereitete ihm Vergnügen. Und auch Wjatscheslaws Mutter war nicht gerade mit christlicher Nächstenliebe gesegnet – eine herrschsüchtige, selbstverliebte, aufbrausende Frau … Was für ein Kind ein solches Paar wohl zeugen konnte?

Aber Wjatscheslaw hatte Glück. Den Charakter erbte er wohl von seinem Großvater mütterlicherseits. So wuchs er in der Familie fast wie ein Fremder heran, denn er war still, verträglich und sehr begabt. Zwar bekam er zuweilen Wutanfälle, die verheerende Folgen haben konnten, aber insgesamt war er ein liebes Kind, das zu einem rechtschaffenen Mann heranwuchs. Der war klug, bekam sein Leben in den Griff, brachte es zu Wohlstand, ging Konflikten aus dem Weg, verhielt sich tolerant gegenüber seinen Mitmenschen und vollbrachte viele gute Taten.

Wjatscheslaw Slawin war von Frauen umschwärmt, wurde von seinen Kollegen geliebt und lebte in einer intakten Familie. Aber das schien nur äußerlich so.

Wjatscheslaw war nicht fähig, sein ganzes Leben mit

einer einzigen Frau zu verbringen. Ehefrauen wie Geliebte bekam er bald satt und wechselte sie häufig. Der Mann ist seinem Wesen nach polygam. Die Natur hat ihn so gemacht, damit das Menschengeschlecht in geometrischer Progression wächst. Viele Vertreter des starken Geschlechts richten sich mit einer Frau fürs Leben ein, halten sich aber nebenbei eine Geliebte. Das war nicht Wjatscheslaws Sache. Der liebte nie zwei Frauen gleichzeitig und ließ frühere Gefährtinnen nicht im Stich.

Nora war die dritte Frau in seinem Leben. Als Erste in der Reihe stand die unglückliche Maja, Anna Kolomijzewas Tochter. Die Liebe zu ihr ging mit der Abreise des Jungen nach Moskau zu Ende. Danach war Wjatscheslaw drei Jahre lang mit Olga verheiratet und schließlich mit Nora.

Die war in ihrer Jugend wunderschön gewesen – süß wie ein Sahnebonbon. Sie hatte naturblondes Haar, riesige graue Augen und einen hübschen, etwas launischen Mund. Mit geistigen Gaben war sie nicht so reich gesegnet. Sie hatte keinen Beruf gelernt. Als sie Slawin begegnete, war sie Putzfrau in einer Zahnklinik. Wjatscheslaw ließ sich dort eine Plombe einsetzen. Er sah die Blondine, deren grazile Gestalt der grobe Kittel nicht verbergen konnte, und … war ihr verfallen. Aus einem Aschenputtel eine Prinzessin zu machen war immer sein heimlicher Traum. Alle Frauen und Geliebten Slawins standen sozial weit unter ihm und litten oft bittere Not. Er kaufte ihnen teure Kleider, schenkte ihnen Schmuck, nahm sie auf teure Urlaubsreisen mit und … suchte sich das nächste arme Ding. In der langen Reihe seiner Frauen nahm Nora allerdings eine Sonderstellung ein.

Sie besaß einen ganz eigenen Intellekt, der mit keinerlei Kenntnissen belastet war, wohl eher ein gerüttelt Maß an Bauernschläue. Sie begriff sofort, womit sie den windigen Gesellen an sich binden konnte. Sie brachte ihm Kinder zur Welt, eines nach dem anderen. Wjatscheslaw lebte mit ihr länger zusammen als mit allen seinen anderen Frauen – insgesamt zehn Jahre. In den ersten vier Jahren schenkte ihm Nora mit beneidenswerter Regelmäßigkeit einen Erbprinzen nach dem andren – Nikolai, Andrej und Sergej. Drei Söhne! Welcher Mann schwärmt nicht von einer solchen Nachkommenschaft. Und als Sahnehäubchen kam dann noch ein Mädchen, Rebekka, hinzu. Eine tolle Leistung! Allerdings waren die Jungen keine Meisterstücke. Die geistigen Gaben und sonstigen Talente hatten sie wohl eher von ihrer Mutter. Becky wuchs zu einem hübschen Mädchen heran. Und eine Frau musste nicht unbedingt ein Genie sein.

Um Andrej und Sergej machte sich Nora keine großen Sorgen. Wjatscheslaw, den die Arbeit auffraß, ging morgens um acht aus dem Haus und war meist erst gegen Mitternacht zurück. Die Kinder wussten, dass sie einen Vater hatten, bekamen ihn aber selten zu Gesicht. Die ganze Erziehung bewältigte Nora mit Hilfe einer Kinderfrau. Der Anteil ihres Mannes daran beschränkte sich auf Sätze wie: »Die Winterstiefel sind kaputt? Geh und kauf neue.« »Du brauchst Hauslehrer? Kein Problem, regle das, Nora.« Oder: »Andrej hat schon wieder eine Vier in Mathematik? Lies ihm mal die Leviten! Ich muss zur Arbeit.«

Andrej, Sergej und Rebekka waren schlechte Schüler. Sie wurden nur von einer Klasse in die andere versetzt, weil Nora alle Beteiligten – vom Direktor bis zur Sekretärin – mit Geschenken überhäufte. Da waren Nikolais schulische Leistungen noch die besten. Aber gerade um ihn sorgte sich Nora am meisten.

Dieses Kind jagte ihr schon frühzeitig Angst ein. Wegen einer Bagatelle konnte der Junge einen Wutanfall bekommen und fürchterlich um sich schlagen. Einmal stürzte er sich mit einem Küchenmesser auf die Kinderfrau, weil die ihm gesagt hatte, er möge sich vor dem Essen die Hände waschen. Nora entließ die Frau rasch, nachdem sie die Verletzung mit Geldscheinen verpflastert hatte.

»Nicolas!«, barmte Nora, «Wie konntest du nur?«

»Sie hat mich beleidigt!«, gab der Junge wütend zurück.

»Womit denn?«, fragte die Mutter verwundert.

»Sie hat mich vor allen ins Bad geschickt und gesagt: ›In deinem Alter solltest du wissen, dass man sich vor dem Essen die Hände wäscht. So klein bist du nicht mehr.‹«

»Na und, was ist dabei?«, stammelte Nora.

»Damit hat sie mich beleidigt!«, beharrte der Junge in unkindlichem Zorn.

Diesen Charakterzug bekamen auch seine Brüder, seine viel kleinere Schwester und selbst Nora zu spüren. Es brauchte nur jemand etwas zu sagen, das Nikolai nicht passte, und schon prügelte er drauflos. Ob es sich dabei um einen Jungen oder ein Mädchen handelte, war ihm egal. Seine Klassenkameraden nannten ihn den Tollwütigen und sahen sich vor, ihn nicht zu reizen.

Als Nikolai vierzehn war, kam eine neue Mathematiklehrerin, die junge, unerfahrene Inna Jakowlewna, an seine Schule. Schon in der ersten Kontrollarbeit gab sie Nikolai eine Vier.

»Warum habe ich Mangelhaft gekriegt?«, fragte der Junge.

»Fünf Fehler«, antwortete die Lehrerin, »übrigens ziemlich dumme, eigentlich zum Lachen.«

Nikolai stürzte sich auf die lächelnde Lehrerin. Die erschrockenen Klassenkameraden wollten ihn von ihr wegzerren. Aber da hatten sie sich getäuscht! Die Wut vervielfältigte seine Kräfte. Er richtete sie so übel zu, dass der Direktor den Rettungswagen rufen musste. Der brachte die weinende Frau ins Sklifossowski-Institut, wo man ihr die gespaltene Lippe nähen und die gebrochene Nase richten musste.

Diesen Zwischenfall zu vertuschen kostete viel Mühe. Slawins Konto nahm spürbar ab, und Nikolai wurde rasch in eine andere Schule versetzt. Nora ging mit ihrem Ältesten sogar zum Psychiater. Aber der zuckte nur die Schultern. Krankhafte Abweichungen konnte er nicht feststellen. Erklärungen hatte er natürlich eine Menge parat: die Pubertät, die Hormone spielen verrückt, das verwächst sich. Noras tiefe Furcht konnte das nicht besänftigen. Aber sie bekam nicht mehr als ein Beruhigungsmittel für ihren Sohn. Dabei wusste sie genau, dass es nicht an den Hormonen liegen konnte. Nikolai hatte diese Wutanfälle ja schon gehabt, als er erst drei Jahre alt war.

Schließlich fand die Mutter eine, wie sie glaubte, vernünftige Lösung des Problems. Für jeden Tag, den Nikolai sich nicht prügelte, erhielt er drei Rubel. Und für jeden Rückfall wurden ihm drei Rubel abgezogen. Das klingt haarsträubend, aber es hatte Erfolg. Nach und nach lernte Nikolai, sich zu beherrschen.

Einmal – da war er schon fast achtzehn – erlaubte sich Becky einen nicht sehr freundlichen Witz über sein Äußeres. Nikolai wurde kreidebleich, Nora bekam einen Schreck, aber ihr ältester Sohn stürzte schweigend in die Diele hinaus, wo Glas klirrte und die Haushaltshilfe aufschrie. Die Mutter rannte hinaus. Der Spiegel lag in Scherben, und Nikolai hatte eine blutende Faust.

»Was hast du gemacht?«, schrie Nora.

»Nichts«, warf er ihr hin und verschwand.

Was geschehen war, erfuhr Nora von der erschrockenen Hausangestellten. Der Junge war aus dem Wohnzimmer gerannt und hatte mit der bloßen Faust in den Spiegel geschlagen. Das freute die Mutter. Es bedeutete, dass ihr geliebter Sohn gelernt hatte, das Feuer seiner Wut zu zügeln, auch wenn dabei etwas zu Bruch ging und er sich selbst verletzte.

Die Jahre eilten dahin. Nikolai wurde erwachsen und lebte unter der schützenden Hand seines Vaters. Ohne große Probleme bewältigte er die Promotion und dann mit dreißig die Habilitation. Nur wenige erklimmen die Höhen der Wissenschaft schon in diesem Alter. Die Mitglieder wissenschaftlicher Räte, die meist über sechzig sind, mögen junge Senkrechtstarter nicht sehr und lassen sie bei der Habilitationsprüfung gern durchfallen. Für Wjatscheslaw Slawin existierten solche Hürden allerdings nicht. Der Wissenschaftliche Rat verlieh seinem Sohn einstimmig den erstrebten akademischen Grad. Mit einem Wort, Nikolai war im Aufwind, bis es den ersten ärgerlichen Rückschlag gab.

Die Russische Pädagogische Akademie gab die Aufnahme neuer Mitglieder bekannt. Nikolai liebäugelte schon lange mit dem Titel eines Akademiemitglieds. Der brachte keinerlei materielle Vorteile, sondern allein gesellschaftliche Anerkennung. Aber sein Vater schüttelte den Kopf.

»Entschuldige, Nikolai, du musst noch etwas Geduld haben. Dreißig ist zu jung für ein Akademiemitglied. Da wird nichts draus. Die stimmen dich nieder. Auch ich habe dieses Ziel erst mit fünfzig erreicht.«

Nikolai, der nicht gewohnt war, auf etwas zu verzichten, versuchte den Vater zu überreden.

»Versuch's doch bitte, vielleicht klappt es ja!«

»Das werde ich nicht«, erwiderte der Vater. »Es ist noch zu früh.«

Nikolai verließ tief beleidigt das Büro seines Vaters. Und wie groß war sein Zorn, als er auch noch erfahren musste, dass Salwin senior die Kandidatur eines anderen Bewerbers, Michail Popow, unterstützte und in jeder Hinsicht förderte. Der war kaum älter als Nikolai.

Außer sich vor Empörung, ging Nikolai wieder zu seinem Vater und forderte eine Erklärung. Aber Wjatscheslaw Slawin zuckte nur die Achseln.

»Sieh mal, mein Sohn, Michails Dissertation ist sofort als Habilitationsschrift anerkannt worden, als so herausragend und bedeutend hat man sie bewertet. Er ist geradezu ein Genie, ein seltenes Talent und dazu von ungeheurem Fleiß. Dabei kommt er aus einer bettelarmen Familie, niemand hat ihm geholfen, er hat das alles ganz allein geschafft und wird auch ohne meine Unterstützung Mitglied der Akademie werden. Vor so einem Mann ziehen viel Ältere den Hut. Mach dir keine Sorgen, du wirst Mitglied der Akademie, nur etwas später. Ich lasse doch meinen eigenen Sohn nicht im Stich!«

Als Nikolai diesmal aus dem Büro seines Vaters ging, war er kreidebleich. Eine solche Demütigung hatte er in seinem ganzen Leben noch nicht hinnehmen müssen. Spiegel zerschlug er nicht. Stattdessen fuhr er auf die Datsche hinaus, warf sich auf eine Liege und grübelte darüber nach, wie er seinen Vater umbringen könnte. Der durfte nicht länger leben. Was nützte er ihm überhaupt noch? Wenn er aus dem Weg geräumt war, konnte es Nikolai nur besser gehen. Denn jetzt hieß es doch immer nur: »der Sohn von Professor Slawin«. Er musste im Schatten seines Vaters leben, eines Mannes, der nicht zulassen wollte, dass er sein eigenes Potenzial entfaltete. Wenn Wjatscheslaw tot war, würde er die Akademie übernehmen und allen beweisen, dass er nicht der blasse Schatten seines Vaters, sondern eine starke, eigenständige Persönlichkeit war. Hier meldeten sich die Gene seines Großvaters, eines Schlägers und Mörders. Nikolai ähnelte ihm auch darin, dass er seine sadistischen Neigungen geschickt zu verbergen verstand. Slawins ältester Sohn hatte von seinem Großvater einen Satz Chromosomen geerbt, wo dessen Unbeherrschtheit und die absolute Überzeugung kodiert war, für das Erreichen seiner Ziele sei jedes Mittel recht.

Gesagt, getan. Die Adresse eines Berufskillers fand Nikolai im Internet. Der verlangte Fotos und einen Vorschuss. Aber der vorsichtige Nikolai hatte nicht die Absicht, direkt mit ihm Kontakt aufzunehmen. Der Mann selber wollte seine Identität nicht preisgeben und schlug daher vor, nach bewährter Methode zu verfahren: Der Umschlag mit Fotos und Geld sollte einem Mittelsmann übergeben werden, in diesem Falle einem Jungen in Jeans, Adidas-T-Shirt und Basecap. Der Junge sollte mit »Richard« angesprochen werden. Dieser Name, der in Moskau faktisch nicht vorkam, galt als Parole. Nikolai schickte Larissa Jakowlewa, eine mäßig talentierte Schauspielerin von der Agentur »Russian Star« zu dem Treffen, mit der er ein Verhältnis hatte. Um die Spuren noch mehr zu verwischen, musste sich die Geliebte wie seine Schwester Rebekka zurechtmachen, und zwar anhand eines Fotos. Larissa, die in Nikolai verliebt war, ging gern auf diesen «Spaß« ein. Sie schlüpfte in einen indischen Rock und den passenden Pulli und setzte sich eine riesige Sonnenbrille auf ... Das Einzige, was sie von Becky unterschied, war ihre Größe. Selbst mit wahnsinnig hohen Absätzen war Larissa ein bisschen kleiner.

Der Rest ist bekannt. Der Umschlag fiel Kira in die Hände, der just an jenem Tag seinen Namen »geändert« hatte. Nikolai ging abends ins Internet und erfuhr, dass seine Sendung beim Empfänger nicht angekommen war. Wütend stellte er Larissa zur Rede, aber die schwor, sie habe den Umschlag einem Jungen übergeben, der auf den Namen Richard hörte. Nikolai war außer sich. Er begriff, dass hier ein dummer, unverzeihlicher Fehler passiert war.

In schlaflosen Nächten kam er schließlich zu dem Entschluss, seinen Vater eigenhändig umzubringen. So schwierig war das nicht. Man musste ihn nur erschießen und dann alles so aussehen lassen, als sei ein Profi am Werk gewesen.

Nikolai ging sehr kreativ vor. Den Revolver erwarb er auf dem Markt von Tuschino. Dort ist für Geld alles zu haben – von der Handgranate bis zum Jagdflugzeug. Dann studierte er eingehend die Anatomie des Menschen und begab sich, so vorbereitet, in das Büro seines Vaters.

Wjatscheslaw Slawin hatte sich gerade hingelegt. Dass er gern nach dem Mittagessen ein Nickerchen machte, wussten alle in der Familie.

»Wer ist da?«, fragte der Professor unwillig und wandte

den Kopf. »Ach, du bist's, Nikolai! Sei so nett, und bring mir von nebenan eine Decke, ich bin zu müde, um aufzustehen.«

Nikolai brachte das Gewünschte, setzte den Revolver auf dem Rücken seines Vaters zwei Finger breit unter dem Schulterblatt an und drückte ab. Zur Sicherheit schoss er gleich noch einmal. Dann deckte er seinen Vater rasch von Kopf bis Fuß mit der Decke zu, wischte die Waffe sorgfältig ab, warf sie vor dem Fenster zu Boden und verließ seelenruhig das Büro. Der Sekretärin Lena sagte er, sein Vater habe sich hingelegt.

»Moment, Moment«, rief ich. »Da passt etwas nicht zusammen! Die Sekretärin Lena hat gesagt: ›Nikolai kam aus dem Büro, und sein Vater rief ihm durch die offene Tür nach: Sag Lena, dass ich nicht gestört werden möchte!‹ Dann hat er sie auch noch angerufen und ihr befohlen, niemanden zu ihm vorzulassen. Da war Nikolai schon weg, aber sein Vater noch am Leben. Deine Version stimmt nicht!«

»Woraus schließt du das?«, fragte Wolodja leise.

Ich schaute ihn wütend an. »Hältst du mich wirklich für so blöd? Eine Leiche kann nicht sprechen!«

»Verstehst du, Tanja«, redete Wolodja beruhigend auf mich ein, »diese Leiche konnte es offenbar doch.«

»Was soll der Unsinn?«

»Ich habe mir auch lange das Hirn zermartert, bis ich drauf gekommen bin. Und geholfen hat mir dabei, so merkwürdig das klingt, Nora.«

Als Wolodja Nora im Zusammenhang mit Larissas Tod verhörte, brach die in Tränen aus.

»Das muss ein Irrtum sein! Nicolas hätte es nie fertiggebracht, Larissa auch nur ein Haar zu krümmen! Das ist ein schreckliches, tragisches Missverständnis!«

Aber der Major wusste schon einiges über Nikolais Verhalten in der Vergangenheit und schenkte daher der Aussage der Mutter keinen großen Glauben. Zunächst musste er eine lange Tirade über die Vorzüge ihres Sohnes Nicolas über sich ergehen lassen. Nora begann in der frühen Kindheit und ließ nichts aus.

»Er wollte immer Schauspieler werden«, jammerte sie. »Er hat sogar die seltene Gabe des Bauchredens. Aber mein Mann und ich bestanden darauf, dass er Wirtschaft studiert.«

»Da ist mir ein Licht aufgegangen«, erklärte uns Wolodja. »Nikolai ist Bauchredner! Verstehst du, Tanja?«

»Nein. Was ist denn das?«

»Einfach und unwissenschaftlich erklärt, ist es die Fähigkeit eines Menschen, mit dem Bauch zu reden, wobei er kaum die Lippen bewegt.

Darauf konnte ich erst einmal überhaupt nichts sagen.

»Außerdem«, ereiferte sich Wolodja, »konnte Nikolai Stimmen täuschend echt nachmachen. Nicht wahr, Rebekka?«

Becky nickte und fügte leise hinzu: »Aus ihm hätte ein großer Stimmenimitator werden können. Als wir Kinder waren, hat er uns damit oft Streiche gespielt. Wenn er nach Hause kam, rief er aus der Diele wie Papa: ›Hallo! Holt euch eure Geschenke ab!‹ Wir rannten alle hinaus, aber dort stand Nikolai und freute sich diebisch. ›Ätsch, reingefallen!‹ Aber das hat er schon seit fünfzehn Jahre nicht mehr gemacht.«

»Aber er kann es immer noch«, fasste Wolodja zusammen.

»Deshalb hat ›Professor Slawin‹ die Sekretärin über die Amtsleitung angerufen!«, entfuhr es mir.

»Genau«, sagte Wolodja und nickte. »Nikolai konnte ja nicht noch einmal in das Büro des Professors gehen und seinen Apparat benutzen. Lena hörte die bekannte Stimme, und der Mörder hatte ein Alibi.«

Aber das war noch nicht alles. Nikolai versuchte alle

Spuren zu verwischen. Er wollte keine Ermittlungen. Für ihn war wichtig, dass der Fall »Professor Slawin« so rasch wie möglich zu den Akten gelegt wurde. Aus diesem Grund brachte er Angelika um.

»Um Himmels willen!«, flüsterte Becky. »Das kann doch nicht sein!«

»Leider ist es die Wahrheit«, sagte Wolodja seufzend. »Und auch diese Tat wurde sehr umsichtig ausgeführt.«

Zunächst setzte Nikolai Angelikas Auto außer Gefecht. Er klemmte einfach die Batterie ab. Da sie überhaupt nichts von Autos verstand, glaubte sie, der Schaden sei ernsthafter Natur. Sie musste aber unbedingt in die Stadt, lief also zur Vorortbahn. Nikolai folgte ihr vorsichtig in seinem Wagen. Angelika nahm zuerst ein Taxi bis Peredelkino. Dort hieß es, der nächste Zug gehe erst in eineinhalb Stunden. Daher beschloss sie, mit dem Linientaxi zur nächsten Station, nach Solnetschnaja zu fahren. Da hat die Vorortbahn ein Depot und die Züge gehen öfter. Für lange Strecken setzte sich Angelika nie in ein Taxi, denn in diesen nach Benzin stinkenden Kisten wurde ihr auf dem Rücksitz immer schlecht.

Als Angelika in Solnetschnaja ankam, erhielt sie auf ihrem Handy einen Anruf von Nikolai. Der sagte ihr, er sei mit seinem Wagen in der Nähe und könne sie nach Moskau mitnehmen. Sie wollten sich auf dem Bahnsteig treffen. Die junge Frau schöpfte keinen Verdacht, kaufte sich in aller Ruhe an Mischas Stand ein Buch, stieg zusammen mit Nikolai den steilen Pfad an der Böschung hinauf, von wo sie abstürzte und unter den Zug geriet.

»Nein, das kann nicht sein!«, murmelte Rebekka. »Das glaube ich einfach nicht!«

»Das müssen Sie auch nicht«, sagte Wolodja mitfühlend. »Er hat es schon gestanden.«

Die Angelegenheit drohte Nikolai aus den Händen zu gleiten und sich ganz anders zu entwickeln als vorgesehen.

Aber an jenem Tag hatte er Glück. Angelika starb auf dem Weg ins Krankenhaus. Vor ihrem Tod hatte sie noch mühsam die Worte hervorgepresst: »Wofür, Nicolas, wofür?« Aber niemand maß ihnen besondere Bedeutung bei.

Dann lief zunächst alles nach Plan. Nikolai kam nach Hause, machte die Familie auf den vollen Anrufbeantworter aufmerksam und schaltete die Wiedergabe ein …

Er hatte für alles vorgesorgt. Larissa Jakowlewa musste ein Verhältnis mit Professor Slawin erfinden und behaupten, der habe ihr Herz und Hand angeboten. Angelikas Stimme machte Nikolai selbst nach. Er sprach das schockierende »Geständnis«.

»Deshalb hat Angelika also keinen Abschiedsbrief hinterlassen!«, rief ich aus.

Wolodja nickte.

»Noch etwas machte mich stutzig. Rebekka, Nora und Tamara sagten aus, von Angelikas Selbstmord hätten sie am Abend erfahren.«

»Ja«, bekräftigte ich eifrig. »Ich war dort, als der Anruf kam!«

»Genau«, bestätigte Wolodja. »Aber Nikolai wurde schon mittags benachrichtigt. Man hatte in Angelikas Tasche ihren Ausweis gefunden. Er hat euch also eine Komödie vorgespielt.«

»Warum, um Gottes willen?«, fragte Rebekka kaum vernehmbar.

»Er wollte, dass möglichst viele Familienangehörige ›Angelikas Stimme‹ hören. Spät nachts ging er noch einmal ins Wohnzimmer hinunter, zog den Stecker des Anrufbeantworters aus der Dose und steckte ihn dann wieder hinein.

»Wozu denn das?«

»Der Anrufbeantworter ist ein teures digitales Gerät, der die Anrufe ohne Kassette aufzeichnet. Wenn der Strom ausfällt, werden die Informationen im Speicher gelöscht. Zu diesem Zweck hat der Anrufbeantworter zwei Reservebatterien. Aber die fehlten just an diesem Tag, und Stromausfälle sind im Moskauer Umland keine Seltenheit. Als wir die Aufzeichnungen prüfen wollten, zuckte Nikolai nur die Schultern. ›Entschuldigung, in der Aufregung haben wir übersehen, das keine Batterien im Gerät waren. Die Aufnahmen sind alle gelöscht.‹«

Die Experten konnten also nichts prüfen. Deswegen hatte Nikolai ja auch den Anrufbeantworter gewählt und kein Tonbandgerät. Dort hätte er riskiert, dass jemand die Aufnahme zu früh abhörte.

»Eigentlich nicht«, meinte Rebekka »Das Tonbandgerät wurde nur sehr selten benutzt. Ich habe übrigens die Aufzeichnung vom Anrufbeantworter überspielt, aber die Qualität ist nicht besonders gut.«

»Ausgezeichnet!«, rief Wolodja erfreut. »Wusste ich doch, dass mit Angelikas Tod die Glückssträhne des Kerls zu Ende war. Mit der verlorenen Armbanduhr fing es an. Als Nikolai Angelika den Hang hinunterstieß, löste sich das Armband, und die Uhr fiel zu Boden. Das merkte er bald, wagte aber nicht, noch einmal zum Tatort zurückzukehren. Deshalb schickte er Wadim auf die Suche. Es war schon ein auffälliges Stück, ganz aus Gold und mit den eingravierten Buchstaben W. S. Die Uhr hatte anfangs Wjatscheslaw Slawin gehört. Nach dessen Tod hatte Nikolai als Ältester sie an sich genommen.

»Nach der Uhr hat also Wadim gesucht?«, schrie ich auf. »Das heißt, er hat den armen Pawel umgebracht!«

»Gemach, gemach«, sagte Wolodja beruhigend. »Zunächst müssen wir uns noch einmal in die Vergangenheit begeben.«

32. Kapitel

Maja machte in Moskau ihren Geliebten Wjatscheslaw ausfindig, aber der war bereits verheiratet. Er empfing sie freundlich, lud sie ins Restaurant ein, setzte ihr ein üppiges Abendessen vor und nahm sie mit nach Hause. Zum Glück war Nora, die bereits mit dem zweiten Sohn schwanger ging, zusammen mit dem halbjährigen Nikolai auf der Datsche.

Wjatscheslaw war nicht darauf aus, Maja zu verführen. Er hatte viel getrunken und konnte sich später an den Rest des Abends kaum noch erinnern. Dafür wollte Maja unbedingt ein Kind von ihm. Sie gab sich alle Mühe zu erreichen, dass es dazu kam. Als er zur Toilette ging, goss sie ihm Wodka in den Sekt und produzierte damit eine Mixtur, die einen Elefanten hätte umwerfen können. Nun machte es keine Schwierigkeiten mehr, den Mann ins Schlafzimmer zu befördern. Potenzprobleme kannte Slawin nicht, seine Männlichkeit funktionierte in jeder Lage.

Am nächsten Morgen fand er von Maja nur noch einen Zettel vor: »Danke für das schöne Abendessen. Wir werden uns nicht wiedersehen.«

So kam Wadim auf die Welt, der seinem Vater den klugen Kopf und den Hang zu den exakten Wissenschaften verdankte. Die Mutter hatte ihm Sanftheit, eine leise Stimme und eine Nachgiebigkeit mitgegeben, die bis zur Schutzlosigkeit ging. Von der Lebenstüchtigkeit seines Vaters, von dessen Unbeugsamkeit und der Fähigkeit, mit allen widrigen Umständen des Lebens fertig zu werden, war bei Wadim nichts zu spüren. Dafür vermittelte ihm seine Großmutter, die Schuldirektorin, ein starkes Ehrgefühl. Sie wollte den Jungen zu einem Ritter ohne Furcht und Tadel formen, was ihr durchaus gelang.

In Moskau angekommen, suchte Wadim nicht nach seinem Vater. Der Grund war nicht, dass er sich seiner kriminellen Vergangenheit schämte. Er wusste einfach nichts von seiner Existenz. Als er klein war, hatte Maja auf alle Fragen nach dem Vater lachend geantwortet, sie hätte ihren Sohn in einem Kohlkopf gefunden. Nach und nach erlahmte bei Wadim das Interesse an seiner Herkunft.

Aber das Schicksal brachte die Brüder zusammen. Das geschah in einer Bibliothek, ungefähr einen Monat vor Wjatschewslaw Slawins Ermordung. Nikolai benötigte ein seltenes Buch aus dem Bestand des Forschungsinstituts für Wirtschaftswissenschaften. Als er es sich holen wollte, sagte die Bibliothekarin: »Entschuldigung, ich habe es vor fünf Minuten ausgegeben. Der Herr dort am Fenster liest es, sehen Sie ihn? Übrigens ein Namensvetter von Ihnen – Slawin, Wadim.«

Verwundert näherte sich Nikolai dem Mann und erstarrte vor Staunen. Ihm war, als blicke er in den Spiegel. Die Brüder kamen ins Gespräch, und Nikolai lud Wadim in ein Restaurant ein. Der neue Bekannte war wie ein offenes Buch: Er erzählte von seiner Mutter, dem Stiefvater, der Großmutter und erwähnte auch, dass er gerade zehn Jahre hinter Gittern verbracht hatte.

Tief in Gedanken versunken, kam Nikolai nach Hause zurück. Am Abend sagte er unvermittelt zu seinem Vater: »Papa, hier war heute ein Anruf von einer gewissen Maja Slawina, die behauptet, sie sei einmal deine Frau gewesen.«

Wjatscheslaw runzelte die Brauen.

»Nein, Maja ist die Tochter meiner Schuldirektorin Anna Kolomijzewa. Ich habe ihr wirklich einmal den Hof gemacht, aber dann haben sich unsere Wege getrennt. Verheiratet sind wir nie gewesen. Hat sie eine Telefonnummer hinterlassen?«

»Nein«, antwortete Nikolai.

»Na gut«, sagte der Vater beruhigt. »Wenn es dringend war, wird sie sicher noch einmal anrufen.«

Nikolai wusste sofort, dass Wadim sein Bruder war. Er

sagte ihm das auch. Wadim fiel aus allen Wolken, als er hörte, er habe noch zwei Schwestern und zwei Brüder und ihr gemeinsamer Vater sei ein berühmter Wissenschaftler.

»Die möchte ich alle gern einmal kennenlernen«, murmelte Wadim überwältigt.

»Nicht so schnell«, antwortete Nikolai vorsichtig. »Dafür muss ich erst den Boden bereiten. Du weißt ja selbst, dass dein Lebensweg nicht gerade glatt verlaufen ist.«

»Verstehe«, sagte Wadim und nickte.

»Rede erst einmal mit niemandem über diese Sache«, bat ihn Nikolai.

»Ich bin doch kein Klatschmaul«, entgegnete der Bruder.

Nikolai wusste noch nicht, wie er diese erstaunliche Ähnlichkeit ausnutzen wollte. Als Erstes schickte er Wadim auf die Böschung an der Bahnstation, um nach der verlorenen Uhr zu suchen.

»Das heißt, ich habe dort Wadim gesehen?«

»Richtig. Aber er hat nichts gefunden.«

»Deshalb war Nikolai zur selben Zeit in Tuschino! Er ist mit seinem Wagen aus der Stadt dorthin gefahren. Und ich glaubte, er hätte in Solnetschnaja die Bahn genommen. Aber warum hat er die Sekretärin Lena umgebracht?«

Wolodja fuhr fort: »Erstens war Lena so unvorsichtig, Nikolai zu sagen, dass sie von seiner Affäre mit Angelika wusste.«

»Die hatten doch gar nichts miteinander!«, rief jetzt Rebekka.

»Natürlich nicht«, bestätigte der Major.

»Aber Lena hat Nikolai nackt zusammen mit Angelika gesehen!«, warf ich ein.

»Nein!« Wolodja schüttelte den Kopf. »Das war Wadim.«

»Und warum hat er sich ausgezogen?«

Wadim lag sehr daran, seine Verwandten kennenzulernen. Er wollte kein williges Spielzeug in Nikolais Händen mehr sein. Schließlich riet ihm sein älterer Bruder, gegen

13.00 Uhr mittags Angelika in Aljabjewo aufzusuchen und ihr die Wahrheit zu sagen. Das war für ihn kein Risiko, denn er hatte ohnehin vor, sie umzubringen. Und er wusste, dass sie seinem Vater nicht unüberlegt etwas mitteilen würde, denn sein Seelenfrieden war ihr das Allerwichtigste. Die Begegnung fand einen Tag vor dem tragischen Tod des Professors statt.

Das Zimmer lag im Halbdunkel, denn es war trübes Regenwetter und der Himmel von schweren Wolken verhangen.

Angelika glaubte anfangs, Nikolai wolle ihr einen Streich spielen, so ähnlich sahen sich die Brüder. Aber Wadim zog rasch sein Hemd aus und zeigte ihr ein paar Narben auf seinem Rücken. Angelika wollte ihren Augen nicht trauen. Er musste auch noch seine Hose ein Stück herunterlassen und ihr die Narbe einer Blinddarmoperation vorweisen. Die hatte man im Lagerkrankenhaus vorgenommen, und eine hässliche Schramme war zurückgeblieben. Angelika fuhr mit der Hand über Wadims Bauch und betastete sie, um sicherzugehen, dass sie echt war. Diese Szene hatte Lena beobachtet und ihre Schlüsse daraus gezogen.

»Sie hat sich noch darüber empört, was für eine Lügnerin Angelika ist«, warf ich ein. »Die konnte die gesuchten Papiere nicht finden. Darauf rief sie Nikolai an und sprach sogar in Lenas Anwesenheit mit ihm.«

»Die unvorsichtige Lena konfrontierte Nikolai damit, dass sie von seinem angeblichen Verhältnis mit Angelika wusste. Aber nicht das entschied über ihr Schicksal. Als die Ermittler Nikolai fragten, wo er sich zum Zeitpunkt des Todes seines Vaters aufgehalten habe, log er, er habe in seinem Zimmer gesessen und sei den ganzen Tag nicht im Büro seines Vaters gewesen. Lena hätte sein Alibi entkräften können. Sie wusste genau, wer an jenem Tag das Büro ihres Chefs betreten hatte, und wer nicht. Daher war für Nikolai klar, dass er die schwatzhafte Lena loswerden musste. Vorher hatte er sich aber der nicht weniger törichten Larissa Jakowlewa zu entledigen, weil sie ihn zu erpressen suchte.«

Die rief Nikolai sofort an, nachdem Tanja sie ausgefragt hatte.

»Sag mal«, schrie sie in den Hörer, »was ist hier eigentlich los? Eben ist deine Schwester Rebekka hier gewesen und hat mich nach meinem Verhältnis zu eurem Vater ausgefragt.«

»Ich hoffe, du hast alles so gesagt, wie ich es dir erklärt habe«, unterbrach sie Nikolai.

»Hab ich! Aber die sah überhaupt nicht so aus wie die Becky auf dem Foto, nach dem ich mich zurechtgemacht habe«, schnatterte das dumme Ding. »Das ist ja ein sehr merkwürdiger Scherz! Dafür musst du mir mindestens einen Pelzmantel kaufen, sonst erzähle ich das überall herum!«

»Meine Teure«, erwiderte Nikolai lachend, »am besten, du besuchst uns hier draußen, dann lernst du Becky, meine Mutter und alle anderen kennen.«

Die arme Larissa überfuhr er auf dem Weg nach Aljabjewo. Listig hatte er ihr geraten, mit dem Taxi nur bis zum Ortsrand zu fahren. Er nahm aus der Garage eines Nachbarn, des Obersten Rogow, dessen Saporoshez, überfuhr damit das Mädchen, brachte den Leichnam zum Moskauer Außenring und ließ ihn dort liegen.

Rogow und Familie machten gerade in der Türkei Urlaub. Der sorgfältig gewaschene Saporoshez wurde wohlbehalten wieder in der Garage abgestellt.

Als nächste kam die Sekretärin Lena an die Reihe. Auch diese Sache lief relativ glatt, wenn man von einem kleinen Missgeschick absieht. Nikolai klingelte an der Wohnungstür seiner ehemaligen Geliebten. Die wollte ihn nicht einlassen und sagte, er möge sie auf der Bank im Hof erwarten. Dort versuchte Nikolai mit ihr zu reden, aber sie machte ihm eine Szene. So musste er sie erschießen und, nachdem er der Leiche den Panamahut ins Gesicht gezogen hatte, das Weite suchen. Der Hof war zu dieser Zeit zwar menschenleer, aber zur Sicherheit setzte Nikolai auch hier seine Fähigkeiten als Bauchredner ein. Die Nachbarin hörte, wie Lena dem davoneilenden Liebhaber nachrief: »Nikolai, warte!«, und danach heftig aufschluchzte.

»Und ihr ist auch aufgefallen, dass Lena sofort verstummte, als der Mann fort war«, fügte ich hinzu.

»Richtig«, betätigte Wolodja. »Nur hatte die Unglückliche die Gabe der Rede schon früher verloren.«

»Das ist ja furchtbar!«, stammelte Rebekka, »der helle Wahnsinn!«

»Stimmt«, pflichtete Wolodja ihr bei. »Das ist alles nicht sehr schön, aber es kommt noch schlimmer.«

Wie bei einem Vampir, der Blut geleckt hat, brannten bei Nikolai nun offenbar sämtliche Sicherungen durch. Bisher war ihm alles gelungen. Vier Morde sind schließlich keine Kleinigkeit. Nach und nach glaubte er wirklich, er sei allen überlegen und könne auch seine restlichen Probleme mit Leichtigkeit lösen.

Wadim hatte die Armbanduhr nicht finden können. Aber Nikolai war sicher, dass sie einer hatte, der in der Nähe wohnte. Er erkundigte sich an der Baracke, gab Pawel die zweitausend Rubel, wartete hinter dem Laden, während der den Player kaufte und ging dann mit ihm in Richtung McDonald's ... Das traurige Ende dieser Geschichte ist bekannt ...

»Moment mal, nicht so schnell«, warf ich ein. »Hier stimmt wieder etwas nicht. Als Pawel ermordet wurde, saß Nikolai schon bei euch ein. Du hast doch selber gesagt, ihr hättet ihn gegen zehn Uhr zu Hause angetroffen. Da lag er noch im Bett.«

»Das war Wadim.«

»Wieso denn das?«, fragte jetzt Rebekka erstaunt. »Wie

kam der in Nikolais Bett und warum hat er die Verwechslung nicht aufgeklärt?«

Mit gerunzelten Brauen blickte Wolodja zum Fenster hinaus.

»Nikolai ist ein abgefeimter Schurke. Endlich war ihm eingefallen, wie er die verblüffende Ähnlichkeit mit seinem Bruder ausnutzen konnte. Der sollte ihm, ohne das wirklich zu durchschauen, ein Alibi verschaffen.«

Nikolai bat Wadim, an seiner Stelle im Hause der Familie zu übernachten. Wenn er seine Armbanduhr zurück hatte, wollte er den lästigen Zeugen Pawel beseitigen.

Wadim hatte zunächst Bedenken, aber es gelang Nikolai, ihn zu überreden. »Du kommst abends spät nach Hause, da schlafen alle schon.«

»Aber ich kann nicht Auto fahren.« Der Bruder suchte sich herauszureden.

»Das Taxi!«, brüllte ich. »An jenem Abend ist Nikolai mit dem Taxi nach Hause gekommen! Angeblich hatte er bei der Geburtstagsfeier eines Freundes zu viel getrunken!«

»Gut beobachtet«, sagte der Major und nickte.

»Nach Aljabjewo fuhr also Wadim, um seinem Bruder aus der Patsche zu helfen. Der hatte ihm erzählt, er wolle eine Nacht mit einer Geliebten verbringen, aber Nora schlage regelmäßig Krach, wenn ihr Ältester nicht zu Hause nächtige. Das war der blanke Unsinn, doch Wadim kannte Nora ja nicht. Außerdem versprach Nikolai, bis neun Uhr morgens da zu sein und ihn abzulösen.

»Dabei ahnte Nikolai nicht, dass er genau zum richtigen Zeitpunkt den Austausch vollzogen hatte. Exakt an diesem Morgen kam die Miliz und verhaftete Wadim.«

»Aber warum hat der sich nicht zu erkennen gegeben?«, fragte Rebekka hartnäckig.

Wolodja kratzte sich am Hinterkopf.

»Konnte Wadim, dem Ehre und Pflicht so viel bedeuteten, seinen Bruder einfach so verraten? Natürlich nicht.

Nikolai hat sogar zugeschaut, wie er fortgebracht wurde. Er war gerade angekommen, hatte die Wagen der Miliz gesehen, sich hinter dem Schuppen versteckt und den ganzen Vorgang beobachtet. Wadim schwieg und brach sein Schweigen auch in der Untersuchungshaft nicht.«

Wolodja trank ein Glas Wasser mit einem Zug leer und fuhr dann fort: »Einiges kam mir allerdings von Anfang an merkwürdig vor, aber das waren nur Kleinigkeiten.«

»Welche denn?«, fragte ich neugierig.

»Als man ›Nikolai‹ Handschellen anlegen wollte, nahm er zum Beispiel ganz von selbst die Hände auf den Rücken. Als er in den Gefangenentransporter einsteigen sollte, drehte er sich mit dem Gesicht zum Wagen, legte seine Stirn an die Karosse und grätschte die Beine. Das wird von Häftlingen verlangt, wenn sie transportiert werden. Diese Regeln kannte Wadim, aber woher sollte sie der Doktor der Wissenschaften Nikolai Slawin kennen, der noch nie eine Strafanstalt von innen gesehen hatte?«

Wolodja wunderte sich auch darüber, dass der Festgenommene Nora nicht sehen wollte. Und dann bewegte er sich exakt nach den ungeschriebenen Regeln, die in jeder Gefängniszelle gelten. Er machte keinen der Fehler, die Neuankömmlingen gewöhnlich unterlaufen. Zum Beispiel, eine Zigarette anzunehmen, wenn ein Häftling sie anbietet, der von allen anderen verachtet wird ... So etwas kann dem Neuen schlecht bekommen. Aber »Nikolai« kannte diese Tricks ... Eindeutig war die Sache dann, als man seine Fingerabdrücke nahm. Der Computer klärte sofort, wem sie zuzuordnen waren. Nun musste die Miliz nach dem echten Nikolai fahnden.

»Jetzt werden auch einige andere Dinge klar«, murmelte ich.

»So?«, fragte der Major grinsend. »Welche denn?«

»Warum Wadim die Mathematikbücher in Gnilowo zurückgelassen hat und warum er einen Krimi las, als die Direktorin Ljudmila bei ihm aufkreuzte. Wieso bin ich nicht selber darauf gekommen? Sie hat mir doch gesagt, als sie bei ihrem Geliebten eintrat, hätte er aus irgendeinem Grunde das Licht ausgemacht und sie fast im Dunkeln unflätig beschimpft!«

»Leider kommen diese Erleuchtungen etwas spät, meine liebe Tanja«, meinte Wolodja. »Wadim hatte Nikolai sein ganzes Leben erzählt. Der wusste von Gnilowo, von Wadims Ex-Frau Soja und auch von seiner aktuellen Gefährtin, der Direktorin Ljudmila. Daher konnte es für Nikolai gar kein besseres Versteck als Gnilowo geben. Die halbblinde Oma Galja zweifelte keine Sekunde daran, dass sie ihren Mieter vor sich hatte. Als dann aber plötzlich Ljudmila auftauchte, geriet Nikolai doch etwas durcheinander. Ihm fiel nichts Besseres ein, als sie davonzujagen.

Schon eine Stunde später bereute er das allerdings wieder. Er packte seine Sachen und verschwand ohne die Mathematikbücher. Die brauchte er nicht. Wadims bescheidene Habe übrigens ebenfalls nicht. Die legte er in einem Schließfach auf dem Kasaner Bahnhof ab. Dort fand er bei einer Händlerin auch ein neues Zimmer und zog bei ihr ein. Er war völlig durcheinander. Er wollte sich in Wadim Slawin verwandeln, dessen Papiere er zum Glück hatte. Einige Monate später wollte er dann bei Nora auftauchen. Kein besonders schlauer Plan, aber Nikolai fiel nichts Besseres ein. Wie ein tollwütiger Wolf tötete er zuerst Soja und dann Ljudmila, die hätten bezeugen können, dass er nicht Wadim war …

Dann aber klickte es bei ihm, und Nikolai begriff, wie dumm sein Plan war. Wadim hatte jahrelang im Lager gesessen! Was sollte er mit dessen Identität anfangen? Außerdem waren dessen Fingerabdrücke bei der Miliz gespeichert …

Er legte sich einen besseren Plan zurecht: Er wollte ins Ausland verschwinden. Zunächst fuhr er in die Stadtwohnung der Familie, öffnete den Safe, nahm den gesamten dort gelagerten Schmuck seiner Mutter und eine große Geldsumme an sich … Das Problem war der Pass, der auf der Datsche lag. Aber dort konnte sich Nikolai nicht sehen lassen. Die Zeit drängte, unser Doktor der Wissenschaften wurde langsam nervös. Er hatte seiner Mordlust nachgegeben und eine blutige Spur gezogen. Er hatte Menschen vernichtet, die durchaus hätten weiterleben können. Er war zu einem echten Serienmörder geworden, der nur noch eine Methode der Regelung von Konflikten kannte. Nikolai fing an, sich vor sich selbst zu fürchten. Noch mehr aber fürchtete er, Wadim könnte auspacken.

In dieser Situation rief Nikolai Becky an.«

Wolodja hielt in seinem Bericht inne. Wir schwiegen ebenfalls. Nach einer Weile fuhr der Major fort: »Auch sein geliebtes Schwesterlein wollte er ins Jenseits befördern. Aber da griff Tanja ein. Sie blendete Nikolai mit ihren Scheinwerfern und jagte dann mit dem Schrei an ihm vorbei: ›Wadim, ich weiß alles!‹ Nikolai erkannte Beckys neue Freundin, die nicht weit von ihnen in Aljabjewo wohnte. Sie musste unbedingt aus dem Weg geräumt werden, Rebekka konnte noch warten.«

Wolodja hieb mit der flachen Hand auf den Tisch.

»Ein Glück, dass die ›operative Feldtelefonverbindung‹ der Kinder funktioniert hat! Was, wenn Nikolai dich auf dem Boden gefunden hätte? Was hättest du dann gemacht, du verrücktes Weib? Ich kenn dich doch! Deswegen habe ich Xenja auf deine Spur gesetzt …«

»Wer ist denn das nun wieder?«, fragte Becky verständnislos.

»Major Xenja Martynowa, Meisterin des Sports und hervorragende Autofahrerin. Als Tanja anfing, mir auszuweichen, habe ich sie von ihr beschatten lassen.«

»Sie hat mich zur Tankstelle geschleppt!«

Wolodja musste lachen.

»Sie hat lange gezögert und zugesehen, wie du am Straßenrand auf und ab gehüpft bist, gewinkt hast, und keiner hielt. Aber dass du dummes Ding mitten in der Nacht sonstwohin fährst, darauf bin ich nicht gekommen! Xenja hat dich noch bis zur Tankstelle beschattet und erst dann die Überwachung abgebrochen.«

»Und wer hat nun Wjatscheslaw Slawin mit dem Messer attackiert?« Diese Frage stellte ich, um das Gespräch endlich auf ein anderes Thema zu lenken. »Wer hat ein Messer in den Leichnam gerammt, nachdem der Mann schon eine Stunde tot war?«

»Das ist eine andere Geschichte«, sagte Wolodja mit finsterer Miene. »Und Sie, Rebekka, müssen all ihren Mut zusammennehmen, wenn Sie sie bis zum Ende anhören wollen.«

33. Kapitel

»Ich bin dazu bereit«, sage Becky und wurde noch einen Schein blasser. »Ich weiß ohnehin schon, wer es war. Ich wollte …«

»Aha«, sagte Wolodja gedehnt. »Ach, deshalb, Rebekka …«

»Seien Sie so nett«, sagte die rasch, »und nennen mich Becky.«

»Deshalb also haben Sie Tanja angeheuert«, fuhr der Major fort. »Und ich habe mir den Kopf zerbrochen, was der Grund dafür gewesen sein könnte. Aus Tanjas Sicht ist die Sache klar. Die fasst jede Gelegenheit beim Schopfe, Detektiv spielen zu können. Sie liebt Geheimnisse und hält sich für höchst kompetent, weil sie ständig Berge von Kriminalromanen verschlingt. Und dann hat sie noch eine ganz merkwürdige Einstellung: Sie will niemandem zur Last fallen und sucht daher ständig nach Nebenverdiensten.

Dabei wird ihr dauernd gesagt, dass das nicht nötig ist. Und dann tappt sie … Ach was, lassen wir das. Bei Tanja gibt es für mich keine Fragen. Aber was hat eine intelligente Frau wie Sie dazu bewogen, ausgerechnet Tanja um Ermittlungen in diesem Fall zu bitten? Sie wussten also …«

»Nein!« Becky schüttelte heftig den Kopf. »Ich hatte nur einen Verdacht. Eines war mir gleich klar. Es mussten zwei Mörder gewesen sein. Besser gesagt, einer war der Mörder, und der zweite hat, ohne es zu wissen, auf meinen bereits toten Vater eingestochen. Beide mussten aus der Familie kommen. Fragen Sie mich bitte nicht, was mich darauf gebracht hat. Es war so ein Gefühl … Und da dachte ich eben, Tanja könnte herausfinden, wer das getan hat und mir dafür Beweisstücke liefern. Die wollte ich dann an mich nehmen und vernichten …«

»Also, darauf wäre ich nicht gekommen!«, erklärte jetzt Wolodja empört. »Wie sollte denn das funktionieren? Ihr seid mir vielleicht ein Pärchen, eine wie die andere!«

»Herr im Himmel!«, rief Rebekka und stöhnte auf. »Was passiert denn jetzt?«

»Wenn Sie die Person meinen, die mit dem Messer hantiert hat, überhaupt nichts«, antwortete Wolodja sachlich. »Die wird dafür nicht einmal belangt.«

»Wie das?«, riefen Becky und ich wie aus einem Munde.

»Die Juristen nennen das Versuch an einem untauglichen Objekt«, erklärte uns Wolodja. »Die Autopsie hat ergeben, dass die Verletzung mit dem Messer eine Stunde nach Eintritt des Todes erfolgte. Da war Akademiemitglied Slawin bereits ein untaugliches Objekt. Es wird also keine Anklage geben, denn dafür liegt kein Grund vor. Diese Tat hat den Tod nicht herbeigeführt.«

»Aber«, murmelte ich entgeistert, »die Person wollte doch töten …«

»Doch sie hat nicht getötet«, erwiderte Wolodja kühl. »Allerdings scheint mir, ein im Geiste verübter Mord ist genauso schlimm wie ein wirklich vollzogener. Der Mensch darf so etwas nicht einmal denken. Ich halte das Recht in dieser Frage für unvollkommen. Aber wie sagen doch die alten Römer: Dura lex, sed lex – Das Gesetz ist hart, aber es ist das Gesetz. In diesem Falle scheint mir das Gesetz allerdings nicht hart genug zu sein. Übrigens, Becky, was für ein Honorar haben Sie Tanja versprochen?«

»Das ist unsere Sache«, gab Rebekka zurück. Sie holte ein dickes Kuvert aus ihrer Handtasche und hielt es mir hin. »Da, nimm. Ist alles drin.«

Ich wehrte ab. »Nein, ich will das nicht.«

»Mach schon.«

»Nein, von Freunden nehme ich kein Geld. Anfangs lag mir wirklich an dem Verdienst, aber dann … Entschuldige, du bist jetzt meine Freundin. Ich kann das nicht akzeptieren.«

»Nun entschuldige du«, antwortete Becky und legte den Umschlag auf den Tisch. »Ich wollte dich nicht beleidigen.«

Dann blickte sie wieder Wolodja an.

»Was soll ich denn jetzt machen? Ich kann doch nicht so einfach nach Hause gehen! Zwar weiß ich, dass dieser Mord zu unserem Wohl gedacht war, aber …«

»Moment mal«, warf ich ein, »vielleicht sagt mir endlich jemand, wer es nun war?«

»Ach, du hast es noch nicht erraten?«, fragte Wolodja verwundert. »Nora!«

»Wer?!«

»Nora«, wiederholte Becky leise, »Nora, meine Mutter.«

»Warum hat sie das getan?«

»Das ist nicht mit zwei Worten zu erklären«, sagte Wolodja nachdenklich. »Aber ich will es versuchen.«

Nora lebte mit Wjatscheslaw Slawin über zehn Jahre lang zusammen. In der letzten Zeit geschah das nur noch der Kinder wegen. Wjatscheslaw wusste, dass seine Frau, die über keinerlei Ausbildung verfügte und kaum gearbeitet hatte, allein mit den vier Kindern nicht zurechtkommen würde. Aber schließlich wurde ihm die Ehe unerträglich. Ende 1978 lernte er Jewgenia kennen und ließ sich von Nora scheiden. Doch wohin sollte eine Frau mit drei Jungen von zehn, neun und acht Jahren und einer siebenjährigen Tochter gehen? Daher blieben sie natürlich alle in seiner Wohnung, umso mehr, als Jewgenia ihn gar nicht heiraten und ihm keine Kinder gebären wollte. Sie interessierte sich nur für ihre wissenschaftliche Laufbahn. Nora führte weiter das Regiment in der Stadtwohnung und auf der Datsche. Sie stellte das Personal ein und kümmerte sich um den Haushalt. Ihr Leben blieb also fast unverändert, nur hatten sie und Wjatscheslaw jetzt getrennte Schlafzimmer.

1980 tauchte die nächste Gattin auf – Tamara, eine stille, schüchterne und etwas beschränkte Frau. Sie richtete sich in der Stadtwohnung ein, und Nora zog mit den Kindern nach Aljabjewo. Die Luxusvilla gab es damals noch nicht. An ihrer Stelle stand auf dem Grundstück ein solider Ziegelbau mit Zentralheizung, Bad und Gasanschluss. Im Sommer lebten alle zusammen draußen in der Natur. Obwohl Tamara die legitime Gattin war, muckte sie nie gegen Nora auf und ging jedem Streit aus dem Wege. Nora konnte weiterhin als Hausherrin schalten und walten und sprang mit Tamara um wie mit einer Angestellten. Daran änderte sich auch nichts, als Tamaras Tochter Swetlana geboren wurde. Außerdem bekam Slawin die stille Tamara bald satt. Er verliebte sich heftig in die kesse Anja, ließ sich von Tamara scheiden und hatte damit eine weitere Ex-Frau mit Kind am Hals. Das Verhältnis zwischen Nora und Tamara verbesserte sich nach der Scheidung beträchtlich. Sie wurden beinahe Freundinnen. Dann tauchte unerwartet Angelika auf der Bildfläche auf.

Als Slawin erklärte, er werde wieder heiraten, machte ihm Nora eine heftige Szene. Sie hatte gedacht, ihr Ex-Mann werde nicht noch einmal zum Standesamt gehen.

Aber Wjatscheslaw hatte sein nächstes Aschenputtel entdeckt. Und für Angelika ließ er nun die große Villa errichten. Dabei hatte der Professor, der bis über beide Ohren in der Arbeit steckte, keine Minute Zeit, sich um den Bau zu kümmern. Und wenn die Bauleute an die achtzehnjährige Angelika, die im Elend aufgewachsen war, eine Frage richteten, wusste die nicht, wie ihr geschah. Die Rolle der Bauherrin fiel daher Nora zu. Nur weil sie alle Fäden in der Hand hielt, wurde die Villa gebaut und eingerichtet. Sie durchforstete unermüdlich Geschäfte und Baumärkte, während Angelika sich in ihren Büchern vergrub und einem ausgezeichneten Studienabschluss zustrebte.

Als die Villa fertig war, fühlte sich Nora dort natürlich als die Hausherrin. Dieses Nest hatte sie gebaut, jeden Nagel, jede Rolle Tapete und jeden Wasserhahn hatte sie persönlich ausgewählt und beschafft. In diesem Haus wollte sie bis zum Ende ihrer Tage leben und es dann Ihren Kindern vererben. Die liebte sie abgöttisch und wäre jedem bedenkenlos an die Kehle gegangen, der es wagte, sich gegen deren Frieden, Glück und materiellen Wohlstand zu vergehen.

Wenn Slawin sah, wie seine Ex-Frau für dieses Haus brannte, konnte er nur lächeln. Ihm zu Gefallen ließ Nora sogar mehrere Geheimgänge anlegen. Der Professor, der manchmal zum Kind wurde, war begeistert, wenn er damit ahnungslose Gäste an der Nase herumführen konnte. Noras Idee gefiel ihm so gut, dass er sich von ihr die Adressen der betreffenden Handwerker erbat, als er für seine Akademie einen Neubau errichten ließ. Sie mussten auch dort durch den Keller einen Geheimgang zu seinem Büro anlegen. Das geschah ausschließlich wegen seines kindlichen Hangs zu Geheimnissen. Für die Liebesspiele mit Angelika nutzte er den Gang erst später. Anfangs machte es Wjatscheslaw Slawin einfach einen Heidenspaß, zuweilen unbemerkt zu verschwinden und wieder aufzutauchen. In der Schulzeit hatte er keine Freunde gehabt und seinen Spieltrieb nie ausleben können. Was dem Menschen in diesen Jahren fehlt, holt er häufig später nach. Nora kannte auch dieses Geheimnis. Sie wusste, dass die Schlüssel in Wjatscheslaws Schreibtisch lagen. Sie wusste überhaupt alles, was in ihrem Hause vorging.

Die Jahre flossen dahin. Eines Tages rief Professor Slawin seine Ex-Frau zu sich und verkündete: »Nora, wir werden uns trennen.«

»Wie soll das gehen?«, fragte sie.

»Sehr einfach«, antwortete Slawin. »Ich kaufe für euch alle Wohnungen – für dich und die Kinder. Du kannst dich schon mal umsehen.«

Nora glaubte, sie müsste gleich in Ohnmacht fallen.

»Aber wir wollen hier in Aljabjewo leben, nicht in der Stadt!«

»Nein!«, sagte Wjatscheslaw entschlossen. »Allerdings, deinen Drang nach frischer Luft kann ich schon verstehen. Such dir ein Grundstück irgendwo im Moskauer Umland, nur nicht in Aljabjewo.«

»Aber warum?«, fragte Nora mit blutleeren Lippen.

»Die Kinder sind groß«, erklärte ihr Slawin. »Sie sind durchaus in der Lage, selbst für sich zu sorgen. Sie müssen mir nicht ihr Leben lang auf der Pelle sitzen. Was dich betrifft, so werde ich dich natürlich auch weiterhin unterstützen. Aber immer so zusammenleben – das geht nicht mehr. Angelika und ich wollen endlich allein sein.«

»Das hat sie dir eingeblasen!«, heulte Nora auf. »Lass mir die Villa, das ist mein Haus, ich habe es gebaut! Angelika soll sich selber eins bauen!«

»Angelika ist schwanger«, antwortete Wjatscheslaw. »Sie muss Stress vermeiden. Du aber bist durchaus in der Lage, ein eigenes Haus hochzuziehen.«

»Das heißt, wegen so eines ungeborenen Balgs jagst du deine Kinder aus dem Haus?«, schrie Nora.

Slawin wurde bleich und stieß durch die Zähne: »Aus

meinen Augen, du Dreckstück! Ein Haus des Anstoßes wird es nicht geben! Wie oft habe ich dir das gesagt! Und hüte deine Zunge! Es kann für dich auch schlimmer werden! Ich kann dich durchaus dorthin jagen, wo du hergekommen bist!«

Nora biss sich auf die Lippen. Damit meinte er die alte kleine Dreizimmerwohnung an der Pawlenko-Straße, wo sie mit den Kindern gemeldet war. In die große Stadtwohnung am Arbat waren sie erst gezogen, als Wjatscheslaw Tamara heiratete …

In dieser Nacht fand Nora keinen Schlaf. Am nächsten Tag fuhr sie nach Moskau und zog durch die Geschäfte. Shopping wirkte immer beruhigend auf sie. Sie nahm die Schlüssel von dem Geheimgang in der Akademie mit und ließ Kopien anfertigen. Abends legte sie das Original wieder in die Schublade zurück und beschloss, noch einmal mit ihrem Ex-Mann zu sprechen. Aber der übernachtete in der Stadtwohnung und tauchte nicht in Aljabjewo auf. Mit Angelika hatte Nora nichts zu reden. Sie fürchtete, sie könnte sich in ihrem Zorn vergessen und dem frechen Ding, das ihr und ihren Kindern das Dach über dem Kopf rauben wollte, ein paar Ohrfeigen verabreichen.

Wjatscheslaw ließ sich zwei Tage lang nicht in Aljabjewo sehen. Völlig außer sich, fuhr Nora zur Akademie. Auf dem Hof stand der Mercedes. Das bedeutete, Slawin war im Hause. Nora schlüpfte in den Geheimgang. In ihrer Tasche lag ein unterwegs gekauftes langes scharfes Messer, das man zum Fleischschneiden benutzt.

»Sie wollte ihn also umbringen«, sagte Rebekka bedrückt.

»Nora behauptet, das seien alles Zufälle gewesen«, erläuterte Wolodja. »Sie habe das Messer gekauft, weil sie in dem Haushaltsgeschäft, in das sie hineingegangen war, irgendetwas erwerben musste. Den Geheimgang zu Slawins Büro habe sie benutzt, weil sie verweinte Augen hatte und sich so niemandem zeigen konnte …«

Als sie in Slawins Büro trat, sah sie, dass er, die Decke über den Kopf gezogen, auf der Couch lag und schlief. Auf dem Tisch fiel ihr ein Dokument mit Siegel auf. Nora trat heran und sah, dass es ein Testament war, das der Notar aber noch nicht beglaubigt hatte. Darin vermachte Slawin sein gesamtes Vermögen, Geld, Haus und Stadtwohnung Angelika. Weder Nora noch ihre Kinder waren auch nur erwähnt. Als sie begriff, was da stand, packte sie wilder Hass. Sie nahm das gerade gekaufte Küchenmesser und stieß es tief in Slawins Nacken. Als die Tat vollbracht war, erschrak sie sehr. Sie zog das Messer wieder heraus, steckte es in ihre Handtasche, schnappte sich das Testament und verschwand durch den Geheimgang.

Becky weinte jetzt hemmungslos.

»Sie hat es für uns getan. Aber ich kann Nora nicht verzeihen. Wer hätte gedacht, dass sie zu einer solchen Tat fähig ist? Doch wenn ich bedenke, wie Mama mit der armen Tonja umgesprungen ist, als sie hörte, dass Vater sie adoptieren wollte, dann wird mir manches klar. Mein Gott, sie hat ihr Haus verteidigt wie ein lebendes Wesen. Nun ist es wirklich zu einem Haus des Anstoßes geworden. Allein die Vorstellung, Tonja könnte als legitimes Kind Wjatscheslaws darauf ebenfalls ein Recht haben, war für sie genug. Sie fädelte alles so ein, dass Tonja des Diebstahls verdächtigt wurde. Faktisch hat sie Tonja auf dem Gewissen, denn sie hat sie in den Tod getrieben.«

»Beweise gibt es dafür nicht«, antwortete Wolodja kühl. »Auch dafür wird sie nicht zur Rechenschaft gezogen werden.«

Epilog

Der Major hatte wie immer recht. Von erstklassigen Anwälten beraten, wand sich Nora aus den Fängen der Justiz. Als Erstes widerrief sie alle Aussagen, die sie während der Ermittlungen gemacht hatte. Sie drehte den Spieß um und beschuldigte Wolodja Kostin, er habe Druck auf sie ausgeübt und sie kaum zu Wort kommen lassen. Was sie dort gesagt habe, sei im Zustand geistiger Verwirrung geschehen. Der Beschwerde lagen ärztliche Gutachten über Erkrankungen bei, die sich angeblich auf Grund des unkorrekten Verhaltens des Majors verschlimmert hätten.

Der Fall wurde an Slawa Samonenko weitergereicht. Jetzt erschien Nora in Begleitung von drei Anwälten zum Verhör und sang ein völlig anderes Lied. Professor Slawin sei ein Tyrann gewesen. Er habe seine arme Ex-Frau, die materiell von ihm abhängig war, dazu gezwungen, seinen neuen Gattinnen zu dienen, sie quasi zur Haushälterin erniedrigt. Nora habe darunter sehr gelitten. Am Tag seines Todes habe Wjatscheslaw Slawin sie angewiesen, in sein Büro zu kommen, aber dafür den Geheimgang zu benutzen. Weshalb er das getan habe, wisse sie nicht. Nora tat, wie ihr geheißen, und entdeckte auf der Couch ihren toten Mann. Vor Schreck von Sinnen, nahm sie das Messer vom Tisch und stieß es in den Leichnam. Dabei wusste sie, dass er schon tot war. Nur befand sie sich zeitweilig in einem Zustand der Verwirrung. Als ihr klar wurde, was sie getan hatte, lief sie davon. Ein Testament habe sie nicht gesehen. Der Schock sei zu groß für ihre schwachen Nerven gewesen.

Von dieser Version wich Nora von Stund an keinen Millimeter ab. Daher konnte man ihr auch nur Leichenschändung vorwerfen. Samonenko verzichtete darauf, sie deswegen anzuklagen.

Nora wohnt nach wie vor in Aljabjewo. Ein halbes Jahr

nach Wjatscheslaw Slawins Tod trat sie sein Erbe an. Niemand weiß, woher das Testament aufgetaucht ist, das 1974 geschrieben worden sein soll. Darin vermachte Slawin alles seiner geliebten Ehefrau. Spätere Willensäußerungen des Erblassers wurden nicht gefunden. Sie hätte auch niemand entgegennehmen können. Angelika wurde auf dem Friedhof von Mitino begraben, aber nicht neben Wjatscheslaw, sondern an einer anderen Stelle. Nora wollte nicht, dass sie beieinander die letzte Ruhe finden. Nach Jahresfrist wurde auf dem Grab des Akademiemitglieds ein pompöses Denkmal errichtet.

Andrej und Sergej leben immer noch bei ihrer Mutter. Die Akademie wurde verkauft, allerdings unter der Bedingung, dass die beiden Brüder dort arbeiten dürfen. Andrej hält irgendeine Vorlesung, und Sergej absolviert ein Praktikum als Journalist. Das passt am besten zu ihm, den über zehn Redaktionen nacheinender hinausgeworfen haben. Ihr Gehalt ist miserabel, aber sie brauchen es im Grunde genommen nicht. Sie fahren teure Autos, gehen stets nach der letzten Mode gekleidet und müssen sich keinen Wunsch versagen. Das Geheimnis dieses Wohlstandes ist einfach. Nora verkauft nach und nach den Schmuck, den sie besitzt. Die Ringe, Ohrgehänge und Colliers in ihrem Safe reichen für alle ein ganzes Leben lang.

Rebekka, die es bei den Ermittlungen ablehnte, gegen ihre Mutter auszusagen, ist von ihr fortgezogen. Anfangs lebte sie zusammen mit Frossja in der großen Stadtwohnung. Aber im November haben sie und Garik ohne großes Aufsehen geheiratet. Rebekka ist in Gariks neues Haus in Bakowka gezogen. Frossja haben sie bei sich behalten. Garik hat die Vormundschaft übernommen.

Die Ermittlungen gegen Nikolai nahmen ein ganzes Jahr in Anspruch. Unsere Justiz arbeitet in sollen Fällen nicht so schnell. Nora besuchte ihn fast jeden Tag im Gefängnis, um ihrem geliebten Sohn das Leben zu erleichtern. Sie schleppte alles an, was möglich war – vom Fernseher bis zum DVD-Player ... Sie hat die besten Anwälte engagiert, denn sie glaubt immer noch, dass ihr Söhnchen mit der Mindeststrafe davonkommt. Schließlich sind Richter auch nur Menschen und müssen von etwas leben. Ein schöner Brillant kann das härteste Juristenherz erweichen ...

Wolodja Kostin ist allerdings ein Idealist. Er glaubt, dass Nikolai Slawin lebenslänglich bekommt.

Wadim ist still und leise aus Moskau verschwunden, ohne sich von jemandem zu verabschieden. Ich hoffe, dass er wieder bei seiner Großmutter Anna Kolomijzewa lebt. Aber genau sagen kann ich das nicht.

General Rjabow wohnt immer noch in Aljabjewo und dressiert den wiederauferstandenen Jaschka. Übrigens hat er sich taufen lassen und alle die Zeitschriften abonniert, die ich ihm angeschleppt habe.

Tamara hat, für alle unerwartet, noch einmal geheiratet. Ihr Mann ist Rifat Ibragimow, ein sehr erfolgreicher Geschäftsmann, der ihre hausfraulichen Fähigkeiten zu schätzen weiß. Swetlana studiert immer noch an der Akademie.

Das Leben geht also weiter. Im Dezember bin ich nach Bakowka gefahren, um mir Gariks neues Haus anzuschauen. Kira und Lisa wollten unbedingt mitkommen. Ich fahre jetzt Auto, als hätte ich nie etwas anderes getan. Meine neue Freundin Xenja hat mir ein paar Tricks beigebracht. Nicht einmal Glatteis kann mich jetzt noch schrecken. Daher habe ich auch nichts dagegen unternommen, als ich sah, dass Kira die Hunde ins Auto schmuggelte. Wann haben sie sonst schon die Gelegenheit, Gariks und Rebekkas neues Haus zu sehen?

Wir sind durch alle Zimmer und Gemächer gegangen, haben in der Orangerie staunend die Augen aufgerissen und in der Bibliothek mit der Zunge geschnalzt. Aber der wichtigste Teil des Abends stand noch bevor.

Seit Oktober läuft auf dem Sender NTV die neue Serie,

in der Becky eine Hauptrolle spielt. Wir haben keine einzige Fortsetzung verpasst und mit angehaltenem Atem die Abenteuer der heimtückischen Alewtina verfolgt. Ich muss sagen, Rebekka hat dieses Weib mit Bravour gespielt. Eine bessere Besetzung kann ich mir nicht vorstellen. Wenjamin reibt sich zufrieden die Hände, und die Zeitungen sind voll des Lobes. An jenem Abend sollte die letzte Fortsetzung laufen. Aus diesem Anlass hatte man uns zu einem festlichen Bankett eingeladen.

Als alle am Tisch Platz genommen hatten, sagte Lisa: »Tante Becky, du bist eine geniale Schauspielerin!«

»Ich bitte dich, lass die Tante weg«, stöhnte Rebekka. »Frossja, iss von dem Salat.«

»Ich mag das Grünzeug nicht«, piepste das Mädchen.

»Du musst Salat essen, da sind Vitamine drin«, beharrte Rebekka.

»Sie hat das ganz toll gemacht! Darauf möchte ich trinken!«, rief Wenjamin aus. »Aber man darf nie stehenbleiben! Die nächste Aufgabe wartet schon!«

»Was ist es denn?«, fragte ich neugierig.

»Eine ganz große Sache!« Der Agent belebte sich sichtlich. »Ein historischer Abenteuer- und Kostümfilm über Katharina II. Was die Leute gerne sehen: Männer, Kämpfe, Geheimnisse, Sex ...«

»Und wen soll Becky spielen?«, fragte Garik mit finsterer Miene.

»Natürlich die Katharina!«

»Die war doch ein liederliches Weib, eine Hure!«, rief der Oligarch und lief rot an.

»Sie war die Zarin«, parierte Wenjamin, »wenn auch mit etwas lockeren Sitten. Und überhaupt, was verstehst du schon von Kunst? Du handelst mit Benzin, mit Erdöl oder was weiß ich, womit ...«

»Meine Frau spielt so eine lasterhafte Figur nicht!«, erklärte Garik böse.

»Dann bleibt ihr nur das Rotkäppchen!«, gab Wenjamin scharf zurück. »Denn in allen Rollen gibt es heute Sex, Gewalt oder Blut …«

»Halt die Klappe, du Esel!«, brüllte Garik.

»Bist selber ein Esel! Und ein Ignorant dazu!«, blaffte Wenjamin zurück. »Du solltest lieber den Mund halten! Ich rede doch auch nicht über deine Tanksäulen, oder was du sonst noch alles hast! Eine Ölquelle im Kaspischen Meer? Merke dir, mein Geschäft ist etwas ganz Besonderes!«

Garik bebte vor Zorn, fuhr suchend mit der Hand auf dem Tisch herum, erwischte eine herrlich lockere Sahnetorte und schleuderte sie in Wenjamins Richtung. Sie traf ihn mitten auf die Brust.

»Na warte!«, brüllte nun Wenjamin und warf eine Schüssel mit Salat nach Garik. Die verfehlte ihr Ziel und landete zur großen Freude unserer Hunde auf dem Fußboden.

»Nicht mal das kannst du!«, jubelte Garik.

Das war für Wenjamin zu viel. Jetzt griff er sich den Teller mit dem Meerrettich. Diesmal hatte er besser gezielt und traf.

Rebekka, die entgeistert zusah, wie die Männer sich mit den guten Sachen bombardierten, wandte sich empört mir zu: »Das haben sie von dir gelernt! Du hast angefangen, mit Essen zu schmeißen!«

Mir blieb vor Empörung fast die Luft weg. Natürlich, wer sollte es auch sonst gewesen sein. Wenn etwas passiert, kriege fast immer ich die Schuld. Becky hieb mit der Faust auf den Tisch.

»Schluss jetzt!«

Aber die Männer hörten nicht auf sie.

Ich tippte meiner Freundin vorsichtig auf die Schulter.

»Lass sie, wenn nichts mehr auf dem Tisch steht, ist die Sache ohnehin zu Ende.«

Becky ließ ihren Blick über die verwüstete Tafel, die kichernden Kinder und die fröhlichen Hunde gleiten, die sich begeistert auf das Essen stürzten, und sagte mit einem Seufzer: »Zum Teufel mit ihnen! Ich glaube, du hast recht!«

Als ob Wenjamin und Garik Rebekkas Worte gehört hätten, stellten sie die Kampfhandlungen plötzlich ein und starrten sich nur noch wütend an.

»War's das?«, fragte ich sachlich. »Habt ihr euren Spaß gehabt, Jungs? Dann gehen wir jetzt Tee trinken.«

»Ich glaube, ich bin ein Idiot«, brummte Garik.

»Und ich ein Esel«, murmelte Wenjamin.

Einen Augenblick war es still im Raum. Dann mussten alle lachen. In der Pause, die darauf folgte, ließ sich ein zufriedenes Schmatzen und Grunzen vernehmen. Das waren unsere Möpse Mulja und Ada. Die hatten gerade die letzten Reste der Sahnetorte vom Teppich geschleckt und wollten den Gastgebern auf diese Weise ihren Dank sagen, dass sie bei ihnen so einen schönen Abend verbringen durften.